KB001720

미당 서정주 전집

14

방랑기

* 이 도서의 국립중앙도서관 출판예정도서목록(CIP)은 서지정보유통지원시스템 홈페이지(http://seoji.nl.go.kr)
와 국가자료공동목록시스템(http://www.nl.go.kr/kolisnet)에서 이용하실 수 있습니다.
(CIP제어번호: CIP2017014908)

미당 서정주 전집

14

방랑기

떠돌며 머흘며 무엇을 보려느뇨 1

은행나무

발간사

　미당 서정주 선생의 탄신 100주년을 맞이하여 선생의 모든 저작을 한곳에 모아 전집을 발간한다. 이는 선생께서 서쪽 나라로 떠나신 후 지난 15년 동안 내내 벼르던 일이기도 하다. 선생의 전집을 발간하여 그분의 지고한 문학세계를 온전히 보존함은 우리 시대의 의무이자 보람이며, 나아가 세상의 경사라 하겠다.

　미당 선생은 1915년 빼앗긴 나라의 백성으로 태어나셨다. 우울과 낙망의 시대를 방황과 반항으로 버티던 젊은 영혼은 운명적으로 시인이 되었다. 그리고 23살 때 쓴 「자화상」에서 "나를 키운 건 팔할이 바람이다"라고 외쳤고, 이어서 27살에 『화사집』이라는 첫 시집으로 문학적 상상력의 신대륙을 발견하여 한국문학의 역사를 바꾸었다. 그후 선생의 시적 언어는 독수리의 날개를 달고 전통의 고원을 높게 날기도 했고, 호랑이의 발톱을 달고 세상의 파란만장과 삶의 아이러니를 움켜쥐기도 했고, 용의 여의주를 쥐고 온갖 고통과 시련을 지극한 아름다움으로 바꾸어 놓기도 했다. 선생께서는 60여 년 동안 천 편에 가까운 시를 쓰셨는데, 그 속에 담겨 있는 아름다움과 지혜는 우리 겨레의 자랑거리요, 보물이 아닐 수 없다. 선생은 겨레의 말을 가장 잘 구사한 시인이요, 겨레의 고운 마음을 가장 잘 표현한 시인이다. 우리가 선생의 시를 읽는 것은 겨레의 말과 마음을 아주 깊고 예민한 곳에서 만나는 일이 되며, 겨레의 소중한 문화재를 보존하는 일이 된다.

미당 선생께서 남기신 글은 시 아닌 것이라도 눈여겨볼 만하다. 선생의 문재文才와 문체文體는 유별나서 어떤 종류의 글이라도 범상치 않다. 평론이나 논문에는 남다른 통찰이 번뜩이고 소설이나 옛이야기에는 미당 특유의 해학과 여유 그리고 사유가 펼쳐진다. 특히 '문학적 자서전'과 같은 산문은 문체를 통해 전달되는 기미와 의미와 재미가 풍성하여 미당 문체의 진미를 맛볼 수 있다. 미당 문학 가운데에서 물론 미당 시가 으뜸이지만, 다른 글들도 소중하게 대접받아야 할 충분한 까닭이 있다. 『미당 서정주 전집』은 있는 글을 다 모은 것이기도 하지만 모두 소중해서 다 모은 것이기도 하다.

미당 선생 생전에 『서정주문학전집』이 일지사에서, 『미당 시전집』이 민음사에서 간행된 바 있다. 벌써 몇십 년 전의 일이다. 오늘의 관점에서 보면 그 책들은 수록 작품의 양이나 정본의 측면에서 아쉬움이 많다. 지난 몇 년 동안, 본 간행위원회에서는 온전한 전집을 만들기 위해서 많은 수고를 아끼지 않았다. 서고의 먼지 속에서 보낸 시간도 시간이지만 여러 판본을 두고 갑론을박한 시간도 만만치 않았다. 특히 미당 시의 정본을 확정하고자 미당 선생의 시작 노트나 육성까지 찾아서 참고하고 원로 문인들의 도움도 구하는 등 번다와 머뭇거림을 마다하지 않았다. 참으로 조심스러운 궁구를 다하였으니, 앞으로 미당 시를 인용할 때 이 전집에 의존하는 경우가 점점 많아지기를 바랄 뿐이다.

한편으로, 미당 전집의 출간은 두려운 일이다. 그것은 미당 선생의 모든 작품을 제대로 보여 준다는 형식적 의미를 지니기 때문이다. 세상에 어떤 전집이 있어 미당 선생의 모든 작품을 제대로 보여줄 수 있을 것인가? 우리에게도 그것은 현실이 못되고 희망이겠지만 그래도 우리는 그 희망에 최대한 가까이 가고자 했다. 우리가 그 희망에 얼마만큼 근접했는지는 앞으로의 세월이 증명해 줄 것이다. 다만 지금으로서는 지극한 정성과 불안한 겸손이 우리의 몫일 따름이다.

　마지막으로 감히 말하건대, 우리는 미당의 전집 간행을 긍지와 사명감으로 하고자 했다. 우리는 미당을 통해서 이 세상에는 아주 특별한 것이 아주 드물게 존재함을 알게 되었다. 그리고 그 특별하고 드문 것을 우리 손으로 정리해서 한곳에 안정시키는 일에 관여하는 기쁨을 누렸다. 우리의 기쁨이 보람이 있어 세상의 기쁨이 된다면 그 기쁨은 곱이 될 것이다. 아니 그보다 미당의 문학이 이 세상에서 제 몫의 대접을 받게 된다면 우리는 사필귀정事必歸正이라는 네 글자를 진리로 받들면서 더 큰 기쁨을 누릴 것이다.

미당 선생 탄생 100주년이 되는 해의 유월에
미당 서정주 전집 간행위원회

이남호, 이경철, 윤재웅, 전옥란, 최현식

미당 서정주 전집 14 방랑기
떠돌며 머흘며 무엇을 보려느뇨 1

차례

일러두기

『미당 서정주 전집 14, 15』 '방랑기'는
『떠돌며 머흘며 무엇을 보려느뇨』(전 2권, 동화출판공사, 1980)와 『미당의 세계 방랑기』
(전 3권, 민예당, 1994)를 저본으로 하고, 경향신문(1978.1.15.~1979.8.1.)을 참고하였다.

브라질에서 제일 싼 소가죽으로

브라질에서 제일 싼 한국 사람이

브라질에서 제일 이쁜 가방을 만들어 놓고,

눈물 때문인가, 그보다도 또 더한 무엇 때문인가,

아주 검은 안경으로 두 눈을 가리고

쌍파울루 히피 시장에서 서서 팔고 있음이여!

하필이면 이 세계의 늙은 떠돌이 ─ 내가

또 그걸 사서 등에다 걸머지고

더 먼 길로 떠나가고 있음이여!

─「쌍파울루의 히피 시장 유감」

세계 방랑기에 부쳐

근 1년에 걸친 계속적인 세계의 떠돌잇길에서 돌아온 지도 벌써 1년 나마 지낸 지금, 경향신문에 연재하면서 다녔던 내 방랑기가 이렇게 책으로 되어 나오게 되는 것을 바라보며, 긴 5대양 6대주에 걸친 내 오랜 나그넷길을 돌이켜 생각해 보자니, 못 해낼 일을 해낸 것 같은─기적 같은 느낌이 앞설 뿐이다. 자화자찬 같아서 미안하지만 내가 알기로는 전 세계에 걸친 계속적인 이런 방랑의 기록은 세계문학의 오랜 역사 속에서도 내가 아마 맨 처음이 아니었던가 하는데, 하여간 그 새 기록을 세운 것만으로도 나는 흡족하게 느끼긴 느껴야겠다. 꼼짝없이 죽어야 할 고비도 안 넘긴 건 아니지만, 이 일을 그래도 세계문학사에서 최초로 해낸 그 보람으로 나는 한시름 놓으려 하는 것이다.

그리고 세계 방랑에서 얻은 또 한 가지의 큰 정신적인 수확은 내가 이 지구 위에 사는 한 사람으로서 조끔치도 우물쭈물할 것 없다는 한 자신을 얻고 다져 온 점이다. 이것은 앞으로의 내 남은 인생에 큰 도움이 되고 힘이 될 걸로 깨닫고 있다. 자세한 이야기들은 본문에서 보아 주시기 바라며, 내가 겪은 이 기록들이 독자 여러분들의 인생과 세계 진출에 도움이 되었으면 싶을 따름이다.

1979년 12월 19일

관악산 봉산산방에서

여기 내가 지금까지 오랫동안 헤매고 다닌 이 지구 위의 방랑의 기록들을 모조리 모아 세 권의 『세계 방랑기』를 내놓게 되니 후련한 느낌이 든다. 과시해서 자랑하려는 것이 아니라, 5대양 6대주에 걸친 한 사람의 이만큼 한 광범위한 여행도 내가 알기로는 세계문학사—아니 세계문화사상에서 처음일 듯하니, 이것만큼은 떳떳한 한 보람으로 느낀다.

세계 각국의 여행지들의 사적 의의나 현황, 거기에 대한 내 시적 실감의 표현에는 마음을 다해서 나타내 보기에 애썼지만, 여행안내서 면에서 보면 구체적이 못 된 것도 있으니 이 점은 각종의 여행안내서들을 참고하시어 보완하시기 바란다.

나는 오랫동안의 이 세계 여행을 통해서 내 심신의 훈련을 쌓았고 그걸로 팔십의 이 나이까지의 내 인생의 자신을 키워 왔으니, 독자 여러분도 그렇게 되기만을 바랄 따름이다.

1994년 가을

관악산 봉산산방에서

세계 여행을 떠나면서

—도쿄 하네다 공항에서

도쿄의 하네다 공항은 우리의 김포 공항보다 무엇이나 두루 다 엄청나게 크고 깨끗한 줄 알았더니 그 대합실과 구내 음식점을 보고 나는 환멸을 느끼지 않을 수 없었다.

2층에 있는 대합실은 우리 김포 것보다 좀 넓기는 했지만 담배꽁초가 여기저기 바닥에 그대로 버려져 지저분하게 뒹굴고 있어 불결한 느낌을 주는 데다가 소위 스낵이라는 것이 방의 한쪽 귀퉁이에 꼭 한 곳 있기는 하지만 앉을 자리도 몇 개 안 되는 너무나 좁은 곳이어서 점잖은 손님들은 이미 그득히 초만원이 되어 있는 이곳을 기웃거려 보다가는 발걸음을 돌릴밖에 별도리가 없었다.

거기다가 공항 쇼핑센터라는 것까지가 이 대합실 안에 옹기종기 어깨를 맞대고 다붙어 있어서 물건을 사는 느낌도 도인이나 되기 전에는 차분할래야 차분할 수가 없었다.

그래서 그런지 점원들의 손님 대하는 태도도 친절하지가 못했다. 점원의 수도 적기야 적었지만, 손님이 불러도 단번에 응해 오는 일은 거의 없고 들은 숭 만 숭하다가 두세 번을 불러서야 겨우 대답도 없이 오기는 오지만 짜증을 내건 견디어 보건 네 멋대로 하라는 듯한 자세인 것이다.

나는 일본의 식민지 시절에 태어나 삼십이 되도록까지 이들의 통치 밑에서 산 사람이지만, 그때의 그들의 점원들은 그래도 늘 '하이 하이(네, 네)' 하며 부르기가 바쁘게 손님 앞에 공손히 나타나곤 했었는데, 왜 어째서 무엇으로 이렇게 달라졌는지 모를 일이다. 아마도 자유민주주의라는 것이 이곳에서도 설익어서 요만큼쯤 나타나는 것이 아닐까?

여기서 겪은 이런 인상으로 미루어 보자면, 2차 세계대전 뒤의 일본은 갖은 안간힘을 다 써서 부강할 만큼 부강해지고 비만할 만큼 비만해져 있기는 하지만, 이 부강과 비만은 미래를 향한 든든한 여유를 느끼게 하는 그런 힘은 아니고, 역시 말하자면 덜된 벼락부자가 쓰윽 한번 버티어 보는 것 같은 그런 정도의 언저리에 와 있는 것 아닌가 싶다. 이들의 점원들에게서부터 먼저 그런 것이 물씬 풍겨 오는 것이다.

이런 쓰윽 하는 기질의 반성이 또 한 번 그들에게 절실히 필요할 때가 아닌가 한다.

이런 데서 호놀룰루로 가는 비행기를 기다리느라고 네 시간쯤을 서성거리다가 표 끊는 데로 가며 피우던 담배꽁초를 버리려고 재떨이 있는 곳을 찾다가 보니, 플라스틱 상자에 모래를 담은 큰 재떨이가 손님용으로 놓여 있긴 했지만, 불행히도 그건 손님이 사용할래야 사용할 수 없이 되어 있었다.

왜냐면 팔에 무슨 '……단결'이란 완장을 두른 종업원이 한쪽 발을 이 재떨이 위에 올려놓은 채 고부라져서 무얼 열심히 일하고 있었으니 말이다. 그건 물론 그 재떨이를 고치는 일은 아니었다.

내게 여행 목적을 묻기에 "세계 여행기를 신문에 쓰기 위해 세계를 골고루 돌아다닐 작정이다"라고 했더니, "야! 그러십니까?" 하고 그래도 여기에만은 활짝 핀 웃는 얼굴이 되며 전화의 수화기를 들고 "되도록 좋은 자리를 마련해 드리라"고 그들의 좌석 담당자에게 부탁까지 해 준다. 역시 이들은 코즈모폴리턴이려고 할 때 가장 매력적이 아닌가 한다. 코즈모폴리터니즘 덕택으로 밖을 잘 내다볼 수 있는 창가 자리를 얻어 호놀룰루로 가는 하늘을 날 수 있었다.

북아메리카 편

미국

하와이 호놀룰루

호놀룰루에 닿기 한 시간 반쯤 전에 나는 팬암의 비행기 속에서 잠이 깨자 창밖에 내다보이는 기적만 같은 하늘의 경치에 놀라지 않을 수 없었다. 그것은 너무나 많은 구름이 빚어내고 있는 꿈만 같은 광경이었다. 한없이 뻗쳐 있는 구름의 산맥과 그 밑을 흐르는 구름 바다의 잔잔한 물결들. 그 구름산 봉우리의 어떤 것들은 백일홍 꽃빛으로 붉게 타오르고 있고, 구름산 사이의 골짜기들은 겸재의 산수도의 신비 그대로여서, 잊어버렸던 우리 신들이 잠재해 있음을 살에 닿아 느끼게 했다.

그래 제석천帝釋天의 내 편인 어느 신이 내게 맞장구를 치며 나를 도우러 내려온 것이겠지, 내가 호놀룰루 공항에 닿아 마중 나온 사람 하나도 없이 무거운 짐을 끌고 쩔쩔매고 있자 문득 한 젊은 사내가 내 옆에 다가서며 "한국에서 오시지요?" 하는 것이었다. "그렇다"고 내가 너무나 반가워서 대답하니 "내 차가 저기 있습니다. 타시지요. 우리 대한항공이 경영하는 와이키키 리조트 호텔로 모셔다 드릴까요?" 하는 것이다. "그렇잖아도 그리로 가려는 참이오. 당신은 누구요. 나를 아시오?" 하니 "저는 한국서 여기 온 지 10년도 더 되지만 내 나라 사람을 보면 바로 압니다. 정말 참 반갑습니다" 하며 자기는 합승차의 운전사 노릇으로 살아가고 있는 사람이라고 했다.

그런데 이상한 것은 호텔에 닿아 내가 그에게 타고 온 값을 내려고 하자, 기어이 그걸 그가 받지 않고 만 점이다.

"나이 많으신 내 나라 어른께서 타셨는데 값은 무슨 값입니까? 못받겠습니다"가 되어 버린 것이다.

내 동포가 이렇게 건재해 있는 데 감동하며, 아까 비행기 창으로 본 하늘의 그 어디 신이 있는 듯하던 구름의 산맥들을 아울러 생각하고 있자니 눈물이 두 눈에 핑 돌 만큼 한국에 목숨을 가진 것이 자랑스럽게만 느끼어졌다.

이 신바람으로 바로 관광길에 나서고 싶었으나 생소키만 한 나그넷길인 데다가 도착한 날이 마침 토요일이어서, 서울서 시인 구상한테 소개받아 온 하와이 대학의 몇 한국인 교수에게도 연락이 되지 않아 월요일까지 기다릴밖에는 없다고 관광을 단념했다. 그러나 일요일 점심을 먹으러 이 호텔 안의 한국 음식점에 들어가 앉았다가 나는 또 나를 아끼는 어느 신의 도움을 받게 되었다.

스물일고여덟쯤 되어 보이는 잘생긴 한국 청년 하나가 내 옆을 스쳐 가다가 "선생님, 웬일이세요?" 하기에, 누구냐고 물으니 그는 내가 교수로 있는 우리 동국대학교의 졸업생으로 현재는 대한항공의 서울~로스앤젤레스 사이의 스튜어드로 있으며 또 월요일인 내일까지는 여기서 쉬게 되어 있다는 것이어서 "여보게. 그것 참 천우신조일세. 그동안 나를 좀 안내해 주게" 부탁해 곧 승낙을 얻을 수가 있게 된 것이다.

그의 성명은 배명훈 군. 그는 점심이 끝나자 바로 내 방으로 따라 올라와서 창가에 같이 앉아 15층 아래 바라보이는 와이키키 해안의 해수욕객들의 그 서핑surfing이라는 것을 내게 설명해 가르치기 시작했다. 가을도 겨울도 없는 여기 바닷가에서는 사철 어른이나 아이나 이 서핑이라는 이름의, 세계에서 가장 작은 뱃놀이를 즐기고 지내는데, 이것은 타원형으로 된 두툼한 판자 조각에 지나지 않는 것으로서, 이걸 가슴과 배에 깔고 물결치는 파도를 따라 헤엄쳐 다니며 사람들은 킥킥거리고 좋아라 하는 것이다. 서핑꾼들의 킥킥거리는 소리를 들으며 와이키키라는 바닷가 이름의 '키키'를 아울러 기억해 내고 있자면 그 킥킥 소리는 어느새 하늘 아래 그득 차 있는 것만 같다.

카우아이 섬의 전설의 강

1977년 11월 28일 월요일. 대한항공의 스튜어드인 배명훈 군과 나는 비행기 편으로 우리가 묵고 있는 호놀룰루가 있는 오아후 섬을 잠시 떠나, 잘 가꾼 뜰 같은 섬Garden Island이라는 별명이 붙은 카우아이 섬을 먼저 가 보기로 했다. 비행기 왕복표 값은 미국 돈 50달러. 날아간 시간은 30분쯤.

우리는 카우아이 섬의 리후에 공항에 내려 짧은 시간에 되도록 많이 돌아다니기 위해 자동차를 한 대 빌리고 또 후지이 산지라는 일본인 운전사를 하나 임시 채용해야만 했다. 값은 합계 80달러니 비싼 편이지만 예순여덟 살이나 자신 이 건강한 늙은이는 여러모로 내게 좋은 설명을 해 줄 수 있으리라 생각해서 그렇게 한 것이다. 사탕수수밭의 품팔이로 이민 왔던 일본인 2세지만 본국인 일본도 가끔 드나들고 해서 일본 말은 제대로 꽤나 잘하는 편이었다.

우리는 잠시 뒤에 와일루아 밀림 속의 냇물을 배를 타고 거슬러 올라가며 이곳 하와이의 젊은 토인 남녀의 노래와 춤을 즐길 수가 있었다.

나는 노래도 춤도 잘할 줄 모르는 쑥 같은 사람이지만, 그들의 춤과 노래와 대단히는 단순하게 신바람 난 얼굴을 보고 듣고 있으면 저절로 거기 동화되지 않을 수 없었다. 그들이 권하는 대로 흉내 내며 껑충거리고 손짓 발짓을 하고 엉덩이를 내둘러 보고 하는 것은 유치한 대로 꽤나 재미있는 노릇이었다.

와일루아 시냇물 양쪽에 자욱이 우거져서 냇물 쪽으로 기웃거리는 듯이 가지들을 일제히 드리우고 있는 수풀은 하후라는 나무들로 내 안내인 후지이 씨의 이야기를 듣자면, 이 하후 나무들엔 사랑의 귀신이 붙어 있었다.

하후는 근본은 나무 이름이 아니고 젊은 하와이 사내의 이름이었던 것인데 대단히 아리땁고 냉정한 젊은 하와이 처녀 하나를 짝사랑하다가 그만 상사병이 짙어 이 냇물가에 거꾸러져 죽어서 그 원혼으로 이 하후 나무 수풀이 되어 이렇게 어우러지고 늘어져 있는 것이라 했다.

와일루아 냇물은 아주 길어서 그 물줄기는 이 섬에서 가장 높은 와이알레알레라는 산골짜기에서 비롯되는데 와이알레알레 산은 하늘 밑에서는 가장 비가 많은 습기 찬 곳이라고 후지이 씨는 내게 말했다.

정글 속의 냇물을 거슬러 올라간 지 한 20분쯤 만에 우리는 타잔 영화에서 많이 보는 반얀 나무 수풀―타잔이 손으로 잡고 휙휙 건너다니는 그 질긴 넌출들이 주저리주저리 드리워진 그 반얀 나무의 수풀과, 긴긴 고사리 잎들이 드리워진 속에 가리어져 있는 한 개의 작지 않은 동굴 안에 들어섰다.

여기는 옛날에 왕의 식구들의 결혼식장이었다고 해서 배로 같이 온 하와이 가수들이 그 결혼식 때 부르던 노래를 정성껏 불러 주면서, "요새는 왕 아닌 서민들도 여기서 결혼식을 올릴 수 있어 자주 열리는 터이니 총각 처녀 손님 여러분 중 누구라도 좋다면 그렇게 해 보라"고 했다.

그래 나는 내 나이를 다시 한 번 돌이켜 볼 기회가 되어 피식 웃고 있었다. 왜 웃었느냐고? 그야 물론 이 와일루아의 냇물처럼 끊임없이 이어 흐르는 다음 세대들 속에 내 마음을 담고 살기로 작정한 한 영생주의자인 바에야 웃지, 그럼, 이런 데서 무얼 한탄하고 울고 있어서야 되겠나?

종소리 내는 바위와 히피들의 수풀

와일루아의 시냇가 언덕에는 종소리를 내는 자연의 돌도 있고, 또 '잠자는 거인'이라는 이름이 붙은 바위도 있다. 잠자는 거인이란 누워 있는 모양이 그렇다는 것이고, '종돌Bell Stone'이란 두들겨 보면 딴 돌에서와는 달리 분명히 금속성의 소리가 나기 때문이다.

나도 거인이 못 되는 대로나마 이 돌을 두들기며 이런 언저리에서 한 해쯤 고스란히 누워 잠이나 한번 늘어지게 자 보았으면 싶기도 했다. 가까이에는 또 아주 유순한 와일루아 폭포도 시원스레 쏟아져 내리고 있어 낮잠 자기에는 어디보다도 안성맞춤인 것 같았다.

이 근처에는 또 옛 하와이의 아름다웠던 여왕의 궁전이 있는 로맨틱한 코코넛의 수풀도 있다.

가서 보니 지금은 호텔로 바뀌었지만 옛 모습 그대로 풀로 인 지붕을 가진 이 큰 집 뒤뜰에는 연꽃들이 곱게 핀 연못도 있어 우리나라 것과 비슷하게 생긴 붕어 떼들이 연꽃 사이를 헤엄쳐 다니고 있었다. 뜰의 모습이 마치 우리 이조의 궁궐 앞 뜨락의 한쪽을 보는 것 같아서 재미있었다.

바람이 아주 센 곳으로 이름난 킬라우에아의 해안선을 돌아 우리들은 세계에서 가장 큰 것이라는 칼리히와이의 등대를 바라보며 하날레이 해수욕장 언저리까지 왔다.

이 근방에서부터는 아직도 포장되지 않은 길뿐인 밀림 지대가 길게 뻗쳐 있는데 안내하는 일본인의 말을 들으면 여기는 미국 히피들의 중요한 소굴의 하나라고도 한다.

아늑하고 구석지고 신비스레 아름다운 와이메아 골짜기를 중심으로 히피들은 환상의 마약 마리화나를 심어 가꾸며 나른한 꿈 무지개의 소굴들을 이루고 있다는 것이다.

그들 가운데는 미국의 명문이나 재벌 자녀들도 더러 끼어 있는데, 돈이 떨어지면 가끔 도둑질도 해서 그들의 소굴 쪽으로 가는 것은 위험하다는 것이다.

그러나 나는 그들과 나 사이엔 무엇인지 통하는 것이 있는 것만 같아 그들을 찾아 나서 볼까 하고 한동안 머뭇거리면서 이 끝없는 바닷가의 찬란한 놀 속에 우두커니 젖어 있지 않을 수 없었다.

불교라든지 아니면 노자, 장자 같은 이가 생각했던 것을 조금만 그들에게 귀띔해 주어도 그들은 사는 태도를 우리처럼 바른 쪽으로 바꿀 수 있지 않을까? 그렇게만 생각되어 뭐라고 말하기 어려운 안타까움만을 느꼈다.

착하면서도 약한 마음을 가진 내 자식들이 잠시 빗나간 길을 걷고 있는 것을 그냥 내버려 두고 떠나는 것 같은 심경만이 앞섰다.

그렇지만 해는 이미 저물고 초저녁까지는 호놀룰루로 날아가야 할 마련이라 내년 여름 인도에서나 이런 그들을 상종해 보기로 하고 발걸음을 돌리지 않을 수 없었다.

늘어지게 한번 편안히 잘 쉬고 싶은 사람, 사회생활에 몽땅 지쳐서 자연만이 먼 고향의 엄마처럼 그리워지는 사람, 사랑이나 또 무엇에 많이 실패하고 갈피를 잡을 수 없어서 조용히 마음을 가라앉혀 그 갈피를 차릴 겨를이 필요한 사람—그런 사람들은 그 어디보다도 이 카우아이 섬 같은 데 와서 한동안 쉬었으면 좋겠다. 쓸 만한 집 한 채에 우리 돈으로 2천5백만 원쯤이라고 한다.

호놀룰루의 밤 뒷골목

11월 28일. 저녁때에사 호놀룰루의 몇몇 교포와 만나게 되어서 내가 이곳의 뒷골목 산책을 부탁하니 그들은 서슴지 않고 우리 한국인이 경영한다는 어느 비어홀로 나를 안내해 주었다.

여기는 베트남에서 패망해 떠돌이가 되어 흐르고 있는 젊은 여자들이 많이 모여 서비스를 하는 집이니 가깝던 우리 두 겨레의 같이 사는 모양을 아울러 살펴보라는 것이었다.

베트남의 젊은 여자들은 우리나라 젊은 여자들보다도 확실히 더 처참해 보였다. 웃지나 말았으면 좋으련만, 그 바짝 말라붙은 조그만 사람들이 가만히 있자니 견딜 수 없어 억지로 웃어 젖히며 쉼 없이 아주 서툴리 들리는 아메리카 영어로 지껄여 대고 있는 것을 보는 것은 내게는 아찔한 느낌이었다.

우리나라 여자들보고 "언니 언니" 우리말로 억지 아양을 떨며 기대고 있는 걸 듣고 보자니 정말 오싹해졌다. 항시 눈치만 살피며 속으로는 늘 오도도 떨며 그래도 억지웃음으로 도배만 하고 있어야 하는 이 처참한 모습. 이 꼴이 되는 게 싫다면 우리도 어떻게든 우리 정부와 조국을 지켜 내야 할 것이다.

3달러. 그러니까 우리 돈으로 1천5백 원을 내니 우리 세 사람에게 각기 한 병씩의 맥주가 차례 왔는데, 그 베트남 색시들에겐 5백 원이나 1천 원씩만 팁을 주어도 무척 고마워했다. 5, 6천 원쯤으로 우리는 거나하게 되어 이곳을 떠나오며 서울의 어느 맥주 대폿집보다도 여기는 훨씬 더 싼 곳이라고 감탄해 보았다.

서양에 와서 안 보고 말 수는 없는 것이라고 하여 우리는 이어서 소위 스트립쇼를 하는 집을 한 군데 찾아들었는데, 루비 클럽이란 이름의 이 집의 주인도 역시 우리 한국인이었다.

젊은 서양 색시가 갖은 교태를 다 부리며 춤을 추면서 한 가지씩 옷을 벗어 가다가 나중엔 아무것도 안 걸친 순 나체가 되며, 이어서 벌름벌름 껑충거리고 있는데, 처음에 나는 수학여행 온 국민학생 기분과 좀 야비한 야성적인 기대가 뒤섞인 묘한 느낌으로 이것을 보아 가긴 했지만, 나중엔 드디어 질리고 또 사람값이 무척 내리는 것을 느끼자 괜한 짓에 같이 참가했다는 뉘우침도 생겼다.

나는 베트라는 독일계 미국 여자와 여기 술자리에서 알게 되어 "그러지 말고 나를 따라다니는 게 어떠냐?"고 농담으로 웃으며 말해 봤더니 좋다고도 싫다고도 대답하는 일이 없이 그저 아무렇지도 않은 양 미소만 짓고 있었다.

'아무렇지도 않은 양 미소만 짓고 있는 것', 이것은 이런 데 앉아서 생각해 보자면 서양이 우리보다 훨씬 더 지나쳐 있는 것 같다.

폴리네시안 센터, 기타

11월 29일. 내가 묵고 있는 우리 대한항공 경영의 와이키키 리조트 호텔의 커피숍으로 간단한 아침 식사를 하러 들어가다가 나는 우연처럼 진주 삼현고등학교의 교장 최재호 씨를 만나 너무나 반가워서 둘이 얼싸안았다. 우리 한국 교육자들의 미국 관광단에 끼어서 왔다는 것이다. 그래 그들과 함께 그들이 세낸 관광버스에 편승해서 이 호놀룰루를 포함한 오하우 섬 전체를 돌아보는 구경길에 나서게 되었다.

하와이 여러 섬과 타히티 섬과 그 밖에 남태평양의 많은 섬 사람들의 재주를 보여 주고 있는—폴리네시안 센터로 가는 도중에 우리는 세계의 관광객들을 위해 낮에만 마련된다는 시장에 들어섰는데, 이런 곳에까지 우리나라의 각 도에서 온 여러 사투리의 동포들이 스며들어 열심히 딴 나라 사람들과 경쟁을 하고 있는 것이 보여 마음 든든해짐을 느꼈다. 그중에는 우리 일행 가운데 누가 내 이름을 대자 내가 한국의 시인인 걸 기억해서 더 따뜻이 환영하고 물건의 에누리도 많이 해 주는 우리 색시도 있어, 세계의 방랑자가 되어 떠도는 내게 적지 않은 위안을 주기도 했다.

폴리네시안 센터에 들러서 이것저것을 듣고 보고 하는 동안, 나는 저 프랑스의 좋은 화가였던 폴 고갱이 왜 폴리네시아의 매력에 빠졌던가를 곧 이해할 수 있을 것 같았다. 그들은 하늘의 햇빛이 늘 그런 것처럼 아무 주저함도 복잡함도 고려함도 없이 항시 막 피어나는 꽃처럼 움직이고 웃고 말하고 있어, 이 싱싱한 산 기운이 오래 늙은 문화에 진절머리 난 고갱을 사로잡았던 것이 아닐까?

그리고 미국의 히피들을 비롯한 젊은 세대들이 매력을 느끼고 빠져들어 가고 있는 것도 대개 이런 것들이 아닐까 생각해 볼 때, 인간이 여러 천년 우수하게 꾸며 냈다는 그 우수한 문화라는 것도 결국은 자연이 꾸밈없이 주는 것보다는 못한 것 아닐까 하는 것도 생각히었다. 내 인생도 이런 폴리네시안의 하나가 되어 늘 간지럼 먹고 사는 것 같은 그 낄낄낄, 낄낄거리기만 하는 물결 같은 것이 되었으면 싶기도 했다.

폴리네시안 센터에서 호놀룰루로 돌아오는 길에 우리는 하와이에서는 제일로 싼 것인 파인애플밭에 들어가서 5백 원씩 내고 실컷 먹고 남은 걸 들고서, 하와이 대학교의 제임스 데이터 교수가 오후 4시부터 강의하기로 한 미래학 교실로 들어갔다.

서울의 심란한 대학생 사이에서 '예수 머리'라고 불리는 그 장발보다도 훨씬 더 길게 어깨 밑으로까지 드리운 긴긴 머리털을 가진 이 교수님은 옷차림도 허줄한 와이셔츠에 허줄한 바지뿐인 꼭 이십 대의 히피 그대로의 모양이어서 '저 속에서 무슨 쓸 만한 소리가 나올까?' 했었는데, 말하는 걸 들어 보니 꽤나 옹골진 정신이기는 했다.

그는 말했다. "2차 세계대전을 몸소 겪은 지도층들은 거의가 다 우물쭈물하고 겁이 많아서 3차 세계대전을 벌일 용기도 아무것도 없는 사람들이다. 소련의 지도층도 이 점에서는 안심해도 좋을 것이다. 그러나 우리의 다음 세대들─이들만이 인류의 장래를 맡을 복잡한 군정들인데 이들의 정신 방향의 갈피가 무엇인지 그 친절한 조사를 우리는 지금 해야 한다. 늦으면 안 된다.

세계 각국의 정치가들이나 교육계나 실업계나 또 어디거나 다 이 공동의 시스템을 만들어 무엇보다 먼저 이 일을 해내야 한다. 여러분도 여러분의 나라에 돌아가시면 이 일을 벌여서 우리에게 협조해주기 바란다. 나도 내가 할 수 있는 대로 여러분을 돕겠다.”

대개 이런 머리말로 시작된 이야기였는데, 무엇보다도 다음 세대인 자녀 교육에만 중점을 두고 살고 있는 우리 한국의 교장 관광객들에게는 이 강의가 무척 공감을 준 듯했다. “3백 달러 내고 들었지만, 이건 싸다. 싸다”고 어느 교장 선생님은 감탄하고 있었다.

진주만

12월 1일. 원래는 오늘 로스앤젤레스로 떠날 예정이었으나 하와이 대학의 이동재 교수가 진주만만은 꼭 보고 가야 한다고 우겨, 불가불 오늘 하루를 여기서 더 묵기로 하고, 먼저 하와이 대학교에 들러 우리 시의 좋은 영역자英譯者의 한 분인 피터 리 교수와 초대면의 인사를 나누었다.

그는 지금 우리 한국의 시선집 영역판을 하와이 대학에서 출판하기 위해 열심히 서두르고 있는 중이었다.

진주만에 닿자 맨 먼저 떠오른 기억은 1947년 내가 서울에서 이승만 박사의 전기 작자로 이 박사를 자주 만나고 지낼 때 그가 들려준 말이다.

"왜사람(일본인)들이 하와이의 진주만을 폭격했단 말을 듣고 나는 바로 그 사람들이 망하고 우리나라가 해방될 걸 예언했었지. 그대로 되지 않았나? 어림없는 짓이었지……"

아닌 게 아니라 그건 철부지의 어림도 없는 짓이었다.

일본인들의 폭격에 침몰된 애리조나호의 유적을 찾아 배를 타고 가는 동안 나는 문득 같이 배를 탄 미국 사람들이 나를 혹 일본인으로 착각해 언짢게 생각하지나 않을까 하는 옅은 고려 속에 잠시 잠기며, 또 이런 나의 아직도 완전히 없어지지 않은 소인 근성을 스스로 비웃기도 했다.

내가 일본인이었더라면 동행하는 미국인 누구에겐가 정중히 사과하고 용서를 빌었으리라. 그러나 우리들 많은 여객 중에는 일본인으로 보이는 사람도 더러 있는 듯했으나, 그 어느 누구도 그러지는 않았다.

애리조나호는 거의 다 망가져서 침몰해 버렸고, 배가 있던 바로 그 자리에 해상기념관이 서서, 없어진 배의 몇 개의 조각과 전사한 군인들의 이름과 계급을 적은 위패만을 간직하고 있었다. 그 위패들을 무심코 읽어 내려가다가 우리는 거기 'ㅇㅇ리'니 'ㅇㅇ김'이니 하는 성명들이 더러 끼어 있는 것을 발견하고 이건 틀림없이 우리의 교포려니 하며 한동안 침묵 속의 감격에 잠기기도 했다.

이동재 교수의 말을 들으면, 일본인들은 이 진주만 폭격 때 너무나 어리석은 만용에만 초조하여서 미국을 얕잡아 본 나머지 군함을 폭파하는 데만 골몰했었지, 진주만을 에워싸고 있는 급유 시설이라든지 배를 고치는 시설이라든지 그런 여러 가지 시설들을 함께 바스러뜨리지 못했기 때문에 오래지 않아서 진주만의 함대는 곧 복구되었다는 것이다.

이곳을 떠날 때 나는 1941년 일본인이 진주만을 폭격하고 난 바로 뒤에 나온 신문의 복사판을 한 부 사 들고 그 제목들을 훑어보며 여러 가지 착잡한 기억과 생각에 잠기지 않을 수 없었다.

일본인들의 그때의 호언장담에 나도 상당히 속고 있었던 일본 식민지의 어리석은 백성이었던 일, 일본인의 아주 형편없이 급하고 편협하기만 했던 감정, 지금은 미국의 영향력 때문에 잠잠하지만 언제 그 좁은 감정의 폭발이 또 생길지 모른다는 염려ー이런 기억과 생각들에 잠겨 한동안 갈피를 차릴 수가 없었다.

네바다 사막

12월 2일. 오전 10시 반 비행기로 호놀룰루를 떠나면 로스앤젤레스까지는 다섯 시간이 걸린다기에 오후 3시 반의 밝은 낮에 도착할 줄 알았더니, 이 두 곳의 시간 차이 두 시간을 보탠 오후 5시 반에야 로스앤젤레스 공항에 도착했고, 이미 이곳은 네온사인이 휘황한 밤이었다.

내가 서울에서 오랫동안 교수로 몸을 담고 있었던 서라벌 예술대학의 전 설립자요, 학장이었던 김세종 씨가 그의 여비서를 데리고 기다리고 있다가 무척은 반가워하며 나를 끌어안아서 나도 그를 안고 등을 가벼이 두드려 주었다. 이 순정과 의지의 사내―그는 건재하였다. 1954년 서울 남산 변두리에 줄행랑 같은 판잣집의 가교사를 짓고 아직 대학 인가도 없이 서라벌 예술대학을 시작했을 때부터 나는 그를 믿어 문예창작과에 강의를 해 온 터라 그를 나대로는 잘 알지만, 그처럼 끈질긴 뜻을 세워 한결같이 실천해 오고 있는 사람도 드물 줄 안다. 그는 빈주먹으로 나서서 일꾼들과 함께 손수 벽돌을 날라 서울 미아리의 서라벌 예술대학을 세워 많은 예술가들을 길러 내며 이것을 확장하여 예술대학교로 만들려고 서울 교외에 학교 기지가 될 땅을 사들였었다.

그러나 이것들이 운 사납게도 그린벨트 제도가 생겨 거기 묶이자 할 수 없이 재정 파탄을 당해 중앙대학교에 서라벌 예술대학의 운영권까지 맡겨 버려야 할 운명이 되었다. 그렇지만 그는 여기서 멈추지는 않았다. 이 무렵에 설상가상으로 그가 가장 아끼던 큰아들이 교통사고로 이 세상을 떠나기도 했지만, 그는 세계 방랑을 한 해쯤 하는 걸로 그 상처를 대충 씻어 내고는 여기 미국의 로스앤젤레스에 정착해서 다시 대단한 의지를 펴 4, 5년 동안의 노력 끝에 사우스캘리포니아 인터내셔널 유니버시티라는 대학 인가를 얻어 내는 데까지 이른 것이다.

물론 아직 시설도 부족하고 학생 수도 겨우 몇백 명밖에 안 되는 초창기의 대학이기는 하지만 이것이 우리 한국인의 손으로 외국에 세워진 맨 처음의 대학교인 걸 생각할 때 나는 그의 의지에 대한 가슴 벅찬 존경의 느낌을 금할 길이 없었다. 국내외 어디에 살건 우리 동포 된 이들은 누구나 그의 일을 도와 이루어 내게 해야 할 것이다.

여기 도착한 이튿날은 마침 토요일이어서, 이틀 쉬는 그의 시간을 나를 위해 라스베이거스와 그랜드캐니언을 안내하는 데 써 주기로 하고, 오후 1시쯤 남녀 두 직원을 데리고 나와 함께 먼저 라스베이거스로 향한 네바다의 사막 위로 차를 몰았다.

동서남북 사방 둘러보아야 나무 한 그루, 풀 한 포기 보이지 않는 막막기만 한 한정 없는 사막과, 그 사막이 못 견디어 만든 혹처럼 어쩌다가 나타나는 역시 사막빛의 나지막한 거친 언덕들—가도 가도 이것뿐인 이 고단한 곳에 "목숨 가지고 있는 것들은 대개 어떤 것들일까?" 내가 김세종 총장에게 물으니 "아마 안 먹고도 살 수 있는 무슨 특수한 쥐들이나 좀 살 것이고, 또 그 쥐를 잡아먹고 사는 뱀쯤이 약간 살고 있을는지 모르지……" 하는 것이 김 총장의 대답이었다.

이렇게 아무 쓸모도 없이 내던져져 있는 불모의 사막은 이 네바다뿐만 아니라 애리조나, 유타, 콜로라도, 뉴멕시코 등등…… 미국 전체 면적의 3분의 1쯤을 차지하고 있다고 그가 말해서, "이 너무나 많은 황무지 속의 시련이 오늘의 미국 사람들의 그 강력한 의지를 만들어 낸 것 아니겠는가? 우리 한국 사람들도 이민 오면 맨 먼저 이런 언저리에 오게 해서 이 대륙의 자연을 정복해 사는 의지를 먼저 자각도록 해야겠다"고 나는 말했다.

황야의 질주 여섯 시간 만에 오후 7시의 캄캄해진 초저녁에야 우리는 라스베이거스에 도착했다. 초속력으로 몰아 왔기에 여섯 시간이지, 서울서 부산에 갔다가 다시 대전쯤까지 되돌아온 것만큼의 거리라고 한다.

법도 에누리해 사는 라스베이거스

김세종 총장이 데리고 온 여직원은 가지고 온 것과 여기서 장 본 것으로 호텔 방에서 맛있는 우리 한국 음식을 만들어 내서 오랜만에 서울에 있는 것 같은 느낌으로 저녁 식사를 마친 뒤에 우리는 라스베이거스의 첫째 명물이요 생명선인 카지노를 보러 나섰다.

라스베이거스는 밤에만 피고 지는 꽃수풀이거나 밤에만 눈을 뜨는 창녀들의 소굴과 같아서 밤이라야 볼만하지 낮에는 보잘것없는 곳이라는 말을 들으면서 왔는데, 아닌 게 아니라 그러하였다.

사진을 찍는 데 플래시가 전혀 필요 없을 정도로, 너무나 황홀 찬란한 네온사인의 휘황한 전기 불빛들로 밤의 어둠을 완전히 말소해 버리고 있다. 이래 놓고서, 갖은 향락 시설을 갖추고 미국뿐 아니라 세계의 도박자들을 부르고 있는 것이다. 밤이 새도록까지 이 카지노의 도박들은 참으로 많은 곳에서 계속되는데, 큰 판에 가면 하룻밤에 몇십만 달러씩이 왔다 갔다 하기도 하지만, 작은 판은 몇십 달러씩이면 되기도 한다. 미국은 미국에서도 가장 생산이 적은 네바다의 황무지에도 국민들을 심어 살게 하기 위해 이런 난장판을 벌이고 있다는 것인데, 여기 모이는 이 많은 도박꾼 손님들을 뜯어먹기 위한 여러 가지 영업이 이 사막 속에서 번영하고 있다. 가지각색의 매음 행위도 물론 여기서만은 모두 다 합법화되어, 남자의 생식기를 잘 검진해 보고서야 손님으로 받아들이는 세계 각국 색시들로 우글거리는 공창公娼의 거리도 몽땅 많이 번성해 있다고 한다.

'골든……' 뭐라고 하는, 여기서도 큰 것의 하나인 카지노 판에 우리 일행이 들어선 것은 밤 10시쯤이었는데, 여기에서 나는 룰렛이라는 이름의 도박판에 무심결에 끼어들어 오전 1시쯤까지 45달러를 땄다. 이것은 내 일생에서 돈을 걸고 한 맨 처음의 도박이었는데, 참 묘한 일이다. 나를 돕는 이 천지의 신들 중에는 장난꾸러기 신들도 섭섭지 않게는 있어 온 것 같은데, 이 밤은 아마 그런 장난꾸러기 신 가운데 누구 하나가 내 여독을 잠시 달래 주려고 내게 붙었던 것 아닐까 한다.

이튿날 12월 4일 아침 일찍이 나는 김 총장 대학의 남자 직원 하나만을 데리고 4인승의 경비행기 편으로 라스베이거스를 떠나 그랜드캐니언으로 향했다. 여기 남은 두 분은 이미 그랜드캐니언을 본 일이 있는 터라 오후 4시에 우리가 이곳으로 돌아올 때까지 여기 남아 기다리기로 했다.

"이런 비행기 얼마면 살 수 있느냐?"고 물으니, "1만 2천 달러면 팔겠다"고 그 조종사가 대답한다. 우리만의 이 경비행기는 우리를 태우고 네바다와 애리조나의 사막을 거쳐 역시 자연히 돈은 풀 한 포기 없는 막막한 곳을 한참 동안 날아가고 있었는데, 문득 무슨 수풀 같은 것이 아래 내려다보여서 "저건 무슨 나무의 수풀이냐?"고 조종사에게 물으니 "아마 소나무 아니면 유타주니퍼라는 나무들이 다"라고 했다.

나무들 중에서 솔을 가장 좋아하는 나는 내 환갑 때 아내가 구해 주어 내 방 곁에 심은 서울 우리 집의 소나무 모양을 기억해 내며 '저게 소나무들이었더라면' 하는 생각만 들었다.

그랜드캐니언

저공비행으로 날아가는 비행기에서 잘 내려다보이는 네바다 주와 애리조나 주 쪽의 그랜드캐니언의 그 넓고 다채로운 산맥들의 모양과 색채는 복잡다단한 것이지만, 공통점은 그것들이 어디서나 뾰족한 산봉우리를 가지지 않고 납작납작하게 산맥의 윗부분들을 모양 지어 가지고 있고, 또 그 빛깔들이 꼭 국민학교 상급반 아이들이 크레파스로 연습해서 다채롭게 칠해 낸 것 같은 그만한 정도의 뉘앙스를 지니고 있다는 점이다.

말하자면 우리나라나 중국의 옛 산수화에서 볼 수 있는 감칠맛이라는 것은 없는 해바라진 산맥들의 연속이지만 그래도 그런 대규모의 범위는 불가불 한 산맥의 특수한 권위는 만들고 있었고, 산맥과 산맥 사이의 꽤나 깊은 바닥을 뚫고 길게 길게 흐르고 있는 콜로라도 강의 지독스런 독사가 땅속을 뚫고 폭주하는 것과도 같은 흐름은 꽤나 인상적인 것이었다. 산맥 위의 널찍널찍한 바위들의 마당에서

1천 미터나 2천 미터쯤 아래로 내려간 산골짜기 밑바닥의 콜로라도 강가에는 어느 만큼씩의 수풀을 지닌 인디언 마을들이 내려다보여 묘한 원시 시절에의 향수를 자아내게 하고 있었다.

'저기 저런 골짜기에 비라도 밤내 내리면 그것 참 꽤나 호젓하겠다'는 느낌이 들자, 그 어디로 내려가 버렸으면 하는 느낌도 내 속에서는 어느 사이 일어나고 있기도 했다. 세상에서 금지하는 애인이 있다면 그런 애인 데리고 숨어들어 살기에는 안성맞춤의 자리의 하나임엔 틀림없겠다. 물어 보니 생활비도 인디언식으로 살기라면 몇 푼씩 드는 것도 아니라 한다.

나는 비행기 조종사에게서 들은 그 유타주니퍼 나무―아무것도 살지 못하는 미국 네바다에서도 오히려 산다는 그 소나무 얘기를 했었지만, 그랜드캐니언 공항에 내려 여기 그것이 많이 모여 살고 있는 모양을 보니 우리 한국의 소나무와 같은 데도 있지만, 그 생김새가 너무나 멋적어서 유감스러웠다.

우리나라 소나무들은 아무리 궂은 데 생겨나고 또 아무리 무엇하여도 장구 소리나 가야금 소리도 나는 것 같은 유연한 풍류의 멋으로 그 가지들을 막힘없이 뻗치고 살 줄은 아는 것인데, 여기 이 소나무들은 가지를 조금 뻗어 가다가는 그냥 오글오글해지고 말기만 하여, 마치 아이들이 그저 조급히 그 고고라는 것이나 춤추다가 오그라지고 있는 것만 같을 뿐인 것이다.

그랜드캐니언 공항의 한구석에는 꽤나 많은 당나귀들이 우리 안에서 놀며 심심한 하품인 듯 이빨을 가끔씩 느긋하게 드러내고 있었다. 당나귀란 어디서거나 이렇게 대인 기질이랄지 하여간 늘 태평함을 상징해 보여 주어서 좋다. 들으면 관광객들은 이놈 중의 하나를 타고 그랜드캐니언의 바위 산맥들 사잇길을 아래로 아래로 꼬불꼬불 하루 종일 내려가서 그 산 밑바닥을 흐르는 콜로라도 강가의 어느 인디언의 마을에서 쉴 수 있다는 것인데, 나는 그렇게는 하지 못하고 그저 유타주니퍼 나무들의 고고 춤의 숨은 소리를 귀담아들으며 또 어느 네모난 그랜드캐니언의 바위 모서리에선가 이곳 특수한 독수리 새들이 끄윽끄윽거리는 소리 같은 거나 듣고 있다가 다시 귀로의 비행기에 오를밖에 없었다.

꼭 텍사스의 서부활극에 나오는 보안관 차림 그대로인 보안관이 보여 같이 사진을 좀 찍겠느냐 해서 그의 승낙을 얻어, 내 손자 녀석에게 보여 줄 양으로 같이 서서 찍었다.

퇴역한 호화 여객선 퀸메리호

12월 5일에야 동국대학교 출신의 제자인 시인 황갑주 군에게 연락이 되어 그의 연락으로 같은 학교의 제자이고 또 내가 서울에서 결혼식 주례도 한 일이 있는 김병현 군이 6일부터는 안내에 나서 주었다.

그는 로스앤젤레스의 한국인 마을에서 자동차 수리업소를 두 군데나 벌이고 있고, 그러자니 또 지배인이란 것도 두고 지내는 형편의 시인으로, 나를 어느 만큼 안내하고 다녀도 별지장은 없다고 하며, 6일 오후 1시쯤 호텔에 나타나서 나를 맨 먼저 디즈니랜드라는 데로 데리고 갔으나 여기는 목요일—8일부터라야 연다 하여 남은 시간을 할 수 없이 퀸메리호나 보기로 했다.

퀸메리라는 배는 아시다시피 아메리카와 유럽 사이를 늘 왕래하던 왕년의 영국의 가장 큰 호화 여객선이지만, 이제는 나이가 너무나 많고 또 보험도 이미 받아 주지를 않아서(너무나 나이가 많은 배는 보험회사에서 보험을 받지 않는다고 한다) 여기 로스앤젤레스의 롱비치 바닷가에 영원히 멎어서서 나그네의 관광용이 되고 있었다.

배 안에 있는 넓은 댄스홀이니, 넓은 회의실이니 그런 것보다도 나는 오히려 소박한 목조의 통용문으로 나들이하는 측간(화장실)에 감동하였다. 이것도 그 현대적이라는 것이 못 되는 소박한 목조인 데다가 일을 본 뒤에 쓸 것인 화장지도 역시 썩 좋은 걸로 많이 여유 있게 마련하고 있어, 여러 식민지를 개척해 살아온 대영제국의 그 넉넉한 여유란 것을 보여 주고 있어서 서울 떠나온 후 여기에서 나는 아마 오랜만에 용변을 유쾌하고 편안히 봤던 것 같다.

그 걸음으로 배 안에서 칵테일 파는 곳으로 들어가 거기 서 있는 아주 점잖고 조용한 젊은 영국 여인더러 "옆에 좀 같이 앉아 이야기하자"고 했더니 "그런 짓은 안 하는 것이 좋다고 생각해서 여기서는 못 하고 있다"고 하며 넌지시 미소하고 물러서는 것이었다. 전통이 대단하게 오랜 것들은 어디서나 두루 이런 것이다. 영국인의 어떠함이 새삼스레 느끼어졌다.

이튿날 12월 7일 오전엔 김병현 군과 나는 김 군의 차로 미국 태평양 연안 지역의 제일 아름다운 국립공원 요세미티를 거쳐 샌프란시스코까지의 여행에 나섰다.

이 길도 반나마는 네바다의 길처럼 거의가 막막한 사막이다. 남북한국 땅덩어리 전체의 두 배나 되는 이 큰 캘리포니아 주의 반도 훨씬 넘는 땅들까지가 네바다 비슷한 황무지만이 뻗치고, 나무가 있는 곳은 드물어서, 한국인이 와서 시련을 겪기에는 가장 알맞은 곳으로만 보였다. 땅도 이런 데는 한국만 못지않게 싸다고 하니 우리 동포들이 많이 와서 개척해 냈으면 좋겠다. 그러나 물론 옮겨 오는 사람들이 미국 사람들에게 지탄받지 않을 만큼 점잖아야 함은 물론이다.

요새 여기 와서 들으니 한국 안의 소위 저질 얌체 족속들이 미국으로 많이 옮겨 와서 저지르는 얌체 행위 때문에 성실한 교포들이 받는 피해와 수모도 적지 않다고 하니, 한국 정부에서도 가능한 한 미국으로의 출국자의 질도 좀 더 면밀히 살펴야 할 것 같다.

거짓 수표를 들고 와서 동포들의 가게에까지 골탕을 먹이는 얌체의 동족들도 이런 언저리에서 생겨 나오는 것 아니냐는 이야기들이었다. 이런 사람들은 내 나라에서 먼저 잘 재교육시켜 내보내야 할 것이다.

로키 산맥의 요세미티

로스앤젤레스에서 요세미티로 가는 도중에 우리 차는 기름이 바닥나서 그 황막한 곳의 어느 언덕에 멈추어 버렸다. 이건 미국에서까지 아무리 일을 부지런하게 잘 해낸다고 하면서도 내 제자 김병현 군이 나를 닮은, 아직도 시인이 아닐 수 없는 데서 온 불찰이었던 것 같다.

이런 때 사람은 흔히 당황하지만 우리 김병현 군은 서부영화에 가끔 나오는 것처럼 무슨 조그만 통 하나를 꺼내 들고, 어디로 달려가는지 그 막막한 하이웨이를 뛰어 달리기 시작했다. 어느 주유소 있는 곳까지를 뛰어가는 것이리라. 나는 차 밖으로 나와서 몇백 년이나 살던 것인지 나 같은 사람은 대여섯 명쯤은 넉넉히 앉을 만한, 죽어 베 낸 어느 나무의 그루터기에 앉아서 한동안 이 광막한 벌판의 햇볕을 쬐고 죽은 듯이 앉아 있을밖엔 없었는데, 얼마만큼의 시간이 지났는지 그는 드디어 돌아오긴 돌아왔다.

뛰어가고 오는 길에 무슨 차인지를 만나 편승해서 기름 구해 오는 일이 빠를 수 있었다는 것이었다. 구해 온 기름으로 우선 차를 움직여 얼마만큼 더 가다가 주유소를 겨우 만나 우리는 충분한 기름을 넣었다.

우리는 요세미티에 닿아 '스위스 멜로디 인'이라는 아주 조용한 이름을 가진 여관에 들렀는데, 이렇게 조용하고 깨끗하고 싼 여관도 드물다. 계절이 아무래도 첫겨울이어서 여행객들이 영 없는 때문이라고 했다.

캄캄해진 때 도착해서 곤죽같이 피곤해 자고 이튿날 여관의 식당에서 아침을 드는데, 웨이트리스가 예뻐 보였던지 김 군이 그녀에게 나를 한국이란 나라의 아주 큰 시인이라고 소개하니, "아이구……

그러세요?" 하면서 아까까지와는 달리 아주 마음으로 나를 존경하는 태도를 보여 주었다. 이런 대접을 받고 보니 시인이라는 것도 할 만한 것 같기도 했다.

요세미티의 좋은 산봉우리들은 흡사 우리 서울 수유리의 도봉산과 같은 모양들을 했다. 이곳의 제일 중요한 봉우리라는 것은 더구나 그 모양이나 흰 빛깔까지가 우리 도봉을 닮았다. 폭포 중에 제일 좋다는 것은 그 흐르는 물 폭이 가뭄으로 사뭇 준 지금 것은 꼭 우리 강원도 설악산의 토왕성 폭포 비슷한데, 길이는 토왕성 폭포보다 약간 짧은 듯했다.

여기는 많이 한국다운 곳이라고 생각하며 산을 내려오다가 큰 소나무들이 늘어선 양지 쪽 길에 내려 나무들 사이에 들어서 있자니 어디선지 꿀벌 떼 소리와 무슨 새소리가 합친 소리 같은 묘한 소리가 이어 들려와서 그 임자들을 나는 한동안 물색해서야 찾아낼 수 있었다. 알고 보니 그들은 작은 나비 정도의 작고 경쾌한 새들로 빛은 밤빛 같은 게 수백 마리씩 떼를 지어 소나무를 에워싸고 무슨 찬양을 하고 있는 것이었다. 허밍버드—이것이 그 이름이라고 하는데 그 소리는 아닌 게 아니라 콧노래로 이 요세미티의 무슨 성경을 읊조리는 소리만 같았다.

더 내려오면서 우리는 '사슴 지역'이니 '곰 지역'이니 써 붙인 푯말을 보고 가다가 한두 마리씩 우리 가는 길을 가로질러 건너가는 사슴들을 만나기도 했다. 밤에 차를 몰고 가다가 잘못해서 이들을 치어 죽이는 일도 흔하고, 아침 일찍 차를 몰고 가다간 지난밤 차에 치여 죽은 것들을 줍는 일도 흔하다고 했다. 박물관에 잠시 들러 알아보니 아직도 이곳 고유한 범도 꽤나 살고 있다고 쓰여 있다. '범아 너나 한번 가까이 와 봐라范叔近如何'— 한용운 선생이 어느 절간에서 때 낀 옷으로 설을 넘기며 쓰신 한시의 한 구절이 유난히도 기억에 되살아나고 있었다.

샌프란시스코, 기타

12월 8일 오전에 요세미티 산중에서 출발하여 김병현 군은 해 질 녘 나를 샌프란시스코의 힐튼 호텔에 실어다 놓고, 두 해 전부터 여기 와 있는 우리 여류 시인 주정애 양에게 전화를 걸어 나를 찾아오게 해 놓고는 로스앤젤레스의 일터로 다시 먼 밤길을 더듬어 떠나 버렸다.

주정애 양과 그녀의 사내 동생이 우선 샌프란시스코의 밤바다와 밤거리를 보자고 앞장을 서서 먼저 뱃사람 파시에 가 보았다.

이 바닷가 선창 거리에서는 한국의 목포나 부산의 자갈치 시장이나 마찬가지로 여러 가지 생선이나 게, 조개 종류들을 즉석에서 아주 간단히 삶고 볶아 요리해서 비싸지도 않은 값으로 팔고 있어서, 우리 세 사람은 서울서 파는 것과 거의 같은 삶은 바닷게를 한 마리씩 사 들고 맛있게 뜯어서 안주로 먹으며 맥주를 마셨다. 주정애 양은 천식으로 오래 고생해 왔는데 여기로 옮겨 와서 치료를 받으면서 많이 좋아졌다고 했다.

이튿날 12월 9일은 역시 이곳의 여류 시인 강옥구 여사가 버클리 대학 교수인 남편과 함께 나를 그들의 차로 안내해 주어서 주정애 양과 넷이서 샌프란시스코의 중요한 곳을 두루 돌아보게 되었다.

골든 게이트 브리지(우리나라 사람들은 금문교金門橋라 부르는 그 유명한 다리) 다리의 기둥이 하나뿐이면서 꽤나 긴 다리를 지나가 보았는데, 과히 멀지 않은 곳에 외딴 섬이 하나 보이기에 이름을 물었더니, 강옥구 여사는 그건 왕년의 미국의 갱 두목 카포네와 같은 중죄수들만을 가두는 감옥이 있던 섬인데, 이 섬 둘레에 큰 상어 떼들이 너무나 많이 모여 살고 있어 죄수들이 헤엄쳐 도망가려고 해도 먼저 그 상어 떼들의 밥이 돼야만 하기 때문에, 여기를 그런 중죄수의 감옥 자리로 골랐던 것이라고 했다. 그러나 근년에는 미국 정부에서 무엇을 다시 고쳐 생각했는지 중죄수의 감옥은 샌프란시스코 교외의 육지로 옮기고 이곳은 그냥 사람이 안 사는 무인도로 남겨 두었으며, 아메리칸인디언들이 이 섬을 자기네들에게 달라고 정부에 조르고 있는 중이라고도 했다.

내가 샌프란시스코에 와서 제일 감동한 것은 프랑스의 위대한 조각가 로댕의 박물관에 들러 그의 많은 조각들을 감상할 수 있었던 것이다. 미국의 어떤 여류 독지가의 헌금으로 이루어졌다는 이 로댕 박물관에는 소품들이지만 로댕의 귀중한 작품이 꽤나 많이 진열되어 있었다. 로댕같이 그 조각의 형태와 선에 어색함을 거의 안 가진 조각가도 드물 것이다.

나는 그의 〈입맞춤〉이라는 제목의 그 기막히는 한 쌍의 다붙은 남녀상 앞에 서서 오랫동안 일그러져 있던 내 천연의 웃음소리가 다시 소생되어 옴을 느꼈다.

오후 늦게 태평양 연안의 명문 대학인 오클랜드의 버클리 대학에 들러 그들의 요청으로 내 시 「국화 옆에서」와 「푸르른 날」, 「동천」, 「선운사 동구」 등을 내 소리로 낭독해 디스크를 떴다.

서양의 시인들 것은 많이 떠 놓았지만 동양에서 온 시인으로는 내 것이 처음이라고 그들은 말했다.

도서관에도 잠시 들러서 한국문학관을 둘러보았는데 왕조 시절의 문학작품들까지도 꽤나 풍부하게 지니고 있었다. 내 책도 일지사 발행의 전집을 비롯, 몇 권의 중요한 시집들까지를 사들여 와 갖추고 있었다.

시애틀의 미주리호 함상에 올라

12월 10일 오전 9시 40분, 시애틀 공항에 내리니 이곳의 우리 총영사 부인인 여류 시인 박명성 여사가 비서와 함께 마중 나와 기다리고 있었다. 남편인 총영사를 따라 여기로 옮겨 온 지가 아직 한 달도 안 된다고 하며, 영사관 자리도 아직 정하지를 못하고 올림픽 호텔에서 묵고 있다고 나도 그리로 안내해 주었다.

이곳에는 1945년에 일본이 2차 세계대전에서 완전히 패망했을 때, 일본의 천황인 히로히토가 맥아더 장군 앞에 나와 항복 서명을 하던 기념적인 배 미주리호가 닻을 내린 채 영주하고 있는 곳이다.

총영사 비서의 안내로 나는 마침 이슬비가 내리는 속을 미주리의 그 항복 서명 현장에 올라가 보았는데, 상상했던 것보다는 매우 좁은 면적이어서 히로히토는 여기서 항복 서명을 하며 두 무릎이 대단히 떨리지 않았을까 하는 생각이 들었다.

대학교 2학년생쯤으로 보이는 해군 사병 하나가 별 대수로운 일도 아니란 듯이 가벼운 몇 마디로 이곳을 설명해 넘기는 모습에서 나는 미국과 일본의 대조를 보는 것 같았다.

거꾸로 일본인들이 이렇게 되었다면 그들은 아마 되게 부풀리고 위대한 자세로 미주알고주알 이긴 것을 으스대 보이지 않았을까 느껴졌기 때문이다.

이 배의 항복 서명식장으로 올라가는 사다리의 계단들은 든든한 쇠가 아니라 상당히 가냘픈 판자 조각들로 만든 것으로, 여기를 밟고 올라갔던 히로히토와 그의 부하들은 많이 불안했을 것이다.

돌아오는 길에 김정일이라는, 북괴 김일성의 아들과 이름이 똑같은 우리 안내 청년에게 여기 사는 교포들의 상황을 물었더니 "여기 사는 교포의 10퍼센트쯤은 한국 정부에 대한 약간의 불평을 갖고 있지만, 적극적은 아닙니다"라고 했다.

또 우리 교포들이 서로 대립만 하지 않는다면 미국 사회에서 사는데 더 많은 혜택을 받을 수 있을 것이라고도 했다. 나도 김정일 군에게 찬성하며 어떻게든 교포들의 원만한 단합을 만들도록 애써 보라고 당부했다.

우리는 다시 시인 박명성 여사와 함께 셋이서 이곳의 명물인 바늘

탑 꼭대기에 올라가서 망원경으로 시애틀 시가의 먼 곳까지를 바라보며 여기에 발붙인 우리 교포들의 장래에 대해서 의견을 교환했다. "교포들은 한국에 있을 때보다 열 배는 더 부지런하다"는 것이 여기 온 지 벌써 여러 해가 되는 김정일 군의 보고여서 우리는 이 점에는 함께 기뻐했지만 단합력이 아직도 모자란다는 이야기가 나와 또다시 아찔하지 않을 수 없었다.

캐나다의 밴쿠버를 다녀오며

12월 11일. 마침 주말을 이용해서 총영사 부부와 그들의 둘째 아들과 비서 김정일과 나 다섯 사람은 영사관 차로 오전 9시쯤 출발하여 세 시간쯤을 달려 캐나다의 밴쿠버에 닿았다. 마침 눈과 비가 섞이어 내리고 있어 미끄러질까 걱정이었으나 늘 눈을 쓸어 내는 제설차가 활동하고 있어 그 걱정도 필요가 없었다.

미국과 캐나다의 국경에서는 외교관의 차라 하여 우리는 별 조사도 따로 받지 않고 통과할 수 있었다. 외교관이란 이런 경우엔 참 신바람 나는 직업이 아닐 수 없다.

밴쿠버는 캐나다의 서쪽에서는 가장 큰 항구여서 세계 각국과의 무역이 뱃길을 통해 매우 번창하게 이루어지고 있는 곳이다. 특히 중공과의 무역이 왕성해져서 중공의 한약들이 많이 수입되어 팔리고 있었다.

미국과 캐나다 사람들은 한약을 애용하는 외에도 침 맞는 걸 또 와짝 유행시키고 있다고 한다. 한약국이나 침놓는 직업을 가진 사람들은 두루 다 잘 벌며 살고 있다는 것이다. 우리 한국의 한의사와 침술사들을 이곳에 옮겨 심었으면 하는 욕심이 내게 안 일어날 수 없었다.

그러나 조지 밴쿠버라는 꽤나 옛날의 영국 뱃사람에게 발견됨으로써 그 문을 열기 비롯한 캐나다의 태평양 가의 이 항구는 나와의 초대면에서는 깊이 사귈 기회를 주지 않았다.

이슬비가 내리는 무척 흐린 날씨인 데다가 또 내가 여기 있을 수 있는 시간은 이날 하루뿐이어서 우리는 그저 시내를 한 바퀴 드라이브하며 엘리자베스 여왕의 이름이 붙은 공원 곁이나 조금 스쳐 가고 이곳의 유명한 중국인 거리나 좀 들러 볼 겨를밖에는 없었다.

캐나다는 얼마 뒤에 뉴욕 쪽에서 다시 올라가서 한동안 지낼 계획이니 그때에 자세히 볼밖에 없이 되었다.

나는 여기에서, 내가 이날 오후 7시 반 시애틀을 출발해 로스앤젤레스로 돌아가는 비행기에서 당한 심히 인상적이었던 작은 사건 하나를 말해야 되겠다.

두 시간 동안의 비행시간의 3분의 1쯤을 날아왔을 때, 내 앞 좌석에서 힐끗힐끗 나를 넘어다보던 쉰댓 살쯤 되어 보이는 허줄한 서양 사내 하나가 뜻밖에 내 옆의 빈자리로 옮겨 와서 바짝 다가앉았으며, 마침 내가 사서 마시고 있는 깡통 맥주를 손가락질하면서 뭐라고 하는지 알아들을 수 없는 낮고 부정확한 발음으로 마구 지껄여 대는 것이다.

눈치로 짐작하고 "맥주를 원하는가요?" 물으니 고개를 끄덕이며 그렇다는 것이다. "그럼 마셔 보시오" 하고 내가 마시던 깡통을 그에게 주었더니 그는 꿀꺽꿀꺽 단숨에 그걸 다 마셔 버린다.

그래 나는 마침 옆을 지나가는 여자 안내원을 시켜 다시 두 개를 더 가져오게 하여 한 개씩 나누어서 마시었는데, 이런 서양 사람은 처음 대하는 것이어서 당황하지 않을 수 없었다.

맥주를 마시고 나서도 물러가는 게 아니라, 여전히 또 한정 없이 알아들을 수 없는 내용을 잠꼬대처럼 마구 지껄여 대서 할 수 없이 나는 미안하다는 인사 한마디를 그에게 남기고 멀리 있는 딴 좌석으로 옮겨 가서 앉아야만 했다.

뒤에 로스앤젤레스에 와서 들으니, 이런 미국 사람도 미국에는 더러 있다는 것이다. 한국의 술주정뱅이보다도 좀 더 적극적인 것 같다.

우정의 종과 한국인 마을

12월 12일. 동국대학교 국문과 제자였던 김병현 군의 안내로 나는 이날 오전 비로소 미국 독립 2백 주년 기념으로 우리나라에서 만들어 보내 로스앤젤레스에 세운 '우정의 종'을 보러 가게 되었다.

꽤나 넓게 제공된 푸른 잔디밭 위에 순 한식의 기와집으로 세워진 이 종각을 볼 때, 한국에 태어난 사람이면 누구나 먼 태평양 너머 구름처럼 피어나는 그리운 조국에 대한 향수를 안 느낄 수는 없으리라. 그러나 그 건축물에는 부족한 점이 많다는 것이 이곳 교포들의 의견이라고 한다. 이곳에 기술자가 없어서인지, 단청도 아직 안 되어 있어 내게도 그건 그렇게 보였다.

외국인에게일수록 우리 것을 보이려면 좀 더 정교한 걸 보여 주어야 할 것이다. 그래야만 우리가 얼마나 좋은 걸 가지고 있는지를 구체적으로 알게 할 수 있을 것이다.

하여간에 이 '우정의 종각'을 여기 세울 수 있어 천만다행이었다고 나는 생각한다. 이 종 앞에 나는 우두커니 주저앉아서, 긴 36년간의 일본 식민지의 노예였던 우리를 회고해 보고, 또 거기서 우리를 해방시켜 준 미국의 B29의 모습을 한참 동안 돌이켜 생각해 보고 있었다. 어느 경우에도 우리는 미국의 은혜를 잊거나 저버려서는 안 될 것이다. 이 쇳덩이의 종소리가 늘 변하지 않는 소리로 울릴 것처럼 두 나라의 우정에도 변덕이 생겨서는 절대로 안 될 것이다.

마침 우리 뒤에서 멈추어 선 차에서 내리는 우리 교포 몇 사람이 보여 반가워서 인사를 건넸더니 그들도 유난히 반가운 표정으로 오랜만에 만나는 가족이나 대하듯 우리를 대한다. 아마 이 '우정의 종'이 풍기고 있는 영향만 같다. 한양대학교를 졸업하고 미국에 온 지 4년째 된다는 청년은 페인트칠이 직업이라 했는데, 아닌 게 아니라 그의 청바지엔 페인트 방울이 많이 튀어 박혀 있었다. 김병현 군이 내 이름을 대니 잘 안다고 좋아라 하며, 한국에서 다니러 왔다는 그의 어머니에게도 나를 소개해 주었는데, 나보다도 얼마쯤 나이 아래로 보이는 이 부인은 나를 보고 두 눈에 눈물 흔적까지를 감추지 못한 채로 있었다.

나도 그런 편이기는 하지만 한국 사람들, 특히 늙어 가는 한국 사람들은 대체로 웃음보다 눈물이 더 많은 것이 걱정이다.

중국 사람들의 옛말에 '우는 것이 아야 아야 아파하는 것보다야 낫지만, 그래도 쓰윽 웃는 것만은 훨씬 못하다' 하는 것이 있다. 그건 어느 경우에도 바른 생각일 수 있는 것 같다.

'우정의 종'에서 내려오다가 우리는 올림픽 거리의 한국 음식점에 들렀는데, 조개탕이니 조기탕이니 하는 것까지가 여기는 다 있고, 그 맛도 서울의 어느 식당 것보다 훨씬 더 맛이 있었다. 재료가 풍부해서 그렇다고 한다.

올림픽 거리에는 우리말로 된 상점 간판들이 꽤나 많이 보이고, 그중에는 우리 책을 파는 가게까지 있어, 나는 내 시집 『질마재 신화』 다섯 권을 기증용으로 여기서 샀다.

디즈니랜드

12월 12일. 점심 뒤에 김병현 군의 안내로 디즈니랜드라는 심히 아동문학적인 곳에 들어서며 나는 맨 먼저 서울 인사동 입구의 그 디즈니 다방을 기억해 내고, 또 거기 거의 날마다 드나드는 아동문학가이자 또 관악산 밑 예술인마을의 내 이웃사촌인 시인 이원수 형을 이어 생각하며, 그와 함께 여기 왔더라면 하는 느낌에 한동안 잠겼다. 같이 와서 그의 '나의 살던 고향은……'이나 한번 같이 불렀더라면 싶었다.

또 이어서는, 아직도 가려면 먼 노스캐롤라이나의 롤리에 저의 부모와 같이 살고 있는 내 단 하나의 손자인 우리 거인이가 이 자리에 같이 있을 수 없는 것이 무척 섭섭하기도 했다.

그러나 나는 곧 내 손자 거인이 대신의 어린애가 되어 디즈니랜드의 어린애 분위기에 휘말려 들었다. 큼직한 인형 곰과 개와 여우들이 미국에서 나오는 동화책 삽화 그대로의 모양으로 나타나서 한국이라는 동양의 한 시골 나라에서 온 나한테도 악수를 청하고 또 포옹을 하며 대어 드니, 어떻게 내 예순세 살의 나이를 또박또박 잊지 않을 수나 있겠는가.

미시시피 강의 스팀 보트, 서인도제도의 옛 해적들의 무대, 아프리카의 위험한 정글 속의 강물을 배로 지나는 모험, 제한된 길 안을 달리며 내 스스로 해야 하는 자동차 운전, 유령의 집, 모형 우주 탐험. 그 밖에도 수없이 꾸며 놓은 동화적인 시설들 속에 들어서면 들어설수록 나는 점점 더 어린애가 되어 가는 것만 같았다.

여기를 만든 월트 디즈니라는 사람의 돈은 이 세상의 어떤 사람이 쓴 돈보다도 그 동기는 잡념 없이 순수하게 쓰인 것이 아닌가 생각한다. 그러나 이것도 이렇게 번창하여 영업으로도 큰 것을 또 이루고 있는 걸 보면 순수도 번성하면 드디어는 한 영리사업도 될 수 있다는 걸 내게 생각게 했다.

여기도 꽤나 넓은 면적을 차지하고 있지만 플로리다에는 이보다도 훨씬 넓은 디즈니월드라는 것이 벌써부터 만들어져서 여기만 못지않은 성황을 이루고 있다고 한다.

그런데 이런 디즈니랜드나 디즈니월드를 미국의 넉넉지 못한 사람들이 구경하려면 먼 곳에서는 몇 해씩 저축을 해야 가능하고, 또 그 많은 미국인들이 이 구경을 한번 하기 위해서 늘 열심히 저축하고 있다고 하니, 미국인들이 바라는 건 참으로 어린애답게 되어 보는 길 아닌가 싶다.

그들은 세계에서도 제일로 늘 너무나 바쁘고 또 속도가 빠른 물질문명의 생활을 하다가 마침내는 할 수 없이 어린애 때의 한가하고 서두를 것 없는 시간들이 그리워진 것 아닐까?

그렇다면 동양, 그중에서도 우리 한국이나 중국이 빚어 온 한가하고 사심 없는 순수가 만드는 생활의 감칠맛은 그들에게 크게 매력 있는 것일 수 있을 텐데 어떨는지? 가령 우리 '선비의 길' 같은 그 한가한 맛은 어떨는지?

할리우드의 밤

할리우드라고 하면, 서양의 영화를 좋아하면서 아직 여기를 와 본 일이 없는 한국 사람들에게는 아름다운 여배우들과 잘생긴 남자 배우들이 우글거리는, 꽤나 보기 좋은 거리로 생각될 것이다. 그러나 실제로 와서 보면 그렇지가 못하다.

물론 할리우드 거리에는 유명한 극장들이 있어 할리우드에서 만들어 내는 좋은 영화들을 늘 상영하고 있고, 또 거리의 한 귀퉁이에는 역대 명배우들의 손바닥, 발바닥 도장들과 친필 서명까지도 길바닥에 실제 그대로 박혀 있기도 하여, 여기가 틀림없는 할리우드구나 하는 감명을 주고는 있지만, 조금만 더 이곳의 사정을 자세히 들여다보면 여기는 그렇게 단순하게 되어 있는 곳은 아니다.

지금의 할리우드는 로스앤젤레스에서도 가장 타락하고 난잡하고 무력한 사람들이 우글거리는 대표적인 거리의 하나에 지나지 않는다.

12월 12일 밤, 이 할리우드의 초저녁에 나를 안내하며 차를 운전하던 우리 교포 중의 한 분은 찻길 양쪽의 인도에 느릿느릿 왔다 갔다 하는 남녀들을 차창 밖으로 손가락질해 가리키며 "저 사람들이 모두 숨어서 매음하는 창녀들이거나 그 뚜쟁이들이거나 아니면 그들을 찾고 있는 사람들입니다. 진짜 양키 여자들이 많지만 또 깜둥이 여자들도 적지는 않습니다. 어떤 깜둥이 사내들은 빈둥빈둥 놀면서, 아내들에게 매음을 시켜 편히 먹고살려고 해만 지면 아내를 데리고 나와 뚜쟁이 노릇을 하고 있다고도 합니다" 하는 것이었다.

거기다가 이 거리 사람들 속엔 환상의 마약 마리화나 상습자가 많아 한동안은 법으로 일정한 분량까지는 늘 가지고 다녀도 좋다고 인정해 주기까지도 했기 때문에 여긴 할리우드Hollywood가 아니라 할리 위드Holly Weed라는 별명까지 생기기도 했다고 한다. 위드weed는 잡초라는 뜻이고 마리화나도 나무가 아닌 잡초의 일종이라 해서 그런 비꼬는 별명을 누군가가 붙여 퍼뜨렸다는 것이다.

나는 몇 해 전 우리 한국의 일부 연예인을 비롯한 대학생층에 마리화나 상습자가 생겼던 것도 이런 언저리의 소문의 영향이 아니었을까 생각되자 아찔하지 않을 수 없었다.

나는 안내자를 따라 미성년은 못 들어가는 조그만 영화관엘 들어가 보았는데, 여기서 상영하고 있는 영화의 내용이라는 것을 간단히 적자면—'건장한 택시 운전기사인 남편은 젊은 아내가 성적인 불감증에 걸려 있어서 불만이었다. 어느 날 그는 택시에 탄 손님이 차 속에 두고 내린 돈을 주워 라스베이거스에 가서 많은 창녀들을 데리고 난잡한 호유豪遊를 하게 되며, 아내는 남편이 밤에도 돌아오지 않자 그게 자기의 불감증 때문인 걸 통감하고 여자 의사를 찾아가서 정신분석학적인 치료를 받아 불감증을 고쳐 낸다'는 이야기였다.

그러나 이 영화가 관객의 관심을 끌려고 하는 것은 그런 이야기 줄거리가 아니고, 이야기 사이사이마다 촘촘히 끼워 넣은 너무나 사실적인 남녀 사이의 성교 장면들로서, 난생처음 이런 걸 보는 나에겐 적지 않은 당황감을 주었다. 더구나 공창이 허가되어 있는 라스베이거스에서 많은 여자를 동시에 윤간하는 장면, 또 여자끼리의 그런 수작들을 서슴지 않고 촬영해 내놓고 있어 무언지 많이 이상하게만 생각되었다.

사람의 치부를 이렇게 드러내 놓고 즐기는 것은 사람의 목숨의 은밀한 즐거움을 결국은 마비시키지 않을 수 없을 걸로 나는 안다.

유니버설 스튜디오

12월 13일. 오후에 서울 서라벌 예술대학에서의 내 아끼던 제자였던 이세방 군의 안내로 유니버설 스튜디오 구경을 나섰다. 유니버설이란 말은 미국의 한 영화사 이름인 줄만 알았더니, 유니버설시티라는 한 개의 어엿한 시 이름을 나타내는 형용사로도 쓰여지고 있는 걸 여기 와서 비로소 알았다. 그러니 유니버설 스튜디오란 유니버설 시티 안에 있는 같은 이름의 큰 영화사의 제작소의 명칭인 것이다.

버스를 내리고 타고 하면서 두 시간 동안을 돌아다녀야 겨우 그 중요한 것들의 약간을 볼 수 있는 이 영화 제작소의 시설들은 정말 대규모의 것이었다. 아마 배우 지망생인 듯만 싶은 안내인 사내의 청산유수 그대로의 너무나 유창한 설명과 익살 속에서 미국 영화 제작 현장의 기밀들을 돌아보고 다니는 것은 영화도 꽤나 좋아하는 나에게는 충분한 호기심을 일으켜 주었다.

먼저 내게도 낯익은 것으론 요새 우리나라 텔레비전에서도 연속 상영하고 있는 그 유명한 〈6백만 불의 사나이〉의 한 장면의 실연이 었는데, 그것은 딴게 아니라 높은 산이나 빌딩을 묘한 힘으로 날아서 오르내리는 스티브 오스틴 대령의 그 독특한 묘기 바로 그것이었다.

그러나 사실은 이런 것도 어린애들의 인형극 그대로의 속임수를 더 정밀한 기계력으로 꾸며 내고 있는 것이 눈에 역력히 보여, 오늘의 발달된 기계문명은 사람을 속이자면 꽤나 잘 속일 수 있겠다는 실감을 내게 일으켜 주고 있었다.

옛 이스라엘의 지도자 모세가 생활고에 허덕이는 동포들을 이끌고 살기 좋다는 가나안 땅으로 옮겨 갈 때, 홍해 바닷가에 와서 갈 길이 막히자 하늘에 기도하여 바다 한가운데로 길이 나게 했었다는 기독교의 구약성경의 이야기를 아마 여러분은 잘 기억하실 것이다. 이런 이야기를 영화로 찍어 내기 위한 인공 호수의 간만 시설도 마련되어 있고, 서부활극을 위한 텍사스 지방의 옛 마을이 하나 아주 근사하게 꾸며져 있는가 하면, 또 바로 멀지 않은 곳엔 고래가 사람의 목숨을 노려 공중에 치솟아 오르며 덤벼드는 어떤 바다를 줄인 것까지 다 마련되어 있다. 물론 그 고래도 가짜임에는 틀림없다.

우리가 탄 차는 어느 다리 위를 통과하고 있었는데 문득 우다당탕 하는 폭격 소리가 들리고 우리는 폭격 뒤의 연기에 휩싸이며, 이미 중간이 망가져 두 동강이 난 위험천만인 다리의 한쪽에 우리 차는 멎어설밖에 없었다. 그러나 염려하실 것은 없다. 미리 설치되어 있던 기계력으로 눈 깜짝할 사이에 다리는 그 전 그대로 감쪽같이 되맞추어지고, 우리들은 한바탕의 스릴에 너털거리며 통과할 수 있었으니까.

시인인 이세방 군은 "선생님보다 선생님의 손자 거인이가 왔더라면 좋아했을 겁니다" 하며 기념품 가게에서 유니버설 스튜디오의 마크가 박힌 러닝셔츠 하나를 사서 그 애한테 전해 달라고 내게 주었다. 언제나 가난하고 깨끗하기만 한 그의 이 선물이 나는 무척 반가웠다.

휴양지 라호야 항

12월 16일. 로스앤젤레스에서 요 며칠 동안 밀렸던 여행기를 마저 쓰느라고 지쳤던 나를 좀 휴양시켜야겠다고 하며 우리 남가주 국제대학교의 총장 김세종 형은 그의 여비서를 데리고, 멕시코에서 아주 가까운 태평양 가의 고요하고 아름다운 휴양지 라호야La jolla로 나를 안내해 차를 몰았다.

라졸라라고 해야 할 것을 여기서는 스페인어 발음으로 라호야라고 한다는 것이었다.

라호야로 가는 길에 김 형의 권고로 나는 오렌지밭을 경영하고 있는 한 농가를 잠시 동안 들여다보았다. 미국의 농민들이 어떻게 살고 있는가를 보려 함이었다.

우리 한반도 전체의 두 배나 되는 면적을 가진 캘리포니아 주의 거의 반나마의 벌판이 그런 것처럼 여기도 물기운이 영 없는 사막이어서 수천 개씩의 수도꼭지를 이용하여 날마다 물을 뿜어 주어 오렌지밭을 가꾸고 있었으나, 그들은 자연이 주는 빗물을 먹고 자라는 한국의 과수원들보다도 훨씬 더 많은 수확을 거두고 있다는 것이었다. 이 캘리포니아의 넓은 사막엔 1년 내내 거의 비가 오지 않다가 겨울에만 조금씩 비가 내리긴 하지만, 그걸로 나무들을 가꿀 수는 없어, 이렇게 농부들은 한정 없는 수도꼭지들을 준비하고, 낱낱의 나무들에 물을 주어 기른다고 한다.

이 농가를 들여다보고 나는 놀라지 않을 수 없었다. 내가 둘러본 미국 도시들의 어느 가정집보다도 더 예쁘고 더 안정되고 여유 있어 보였기 때문이다. 꽤나 늙은 향나무와 소나무, 또 아름다운 여러 가지 꽃나무들로 둘러싸인 그들의 집과 창고들은 모두가 다 아름다웠고, 매우 큼직큼직한 문패에서도 그 여유는 들여다보였다.

집집마다 마당에는 매끈한 자가용 차와 트럭이 놓여 있어서 한국의 아주 잘사는 회장 집 같은 데를 연상케 했다. 이 마을의 늙은 여인 네들이 두루 낯빛이 윤택한 대신 그 몸포가 거의 모두 너무나 뚱뚱한 것이 좀 걱정이라면 걱정이랄까, 그 밖에는 두루 다 천국만 같았다. "이런 데가 미국서도 제일 행복한 곳인 것 같다"고 김 총장에게 말하니 그도 그렇게 생각한다고 했다.

우리가 라호야 항구의 한가한 해안의 한 여관에 다다른 것은 밤 8시쯤 되어서였다. 미궁처럼 깊은 수풀과 수풀 사이를 사방으로 겹쳐 가고 있어서 그 길의 갈피를 차려 여관 거리를 찾기는 꽤나 어려운 일이었다. 그런 속에서도 우리 김 총장은 근사하게 지어진 어떤 병원 건물이 눈에 띄자 그의 대학교 건물도 그런 식으로 또 꾸며 보겠다며 차에서 내려가서 살펴보고는 내일 날이 밝으면 와서 사진을 꼭 찍어 가겠다고 별렀다. 그는 반드시 그의 뜻대로 충실한 우리 대학교를 미국에 세우는 일에 성공할 것을 나는 믿는다.

여관을 잡고 가족실 하나를 빌린 다음 우리는 식품 가게에 나가 약간의 음식 재료를 사 가지고 와서 이미 가지고 온 고추장을 실컷 풀어 만든 매운탕에 쌀밥을 지어 먹으며 한국인 쾌재를 외쳤다.

여기는 바다 위의 공기가 주는 자양분인 오존이 세계에서도 가장 풍부하게 많은 지대의 하나라고 한다. "어디, 우리 지독스런 한국 사람 이런 데서나 한번 실컷 살쪄 보자!" 하며 나는 미국 땅에 발 들인 이후 처음으로 편안한 잠자리에 들 수가 있었다.

해양 전시관과 동물원

12월 17일. 김세종 총장과 나는 김 총장의 여비서 유 양이 운전하는 차로 오전 10시쯤 라호야의 여관을 떠나 세계에서 가장 큰 것의 하나라는 샌디에이고의 해양 전시관에 먼저 들렀다. 세계 각국의 전시관들이 늘어서 있고, 일본 전시관도 꽤나 넓게 자리잡고 있는 옆에, 우리 한국의 전시관이 눈에 띄지 않는 것이 크게 섭섭하였다. 그러나 나는 분홍빛 학들이 조을조을 오전의 낮잠을 즐기고 있는 언저리에 문득 '코리안……' 무엇이라고 조그맣게 쓰여 있는 푯말에 눈이 반짝 뜨여, 그것이 무엇인가를 돋보기안경을 찾아 끼고 자세히 읽어 보았더니 '한국 잔디밭'이라고 적어 놓은 것이었다.

조그만 바위가 몇 개 붙여져 있는 아래 겨우 2미터 사방쯤의 넓이였을까, 그러나 나는 이 발견이 너무도 기쁘고 눈물겨워 무심결에 그 속으로 들어가서 픽주거니 주저앉아 버리고 말았다.

자세히 들여다보니 풍토가 다른 데 와서 좀 위축된 것인지 어느 만큼 오갈이 들어 있는 것 같기는 했지만, 이건 틀림없이 내 고향의 어느 들길에서도 볼 수 있는 그 어리석고도 성실한 소의 털처럼 잔잔히 돋아나 자라는 우리의 잔디 바로 그것이었다.

여기서의 내 느낌을 나는 지금 손쉽게 표현할 아무 글재주도 없다. 내가 한국 문단에서 글을 써 온 지도 벌써 그럭저럭 40여 년이 되었지만 이런 것을 쉽게 표현하기에는 능한 사람이 아닌 모양이다.

옆의 일본 전시장에 갔더니 예쁘장한 일본의 젊은 해녀가 미끈하고 흰 사지를 움직이며 물속에 들어가 조개들을 캐내고 그 속에 담긴 진주를 따 내는 것을 관람객들에게 보여 주고 있었다. 이런 것도 일찌감치 우리 제주 해녀쯤 배치해 두었더라면 그들보다 훨씬 더 실감 날 것 같아 보였다.

고래나 물개 같은 걸 훈련시켜 갖가지 재주를 부리는 곳—가령 세 번을 공중에 뛰어오르라고 하면 세 번을 틀림없이 뛰어오르고, 또 물가에 나가 서 있는 누구를 입 맞추고 들어가라 하면 또 그렇게도 잘해 내는 돌고래들의 갖가지 재주를 돌아보고 다니면서도 나는 늘 우리 재주를 여기 갖다 놓으면 조금도 뒤지지 않을 것이라는 것만 곁들여 생각하고 있었다.

우리는 이어서 이것 역시 세계에서도 손꼽히는 것이라는 샌디에이고 동물원에 갔다. 케이블카로 올라가서 내려다보았지만 우리 서울 창경궁 동물원의 한 백배쯤은 됨 직한 커다란 규모의 이 동물원은 맹수들의 우리에도 철책을 거의 치지 않고 자연스럽게 높은 절벽 같은 걸로 철책을 대신하고 있는 것이 그 자연스러운 특징이었다. 꽤나 높은 곳에 자리한 사자들이 곧 우리한테로 덤벼 나올 듯이 보이지만, 절벽들이 그렇게는 만들지 않는다는 얘기였다.

여기에 모여 있는 원숭이들도 빈틈없이 구비되어 있는 것이라 하지만, 나는 그들의 세계적인 뱀 수집에 놀라고 또 그 징그러움에 난생처음으로 신경을 한껏 곤두세우지 않을 수 없었다.

하늘은 무슨 필요로 이런 것들까지를 이렇게도 구체적으로 만들어 놓았는가? 참 알 수 없는 일은 바로 이런 일이다.

뱀의 징그러움을 참으며 많이 그려 낸 우리 한국의 내 친구 화가

천경자 여사나 여기 있다면 그게 무엇 때문이겠느냐고 한번 물어보고 싶었다. 모래 속에서 노리는 것, 바위 위에서 노리는 것, 나무 위에서 노리는 것―별의별스럽게는 사람의 생명을 노리는 독사의 무리들이 거의 빠짐없이 다 진열되어 있는 것이었다.

뱃살춤과 세 살짜리 걸프렌드

샌디에이고까지의 내 길동무 김세종 총장에게 "요 다음번은 텍사스의 댈러스나 한번 가 보고 싶다. 미국의 온갖 사나운 모습의 본고장―그 서부활극의 터전을 좀 보았으면 싶다"고 했더니 김 총장은 "그렇다면 안성맞춤으로 댈러스에 내 큰딸아이가 살고 있으니 잘되었다" 하며 그의 따님에게 전화로 안내를 부탁해 주어서 생소한 댈러스에 와서도 나는 마음 놓고 구경을 다닐 수 있어 다행이었다.

여기 도착한 12월 18일 밤엔 김 총장의 따님 김성숙 여사의 안내로 벨리댄스라는 춤 구경을 갔었다. 그 명칭 그대로 뱃살을 주로 흔들어 추는 이 춤은 아라비아를 소재로 한 영화에서는 가끔 보았지만 이렇게 반나체의 젊은 여자가 실연하는 것을 보고 있자니 그야말로 내 뱃살도 고부라져 들어옴을 안 느낄 수 없었다.

'뱃살춤'이라는 그 명칭이 과연 헛말이 아니로다 하는 실감이었다. 왕년에 이 거친 텍사스 황야의 용감한 카우보이들이 술집에서 이 춤을 즐기며 떠들썩하게 너털거리던 광경이 눈앞에 그대로 떠오르는 듯했지만, 관객들을 휙 둘러보니 예수 같은 더벅머리의 청바지들이 더러 끼어 있을 뿐, 거의가 나같이 단정한 차림새여서 옛 텍사스의 모습은 이미 이런 자리에선 찾아볼 수 없었다.

뱃살춤을 추던 젊고 토실토실한 여자가 여전히 그 춤을 계속하며 손님들의 술상 옆마다 돌고 다니다가 문득 우리가 앉은 테이블 옆에 오니 김 여사는 너털너털한 수술로 드리워진 그 무희의 스커트와 뱃살 사이에다가 1달러짜리 지폐 두어 장을 찔러 넣어 주며 나보고도 그렇게 해 주라고 했다.

그래 나는 우리나라 습관대로 그 지폐에다 침을 묻혀서 이마에다 철컥 붙여 주어 볼까 하다가, 혹 시비가 붙을까 겁이 나서 김 여사가 하라는 대로 시늉만 내고 말았다.

여기 한 시간쯤 앉아 있다가 김 여사의 집으로 돌아오니 이 집의 두 아이, 에디라는 다섯 살짜리 사내아이와 케티라는 세 살짜리 계집아이가 어느 전생에 내 친구여서 그러는지 친구 하자고 부지런히 내게 가까이 덤벼 와서 뭐 선물도 가지고 온 게 없고 하여 나는 할 수 없이 그들의 말이 되어 남매를 등에 태우고 한바탕씩 방바닥을 헤매 다니다가 그것도 질리면 셋이서 바짝 가까이 다가앉아 발바닥이나 겨드랑이에 간지럼을 먹이며 놀았다.

나는 한국에서도 가장 깊은 시골에서 생겨나서 어렸을 때에는 별다른 장난감도 없이 자랐으므로 너무나 심심하면 내 나이 또래의 아이들과 이 간지럼이나 먹이며 논 기억이 아직까지 남아 있어서 또 한 번 여기서 써먹게 되어 다행이었다고 생각한다.

영어밖에 모르는 세 살짜리 계집아이 케티보고 내가 서투른 영어로 "너는 아기냐? 처녀냐?"고 물었더니 "나는 아기가 아니다. 처녀다" 한다. "그럼 내 걸프렌드가 되는 게 어떠냐?" 하니 "좋다!"고 냉큼 대답해 놓고는 곧이어 "하지만…… 너는 너무나 늙었구나" 했다. 아닌 게 아니라 그런 것 같다.

케네디 기념관과 텍사스 황야

12월 19일 오전, 김성숙 여사는 그 집에서 경영하는 이곳 무역 회사의 서양인 여비서 하나를 내 안내로 소개해 주며 "이 여자는 과부니 같이 차 타고 다니면서 구경도 하고 가까이 지내 보라"고 웃으면서 말해 그러기로 하고, 한 60세쯤은 되어 보이는 은빛 머리의 이 노르웨이 계통이라는 여자가 운전하는 바로 옆에 앉기는 했으나, 이놈의 것, 말이 잘 통하지를 않아 번민거리였다.

텍사스의 황야와 옛 모습이 아직 남아 있는 마을을 보여 달라고 했더니 많은 현대 건물들 사이, 아직도 보존되어 있는 구식의 목조 건물들―서부활극에서 보던 것과 비슷한 목조건물들이 있는 마을 옆을 지나서 어느 한적한 교외로 나를 이끌고 갔는데, 이건 정말 참 한정 없는 벌판이다! 우리나라의 김제, 만경 같은 건 여기 갖다 놓으면 이 넓은 벌판의 손톱 하나 푼수나 될까, 가도 가도 끝이 없을 것만 같은 거친 벌판이 산 하나도 가지지 않은 채 질펀히 뻗쳐만 있는 것이다. 이별하고 떠난 그리운 사람이 있어도 옛날의 우리나라 장돌뱅이처럼 걸어서 찾아 나서 볼 수는 도저히 없는 곳만 같았다. 아! 소리치곤 이 황야의 어디에 주저앉아 버릴밖에 딴 도리는 없는 것만 같았다.

'존 F. 케네디 대통령의 암살도 결국 아메리카 대륙이 지닌 거친 황막함이 그렇게 한 것이다'—나는 오후에 케네디 대통령이 암살당한 현장과 기념관을 돌아보고 다니면서도 이 생각을 씻을 수 없었다. 이렇게 무한정 넓고 거칠기만 한 벌판은 결국 늑대의 무리 같은 야만도 기를 수밖엔 없겠다는 생각이었다.

오후에 케네디 대통령의 참변 장소들의 안내를 맡아 준 한국일보 댈러스 지사장 임국준 씨는 "케네디 대통령을 암살한 오즈월드란 놈은 사회주의자였기 때문이죠" 했지만 사회주의도 사회주의려니와 거기에는 틀림없이 이 텍사스 황야의 무슨 악령이거나 야성이 붙어 있었던 것같이만 느껴졌다.

나는 오즈월드라는 사회주의의 흉한이 고르고 골라서 총을 쏜 장소가 국민학교 어린아이들이 배우는 교과서를 출판하는 출판사였다는 것을 여기 와서 몸소 내 눈으로 확인하며 한층 더한 경악감을 금할 길이 없었다. 아무러면 이렇게도 부도덕할 수 있는가?

나는 이 글을 쓰면서 19세기 러시아 소설가 도스토옙스키의 『죽음의 집의 기록』 속의 한 표현을 기억해 냈다. '어떤 사람들은 사람을 죽이면서도 마치 무슨 두부 같은 것을 칼로 베며 아무렇지도 않게 웃듯이 웃으며, 그러고 있는 것이다. 이런 것을 생각하는 것은 내게는 걷잡을 수 없는 고민이 된다'고 한 부분이다.

사회주의가 번지면서 이런 오즈월드식의 야만이 세계의 도처에서 아무 가책도 없이 연달아 일어나는 것은 내 걷잡을 수 없는 고민이기도 하다. 한국의 판문점에서 연전에 일어난 '미군 장교를 도끼로 찍어 죽인 사건'을 나는 여기서 또 아울러 떠올리지 않을 수 없었다.

사회주의자들이 되면서 사람들은 흉악해져서 너무나 황막한 것과 야합하면 이 케네디 암살 사건 같은 일은 앞으로도 세계 곳곳에서 연달아 일어날 것이다.

케네디 기념관에서는 무엇보다 먼저 여기를 지키는 한 흑인 여인의 모습이 어느 딴 흑인들보다도 더 신성하고 경건하게 되어 있는 것에 눈이 갔다.

흑인들을 이곳에 늘 많이 오게 하면 그들의 은인 케네디 그리는 마음에 훨씬 더 좋아질 것 아닐까 싶었다.

폰차트레인 대교와 루이지애나의 밀림에서

12월 20일. 텍사스의 댈러스에서 루이지애나 주의 뉴올리언스로 날아온 그중 큰 목적은 저 유명한 강 미시시피를 한번 톡톡히 겪어보려는 것이었으므로 비행기 창밖으로 이젠가 이젠가 그것이 나타나기만을 늘 눈 주어 기대하고 있었다. 그래 마침내 그것이 공중의 내 눈 아래 미묘한 곡선을 그으며 나타나서 북에서 남으로 흘러내리다가 지평선 끝에서 하늘의 구름 속으로 말려들어 가고 있는 것을 내려다보게 된 것은 내게는 더없이 반가운 유장한 느낌이었다.

마음 같아서는 그 강 속에 들어가 미국의 대동맥인 이 강에 호흡을 같이하고 싶었으나 연락을 받고 나를 공항으로 마중 나와 준 전 혜미 여사는 그건 내일로 미루고 우선 폰차트레인의 긴 다리를 보러 가자고 하여 그리로 차를 몰았다. 폰차트레인의 큰 호수 위에 뉴올리언스에서 스라이들 사이의 24마일이나 뻗쳐 있는 이 다리는 세계에서 가장 긴 것이라 하여 세계 제일을 좋아하는 이곳 사람들의 큰 자랑거리가 되어 있다고 한다. 이 다리를 차로 왕복하는 데 꼭 한 시간쯤이 걸린다니 딴은 대단한 다리다. 서울에서 수원쯤까지의 길이를 가진 다리인 것이다.

다리의 중간쯤에서 사방을 살펴보니 호수라기보다는 끝없는 바다 위에 놓인 것만 같은 느낌이어서, 나라는 건 옛 중국의 시인 소동파가 표현한 그대로 넓은 바닷속의 조그만 좁쌀 하나쯤만 같았다. 한참을 더 가니 스라이들 쪽에 무슨 언덕 같은 것이 길게 늘어서서 나타나 보여, 무슨 산들이냐고 내가 물으니 전 여사는 "아니다. 그것은 산이 아니라 나무 수풀이다"라고 했다.

그 수풀이라는 데 도착해 보니 그게 딴게 아니라 루이지애나 주가 오랜 세월을 두고 가꾸어 낸 주립 공원의 밀림 지대였다. 이 공원의 밀림 지대는 폰차트레인 호수의 한쪽을 에워싸고 여러 백 리에 걸쳐 뻗치고 있어 사방 둘러보아야 나지막한 산 하나 보이지 않는 황야에 한정 없는 목숨의 상징처럼 우거지고 또 우거져만 있는 것이다.

전 여사와 그의 네 살짜리 사내아이와 나 세 사람은 밀림과 호수가 만나는 곳의 한 휴게소에 와 잠시 쉬었는데, 전 여사의 말을 들으면 이 공원으로 주말엔 가족끼리 산책을 나오기도 하지만 깊은 숲속엔 무서워서 아무도 들어가지 않는다는 것이었다.

마침 딴 사람 하나도 보이지 않는 이 적막한 겨울의 휴게소 한쪽 귀퉁이에서 웬 고양이가 한 마리 나타나더니 무척은 외로웠던 끝머린지 우리를 졸래졸래 늘 이어서 따라다녔다.

그러자 나와 전 여사는 이 고양이에 대해서는 어쩌자는 말도 없었는데 전 여사의 네 살짜리 사내아이가 "엄마, 데려가! 데려가!" 조르기 시작했다.

이 황야의 고독을 잘 알고 동정할 줄 아는 것은 이곳의 아이들이고 또 고양이 같은 짐승들 아닌가도 생각되었다.

옛 이집트의 투탕카멘 왕의 유물전을 보고

12월 20일 밤에는 마침 이곳 뉴올리언스에 와 있는 이집트의 투탕카멘 왕의 유물 전시회를 볼 수 있어 다행이었다. 이것을 보기 위해 시카고에서는 많은 사람들이 장사진을 치고 어떤 이는 출입구에서 밤을 밝혀 가면서까지 법석을 떨었다고 하며, 지금 이 뉴올리언스의 전시회를 보기 위해서만도 미국의 각지에서 사람들이 모여들어 와 있어 밤이 아니면 들어가기 어려우리라 하여 밤 시간을 이용하기로 한 것이다.

아닌 게 아니라 여기도 꽤나 많은 관람 지망자들이 밤에도 긴 줄을 만들고 늘어서 있어서 우리는 밤 8시경에야 겨우 그 관람의 행복이라는 걸 누릴 수가 있었다. 투탕카멘 왕King Tutankhamen에서 킹과

투탕카멘의 투트Tut만을 따서 영어로 발음하여 '킹 탓King Tut'이라고 여기 사람들이 말하는 이 전시회는 내가 보아 온 옛 공예품들의 어떤 것들보다도 정교한 손재주와 또 풍부한 자료를 쓴 것은 사실이었다.

내가 본 여러 가지 것들 가운데서 특히 감탄해 마지않은 것은 금은보석을 두루 써서 만든 한 쌍의 귀고리였다. 귀고리의 윗부분에는 작지 않은 빈 구멍이 뚫려 있어 거기에 하늘이 늘 들어와 다니게 하고 있었으며, 그 한가운데 한 마리 푸른 새의 머리를 두고 있어 상당히 형이상학적인 감각도 좋았으려니와, 칠보의 정교한 배치가 어떻게나 섬세하고 다채로이 아름다운지 참 많이 칭찬할 만했다. 그러나 그보다도 내가 더 감동한 이유는 딴 데에 있다. 이것은 어찌나 큰지, 요새 우리 여성들이 귀에 달고 다니는 큰 귀고리보다도 아마 스무 갑절이나 서른 갑절쯤은 무거워 보였는데, 이 무거운 것을 어떤 힘센 왕비의 무슨 큰 힘이 잘 견디고 매달고 다녔는지, 바로 그것이 나를 가장 놀라게 한 것이다.

귀의 힘이 그렇게 셌다면, 그 몸의 딴 여러 부분의 힘들도 그렇게 셌을 것이니 나 같은 약한 사내는 아마 2, 30명을 합쳐 논대도 이런 여자 하나를 당해 낼 수는 없겠기 때문이다.

그다음에 내 관심을 끈 것은 순은으로 만든 석류 모양의 꽃병이었다. 이 병 모양이 우리의 것과 많이 같으면서도 아주 다른 것은 석류같이 매우 신 열매를 즐겨 본떠 낸 그 감성 때문이었다. 그들의 인생은 석류를 두 눈 지그시 감으며 먹는 것과 같이 매우 신 게 아니었는가 하는 호기심 때문이었다.

이런 시디신 인생 감각이 너무 많아 이만큼 한 예술품도 그 너무나 먼 옛날에 이미 이렇게 만들어 낼 수 있었던 게 아닌가 생각되었기 때문이다.

12월 21일. 그러나 그 '킹 탓'을 운 좋게 어제 볼 수 있었던 대가인지 오늘 해 보기로 예정했던 미시시피 강의 뱃놀이는 그만 허사로 돌아가고 말았다. 전혜미 여사는 여기 온 지 한 4년쯤 되지만 늘 바쁜 생활에 얽매여 그 흔한 미시시피 강의 뱃놀이 한번 해 볼 겨를이 없기 때문에 여기의 이걸 서울 한강의 뱃놀이처럼 언제나 나가면 되는 걸로 알고 있어서, 오후 2시 반에 마지막 떠나는 미시시피 강 유람선이 떠난 뒤에야 나를 그곳에 안내해 이 유람을 내 마음속의 하늘에만 있을 것으로 높여 놓아 주었으니 말이다.

그 대신에 이분은 내게 미시시피 강 다리의 드라이브를 시켜 주었고 또 강가의 가장 좋은 경치들도 보여 주었으니 비록 배는 못 타 보았을망정 타 본 것이나 진배는 없이 되었다. 뉴올리언스 쪽 미시시피 강 연안의 경치도 폰차트레인 호숫가처럼 그저 끝없는 황야와 수풀과 마을뿐인 점을 나는 그 드라이브로 알 수가 있었으니까.

노스캐롤라이나의 주도 롤리에서

12월 22일 오후 2시쯤 오랫동안 보지 못하고 지냈던 내 큰자식 승해가 살고 있는 노스캐롤라이나 주의 주도 롤리에 도착했다. 내

며느리 은자, 또 내 단 하나뿐인 손자 거인이가 셋이 다 건재하여 공항으로 마중 나와 나를 반기는 모양을 보는 것은 나에겐 역시 가장 큰 기쁨이었다. 아들을 못 본 지는 벌써 13년, 며느리를 못 본 지도 11년 반, 손자를 못 본 지도 어느덧 여섯 해나 되었으니까……

승해의 집에 와서 보니 모든 것이 승해를 많이 닮은 것 같다. 내 고향 질마재의 산골에서 보는 것 같은 큼직하게 늙은 상수리나무들, 또 우리나라 것과 거의 같은 수수하고 변덕 없는 큼직한 소나무들, 그 속에 묻혀 있는 목조의 간소한 서민주택─그만하면 들어박혀 공부하고 글쓰기에는 한가하고 소박해서 좋겠다. 그동안은 자리가 잘 잡히지 않아 글도 제대로 못 썼지만 이번 새해부터 시골의 도서관장으로 가 자리가 잡히면 아비인 내 촉망대로 소설과 시를 영어로 쓸 작정이라고 한다.

23일 오후 6시부터는 이곳의 파이퍼 대학 주최로 나를 환영하는 잔치를 열어 주어 한바탕의 호강을 했다. 이 대학의 학장 출신 교수인 멜리센트 허니커트 박사는, 오래전에 우리나라의 전주 기전여자고등학교 교장과 대전대학의 영문학 교수를 지낸 분으로 그때 나와 알게 되어 내 시도 더러 영어로 번역해 옮기기도 한 관계로 나와는 친한 친구 사이였던 것인데, 이번 내 방문을 반겨 이 호강스런 환영 모임을 만들어 준 것이다.

이것 참 꿈도 꾸지 못한 호강으로서 세 개의 일간신문이 나와 만나 대담을 했는데 뒤에 보니 꽤나 크게 다루어 보도해 주고 있었다.

'무얼 그렇게 너무 바쁘게 사는가? 좀 한가하고 조용한 시간을 만들어 살아야만 사는 맛 아닌가? 그러고 또 무엇하러 당신들의 신을 그렇게 두려워하고 또 멀리 두는가? 친구처럼 생각해서 가까이하기 바란다. 모든 것이 할 수 없는 인연인 줄 알면 어떤 비극이 앞에 와도 당황할 필요는 없다. 우리 신라의 처용이라는 사람은 아내의 간통 현장을 목격한 달밤에도 춤을 추고 노래를 불렀다……'

이런 따위의 내 의견을 어떤 신문기자에게 말하고도 있었다. 또 나는 이 자리에서 「귀촉도」와 「다시 밝는 날에」라는 내 두 편의 시를 낭독했고 허니커트 교수와 내 아들이 영어로 번역한 그 시들을 각기 한 편씩 읽어 주었다.

나를 위한 이 모임에는 주최자인 파이퍼 대학 사람들 외에도 노스캐롤라이나 주립대학의 영문학 교수이고 시인인 하먼 씨와 또 이곳의 주립도서관장도 나와 주었고 이곳에 사는 우리 교포들도 여러 분나와 주어서 여간 고마운 게 아니었다.

특히 이 자리에는 뜻하지 않았던 우리 서두수 교수가 나타나 나를 깜짝 놀라게도 했다. 서두수 교수는 오랫동안 소식이 없어 어찌 되었는가 궁금했는데, 그에게 들어 보니 그동안 하버드 대학과 워싱턴 대학을 비롯한 미국 안의 여러 대학에서 교수 생활을 하고 지내다가 지금은 정년으로 은퇴해 살고 있으며, 이번은 이곳 롤리에 있는 따님을 찾아왔던 길이라고 했다.

모임이 끝난 뒤에 시인인 하먼 교수가 내 아들의 집까지 따라와서 "당신의 번역한 시를 읽는 걸 들어 보고 나는 E. A. 포라는 우리나라 시인같이 웃음이 영 없는 걸 느꼈다. 그걸 어찌 생각하는가?" 해서 "너절하고 값싼 웃음이라면 차라리 없는 것이 낫지 않은가?" 내가 반문하니 "그렇기는 하다. 일본 사람들의 센류[川柳] 같은 건 그 값싼 웃음이 많은 것이다"라고 꽤나 유식한 이해력을 보여 주었다.

좋은 노처녀 팍스 양

12월 25일 오후, 내 아들 부부의 안내로 그들의 모교인 채플힐의 노스캐롤라이나 대학원 마을을 구경하러 가 보았다. 몇 개의 건물일 줄 알았더니 너무나 많은 집들로 이루어진 작지 않은 한 개의 마을이었다. 대개 몇 채나 되느냐고 승해에게 물으니 자세히 세어 보지는 못했지만, 한 2백 채쯤은 될 것이라고 했다. 한 과에 한 채씩의 건물이 배당되어 있고, 학생들 전부를 수용하고도 남는 기숙사 외에, 학교 목사라든지 그런 이의 주택까지도 이 대학원 구내에는 포함되어 있어 사실은 2백 채도 훨씬 더 넘을 것이라 했다.

우리 승해가 여기서 박사과정까지 다섯 해를 공부할 때 묵고 있던 학교 목사님 댁도 이 속에 있어서 그 앞에서 나는 한동안 서성거리며 자식 내외와 함께 사진도 찍고, 가까운 학교 우물물도 가서 마셔 보고 했다. 이 우물도 학교 세울 때 만든 것이니 한 2백 살은 가까이 나이를 자셨다고 한다.

채플힐 대학원 마을에서 나와서 우리는 팍스라는 이름을 가진 예순여덟 살의 한 노처녀 댁을 방문했다.

내 아들 생각으로는 이 노처녀가 가장 좋은 미국 여성의 슬기와 정을 지닌 한 표본이라고 해서 내게 그 모습을 보여 주려는 것이었다.

여러 군데 도서관장을 지내고 정년퇴직해 은거하고 있다는 이 노처녀는, 우리가 들어서서 몇 마디 인사말을 끝내기가 바쁘게 별 보잘 것도 없이 평범한 몇십 개의 화분뿐인 조그만 온실로 우리를 안내해서 거기 핀 분홍빛 동백꽃 한 송이를 꺾어 내 저고리 윗호주머니에 꽂아 주고는 그 동백꽃 이야기를 할 줄 알았더니 이야긴즉 사실은 별 아름답지도 못한 딴 화분의 꽃을 두고 기울어져서 "이것 이름은 못 견디는 꽃이라고 한다" 하며 쌩긋 웃었다. 왜 못 견딘다는 것인지 설명을 하지 않기에 내가 그 뜻을 물으니, 그것은 한국의 봉숭아처럼 씨가 여물면 그 씨주머니가 참을성이 없어 무엇이 얼핏 닿기만 해도 그만 터지고 말기 때문이라는 것이다. 이 설명을 아주 간단명료하게 하며 그 여자는 또 한 번 쌩긋—아니 이번엔 쌩긋이 아니라 좀 허서그푼 미소를 띠었다. 하기는 이렇게는 안 살려고 했다는 뜻인가.

그러자 이 여자의 여동생이라는 예순 살쯤의 노처녀가 이 자리에 등장해 우리에게 고개를 까딱거려 인사를 했는데, 내 아들의 설명을 들으면 이 여자는 귀머거리로서 유치원 아이처럼 단순한 천사라는 것이었다.

그러자 그 언니 노처녀는 아우 노처녀에게 손짓으로 수화手話라는 것을 해서 아우의 열심한 눈길 속에 무엇인가를 이해시켜 주고 있더니, 내게 "당신을 소개했다"고 하며 "내 동생이 귀가 먹어서 미안하다"고 했다. 아들에게 들으면 이 언니는 지금까지 일생 동안 동생을 늘 돌보아 기르느라고 시집도 안 간 것이라고 했다.

나는 기독교의 구약성경에 나오는—영생의 자격을 하늘이 보장했다는 아론의 형제의 정만 못하지 않은 그들 자매의 정을 보고 감복하면서 "미안이라니요? 귀가 안 들리는 게 때로는 행복일 수 있습니다. 호메로스의 「오디세이아」라는 시 속에도 귀를 막고 지나가야만 하는 곳의 이야기가 있지요. 왜?" 하니 그이는 즉시 그 뜻을 이해하고 "그렇지, 그렇지요. 율리시스가 배를 타고 가면서, 너무나 아름다운 마귀의 새들의 노래에 홀려 부하들이 그리로 가자고 할까 봐 귀를 초로 틀어막게 했다는 이야기 말이지요? 당신이 맞습니다" 했다.

나는 이분을 앞에 두고 괴테의 『빌헬름 마이스터의 편력시대』에 나오는 지혜 있는 할머니—마카리에를 기억해 내고 있었다. 미국의 좋은 여성의 한 표본임에 틀림없겠다고 생각하고 있었다.

윌슨 할아버지와 롤리 시

햇빛보다도 무슨 별빛의 뜻에 늘 맞춰 살아온 것같이만 보이는 팍스 노처녀 자매가 우리에게 베풀어 준 한 잔씩의 샴페인, 아마 뻑뻑한 식사의 번거로움보다 시인인 나에겐 이래야 거뜬할 것이라는 고려로 마련한 듯한 한 잔씩의 그 샴페인을 마신 뒤에, 나는 또 내 아들 내외가 이끄는 대로 또 하나의 미국 사람 가정을 방문했는데 그 댁 주인 이름은 윌슨이라고 했다.

나이는 칠십이 훨씬 넘었을 것이다. 정년퇴직까지 보안관을 지냈다는 이 할아버지는 내 아들 내외와 함께 도서관원 생활을 하다가 몇 해 전 퇴임한 늙은 아내와 단둘이서 살고 있었는데, 나를 맞이해 들이자, 내 아들 내외에게서 배운 것이라면서 내 앞에 납작 엎드려 큰절을 하며 좋아라고 깔깔거려서 나도 할 수 없이 그와 가지런히 참 오랜만에 큰절을 한번 하여 보며 역시 본심의 웃음을 터뜨리지 않을 수 없었다.

"당신의 손자 거인이는 내게도 손자나 마찬가지요. 거인이가 여기 처음 왔을 때 당신의 아들 내외가 다 직장에 나가고 없는 낮에는 나는 정년으로 노는 사람이라 거인이를 맡아 같이 지내면서 아주 친한 친구가 되었소. 그 아이는 내가 잘 알지만 인제 자라면 훌륭한 인물이 될 것이오. 보시오. 우리는 이렇게 서로 다 좋지요. 하늘의 별들을 보면 그들도 다 그렇다는 것같이 있지 않소? 그런데 어떤 사람들을 보면 그렇지 못한 것이 내 걱정이오. 같이 좋게 어울리려 하지 않고 고약하게 딴전을 부리는 것 말이오."

이것이 그가 내 아들의 통역을 통해 내게 들려준 처음 인사말이다.

동쪽에 가면 인종차별을 하는 백인들이 많다고 듣고 왔지만 이 영감님을 대해 몸소 겪어 보고 그것이 그렇지도 않다는 생각이 들었다. 미국의 선량한 다수의 사람들은 거의 이렇지 않을까 하는 생각이 든 까닭은 미국은 아직도 이 땅 위에서는 가장 허망하지 않은 큰 나라이기 때문이다. 허망하지 않게 아주 크게 되자면 사람들의 사회에선 군림만으로는 되는 게 아니고, 정말 다정한 인화력을 가져야 하는 걸로 나는 알고 있으니 말이다.

12월 26일. 오늘은 비로소 롤리 시내 구경을 한바탕 하기로 작정하고 나서서 승해 내외의 안내를 받으며 먼저 이 롤리 시의 명칭의 주인공인 월터 롤리Walter Raleigh의 동상을 보러 갔다. 영국의 엘리자베스 여왕 밑에서 경호 임무도 맡아 했던 월터 롤리가 이곳 노스캐롤라이나의 어떤 섬에 그들의 맨 처음의 이민선을 이끌고 온 것은 1587년이었는데, 뒤에 이것을 기념하여 주도인 이곳의 명칭으로 삼고 이어서 세웠다는 이 롤리의 동상은 별 예술적인 흥취를 풍기는 건 아니었으나 꽤나 익살스러웠던 듯한 그의 한 모습을 그대로 나타내고 있기는 했다.

귀족이고 탐험가고 역사학자고 또 시인이기도 했던 그의 다재다능한 영향을 받아서인지 롤리에서는 꽤나 잘난 사람들을 많이 배출해 왔다. 앤드루 잭슨, 앤드루 존슨, 제임스 포크 등 세 사람의 미국 대통령도 이곳 출신이라고 세 동상을 나란히 세워 놓은 곳도 있었다.

그렇지만 내게는 이런 모든 것들보다도 롤리는 훨씬 더 자연이 잘 되어 있는 것으로 보였다. 높은 산이 안 보이는 게 섭섭기는 하지만 온 시내 전부가 구석구석 빈틈없이 아름다운 뜰같이 무성하고 잔잔하고 정숙하게 꾸며진 도시를 나는 여기 오기 전에 딴 곳에선 보지 못했으니 말이다. 또 이렇게 맑은 공기와 하늘도 미국에 와서 나는 처음으로 보았다.

돌아오는 길에 나는 아들 내외를 이끌고 백화점에 들어가서 청바지와 청잠바를 사게 했다. 이제는 집을 떠난 지도 한 달 남짓 되었으니 거추장스런 넥타이고 낯짝이고 다 풀어 팽개쳐 버리고 완전히 한

카우보이의 블루진 스타일로 하늘 밑 땅들을 두루 흘러 볼 생각이
난 것이다.

수도 워싱턴이란 곳 1

1978년 1월 2일. 노스캐롤라이나 주의 롤리에서 워싱턴으로 날
아가는 비행기 속에서 나는 창밖을 열심히 내다보며 혹시나 산이 나
타나지 않을까 기다렸으나 여기서도 내 기대는 허사로만 돌아가고
말았다. 창밖으로 내려다보이는 것은 끝없이 질펀히 뻗친 벌판뿐이
었다. 때마침 황혼이어서 먼먼 지평선만이 한 줄로 모락모락 불타고
있어 뭔지 삼엄하고 황막한 귀신 기운을 느끼게 해 오싹해지지 않을
수 없었다.

워싱턴 공항에 내리니 경향신문의 워싱턴 특파원인 이강걸 씨가
마중 나와 있어서 그의 안내로 시내로 들어가 '벚꽃 여인숙'이라는
집에 묵게 되었는데 이 집 아래층 한쪽에는 우리 한국 사람이 경영
하는 '서라벌'이란 이름의 우리 음식 전문 식당이 있어 한국에서 오
는 여행객들이 이 여인숙에서 많이 묵게 되는 것이라고 했다.

여기는 물론 아메리카 합중국의 서울이지만 인구의 65퍼센트는
흑인들이고, 그 흑인들 속에는 상당히 거친 부류도 있으니 밤에 혼
자 거리에 나가는 것은 삼가는 게 좋다고 이강걸 특파원이 귀띔을
해 주어서 밤에는 자물쇠를 안으로 단단히 잠그고 꽤나 불안한 느낌
속에 잠자리에 들었다.

흑인들의 힘도 이제 이쯤 되면 벌써 어떻게도 거부할 수 없는 대단한 것이 되어 있는 것이다. 그들에게라고 해서 백인들이 갖는 입주권까지를 거부할 수는 없으니까 돈이 있는 흑인들은 자꾸자꾸 미국 서울 워싱턴으로만 모여들고, 그러면 그들을 싫어하는 백인들은 그들을 피해 또 자꾸 딴 데로 옮겨 가다가 보니 이렇게 미국 수도의 인구도 10분의 7 정도가 이미 흑인들이 차지하게 되고 만 것이다. 거기다가 국회의원이나 대통령, 부통령에 출마하는 사람들이 그들의 그 많은 표를 얻으려고 어영부영해 온 통에 워싱턴의 흑인 세력은 점점 더해 가고만 있다는 것이다.

이제는 사장까지도 어엿하게 검둥이 씨氏가 차지하고, 자동차 가운데 가장 고급 차인 캐딜락 같은 것도 그들이 가장 많이 타고 다닌다고 하며, 신사 옷차림도 이들이 가장 두드러지게 차리고 다닌다는 것이다. 아닌 게 아니라 그런 것 같다. 그동안 미국의 어디를 가거나 나는 그 누구보다도 신사적으로 중절모자에 단정한 넥타이 차림의 그 검둥이 씨들을 너무나 많이 보아 왔기 때문이다.

그들을 보는 건 상당히 웃긴다는 느낌이 없는 것도 아니긴 하지만, 하여간 그들에게도 충분히 일리는 있는 것 같다.

이것 참, 오죽이나 해 보고 싶었던 일이겠나? 그들의 최초의 보호자 링컨 대통령이 뼈저리게 느꼈던 것처럼 백인들에게 늘 학대만 당해 온 그들. 참새 한 마리의 값으로 늘 싸게싸게 종놈 종년으로 팔려 다니며, 두 발목에까지 쇠고랑을 차고 울며 울며 헤매 다녔던 그들. 그때 그 백인 주인들의 갖은 학대를 받으며 오늘이 있기를 그들은 얼마나 기다렸겠나?

이런 것 저런 것 생각에 이 밤의 나는 쉽게 잠이 오지 않았다.

수도 워싱턴이란 곳 2

1월 3일. 으스스한 추위 속에 이강걸 특파원의 안내로 미국 정부 청사들과 대통령 관저, 국회의사당 등을 둘러보고 다녔으나, 내게는 여기 오기 전에 상상했던 것과 같은 감흥이 도무지 일지 않았다.

여기저기 흩어져 있는 정부의 청사들은 물론 그 크기로 보자면 상당한 것들이 아니라고는 할 수 없겠으나 무슨 정신적인 영향력을 고려한 조화된 배치를 이루고 있는 것도 아니었다. 세계 제일 강국의 정부 청사들이라면 거기 해당하는 암시를 줄 만큼의 잘 조화된 배치와 구성을 했어야 할 것 아닌가 하는 느낌만이 앞섰다. 하기는 이런 일에 대한 무관심이 미국이 부강한 원인이 되고 있는지도 모를 일이긴 하지만.

"저기 보이는 것이 미국 대통령 관저요" 해서 좀 자세히 넘어다보았으나 그 댁 역시 뭐 신통한 구성을 하고 있는 것 같지는 않았다. 우리 청와대는 여기 비하면 훨씬 더 짜임새도 있고 자연과 조화도 잘되어 있는 걸로 안다. 하기는 이것도 관권을 조금도 내세우지 않으려는 이 나라의 표현의 하나라면 그렇게도 보이기는 했다.

그런대로 이 미국 대통령 댁은 삼엄한 경계망을 갖고 있었다. 총 든 사람들이나 주먹이 센 사람들이 지키고 섰는 것이 아니라, 이것도 기계의 힘으로 이 언저리에 얼씬거리는 사람의 일거일동은 모조리 빈틈없이 파악하고 있다는 것이다.

"이 쇠울타리에 손만 잠깐 대도 벌써 안에서 알고 주목을 시작합니다" 이강걸 씨는 말했다. 사람들을 삼엄하게 배치하는 것보다 이건 좋을 것 같다.

참, 정부 청사들의 배치가 보잘것없다고 생각하다가 국회의사당 쪽을 보니, 이것 하나만은 그래도 꽤나 그 배치에도 마음을 쓰기는 쓴 것 같았다. 모든 정부 청사나 대통령 관저를 감시하고 있듯이 저만큼의 언덕 위에 꽤나 원만한 모양의 둥그스름히 큰 국회의사당이 미국민의 상징인 양 쓱 버티고 솟아 있으니 말이다. 이것만은 좋아 보였다. 들으면 카터 대통령은 우리 서울의 젊은이들처럼 청바지 차림에 몇십 센트짜리 옥수수깡 담뱃대를 물고 나서기를 즐긴다는데, 이런 국회의사당 앞에 그런 모양으로 어른거리면 아닌 게 아니라 잘 어울리긴 어울리겠다.

어디를 가도 이미 압도적으로 많이 웅성거리는 검둥이 씨들. 미국 서울 워싱턴의 패권자인 검둥이 씨들을 헤치고 우리는 워싱턴에서 가장 큰 것이라는 잡지 전문 서점에 들어가 보았다. 이곳의 정신의 현황을 타진해 보기 위해서였다. 그런데 이게 웬일인가.

거기 진열되어 있는 그 많은 잡지들 중의 반나마는 모두가 벌거벗은 남녀들의 갖은 수작을 다 찍어 낸 사진투성이의 외설 잡지들인 것이다.

나는 이런 잡지들을 읽고 있을 미국 시민들의 모양을 상상해 보며 이것이 결국 그들의 가장 큰 인생 목표요, 또 본심의 종교이기도 하지 않을까 생각해 보았다.

그렇다면 여기에 아직도 정말로 많이 살아 작용하고 있는 신은 에로스나 비너스 그런 것일밖에 없겠다.

뉴욕의 롱아일랜드에서

1월 4일. 점심때쯤 뉴욕 공항에 내리니 여류 시인 김송희 여사와 그의 남편 박 씨가 나란히 마중 나와 있어서 그들의 간곡한 권고로 롱아일랜드 그들의 집에 먼저 들렀다. 김 여사는 나와 대학의 사제 관계도 있고 또 내 추천으로 잡지 『현대문학』을 통해 시단에도 나왔는 데다가 이 두 내외는 내 주례로 서울에서 결혼식도 올린 터라 친아버지를 만난 듯이 나를 반겨 주어 할 수 없이 그들의 보금자리에 먼저 들르게 된 것이다. 남편은 뉴욕 브루클린 대학의 저명한 수학 교수로 그들이 살고 있는 집도 한가한 수풀 속에 꽤나 아담하게 차려져 있어 마음이 놓였다.

저녁때 나는 그들의 차로 롱아일랜드 섬의 바닷가 고속도로를 달리며 그들의 설명을 들었는데, 여기는 뉴욕 주에서도 제일 좋은 해수욕장 지대로 여름에는 몰려드는 사람들로 꽤나 붐비는 곳이라 한다.

그러나 부산의 해운대나, 강원도의 낙산사나, 부안 변산의 그 아름다운 산들과 바다의 조화 속의 해수욕장들을 잘 알고 있는 내 눈에는 나지막한 산 하나도 없는 황야의 이 무변대해는 아름다운 것이기보다는 너무나 황막한 느낌만을 역시 또 주는 것이었다. 크고 넓다는 것만이 꼭 좋은 건 아니라는 느낌을 여기에서 또 한 번 새로이 갖게 되었다.

롱아일랜드의 유명한 해수욕장보다도 내게 더 인상적이었던 건 우리 김송희 여사가 데리고 나온 그 다섯 살짜리 막내둥이 사내아이다. 녀석은 옛날 미국의 카우보이 차림으로 저의 엄마 곁에 자리하고 있었는데, 내 진짜 블루진 차림(청바지 청잠바 차림)과 내 입에 문 옥수수깡 파이프가 내풍기는 담배 연기가 무척은 신기한 양 한순간도 내게서 눈을 떼지 않고 아주 열심히 눈여겨보고 있었으니 말이다. "너는 카우보이다"라고 내가 말해 주니 비로소 눈을 쌩긋하고 만족스레 미소 지어 보였다. 이런 아이들이 어서 잘 자라서 차지할 힘 쪽으로만 내 마음은 기울어지고 있을밖에……

밤에는 송희 씨를 시켜 전화를 걸게 하여 여류 수필가요 불교 신자인 이계향 여사에게 렉싱턴 호텔이라는 여관을 예약해 놓게 하고 또 내 친구인 시인 김상원에게도 연락을 하여 내일 아침 브루클린 기차 정거장에서 만날 수 있게 했다.

시인 김상원은 1936년에 나와 함께 『시인부락』이란 시 잡지의 동인으로, 한 1년쯤 전에 딸이 불러 이곳 뉴욕에 와 살고 있는 터다.

송희 씨와 남편 박 박사는 "호텔보다 우리 집이 안전할 테니 여기서 묵으시오" 하고 거듭 졸랐지만 나는 자유가 그리워 친딸의 집이나 진배없는 우리 송희 씨의 집을 떨치고 뛰어나오기로 작정한 것이다.

그놈의 자유라는 것은 우리 같은 연배의 사내들에게도 요렇게 중요하긴 중요한 것 아닌가.

뉴욕의 한국 사람들

1월 5일. 송희 시인의 남편 박 박사가 브루클린의 대학으로 출근하는 길에 나를 안내해 브루클린의 기차 정거장에 내려놓으니 바로 그 자리에 내 옛 친구 김상원이 시간 맞춰 기다리고 있었다.

상원은 나한테 단단히는 뉴욕을 가르쳐 줄 양으로 지도까지 마련해 들고 나와서, 또 내 용돈을 절약해 줄 양으로 그 싼 서브웨이(지하철)를 골라 나를 데리고 다니면서, "여기는 무슨 구역이고 여기는 또 무슨 정거장이고, 어떻고 어떠한 곳이다"라는 것을 뉴욕에서 몇백 년 살던 사람이나 되는 것처럼 열심히 가르쳐 주려 대들었지만 나는 "거, 자네 많이는 헤매고 다니느라고 이곳 지리에는 한번 능통해진 모양일세그려. 그렇지만 그런 건 며칠 묵고 가는 내게는 별 필요 없는 일이여. 아무 데건 어서 구경이나 하러 가세그려" 해서 그를 좀 슬프게 만들기도 했다.

우리는 먼저, 이곳의 따님 댁에 들러 머물고 있는 여류 작가 최정희 여사를 찾아 잠시 만나 보고, 또 한국일보의 지사엘 들렀다가, 다음에는 몇 해 전에 이곳으로 이민 온 시인 박남수 씨의 과일 가게에 들러 서로 오랜만의 인사를 나누었다. 박남수 씨는 오랜 고생 끝에 지금은 뉴욕에서도 가장 좋고 비싼 과일들을 모아 팔고 있는 가게를 전 가족이 총동원되어 벌이고 있었는데 그의 말을 들으면 미국의 저

명한 영화배우 율 브리너니 그런 사람들도 그의 가게를 들러 가곤
한다는 것이다. 몇 해 동안만 더 고생해서 이 미국 땅의 비교적 한가
한 곳에 들어가 농사나 지으며 시나 이어서 쓰겠다고 했다.

우리가 또 들른 곳은 이곳에 와 있는 육십대 이상의 늙은 한국인
들의 모임인 '상록회'라는 간판이 붙은 집이다.

이 상록회 회원들은 거의가 다 한국에서 왕년에 내로라하던 인물
들로 그중에는 자유당 시절의 국회의원도 있고, 무슨 정당의 간부였
던 사람도 있고, 또 유명했던 병원의 의사며, 신문사의 간부였던 사
람들도 적지 않아서, 내게 악수를 청하는 그들 가운데는 내 이름을
기억하고 있는 이도 적지 않았고, 또 내 쪽에서 그를 짐작할 만한 인
물도 더러 끼어 있었다.

그들은 거의가 아들딸들에게 얹혀살고 있어 어린 손자 손녀나 하
나씩 데리고 여기 나와 바둑판을 벌이고 아이들이 칭얼거리면 그쪽
으로 또 마음을 쓰면서 소일하고 있었다. 내 친구 김상원 군도 지금
은 그의 딸이 낳은 딸인 어린것이나 하나 돌보는 소위 베이비시터
(어린애 돌보는 장이)가 되어 있는 형편으로 여기 회원이 되어 있는
것이었다.

나보고 기부를 좀 하고 가라고 상원이가 은근히 종용하여 어려운
여비 중에서 일금 50달러(2만 5천 원쯤)를 여기 내놓았다.

자유의 여신상과 메트로폴리탄 미술관

1월 6일. 나와 내 벗 김상원은 아침 7시쯤에 맨해튼 구역 렉싱턴 거리의 렉싱턴 호텔 16층의 어느 구석방에서 잠이 깼다. 어차피 딸의 집에서 손녀아이나 하나 날마다 돌보아 주고 지내는 그이니 오랜만에 만난 나하고 같이 내가 묵는 호텔 방에서 내가 떠나도록까지 지내기로 딸에게 승낙을 얻은 것이다.

애코롬하고 메스껍게는 싸한 바람 속에 눈보라가 휘날리는 날씨를 김 군이 "우리 바다에 가 배나 한번 타 보세나그려" 하여 그것 괜찮겠다고 우리 둘이는 허드슨 강이 대서양 바다와 합류하는 언저리의 나룻배를 잡아타고 스태튼아일랜드라는 이름의 섬을 향해 흘러 보았다.

스태튼아일랜드로 가는 배 속에서는 저 뉴욕 시의 명물 '자유의 여신상'이 가장 적당한 거리의 가장 아름다운 모습으로 보여 김 군은 이 뱃길을 내게 권했다고 했는데, 그건 아닌 게 아니라 그런 것 같았다. 1884년 미국 독립 100주년을 맞이해 축하하는 뜻으로 프랑스가 기증해 세운 이 '자유의 여신상'의 높이는 46미터, 받침대의 높이만도 47미터 반이나 되는 것으로 그것이 바다 한가운데 조그만 섬에 우뚝 솟아올라 자유의 불을 켜 든 한쪽 손을 하늘 높이 치켜들고 있는 것을 보는 것은 으스스 얼부풀어 드는 날의 바다 위에 내게는 적지 않은 위안이 되었다.

가까이 가서 그 속으로 들어가 보면 여신상의 머리 가까운 언저리까지는 엘리베이터로 올라갈 수도 있게 되어 있어 감흥이 줄어드니

멀리서 보는 게 좋다는 것이 우리 교포들의 일치된 의견이어서 나도 그들의 의견을 따라 멀리서만 보기로 했다.

참, 어제 즉 1월 5일 오후에 둘러본 것으로 미국에서 가장 큰 박물관인 메트로폴리탄 미술관에 대한 소감을 여기 첨가해 두어야겠다.

메트로폴리탄 미술관에서 내가 소학생처럼 제일 감동한 것은 19세기까지의 서양 화가들의 명작들을 이 박물관이 꽤나 많이 모아 갖추고 있는 점이다.

내가 그전에 미술 전집 속의 사진판으로만 겨우 보아 온 19세기까지의 여러 화가들의 그 유명한 작품들의 실물을 여기 와서 흐뭇하게 많이 보게 된 것은 많이 반가운 일이었다. 그중에도 내가 스무 살이 될까 말까 할 때부터 무척은 많이 좋아했던 반 고흐의 그 언제나 활활 불타오르고 있는 그림들, 폴 고갱의 그 병들지 않은 타히티 섬의 싱싱한 꽃다운 그림들, 그것들은 내 갓 젊었을 때의 마음의 지나온 길을 내게 깊이 회상하지 않을 수 없게 해 주어서 내 나이가 얼만 것까지를 한동안씩 잊게 해 주었다.

1936년 11월, 내가 편집인 겸 발행인이 되어서 낸 시 잡지 『시인부락』 창간호 표지에는 내 그때의 취미로 폴 고갱의 타히티풍의 판화를 찍어 넣었던 것을 멀리 돌이켜 생각해 보며, 천천히 천천히 이 원화들이 걸려 있는 방들을 돌아다니는 것은 내게는 적지 않은 감동이었다.

다만 유감인 것은 현대의 그림들이 이곳에 부족한 점이다. 피카소의 것까지도 아주 조금 양념처럼이나 겨우 보이고 있을 정도인 것이다.

자연사박물관

1월 7일 아침 9시쯤 나와 김상원은 일찌감치 서브웨이를 타고 미국 자연사박물관에 갔으나 여기선 이런 곳은 10시부터 열린다고 해서 할 수 없이 근처의 식당에 들어가 오랜만에 맥주 해장을 했다. 피곤해서 술로 겨우 그걸 풀고 잔 사람이 또 아침 길거리의 지독한 추위에 휘말려 어디 따로 들어가 앉을 곳도 없으면 불가불 또 마셔야 하는 해장—그 해장이 우리 같은 나그네에겐 어쩔 수 없이 필요한 것을 여기서 새삼스레 느꼈다.

10시에 자연사박물관에 들어가 보니 그곳은 글자 그대로 이 땅 위의 자연과 자연 속의 인간들이 어떻게 변화해 왔는가를 여러 시대별로 자료들을 모아 놓은 곳이었다. 말하자면 자연 속의 목숨들이 지내 온 흔적들을 더듬어 보이고 있는 박물관인 것이다.

김상원은 여기 들어오자, 어린애처럼 "자네, 우리들의 선사시대의 그 무서운 공룡을 알지? 수수억만 년 전 말이야. 여기선 그게 으뜸이란 말야. 그 뼈다귀들이 두루 다 맞추어져서 실물 그대로 버티고 있어" 어쩌고 했으나, 이런 건 아이들이나 놀랄 일인지 내게는 별 실감이 없었고, 내게 특별히 마음속에 다가들어 온 것은 연분홍빛의 학들이 떼 지어 날고 있는 그대로 모조리 박제가 되어 하늘 속에 못 박혀져 있는 광경이었다. 이런 것들은 어딘지 우리 한국 사람들하고 많이 닮았다. 그 날다가 못 박혀 아무렇지도 않은 것이나, 그 아주 붉은 정열까지를 다 에누리해 사는 듯한 엷은 분홍빛까지 꼭 우리가 사는 모양 같다. 그래 나는 이 하늘에 날다가 못 박혀 있는 그 엷은 분홍빛

학들 밑에서 상원이하고 같이 여러 장의 사진을 찍고 또 찍었다.

1월 8일 일요일. 낮에는 우리 동국대학교의 전 부총장인 오법안 스님이 경영하는 원각사란 절에서 나보고 무슨 이야기를 좀 해 보라고 하여 뭐라고 중얼거리다 끝나자 미국 돈으로 1백 달러나 주어 미안한 생각뿐이었다. 오법안 스님은 나와 중앙불교전문학교의 한 반 학생이었던 전관응 큰스님의 상좌이니, 하기는 내 친구의 아들 푼수인 사람이긴 하지만……

1월 9일. 저녁밥을 여기 뉴욕에 와 있는 우리 동국대학교 출신의 동문회에서 사 주겠다고 하여 나가 보았더니 그 자리에서는 시인 고원을 오랜만에 만났다. 나는 한 20년쯤 전에 고인이 된 시인 조지훈과 고원과 함께 서울 뒷골목의 찌부러져 들어가던 목로술집들을 밤 늦도록 섭렵해 다니던 일이 바로 어제만 같아 반가웠다.

그런데 옆에서 어느 동문이 "고원 씨는 이제는 한국 가기가 어려울 것입니다" 하며 "그건 한국 정부의 미움을 산 때문"이라고 했다.

그것은 내게는 꽤 웃기는 소리만 같아 바로 대답했다. "염려할 필요 없겠지. 고원이 지금이라도 고국에 올 생각이 있다면 내가 들어서라도 다리를 놓도록 해 보지" 하고……

링컨 묘지와 그의 옛집

1월 10일 하오, 시카고 공항에 내리니 불교 신도요 시인인 임서경 여사 내외가 예쁘게 생긴 딸아이를 데리고 마중 나와 있어 그들의 안내로 홀리데이 인 호텔에 여장을 풀었다.

그리고 이튿날인 11일 하오에 나는 임서경 여사와 남편 임관헌 군의 이끌음을 받아 스프링필드에 있는 링컨의 옛집과 그 무덤에 참배를 하러 나섰다. 스프링필드도 시카고나 마찬가지로 일리노이 주 안의 도시이기는 하지만, 시카고에서는 차로 잘 달려도 네 시간 남짓 걸리는 곳이어서 오후 두어 시쯤에야 우리는 목적지에 닿을 수가 있었다.

꽤나 추운 날씨의 얼어붙은 눈길을 밟으며 우리는 먼저 링컨의 묘지를 참배했는데, 규모가 별로 클 것은 없으나 고요하고 차분한 곳이어서 이 수수하게 굵은 뿌리를 가진 거인의 조촐한 안식처로는 그대로 어느 만큼 어울려 보였다. 묘지의 아랫부분에는 링컨 대통령을 위해 헌신했던 부하들의 무덤들도 가지런히 놓여 있어 그들의 생전의 은인을 아직도 보좌하고 위로하고 있는 듯했다.

내가 가지고 간 맥주병을 열어 한국식으로 그의 묘 앞에 뿌리며 고수레를 했더니 임 군 내외는 오랜만에 대하는 이 고국의 관습이 무척은 반가운 듯 좋아라고 하며 낄낄거리고 웃었다. 링컨 선생은 아마 너털웃음은 못 웃고 지냈던 분 같지만 우리의 이 짓 앞에서 그래도 그 입술가에 빙그레한 미소쯤은 띠고 있는 듯싶다.

그가 담겨 누워 있는 석관이 모셔져 있는 묘지 속을 돌아 나와서, 우리는 다시 그가 변호사였던 시절에 살던 그의 옛집을 찾아가 보았다.

2층으로 되어 있는 조그만 목조의 이 집의 방들과 시설들을 둘러보니, 그건 서울의 내가 살고 있는 집보다도 더 간소한 것이었다.

부엌이었던 곳을 유심히 들여다보자니 우리 도시 서민층의 여느 부엌보다도 오히려 더 빈약해 보였다. 빵 같은 것을 구워서 먹었을 손 자루가 달린 유난히 큰 철 냄비 하나만이 그중에서 가장 두드러진 것이었다.

이 집이 지니고 있는 얼마 안 되는 세간 가운데서 제일 사치품이라고 할 수 있는 것은 어린아이들이 타고 놀던 것인 아주 수수한 목마 의자 하나뿐이었다. 하늘 밑의 땅이 낳은 모든 나라의 모든 대통령 가운데 가장 사람다운 대통령이었던 그의 제일 큰 즐거움은 아마 이 목마 의자에 어린것들을 태워 앉히고 그걸 지켜보며 그들의 성장을 돕고 있던 때였을 것이다.

이 집 주인이 흉한의 총알을 맞고 암살되어 돌아가신 뒤에 그때의 미국 시인 휘트먼이 쓴 '링컨 추모 시' 속의 '사공이여! 사공이여! 우리 뱃사공이시여!' 했던 구절을 어느 결에 기억해 내 마음속에 되새기고 있었다. 내 선배 시인인 주요한 선생이 일찍이 번역해서 우리나라에 소개한 이 시를 나는 스물 갓 넘은 청년 시절에 보고 감동했었기 때문에 아직도 이 한 구절을 외우고 있었던 것이다.

시카고 시, 바하이교 사원

시카고라 하면 최근 여기를 와 보지 않은 나이 든 사람들은 곧 왕년에 여기를 무대로 날뛰던 카포네라는 갱 두목의 이름을 기억해 내고, 무시무시한 폭력과 범죄의 소굴로 알기 쉽지만 요즘의 시카고는 뉴욕, 로스앤젤레스를 포함한 미국의 3대 도시 중에선 그래도 가장 범죄가 적고 안정되어 있는 곳이라 한다.

뉴욕에 비기면 인구밀도도 사뭇 적어서 길거리도 여유 있어 보이는 데다가 그 큰 미시간 호수가 이 도시의 한쪽을 끌어안듯이 감싸고 고요함을 늘 여기 보태고 있어 내 생각에는 이곳이 미국에서는 가장 미국다운 도회가 아닌가 한다.

일찍이 시인 한흑구에게서 말로만 듣던 미시간 호수가 바로 눈 아래 얼어붙은 채 내려다보이는 호텔 16층 방의 창가에 앉아서 나는 1월 12일의 아침나절 한때를 끝없는 호수 쪽만을 번히 살피며 아득하기만 한 생각에 잠겼다.

이렇게 혼자서 떠돌다가 어디서 어떻게 잘못 걸려 중간에 거꾸러지고 말아 다시는 고향도 가족도 보지 못하게 되면 어쩔까? 그렇다고 이왕 나선 길을 멈출 수야 있는가? 하여간 가 보자, 가 보자, 중간에 거꾸러지는 한이 있더라도 가 보자, 가 보자, 가 보자―그런 생각을 하고 지냈다.

점심 뒤에야 이곳 한국 교포들의 절간인 불타사의 주지 손지학 스님이 안내에 나서 주어 비로소 가 보게 된 곳이 바하이 하우스―세계 종교 연합을 표방하고 세워진 바하이교의 사원이다. 바하이교는 1817년에 이란의 테헤란에서 태어난 바하올라라는 사람이 시작한 것으로, 지금은 세계 각국에 사원을 가지고 있어 우리 한국 서울에도 하나가 있다고 한다. 그래 미국에서는 유일한 것인 시카고의 이 사원에서 한국말로 된 바하이교의 안내서까지를 구해 읽어 볼 수 있었다.

무슨 종교라도 다 여기 와서는 합쳐 달라는 뜻으로, 불교의 만卍

자까지를 포함한 세계 각 종교계의 표지가 두루 다 한쪽 벽에 나열되어 있는 이 원형의 바하이교 사원의 내부는 이날은 아무 행사도 없는 듯 카랑카랑 비어 있었으나 매우 깨끗하고 또 어느 만큼 사치스럽기도 한 꾸밈새였다. 우리나라의 천도교가 유교와 불교와 선교에다가 뒤에 기독교 정신까지 종합한 것인 건 알고 있었지만, 이렇게 더 많이 종합을 표명하는 것은 처음 보는 터라 상당한 호기심을 가지고 들어섰던 것인데, 이곳의 안내인인 늙은 양키 할머니는 우리에게 안내서를 주며 "우리의 신은 단 하나뿐!"이라고 신경질적인 소리로 외치고 있어 여기도 기독교의 한 분파가 아닌가 하는 인상을 내게 짙게 풍겨 주었다.

손지학 스님은 절간 일이 바빠 돌아가야 했고, 날은 무척 춥고, 길은 또 무척 미끄럽고 하여 나머지 관광을 내일로 미루고 호텔로 다시 돌아오며 아무래도 이제부터는 안내 없이 혼자 다니는 여행을 시작해야겠다고 단단히 마음먹었다. 이제부터는 그렇게 해도 될 것 같은 생각이 들었다.

시카고 미술관에서

1월 13일. 시카고 미술관 안에 진열된 그림 〈살로메〉 앞에 멈춰 서서 깊은 회상에 빠지지 않을 수가 없었다. 이 살로메는 내가 열다섯 살 때에 서울의 중앙고등보통학교에 다니고 있었을 때, 묵고 있던 하숙방 벽에서 보고 지내던 그 살로메, 바로 그 여자이기 때문이다. 이 복사판 그림은 그때 내가 사다가 건 것이 아니라 나와 한방에 서 지내던 같은 학교 같은 학년 친구인 이성범 군이 그렇게 해 놓았 던 것이긴 하지만, 이게 어떤 여자의 무슨 짓을 하고 있는 그림인 줄 도 모르고 보고 지내던 그때와는 아주 달리 늘그막의 나그넷길에 든 내 눈에는 한결 더 유심히 보일밖에 없어서였다.

이 여자가 바로 예수의 좋은 선배였던 세례 요한의 목을 산 채로 잘라 오게 한 여자라는 것, 19세기 말 영국의 시인 오스카 와일드의 표현을 빌자면 세례 요한의 야성적인 거침없는 매력을 이 여자가 혼 자 짝사랑하며 유혹하다가 끝까지 안 들으니까 그녀의 권력—그때 유태의 왕이었던 헤롯의 의붓딸이라는 권력을 빌려 그 죽은 목이라 도 안아 보려 했던 여자라는 것, 그런 것을 알게 된 것은 물론 스무 살쯤 되어서의 일이긴 했지만 열다섯에 처음 보았던 이 살로메의 그 림과 그 은쟁반에 담긴 요한의 목을 여기서 이렇게 다시 대하게 되 는 것도 적지는 않은 느낌이 되었다.

이 살로메의 그림은 지금의 서울 범양사 회장인 이성범 군과 내가 중학생 때 보고 지낸 바로 그 그림은 아니고, 1575년에서 1642년 사이에 이탈리아에서 살고 있었던 귀도 레니라는 화가가 그린 것이 긴 했지만 그래도 '무엇 때문에 나는 열다섯 살부터 지금까지 이런 살로메를 안 만나서는 안 되는가?' 하는 실감이 내게는 있어 한동안 을 이 옆을 떠나지 못하고, 같이 간 손지학 스님더러 이 그림하고 같 이 내 사진 좀 찍어 달라고 부탁하기도 했다.

열다섯 살보다는 좀 뒤인 스무 살 무렵으로 내 회상을 이끌어 가게 한 또 하나의 그림이 여기에 있었다. 그것은 딴게 아니라 반 고흐의 그 밀짚모자를 쓴 수염이 부게부게 난 시골뜨기의 〈자화상〉의 원화가 바로 그것이다.

거짓말 한마디 할 것 같지도 않고 또 들을 것 같지도 않은 농부라도 상농부같이만 생긴 이 소박한 반 고흐의 자화상은, 1936년 내가 선배 시인 정지용에게서 빌린 반 고흐 화집 속에서 본 이래 자살하지 않을 수 없던 예술가의 신경질과 아울러 내 마음속 한 귀퉁이에 깊이 사진 찍혀져 있던 것인데, 이날 여기 시카고 미술관에 와서 비로소 그 원화를 대하게 되어 나를 다시 내 스물한 살의 신진 시인 시절로 이끌고 가는 것이다. 내가 내 시 「맥하麥夏」 같은 작품에서 담아 보인 작열하는 한여름의 생명의 느낌—반 고흐의 그림들과 일맥상통하는 그 젊은 목숨의 느낌을 하늘은 내게 다시 더 잘 찾아보라고 이 그림을 내 예순세 살의 이 세계 떠돌잇길에 또 한 번 더 꺼내놓고 있는 것만 같았다.

그러나 이 미술관의 딴 방에서 내가 본 중국 송나라 때의 한 관세음보살의 잘 쉬어 놓고 있는 것만 같은 모습은 곧 다시 나를 저 반 고흐적인 작열하는 생명의 쉬지 않는 것에서 늘 쉬는 것같이만 사는 동양의 목숨 쪽으로 이끌어 왔다. 무슨 굉장한 일을 하건 간에 늘 쉬고 있는 것 같은 여유를 가지며 사는 편이 옳기는 옳은 것이다.

태권도, 시어스 타워, 미스 티클

1월 13일 밤에는 이곳에 살고 있는 우리 동국대학교 출신들이 나를 환영하는 모임을 열어 주어 참석했는데, 거기에는 전미태권도연맹 회장이자 이곳 시카고의 동국대학교 출신 동문회의 전 회장인 남태희 씨도 나와 있어 첫째 신변이 든든하게 느껴졌다.

남 씨는 내가 동국대학교 국문과에서 강좌를 갖기 이전에 국문과를 졸업한 분으로, 나와는 직접 사제 관계는 없지만 매우 든든하여져서 '누구든 덤빌 테면 덤벼 보아라!' 하는 마음까지가 한순간은 되었다. 들으면 우리 한국의 태권도는 미국을 비롯해서 세계 방방곡곡에 그 도장을 펴고 있어 이걸 배우려고 모여드는 사람들의 수효는 나날이 늘어 가고 있고, 또 거기 종사하는 우리 교포들에 대한 신임도 두터워 한국인의 힘과 기개를 세계에 알리는 본보기가 되어 있다고 한다. 더욱더 이 길이 발전되기만을 바라는 마음 간절했다.

모임이 끝난 뒤 동문들의 안내로 시카고의 명물인 시어스 타워에 올라가 보았다. 이것이 세워지기 전에는 뉴욕의 엠파이어스테이트 빌딩이나 월드 트레이드 센터가 한동안씩 전 세계에서 가장 높은 집 노릇을 해 왔으나, 이제는 이것이 단연 세계 최고의 건물이 되어 있다고 한다. 이 건물 맨 꼭대기에 반짝거리고 있는 불이 일리노이 주를 비롯한 다섯 개의 주에서 볼 수 있을 만큼 높다고 시카고 사람들은 으스대고 있다.

시어스 타워의 높이도 높이지만, 나는 항시 더 많이 우리 한국의 능력의 키만을 생각해 오며 살고 있는 사람이라 늘 '여기에는 또 뭐 없나? 또 뭐 없나?' 눈여기고 다니던 중 이 먼 시카고 근처의 한 농촌에서 임서경이라는 이름의 우리 여류 신진 시인 하나를 새로 발견한 것은 무엇보다도 반가운 일이었다.

그래 14일 아침에는 일찌감치 일어나서 그녀가 내 부탁으로 갖다 놓은 시 작품 원고들을 몽똥그려 추천하는 글을 덧붙여서 서울 현대문학사의 조연현 씨 앞으로 가도록 해 놓았다.

그러고 있노라니 마침 임 여사가 그녀의 다섯 살짜리 예쁜 딸아이를 데리고 호텔로 나를 찾아와서, 내 기쁜 느낌을 풀기 위해 그 다섯 살짜리하고 같이 한바탕을 서로 겨드랑과 발바닥에 간지럼을 먹이며 낄낄거리고 놀았다.

이 간지럼 먹이기는 돈도 들지 않고 하여 나 같은 가난한 떠돌이가 신바람을 풀 수 있는 놀음으로는 아주 적합한 것이 아닐까 한다.

영어밖에 모르는 이 새로운 친구에게 "이걸 아냐?"고 내가 물으니 그 애 대답이 "티클"이라고 해서 나는 그 애를 "미스 티클"이라고 불러 주었다. 그랬더니 그 애도 나더러 "미스터 티클"이라고 서슴지 않고 큰 소리로 불러 할 수 없이 또 한 개 별호를 가지게 되었다.

그러고는 바로 일어서서 미국에서의 마지막 목적지인 나이아가라 폭포 쪽으로 날아가기 위해 시카고 공항으로 차를 달렸다.

야행 버펄로―나이아가라

시카고에서 오후 1시 반에, 나이아가라 폭포의 가장 가까운 공항

이 있는 버펄로행 비행기를 탔는데, 대단한 눈이 내리고 있어, 보통 때 같으면 한 시간 남짓하면 도착할 것이 캄캄한 밤 9시경에야 겨우 버펄로 공항에 내렸다. 나는 집을 떠난 지 50일 가까이 되는 동안에 처음으로 깊은 졸음에 빠져 이 비행기가 거의 일곱 시간 반 동안이나 하늘의 어디어디를 헤매고 다녔는지를 영 몰랐지만, 뒤에 들으니 어디 딴 공항에 내려 눈이 멎기를 기다려 한동안 머물기도 했다는 것이다.

네 개의 조그만 발통이 달린 작지도 않은 트렁크에, 꽤나 무거운 다른 가방에, 어깨에 걸치고 다니는 중요한 것들이 담뿍 든 또 한 개의 가방의 무게와 수고로움으로 얼얼히 택시 스톱까지 나오니, 좀 늙어 보이는 깜둥이가 택시를 세워 놓고 있다가 태워 주었으나 어쩐지 마음은 꺼림칙하기도 했다. 버펄로는 깜둥이가 무척 거친 곳이라고 듣고 왔기 때문이다. 나는 우선 나이아가라 폭포가 있는 나이아가라 시까지 가려는 것인데, 거기까지는 자동차로 그득히 달려서도 한 시간 반은 더 걸리는 곳이라 하니 가다가 쓱 권총이나 빼어 들면 어쩔까 하는 생각에서였다.

그러나 요행히도 그는 안심해도 좋은 인물이었다. "몇 살이냐?"고 내가 물으니까 "예순다섯 살이다"라고 해서 "그럼 나보다 한 살이 더 한 형님이다"라고 했더니 벌써 좋아라고 빙글거리며 "어디서 왔느냐?" 또 "무엇을 하다 왔느냐?"고 하며 오히려 내가 무엇인가를 다루어 보려 하는 것이다. "나는 대학에서 내 나라 문학을 가르치고 있다"고 말하니 "아, 그런가. 문학은 좋은 것이다. 너는 좋은 사람이구

나. 나도 젊어서는 대학에서 공부도 했다"는 것이었다. 그는 틀림없이 그가 자기소개를 한 그대로의 사람일 것이다. 인적이 드문 벌판을 나를 극진히 실어다가 밤중 11시쯤에 나이아가라 시의 라마다라는 이름의 여관 앞에 내려 주며 19달러의 품삯에 1달러를 더 보태 주자 무척 고마워하면서 웃고 사라져 갔다.

이런 흑인들을 보고 있으면 미국의 그 흑백 싸움의 근본 원인을 만들고 있는 것은 오히려 백인들이 아닌가 하는 생각이 든다. 조금만 더 이들을 아끼는 마음으로 사람대우해 준다면 이들은 반항하지 않을 것이라는 생각이 들어서다.

미국의 저 위대한 지도자였던 링컨의 10분의 1만이라도 이들을 본심으로 아껴 준다면 말이다.

라마다 여관, 아니 깜둥이 운전수 씨 발음으로는 '레이머러' 여관에 들어가서 내 예약 번호를 대 주고 4층의 한 방에 짐을 푼 뒤에 무엇을 좀 먹고 싶어 아래로 내려와 보니 이 밤은 마침 토요일 밤이라서 밤내 술을 파는 곳까지가 열려 있고 꽤나 흥청거리고 있어 어느새인지 나도 그 분위기에 휘말리고 말았다.

나는 오십을 넘으면서부터는 간이 약해진 관계로 술은 늘 맥주이기 때문에 그걸 우선 시켜서 연거푸 세 병을 마시고 있는 판인데, 옆에 앉은 나이 스물 남짓 되어 보이는 양키 색시 하나가 무척 호기심을 가진 눈초리로 나를 바라보더니 눈을 씽긋해 보이며 내 곁으로 와서 불가불 나도 일어서며 그녀에게 "나는 당신을 좋아한다"고 인사말을 한마디 할밖에 없었다.

그런데 혼자인 줄만 알았던 이 여인 옆에는 뜻밖에도 문득 한 젊은 사내가 나타나서 또 한 번 "너도 좋아한다"는 인사말을 그에게도 되풀이할밖에 없었다.

그랬더니 그들은 둘이서 마주 바라보며 웃고는 그대로 그냥 나가버렸는데, 한국에서는 보지 못했던 재미나는 풍속인가 한다. 나이아가라 폭포가 이렇게도 또 만든 것인가.

겨울의 나이아가라 폭포 앞에서

1월 15일 오후 1시쯤 서울에 있는 내 친구 이성범의 아우 규범이 여기 메디컬 센터의 의사로 있어, 그의 안내로 두 나이아가라 폭포—미국 쪽의 것과 캐나다 쪽의 것 중 미국 것을 먼저 보러 나섰으나 연일 내린 눈에 또 꽤나 지독스런 강추위가 이미 이곳을 휘몰아 덮고 있어 미끄러워서 자유로운 보행도 안 되고 하여, 아직도 다 얼지 않고 쏟아져 내리는 부분만 겨우 우러러보고 말밖에 없었다.

미국 쪽 나이아가라 폭포의 너비는 약 323미터, 높이는 50.9미터로, 캐나다 쪽 나이아가라 폭포의 너비 826미터에 비긴다면 반도 안 되는 너비이긴 하지만, 이 두 개의 나이아가라 폭포가 서로 곁에 있음으로써 나이아가라는 나이아가라다운 웅장한 아름다움을 빚고 있는 것이니 이쪽이 좀 좁다 하여 얕잡아 볼 나위는 조금도 없는 것이다. 나이아가라의 그 웅장하고 상쾌한 아름다움을 보자면 역시 미국과 캐나다의 국경선을 넘어서 캐나다 쪽의 적당한 언덕 위에서 이 두 개의 폭포를 대조해 보는 것이 상책이다.

국경을 넘어 캐나다 쪽으로 들어와서 어느 눈 언덕길에 차를 내려서자 나는 그 두 개의 나이아가라 폭포의 나란히 쏟아져 내리는 웅장함에 나도 몰래 "야!" 소리를 치지 않을 수 없었다.

나는 어려서 촌에서 자라난 터라, 남의 집 살구나무 밑을 지나다가 그 노랗게 익은 열매가 문득 떨어져 내리는 걸 만나면 으레 "야!" 소리를 무심결에 냈었지만, 나이들면서는 좀처럼 이 "야!" 소리를 쳐 본 일이 없었는데 야, 참, 이 나이아가라는 꽤나 사람의 나이를 잘 잊게 하는 힘이 있나 보다.

나를 안내해 주던 규범의 말을 들으면 가끔 이 폭포에서는 투신자살자가 생기어 지난여름에도 어떤 사람이 뛰어내려 죽었다는데, 내겐 어쩐지 그게 죽은 것이라고 생각되지 않았다. 중국 당나라의 시인 이백이 달밤의 밝은 강물 위에서 뱃놀이를 하다가 거나히 취해 강물 속의 달을 건진다고 뛰어들어 합류해 버렸듯이 그냥 그런 신바람 때문의 합류도 있을 수 있으니 말이다.

그러나 이백이건 이 나이아가라에 투신한 사람들이건 모두가 다 매우 섭섭하게 조급한 사람들임에 틀림은 없다. 이것이 마지막 것이라고 생각하고 있다 보면 그보다 더한 일은 얼마든지 인생엔 또 닥쳐오는 것인데, 마음 착 누그러뜨리고 끝까지 제 숨소리 지키며 살고 볼 일이지, 그게 무슨 조급한 짓들이람?

명년 여름에 대학에서 예순다섯 살로 정년퇴직을 하면 나는 미국에 와서 한두 해 동안 영어영문학을 공부해 볼 생각을 웬일인지 이

나이아가라 폭포를 보고 한결 더 굳히며, 이 곁을 우선 비켜나 캐나다의 토론토로 가는 버스에 올랐다. 나도 이 두 폭포 놈들처럼 이제부터는 늙는다는 생각도, 죽는다는 생각도 일체 다 어느 경우에도 깡그리 집어치워 버려야겠다는 생각만을 가지고 토론토로 떠났다.

캐나다

토론토의 도미니언 센터

인제 이 캐나다부터는 절대로 안내해 주는 이 없는 여행을 해 보리라고 다짐하고 왔기 때문에 공항에도 아무도 나오지 않게 했고, 호텔도 나이아가라 시에서 예약한 걸 나 혼자서 처음으로 찾아서 들었다. 우리 친구 나라 미국을 꼭 50일 떠도는 동안에 한국에서 가르친 내 제자들과 또 친구들과 후배들과 자식 등의 안내를 늘 받아 온 덕으로 이만큼의 자각이 비로소 생긴 것이다.

1월 16일 아침 9시쯤 호텔 앞에서 택시를 집어타고 먼저 토론토 도미니언 센터라는 곳에 가 보았다. 가지는가 아닌가를 먼저 시험해 보려는 것이었다. 번역하면 '토론토 자치 시설'이거나 뭐 그 비슷한 뜻의 집이겠지. 56층이나 되는 높은 집으로 그 54층에는 식당이 있고 55층에는 북아메리카 주의 맨 북쪽에서 살고 있는 에스키모들의 예술품을 전시하는 화랑이 있다고 어느 여행안내서가 적어 놓아, 아침밥을 여기 식당에서 사 먹으며 높지막한 데서 우선 토론토란 곳의 전망부터 보려고 찾아든 것인데, 막상 올라와 보니 55층에는 아무런 화랑도 없고 54층에 식당만이 있어 거기에 얼마 안 되는 에스키모의 아주 소박하기만 한 원시적인 작품이 벽에 드문드문 걸려 있기는 했으나, 아침밥은 여기서는 팔지도 않는다 하여 탈탈 굶으며 서성거리고 다닐밖에 없었다.

에스키모의 작품이란 것들은 우리나라 서민들이 몇십 년 전에나 입던 광목 같은 천에다가 무슨 새 같은 것을 국민학교 1학년짜리 정도의 수법으로 수놓은 것이라든지 뭐 대개 그런 것들이어서 너무 추운 곳에 살면 이럴 것이라는 느낌만을 내게 겨우 자아내게 할 뿐이었다.

다만 이 식당에서 창밖으로 내려다보이는 온타리오 강의 전방의 아름다움만은 많이 좋다고 생각되었다. 여름에 와서 좋은 사람과 같이 앉아 강을 내려다보며 맥주나 마시면 알맞을 곳으로 보였다.

식당 주인이 내게 관심을 보이며 가까이 오기에 국적이 어디냐고 물으니 그리스에서 왔다며 옆에 있던 아내까지 소개해 주었다.

그들이 그리스 사람들이라고 하니 자연히 나는 미국의 전 대통령 존 F. 케네디 씨의 한동안의 아내였다가 뒤에 그리스의 오나시스라는 부자한테로 시집간 재클린 여사가 생각나서 "그런 여자는 어떻게 생각하느냐"고 물어보았더니 그들 부부는 머리를 양옆으로 쌀래쌀래 저으며 입을 가지런히 해 "안 좋아한다"고 했다.

이 사람들은 어딘지 우리 한국인을 닮은 데가 많이 있는 것 같았다. 그야 그럴 테지. 이들이야말로 전 서양에 사람이 어떻게 살아야 하는가의 본보기를 맨 처음으로 보였던 사람들이니까……

사내 주인의 윗수염이 탐스럽게 두두룩이 좋아서 내가 "당신은 좋은 윗수염값이 있는 말을 한다"고 칭찬해 주었지만 그는 별말 없이 미소로 잠잠하기만 했다.

카사 로마

1월 17일에도 아침 9시쯤 호텔에서 나와 구경을 나섰는데 날씨가 무척 추운 데다가 눈 덮인 땅은 꽁꽁 얼어붙어만 있어 얼음 위에선 꽤나 둥둥발이인 내겐 세상이 두루 안심찮기만 했다.

카사 로마Casa Loma, 영국의 귀족인 헨리 펠릿 경이 1914년에 세운 이 집은 여기서는 영국의 옛 성을 본떠 지은 귀족 집의 한 본보기라 하여 이걸 보려고 사람들깨나 꾀는 집이다.

여기를 가느라고 택시를 잡아탔는데 그 운전기사의 얼굴이 아무래도 중국 사람 비슷하게 내게는 보여서 "차이니즈냐?"고 물었더니 "아니요. 나는 한국 사람이오" 해서 여간 반가운 게 아니었다. 이 반가움 때문에 나는 엉겁결에 내 이름을 댔더니, 그 젊은이는 "그러신가요? 그러신가요?" 하며 날뛰듯이 반가워하고 카사 로마 앞에 내려서 내가 택시 삯을 치르려 하자 한사코 받지 않았다. 나는 괜히 내 이름을 댄 걸 후회했지만 할 수가 없었다.

하와이에서도 나는 이런 일을 겪은 터라 여기서 하와이로, 거기서 다시 한국으로 잇따라 이어지는 우리 겨레들의 따뜻한 호흡을 깊이 느끼기에 잠겨 이 호랑이보다는 조금 더한 추위도 이미 아무렇지도 않은 것만 같았다.

카사 로마라는 집은 꽤나 큰 편이지만, 뭐 대단히 규모가 큰 귀족 집은 아닌 성싶고, 그래도 그런대로 오밀조밀 2층까지는 방 수효도 많고 갖출 것도 상당히 많이 갖추고 있는 부유층의 저택임엔 틀림없었다. 위아래로 오르내리는 계단도 올라가는 것과 내려오는 것이 두 겹으로 되어 있고, 이 집 주인의 여러 모양의 초상들도 많이 그림으로 그려져 걸려 있고, 총이나 칼 같은 무기들이며, 또 그들이 입고 썼던 군복이며 군모 같은 것도 상당히 많이 남겨져 진열되어 있어, 부유한 무관 귀족의 집이라는 것만은 잘 느끼게 했다.

2층의 한 방 벽에는 지금의 우리 국회의장 정일권 장군이 육군 참모총장 시절에 보낸 감사장도 틀에 담겨 걸려 있어 이 집이 6·25 사변에까지도 우리를 도와 헌신해 준 집임을 나타내고 있어 여간 고마운 게 아니었다.

이 집에서 특히 인상적이었던 것은 지하실에서 비밀리에 외부로 통행하기 위해서 만들었던 걸로 보이는 꼬불꼬불 상당히 길게 뻗친 비밀 통로였다. 겨울철이라서 그런지 통행자도 별로 없는 이 길을 호젓이 걸어가자니 서양 영화에서 가끔 보던 중세 왕궁의 지하 비밀 통로를 따라 나도 어디로 달아나고 있는 것만 같아, 뭔지 대단한 것

이 어디서 금방 습격해 오지 않을까 하는 예감에 두리번거려지기도
했다. 또 이 집의 3층과 4층에는 꽤 여러 군데 밀실로 보이는 오싹한
순 목조의 방들이 있어, 밟으면 삐거덕삐거덕하는 방바닥 널판자들
의 울림도 이 집의 운치를 한결 북돋워 주고 있었다. '네 이놈, 꼼짝
말고 거기 있거라' 하는 소리가 금방 어디서 들려올 것 같기도 하고,
또 나같이 여행을 즐길 줄도 모르는 집착 많은 보수적인 귀신들도
그 어디 상당히 웅크리고 있는 것만 같았다.

포트 요크 요새와 우리 석광옥 여스님

1월 17일 오후에는 이곳 명소의 하나인 포트 요크Fort York로 가려
고 택시 운전기사인 젊은 양키더러 "포트 요크로 가자"고 하니 그는
영 발음을 알아듣지를 못해 그걸 글씨로 써 보여 주어야 했다. 그랬
더니 비로소 그는 "포리 욕! 오케이" 하는 것이었다. 우리가 학교에
서 배운 발음은 다 소용없고 포트 요크는 '포리 욕'이라야만 되는 것
이다. 영어가 미국으로 캐나다로 어디로 어디로 오래 종종거리고 돌
아다니는 동안에 그렇게 밴들밴들 닳아져 먹은 것을 생각해 보자니
그것도 꽤나 재미있게 들리긴 들렸다.

이 포리 욕은 1811년에서 1813년까지 3년 동안 영국 군대와 미
국 군대 사이에 쟁탈전이 벌어졌던 옛 싸움터로, 당시 캐나다를 지
배하던 영국이 이 싸움을 예상하고 포리 욕 요새를 구축한 것은
1793년의 일이라고 한다.

쭈글쭈글 매우 친절하게만 늙은 할머니가 사무실에 혼자 앉아서 뒤쪽 통용문을 가리키며 "저리로 나가 마음껏 구경하라"고 해서, 그리로 나가 벌판에 널려 있는 집들을 쭉 돌아보니 모두가 패전 후 일본인들이 서울 연병장에 남겨 놓고 간 막사들과 비슷한 나지막 나지막한 집들로, 거기엔 사령부를 비롯한 여러 가지 군용 기구들이 배치되어 있었다.

군사령부였던 방에도 들어가 보았지만, 순 목조의 간소한 임시용 건물에 무기들이며 의자들이며 기타 군용의 물건들이 꽤나 난잡하게 흐트러져 있어 무슨 짜임새 있는 질서 같은 게 여기 있었던 것 같지가 않았다. 구식의 대포들이며 군인들의 복장이며 그런 것들이나 우리가 여기서 볼 만한 것이 아닌가 한다.

밤에는 호텔 방에 들어 있노라니 이곳 토론토에 있는 한국 절― 불광사의 주지 석광옥 스님이 전화를 걸어 나그넷길의 안부를 물어 주었다.

시카고의 불타사 주지 스님의 전화 연락으로 내가 여기에 묵기로 예약된 걸 알았다고 곧 찾아오겠다고 하여 한참 동안 기다리다가 만났는데, 이 스님은 남자가 아니라 여자 즉 비구니 스님이다.

동국대학교 불교대학원을 마치고 국제 포교사 시험에 합격하여, 서양에는 맨 처음의 여자 포교사로 나온 분으로 나이는 서른여섯이라고 하나 언뜻 보기에는 이제 막 여고를 졸업한 듯한 앳된 데가 많아 뵈는 야무지긴 또 대단히 야무져 뵈는 여자 스님인 것이다.

내 직계 제자는 아니지만 동국대학교에서 나를 자주 만났었고, 자기 고향은 전라북도 군산이니 내 고향에서는 멀지 않은 곳이라고 하며, 여러 가지로 나를 위로하면서 왜 호텔에서 묵고 있느냐고 지금 바로 자기가 세운 절에 가서 지내도록 하라고 간곡히 부탁해 주었지만, 나는 내일은 캐나다의 수도 오타와로 떠나기로 예정되어 있어, 이분의 친절을 곧장 받아들일 수도 없었다.

그러나 그녀 혼자만의 이곳 절간살이 이야기를 듣고, 내 이 단신의 나그넷길에 새로운 용기를 얻어 보태기는 했다. 이렇게 가냘픈 여자 혼자서도 먼 서양에 와서 절을 세워 지키고 포교하며 태연히 살고 있는데, 내 비록 황혼의 나이이긴 하지만 어디 못 갈 데가 있겠느냐고……

캐나다의 이쁜 국회도서관, 기타

1월 18일 오후, 오타와 공항에서 내가 묵을 쉐라톤 호텔까지 달리는 택시의 차창 밖으로 내다보이는 오타와 시는 매우 한적하기만 한 도시였다. 마을의 군데군데 수풀들이 무성한 점으로 보자면 미국의 노스캐롤라이나의 롤리 시 같은 인상을 주는 도시이지만, 이곳이 사실은 소련의 모스크바보다도 추운 날이 더 많은—세계의 수도 가운데 가장 추운 곳이라고 하니, 그 점은 물론 크게 다르다.

인구는 60만 명이라고 하지만, 넓은 땅 위에 흩어져 살고 있어서, 어느 길거리에는 사람의 그림자가 잘 보이지 않을 정도로 한가한 느낌을 주는 곳이다. 1858년 영국의 빅토리아 여왕이 캐나다 수도로

정한 이래 지금까지 죽 계속되어 오고 있으니 그럭저럭 120년 동안
이나 캐나다의 서울 노릇을 해 온 셈이다.

도시 생긴 것을 보니, 아무래도 먼저 한잠 길게 자고 보는 것이 좋
을 것만 같아 도착한 18일 오후에는 아주 일찌감치 초저녁부터 잠
자리에 들어 실컷 자고 19일 아침 일찍부터 강추위 속의 관광이라
는 걸 나서기로 했다.

나는 먼저 누구나 이곳의 제일 명소로 치는 국회의사당 언덕에 있
는 평화의 탑을 찾아갔으나, 지금은 그 탑 위에는 올려 보내지 않는
때라 하여 목적을 제대로 이룰 수는 없었다. 이 탑 안에 배치된 높이
89.3미터의 종루에 세 개의 미묘한 소리를 내는 종이 매달려 있고,
그 꼭대기에는 신호등이 있어, 여기 불을 밝히면 꽤나 먼 곳에서도
이곳 국회의사당 일대를 자세하게 환히 바라다볼 수 있다고 해서 온
것인데 섭섭한 일이었다.

다만 내가 여태껏 보아 온 도서관 중에서는 가장 아름다운 도서관
으로 보이는 이곳의 국회도서관 내부를 둘러본 것은 불행 중 다행의
하나였다. 규모는 과히 크다고 할 수 없으나 목조의 정교하고 섬세
한 조각들이 이렇게 아름답고 짜임새 있는 도서관을 아직 보지 못했
다. 도서관의 한가운데 모셔져 있는 빅토리아 영국 여왕의 상도 이
자리에 아주 잘 어울려 보였다. 이 도서관까지를 포함한 국회의사당
이 처음 완성된 것은 1865년이었는데 1916년 2월에 불이 나서 거
의 다 타고, 이 도서관만이 최초의 모습 그대로 남아 있는 것이라 했
다. 물론 타 버린 것들은 뒤에 다시 세우게 되었고⋯⋯

국회의 상원 내부를 잠시 들여다본 뒤에 이곳 우리 대사관에 약속한 시간을 지켜 11시 반까지 갔더니, 한병기 대사가 반가이 맞이해 주어 잠시 동안 이 이야기 저 이야기 주고받다가 그의 안내로 어떤 수수한 중국 음식점에 들러 간소한 점심 대접을 받았다. 그는 대단히 솔직하고도 친절한 인물로 보여, 그의 앞이면 무엇이건 다 털어놓고 이야기해도 무방할 것만 같아 마음이 놓였다.

오타와의 이곳저곳

19일 오후에는 잠시 우리 대사관에서 남아메리카 주 몇 나라의 비자 내는 일을 알아보기 위해 머물렀다가 대사관 차로 오타와의 명소를 한 바퀴 돌아보러 나섰다.

우리가 먼저 간 곳은 내가 이미 아침에 올라갔던 국회의사당이 있는 언덕이다. 여기서라야 오타와 시내의 한가운데를 관통해서 흐르는 리도 운하를 내려다보고 요량하기에 적합한 때문이었다. 전체 길이가 202킬로미터나 되는 이 운하는 미국과 이곳 영국군과의 전쟁이 계속되고 있었을 때 사람들과 무기를 수송하기 위해 만든 것이라는데, 지금도 물이 얼기 전에는 이 나라의 중요한 수상 교통로가 되어 있지만, 물이 꽁꽁 얼어붙는 겨울철은 이곳 사람들이 즐기는 스케이트장으로 바뀌어 버린다 하며, 이 스케이트장이 세계에서도 가장 긴 것이라고 한다.

국회의사당 언덕에서 내려와 운하의 한쪽 옆을 지나다가 차에서 내려 보니 아닌 게 아니라 이 추운 날에도 스케이트를 지치고 있는 사람들이 드문드문 보였다. 아기를 무슨 썰매 비슷한 것에 담아 끄나풀을 달아서 허리춤에 차고 새파랗게 젊은 여인네 하나가 열심히 스케이트를 지치고 있는 것이 보이기에 "2, 30리나 되는 긴 스케이트장을 젊은 남녀들이 호젓이 오르내리는 동안에는 로맨스도 지독한 것이 꽤나 생기겠소그려" 하고 내가 동행한 우리 서기관에게 말하니 그도 웃으며 그럴 것이라고 했다.

다음에 우리는 웰링턴 거리와 엘진 거리의 연합 광장에 있는 대전기념비를 보러 갔다. 1차 세계대전을 기념해서 세운 이 비는 1939년에 영국의 조지 6세가 이곳을 찾아왔을 때 제막한 것이라고 한다. 우리는 이어서 스팍스 스트리트 몰이란 이름으로 불리는 스팍스 거리의 보행자만이 다닐 수 있는 거리를 잠시 기웃거려 보았는데, 이곳은 프랑스 파리의 거리를 본뜬 것이라고 하며 그 길이도 얼마 길지 않았다. 물론 여기서는 사람들이 유유히 산책하며 상점에서 사치품도 사고, 한잔 거나하게 마시고 비척비척 갈지자걸음도 한번 걸어 볼 수 있는 곳이다.

이어서 간 곳은 리도 공회당이라는 이름으로 통하는 캐나다 총독의 집인데, 차로도 상당한 시간을 써야 할 만큼 넓고 또 수풀이 짙은 곳으로, 겨울이 아니면 산보하기에 좋은 곳이라 했다. 캐나다는 물론 지금은 독자적인 법과 대통령을 가진 역연한 독립국가지만 아직도 옛 습관으로 형식적으로는 영국연방의 하나로 놓여 있는 만큼 이런 형식적인 영국 총독의 관저도 다 필요하다는 것이다. 저녁밥 때에 우리 한병기 대사는 나를 다시 자택으로 초대해 주어서 그 댁에 들러 부인의 극진한 대접으로 맛있고 또 재미나는 이야기꽃을 피우며 한때를 보냈다. 여기 감사의 뜻을 표한다.

몬트리올로 가는 설원 위의 대화

캐나다의 넓은 벌판을 옆으로 자세히 바라보며 지나가고 싶어 오타와에서 몬트리올 쪽으로 가는 길은 버스를 타고 가기로 했다. 한국에서 그레이하운드라는 고속버스가 하고 있는 그대로 터미널에서 버스표를 사고 무거운 짐은 버스의 배때기에 싣고. 그러나 한국과 다른 점은 올라가서 아무 데나 앉고 싶은 데를 골라 앉아 타고 가게 마련인 것이 이곳의 버스 타는 습관이다. 한국보다 두 시간을 더 빠른 속도로 달리는 것이니 아마 5백 리쯤은 너끈히 될 것인데, 값은 7달러던가 그러니 3천5백 원쯤 되는 셈이다. 한국보다는 좀 비싸게 드는 편인가 보다.

창가의 한 자리를 잡고 바짝 창에다 눈을 모으고 바깥만 내다보고 있으려는데, 나보다도 키가 훨씬 더 작아 보이는 여고 2학년가량의 땅딸보 양키 계집아이 하나가 내 옆 좌석에 와 아무 말도 없이 앉더니 '세상아 나는 모른다'는 듯이 무슨 책을 읽는 데 파묻혀 버린다. 차가 발동을 걸고 달리기 시작한 지 한참 만에 잠시 그 계집애 쪽으로 눈을 돌려 보다가 귀엽게 느껴져서 "학생이냐?"고 물으니 "아니다. 나는 선생이다"라고 하는 것이다. "몇 살인데?" 하고 재차 물으니

"나는 스물여덟 살이다"라는 게 그 조그만 소녀같이 생긴 여자의 대답이었다.

"참, 나이보다 너무나 앳되어 보인다"고 하니 쌩긋 웃어 보이기에 "무슨 책을 읽고 있느냐?"고 하니 펄 벅의 소설이라고 했다. 그래 나도 비로소 내가 한국에서 온 여행자인 걸 말하고, 나도 펄 벅 소설을 조금 보았다고 했더니, 그녀도 비로소 반가운 얼굴이 되며 펄 벅 여사는 당신네 나라 한국을 소재로 해서 소설을 썼다, 그걸 아느냐고 되레 내게 물어 오는 것이다. 내가 그것만으로도 무척 반가워져서 "안다"고 하니, 그녀는 자기 이야기를 꺼내 자기는 지금 몬트리올의 교회로 세례를 받으러 가는 길이며 자기 아버지의 나이는 칠십 몇 살이라던가가 되었다고까지 했다. 그리고 자기는 막내딸이라고도 했다.

그의 영어는 학교 선생이라 동양의 한국에서 온 내 귀까지를 고려해서 그러는지 미국식의 알아듣기 힘든 사투리가 아니고 우리가 학교에서 배운 그대로 또박또박한 것이어서 비교적 알아듣기 쉬웠다.

내 질문은 발전하여 "너, 눈부엉이를 아느냐? 눈같이 하얀빛을 가진 새 말이다"라고 마음속에서 곰곰 생각하던 것 중의 제일 중요한 것—여기 캐나다의 한정 없는 눈벌판에 맞는 것 한 가지를 또 물어보았더니 그녀는 "안다. 알지만 오래 그 소리를 들어 보지 못했다"고 했다. 그래 나는 "그 소리가 듣고 싶다. 그건 겨울에는 제일 깊은 소리다"라고 내 속을 털어 보이게까지 되었다.

산이라고는 나지막한 것 하나도 보이지 않는 이 끝없이 황막하기만 한 겨울 눈벌판, 가장 억센 나무 수풀들이 두루 나목이 된 채 가끔가끔 오도도 떨고 있는 모습이 보일 뿐인 이 거친 들판에서 추워서 키도 제대로 못 자란 이 캐나다의 젊은 여선생과 나와의 이런 대화는 우리 두 사람이 시작한 것이라고 하기보다 아무래도 이 황막한 겨울 나라가 시키고 있었던 것만 같다.

한파주의보 속의 몬트리올 나들이

1월 20일 아침 호텔에서 잠이 깨자, 나는 먼저 마운트 로열 파크라는 이름으로 불리는 270미터쯤의 언덕 위의 공원 전망대에 올라갔다. 이곳이 그래도 몬트리올에서는 제일 높은 곳이어서 몬트리올 시내를 먼저 한번 전망해 보고 구경을 나서려는 것이었다.

그런데 뒤에 안 일이지만, 이날은 강풍주의보에 폭설과 한파주의보까지가 아울러 내려진 날이어서 그 추위는 차에서 내려 단 2, 3분도 밖에 서 있을 수 없을 정도여서, 잠깐 동안 시내를 내려다보다가 곧 세워 놓은 택시 안으로 다시 들어오고 말았다.

나는 할 수 없이 유태인이라고 말하는 택시 운전기사와 함께 아래로 내려가서 노트르담 성당이라는 또 하나의 이곳 명소를 찾았으나 날씨 관계인지 성당의 두 개의 탑 모두 문을 열지 않아 그 두 탑 안에 배치되어 있다는 열 개의 종—어느 거나 두루 11톤의 무게를 가졌다는 그 아메리카 대륙 최대의 종들을 볼 수가 없었다.

그래 겨우 아래층에 1만 명의 좌석을 가진 성당 회합실만을 잠시 구경하고 다시 밖으로 나와 봉스쿠르 시장이란 데를 찾아가 보았다.

거기는 온갖 토산품을 늘 팔고 있는 곳이라고 일본 사람의 여행안내서에 쓰여 있어서, 거기 가서 추위를 녹이며 이곳의 특수한 음식이라도 뭘 좀 사 먹어 볼 생각이었는데, 막상 가서 보니 딴판이었다.

커다란 건물 안에 시장이라고 쓰여 있어서 단단히 믿고 갔던 것인데 그건 시장이 아니라 다른 사무소였고 그런 시장은 알지도 못한다는 것이었다.

그래도 나는 나선 김이라 이 하루 동안에 기어이 이곳 중요한 명소는 다 보아 낼 양으로 다음은 또 '람제이 성'이라는 이름을 가진 이곳 특유의 박물관이란 데를 찾아가 보았더니 거기는 소개 그대로 열려 있어 들어가기는 했으나, 이건 또 별 보잘 것도 없는 박물관에 지나지 않았다.

나는 이젠 좀 짜증도 나고 하여 밖으로 나오자 마구잡이로 걸어 댔는데, 가다가 보니 이 언저리가 바로 내가 한번 둘러보려고 했던 그 구 몬트리올 거리여서 한번 기껏 쏘아다니며 뭐 쓸 만한 게 있는 가를 물색해 보기로 했다.

그러나 아마 영하 30도는 넘고도 남는 추위였으리라. 미국에 있는 내 아들 승해가 겨울 무장을 단단히 시켜 주었지만, 귀와 얼굴은 춥다가 드디어 마비해 들어오고, 문득 두 눈알맹이가 잘 움직여지지 않는 것 같아 두 손으로 비벼 대면서 서두르자니 자세히 음미할 마음의 여유를 지니긴 어려웠다.

좁은 찻길의 양옆으로 아주 좁은 인도가 뻗쳐 있는 건 서울의 명동 거리 비슷하다고 할까? 18세기 건물이라는 고전적인 낡은 가게들이 주로 이 거리를 차지하고 있었으나, 그것들은 만주의 중국인 상점들처럼 음침하게 닫혀 있어 거기를 성큼 들어설 마음도 잘 일지 않았다.

엄습하는 추위를 견딜 수 없어 어느 프랑스 식당을 겨우 찾아들어가 더운 커피로 몸을 녹였다.

땅속 도시와 밤하늘의 폭풍설

몬트리올에서 특히 겨울철에 가장 쓸모가 있는 것은 세계에서도 가장 두드러진 것이 아닐 수 없는 그 넓은 땅속의 도시Underground City다.

빌 마리와 보나방튀르의 세 개의 광장을 연결하며 뻗쳐 있는, 서울의 충무로와 명동을 합친 것보다도 좀 더 넓은 상점과 술집과 사무실 등이 즐비한 땅속의 한 도회인 것이다. 비유해서 말하자면 두더지의 도시라 할까. 한국의 두더지들은 춥지 않은 날에도 땅속에 들어가서 살지만 여기 이 사람들은 땅속이 더 좋대서 이러는 건 아니고, 긴긴 겨울—다섯 달도 넘는 겨울 추위를 피해 무슨 영업을 잘해 먹으며 살아나야 하니까, 할 수 없이 이 거대한 두더지 굴을 만드는 꾀를 낸 것이다.

캐나다는 아직도 개척이 별로 안 된 황무지가 많은 나라고, 면적은 세계에서 소련 다음에 둘째 번 가는 아주 넓은 곳이고, 북쪽에는 알래스카보다도 훨씬 더 추운 북극이 있는 데다가, 동쪽에는 산이라는 게 거의 없으니 겨울에는 북극에서 몰아닥치는 굉장한 추위가 그대로 별 막힐 곳도 없는 휑한 벌판을 거쳐 이 몬트리올이라든지, 오타와라든지, 퀘벡이라든지 그런 도시로 몰리면 어떤 때는 영하 50도까지도 수은주가 내려가기도 한다니, 이런 땅속의 거리를 만들어야겠다는 꾀를 내 시행한 것은 당연한 일이라 하겠다.

캐나다에 있는 우리 한국 무역관도 이 점을 생각한 나머지겠지, 이 두더지 거리에 자리를 잡고 있어 해 질 무렵에 잠시 들렀더니 관장은 캐나다 국립은행의 맨 꼭대기에 있는, 높이가 158미터나 되는 꽤나 높은 식당으로 저녁밥을 대접하겠다며 나를 안내했다. 아마 땅속의 오랜 겨울 동안의 두더지 팔자가 하도 답답하여서 이렇게 하늘 높이 어쩌다 한 번씩은 치솟아 보고자 함인가?

이 식당은 음식 진열장에서 자기가 먹고 싶은 대로 골라 그릇에 담아다가 먹는 소위 셀프서비스 식당이긴 하지만 싼거리의 그런 식당은 아니고 상당히 비싼 음식들이 다 나와 있는 곳이라 해서 가서 보니 아닌 게 아니라 바다와 육지의 온갖 음식들이 궁색하지 않을 만큼 마련되어 있어 나는 내 식성에 맞는 대로 무얼 꽤 고를 수가 있었다.

그런데 이제부터 내가 여기 표현해 보고 싶은 것은, 이 북극으로 연하는 번한 벌판 위의 하늘에 되게 추운 겨울날 밤 그 거센 눈보라와 바람이 어떻게 무슨 모양으로 있는가 그것이다.

세계의 4대 은행 가운데 하나라는 캐나다 국립은행이 잘 비춰 주고 있는 이 높은 곳의 전기 불빛을 통해 내가 창으로 내다보고 요량한 하늘의 야단스러움은 여태까지의 내 생애에서 겪고 상상했던 것보다는 훨씬 더 대단한 것이었다.

바깥의 추위가 조금도 스며들 수 없을 정도의 유리창이니까, 바깥의 소리도 또한 그만큼은 막아져 있을 것임에 틀림없는데도 바람소리는 마치 옛이야기에서 들은 그 도깨비란 것들이 한 천만 명쯤은 같이 모여 웅성거리고 있는 듯한 쇄해해해…… 쏴와와…… 쑤으으…… 쏴아…… 이런 갖가지 소리로 이 식당 안까지 스며들어 오면서 이 부자 은행의 밝게 비치는 전기 불빛 속에 몰아쳐 날리는 눈보라의 모양은 바람이 휘몰아 불고 있는 그 모양을 닮은 것이겠지, 어느 격렬한 춤과는 비교도 안 될 만큼 대단한 것으로―마치 나이아가라 폭포 억천만 개쯤이 모여 어우러져 몽땅 춤추는 것 같은 모양으로 회오리 치고 또 더 크게 회오리 치고 있을 뿐이었다.

'이것이 캐나다의 본모양이구나. 겨울에 오기를 잘했구나!'

나는 생각하지 않을 수 없었다.

퀘벡의 이모저모

1월 21일. 몬트리올에서 퀘벡으로 가는 버스 차창 밖으로 나는 아직도 산 같은 게 없나? 아직도? 하고 늘 그것만 찾고 있었는데, 내 너무나 바란 소원 때문인지, 무어 산 비슷한 것이 몇 무더기 잠시 나타나긴 했으나 그건 산이라기보다는 누워 있는 황소 등어리 같은 느릿하게 게으른 언덕의 연속에 지나지 않았다. 그러고는 역시 또 가도 가도 한정 없는 눈이 쌓인 황야만이 질펀히 계속되는 것이다.

퀘벡에 가면 샤토 프롱트나크라는 호텔이 있는데 수풀도 좋고 내려다보는 전망도 좋은 성곽 같은 호텔이라고 누가 말해 주어, 퀘벡의 버스 터미널에 도착하자 그리로 택시를 몰고 갔다. 당도해 보니 세계체육인회의가 여기서 열리고 있어, 작은 방 하나도 얻지를 못하고 밀려 나와 다시 택시를 집어타고 북아메리카 어디에나 흔히 있는 홀리데이 인 호텔에 겨우 방 하나를 얻었다.

샤토 프롱트나크의 수풀에서나 내가 좋아하는 겨울밤 땅이 우는 것 같은 부엉이 소리나 한번 들어볼 수 있을까 했는데 인연이 안 닿는 것이겠지, 이것도 또 허탕으로 돌아간 것이다.

그 대신 하늘은 나를 달래어 가장 조망이 좋은 호텔의 방 하나를 내게 주었다. 16층에 있는 내 방의 넓은 창 저쪽에는 고전적인 높은 성당 하나가 서 있어 그 옥상에는 꼭 우리 한국의 까치같이 배때기 하얀 비둘기들이 꽤나 많이 사는 듯 공중에 날아다니고 있고 또 그 너머 멀지 않은 곳엔 세인트로렌스 강의 한 가닥이 보이고 또 그 강의 양쪽에는 다소곳한 암호랑이의 등처럼 불룩이 솟은 산 비슷한 언덕도 두 줄기 가지런히 보이는 일테면 여기는 퀘벡을 잘 눈요기할 수 있는 명당의 하나일 것이니 말이다. 이런 창밖의 경치를 보고 있다가 나는 어느새인지 곤죽 같은, 해 질 녘부터의 잠에 들었다.

이튿날인 1월 22일엔 첫새벽에 잠이 깨어서 아침 일찍 먼저 퀘벡 시를 두루 전망해 보기 위해 여기서는 그래도 높은 전망대로 알려져 있는 테라스 뒤프랭의 언덕 위에 올라가 보았다.

과히 높지 않은 곳이어서 더 보고 싶은 것이 잘 보이지를 않아 이 퀘벡 시를 처음 창설했다는 프랑스 탐험가 샹플랭의 동상만을 잠시 보고 멈춰 둔 택시를 타고 전지공원戰地公園을 한 바퀴 돌아보았다. 공원 일대는 캐나다의 패권을 노려 벌써 옛날인 1759년 9월 13일에 영국군과 프랑스군이 몽땅몽땅 목숨을 버리면서 맹렬한 싸움을 벌였던 곳이라 하며, 공원의 각처에는 또 1, 2차 세계대전 때 캐나다 군대가 빼앗아 온 대포라든지 그 밖의 몇몇 무기들이 '이기는 건 이렇게 좋지 않으냐?'는 듯이 군데군데 놓여 있었다.

다음에 나는 영국의 장군 울프Wolfe의 기념상을 보러 갔다. 퀘벡 시 서쪽의 아브라함 벌판에 있는 공원 옆의 이 동상은 역시 캐나다를 두고 영국군과 프랑스군이 싸우고 또 싸우다가 영국군이 승리를 거두자 지휘자인 울프 장군의 동상이 이렇게 서게 된 것이다. 그러나 그는 승리는 했으면서도 싸움에서 얻은 부상 때문에 오래 살지를 못하고 곧 세상을 떠났다고 한다. 이런 사람들이 들어서 캐나다는 선 것이다.

프랑스 사람들과 거위

이어서 나는 승리의 노트르담 교회라는 프랑스 계통의 유명한 교회에 들러 보았다. 1688년에 프랑스 사람들이 세운 이 교회는 이 근방의 돌멩이들을 주워 모아 지은 아주 예스러운 집으로 마침 공일날이라 사람들이 가득 모여 예배를 보고 있었다. 여기에는 프랑스 군대가 영국군의 치열한 공격을 잘 막아 낸 것을 기념하는 유품들이 남아 있다고 하는데 예배 중인 그들에게 보여 달라고 할 수 없어 그냥 밖으로 나오지 않을 수 없었다.

지금도 프랑스계 사람들은 이렇게 그들의 이름으로 이 교회를 지키며 프랑스가 다시 캐나다를 차지할 날을 꿈꾸고 있다는 것이다. 지금 그들은 그들이 가장 많이 살고 있는 이 퀘벡 주의 독립운동을 우선 맹렬히 벌이고 있는 중이어서 영국이나 미국계 사람들과 치열하게 대립하고 있어, 여행자들도 영어만 가지고 통하려다가는 자뼉 미움을 받는 일이 생기기도 하는 곳이다. 조국이란 게 이렇게도 대단한 것이라는 걸 새삼스레 느끼게 했다.

그렇기는 하지만 내 생각으론, 이런 식으로 해서 그들이 퀘벡 주의 독립을 이루고 캐나다를 차지할 수 있으리라고는 보지 않는다.

첫째 영국계 사람들 이상으로 능청맞고 숭글숭글하게 끈질긴 배짱을 가지고 나가야지 이렇게 발끈발끈하는 정도로 어떻게 이겨 낼 수 있겠는가. 나는 청년 시절부터 프랑스의 문학이나 예술을 많이 좋아해 온 사람이지만, 이런 프랑스 사람들의 기질을 듣고 보며 그들을 곰곰 재고하게 되었다.

이어서 나는 이곳의 다수 인구를 차지하는 프랑스 사람들의 세력으로 또 역시 프랑스 말로 이름이 붙은 박물관 '르 뮈제 드 라 프로뱅스'를 찾아가 보았다. 내가 좋아해 온 프랑스의 예술이 여기선 어떻게 꾸며져 있는지 궁금해서였다.

그러나 내가 이 박물관에서 보게 된 것은 프랑스다운 것이기보다는 훨씬 더 많이 캐나다다운 것들이었다.

그림들을 더 많이 전시한 것이 이 박물관의 특색이었는데, 내게 가장 인상적인 그림은 한 쌍의 거위가 많은 사슴의 무리를 이끌어 가고 있는 황야를 표현한 것이었다. 끝없는 겨울의 눈에 덮인 황무지를 뚱구적뚱구적 걸을 줄밖에는 모르는 그 무식꿍한 암수의 거위 한 쌍이 무척 많은 뿔사슴의 무리를 앞서서 이끌고 가는 그림이다.

날아다닐 줄도 모르고 걸음걸이도 새 중에서는 가장 더딘 어리석기만 한 새—거위 정도의 끈기라면 그 선량한 많은 사슴의 무리들을 안 죽을 길로 인도할 수 있다는 게 이 그림을 그린 화가의 착상 같은데, 아닌 게 아니라 캐나다라는 곳을 잘 암시해 표현한 것 같았다. 그걸 그린 화가의 이름을 어디 옮겨 써 놓았는데 지금 이 글을 쓰면서 찾아보니 어디에 가 숨어 있는지 보이지를 않아 여기 이름을 못 밝혀 유감이지만 이 그림은 확실히 재주 있는 것 아닌가 한다.

그렇다. 내 생각에도 가장 무식꿍하면서도 한정 없이 끈질긴 거위 같은 것이라야만이 캐나다를 이끌고 가는 지도력일 수 있겠다는 점은 이 화가의 생각과 마찬가지이니 말이다.

그런데 이곳의 많은 프랑스 사람들은 왜 발끈발끈 화만 내는지 참 알 수 없는 일이다.

원로 시인 어빈 레이턴과의 대화

1월 23일. 나는 퀘벡이라는 데가 프랑스 계통이니까 무어 좀 문학적인 여유와 밤의 부엉이 소리나 잘 들릴까 했던 희망을 버리고 다시 토론토로 돌아왔다. 홀리데이 인에 우선 들어서 동국대학교 출신의 석광옥 스님에게 전화를 걸었더니 즉시 내 호텔로 와서 "선생님, 저한테로 갑시다" 하여 딸이 없는 나는 그런저런 느낌으로 그녀의 절로 바로 옮겨 갔다.

그리고 얼마쯤 지나자, 여기 토론토에서 딴 절을 하나 가지고 있는 김삼우라는 스님이 전화를 걸어와 "선생님, 여기 캐나다의 시인도 좀 만나고 가십시오. 제가 다리를 놓고 통역도 하겠습니다. 어빈 레이턴 씨하고 한번 만나시지요" 해서 나는 비로소 어빈 레이턴이라는 시인이 기억나 그를 만나 보고 싶다고 했다.

캐나다의 대표적 시인이라는 이 어빈 레이턴 씨는 나와는 미국에서 출판된 시집에 함께 참가한 인연이 있다. 미국 작가 윌리엄 포크너가 흑인들의 권리를 옹호하는 운동 단체에 끼어서 늙은 검둥이의 서러운 모양을 그림으로 그려 전 세계 각 국가의 나잇살이나 먹은 시인들에게 보내 그 인상으로 시를 한 편씩 써 보내 달라고 한 것에 나도 호응했었고, 캐나다의 원로 시인 어빈 레이턴 씨도 호응해 한 책 속에 있었던 것이다.

어빈 레이턴은 자기뿐 아니라 그의 집 전체의 영광으로 맞이한다며 나를 대해 주었는데, 통역을 맡은 김삼우 스님을 사이에 두고 나와 그가 이야기한 내용은 대략 다음과 같은 것이다.

미국에서 출판하기로 되어 있는 내 영어판 시집 원고 몇 개를, 그
는 좋은 그의 육성으로 낭독하다가 어디쯤 오자 "당신은 이 엉터리
인 땅덩이가 당신 시를 받아들일 수 있으리라고 생각하나?"라고 내
게 물었다. "아마 그리되어야지 않겠는가?" 내가 대답했더니 "여보
게, 당신은 풀도 못 나는 사막에다가 풀을 심으려는 사람하고 똑같
네" 하며 시가 이 딱한 현실에서 살기가 얼마나 어려운가를 역설하
고 있었다.

"당신 그렇게 딱해할 것 없이 한국에 오면 다 태평할 것이네" 내가
말하니 그는 "아닐세. 나는 가고 싶으면 코리아가 아니라 내 본래의
고장 그리스로 갈 것이네" 했다.

그는 결국 그의 정신의 고향 그리스로 가야 하는가. 그렇다면 나
도 내 고향 전라도의 질마재로 달려가는 내 마음을 그들은 무얼로도
말리지 못할 것이다.

이 복잡한 기계문명 속의 현대사회에서 사람이 나이를 많이 먹는
다는 게 무엇인지, 어빈 레이턴이라는 내 형님뻘인 캐나다의 늙은
시인의 여러 가지 말을 들으며 나는 오래오래 생각하고 있을밖에 없
었다.

젊은 한인회장 강신봉 군

1월 23일부터 남아메리카로 떠나기 전날인 2월 7일까지 내가 만
난 한국 교포들 가운데서 캐나다 한인회장 강신봉 군처럼 성격이 뚜

렷한 사내를 만나 본 일은 없다.

"6·25 사변 때 내 아버님이 공산군에 붙잡혀 가서 얻어맞아 다리가 부러져서 나오셨어요. 그때 제 나이는 다섯 살인가밖에 안 되는 아기였습니다. 제 아버님은 한문만 숭상하는 케케묵은 어른이어서, 저보고 학교 같은 데는 가지 말고 한문만 배우라고 서당에만 보내시어 저는 시키는 대로 『소학小學』까지 읽어 냈지만, 아무래도 그래선 안 될 것 같아 새 학교로 나갔었죠. 저는 촌이라도 여간만 구불촌 아이가 아니었으니까요. 저는 학교에 들어가자 공부를 잘하는 아이가 되어 서울 용산고등학교를 시험 보아 들어가서 마쳤습니다. 어머님이 머리가 다 뭉개질 정도로 임질을 하시면서 제 학비를 대느라고 고생하셨죠. 제 고향은 서울에서 멀지 않은 수원 근처의 화성군 두메산골이어요. 하지만 저는 지금 생각합니다. 여기까지 와서 같은 피를 받은 동포끼리 대립하고 욕하고 해서야 되나요? 저를 죽이려고 노리는 사람들이 날마다 협박 전화를 걸어와 제 어머님은 그 때문에 몸져누우시고, 저번에 어떤 회합에서는 저를 죽이겠다고 칼부림을 한 어리석은 동포도 있었지만 저는 그걸 두려워해서는 안 되겠다고 작정했습니다. 여기 캐나다는 이상한 곳이어요. 법이 묽어요. 저를 칼로 찔러 죽여도 사형은 법에 없으니까, 한 10년쯤 징역형을 받고는 보석금 내고 곧 풀려나올 수 있다는 배짱이지요."

그에게 들으면 왕년에 육군 소장도 지낸 누구, 또 고관을 지낸 누구 등도 무엇이 어떻게 틀려서 왔는지 이 캐나다에도 가끔 돌면서 한국 정부를 욕하고 다닌다고 한다. 참 사람들 이상하게는 되어 먹었나 보다. 제아무리 무엇 하기로서니 이건 천장 보고 침 뱉는 거나 마찬가지지 제 얼굴에는 그 뱉은 침이 안 떨어진단 말인가? '사람 되어 공부하는 놈 되기 참 어렵구나難作人間識字人'라는 구절을 써 놓고 이조 말기의 한일합방 때 순절하신 황매천 선생이 거듭거듭 생각나기만 했다.

우리 캐나다 한인회장 강신봉 군은 캐나다의 농부이자 또 좋은 수필가이기도 하다.

중남아메리카 편 1

멕시코

멕시코시티의 첫인상

2월 8일. 멕시코로 가는 비행기에 올랐다. 토론토의 공항까지 내 전송을 나온, 캐나다의 불교 포교사요 또 불광사 주지인 석광옥 여스님이 "이 편지는 비행기 안에서 펴 보세요" 하며 봉투 편지 한 장을 내게 전해 주어서 멕시코로 날아가면서 열어 보니 '이것 약소하지만 가난하신 여비에 보태 쓰세요' 하는 몇 마디 부탁과 함께 미국 돈 3백 달러가 넣어져 있었다. 그네는 어저께 저녁때 내가 장차 유럽에서 타고 다닐 3개월분의 기차표를 살 때에도 4백 몇십 달러나 되는 그 값을 나 모르는 사이에 다 치러 놓아 당황케 하더니 오늘은 또 이렇게까지 내게 보태고 있는 것이다.

사실인즉, 내가 그네의 절에서 원고를 쓰느라 한 보름 동안 묵으며 살펴보자니 너무나 가난해서, 7백 달러를 봉투에 담아 부처님 앞에 바쳐 놓았더니, 그걸 받아 쓰려 하지를 않고 거기다가 오히려 몇 십 달러를 더 얹어 이렇게 고스란히 돌려주고 만 것이다. 멕시코로 향하는 그 먼 하늘 속에서 나는 어쩐지 유쾌한 마음이 아니었다.

멕시코시티의 공항에 도착하니, 우리 대사관에서 박남균 공사가 손수 나를 마중 나와 기다리고 있어서 나는 그가 예약해 둔 레포르마 거리의 쉐라톤 호텔에 가 여장을 풀었다.

레포르마 거리는 내가 미국과 캐나다에서 보아 온 어느 거리보다도 이국적인 정서를 물씬물씬 풍기는 아름다운 거리였다. 1860년대가 시작될 무렵 스페인의 막시밀리아노 황제가 프랑스 파리의 샹젤리제 거리를 본떠서 만들게 했다는 이 거리는 즐비하게 늘어선 집들도 그만큼 한 고전적인 아름다움과 조화를 간직하고 있었다. 특히 사람들이 걸어다니는 길에는 여러 가지 빛깔과 무늬의 자연석들이 잘 닳아져 가며 깔려 있어 멕시코가 현재 꽤나 가난한 나라라는 것도 고스란히 잊게 해 준다.

거기다가 이 멕시코 수도는 해발 2240미터나 되어서 세계의 큰 도시들 가운데서도 하늘 밑에서는 제일 높은 도시인 만큼, 더운 멕시코에서도 이 근처만은 1년 내내 늘 영상 12도에서 20도의 따뜻한 날씨라, 사철 아름다운 꽃나무들로 길거리가 호사를 다하고 있는 것도 이곳의 큰 매력이다. 하와이에서 많이 볼 수 있는 부겐빌레아도 여러 가지 짙은 빛깔의 꽃들을 사방에서 다투어 터뜨려 내고 있어, 내게 어느덧 시인 샤를 보들레르의 「여행에의 유혹」의 시구절을 불러일으키고 있었다.

호텔 식당에서 술을 날라 온 멕시코 계집아이의 빙글거리는 얼굴도 콧대 높은 것이 아니라 다소곳한 것이어서 마음에 들었다.

눈부신 공기와 꽃의 쿠에르나바카

2월 9일 아침 9시쯤 대한항공 멕시코시티 주재원 이혁기 군이 호텔로 나를 찾아와서 우리 대사관의 부탁이라고 하며 안내에 나서 주어서 그와 함께 멕시코에서 가장 아름다운 곳의 하나인 쿠에르나바카로 약 70킬로미터의 거리를 차로 달려갔다. 이 차는 이혁기 군의 친구인 스페인계 멕시코 사람 아르만도의 것으로 그가 마침 쿠에르나바카에 볼일이 있어 가는 길에 우리 두 사람을 편승시켜 준 것이다. 아르만도 씨는 내가 시인인 걸 이 군에게 소개받아 알고는 여간 친절한 게 아니어서 또 한 번 시 쓰기를 잘했다고 생각했다.

차는 쿠에르나바카 쪽으로 30분쯤 달리다가 높직이 솟은 한 산 중턱에 멎어서서 내게 잠시 동안 조망하고 가기를 권했는데, 내려서 보니 아닌 게 아니라 여기는 산과 들과 언덕들의 조망이 꽤나 아름다운 곳으로, 이미 우리보다 앞서 차에서 내려 이 좋은 자연을 감상하고 있는 여러 나라의 관광객들이 떼를 지어 서 있었다. 특히 사철 눈에 덮인 산봉우리가 높이 우러러보이는 포포카테페틀과 이스탁시우아틀 두 산의 조망은 미국과 캐나다의 그 번한 벌판투성이의 여행에 지친 내게는 무척 반가웠다. 우리같이 어린애 때부터 늘 산을 보고 살아온 사람들에게는 미국보다도 오히려 이런 데가 살기에 적합할 것같이만 느껴지기도 했다.

눈 아래 얼턱덜턱한 나지막한 바위산들이 험하게 솟아 있는 것이 보여서 잠시 눈을 주고 있노라니, 아르만도 씨는 "여기를 무대로 〈보난자〉 촬영을 많이 했습니다" 한다. 〈보난자〉란 물론 우리 한국 사람들도 이미 텔레비전을 통해 많이 보아 온 그 연속극을 말하는 것임에 틀림없다.

오래잖아 우리는 눈부실 만치 아름다운 쿠에르나바카에 다다랐다. 가만있거라, 그 햇볕과 꽃들의 향 맑고 삼삼한 느낌이 우리 한국의 제주도 성산포 구석 언저리 것보다 한 열 배쯤은 더한 것만 같아서, 나는 마치 저 구약성서 속의 창세기에나 밀려 들어온 듯 눈을 비비며, 공원 길가에서 아이들이 만들어 파는 이 고장 특수한 열매와 잎사귀 주스를 몇 잔이고 연거푸 사서 들이마시며 한동안을 도취해서 있어야 했다.

주스 파는 아이의 수줍은 미소와 닦지 않은 이빨은 칫솔도 아직 잘 쓸 줄 모르는 우리 산골 아이들 그대로여서 내게 참 오랜만에 고향 생각을 자아내게 했다. 그 아이의 주스 한 잔 값이라는 것도 우리 돈으로 12원이나 15원 그쯤의 것이었다. 나는 미국 대통령 카터 씨가 가난한 멕시코에서 미국으로 밀입국해 온 몇백만 명의 멕시코 사람들에게 쫓아내라는 여론을 무릅쓰고 영주권을 인정해 준 처사를 참 인도적이라고 속으로 찬양하지 않을 수 없었다.

먹은 것 다 토하고 실신해 병원에 들다

나는 밝고 맑은 것과 어둡고도 가난한 것이 별나게는 뒤범벅이 되어 수줍은 듯 웃고만 있는 이 쿠에르나바카의 공기와 분위기에 흥건히 젖어들었다. 어느 길가의 술집에 들러 또 어젯밤처럼 이곳 맥주를 연거푸 들이켜면서 "당신네 나라는 참 아름다운 곳이다. 신은 여기에 계신다" 어쩌고 내 새 친구 아르만도에게 투덜거리지 않을 수 없었던 것인데, 자, 일이 이쯤 되면 아주 높은 곳에 계신 신은 몰라도 조금 낮은 하늘 속의 신들은 두루 나 같은 자의 이런 형편없는 피리 같은 느낌은 두루 벌하는가 보다.

마시고 있던 맥주잔을 한 손에 든 채, 나는 문득 두 눈앞이 점점점점 흐릿해져 오더니 머릿속이 아찔해지면서 그만 깜박 술상 위에 포개어져 버리고 말았다. 그리고는 몽땅몽땅 배 속에 든 것들을 다 토해 쏟아 내며 식은땀으로 전신을 멱 감고 있다가, 우리 이 군과 아르만도의 부축으로 차에 실려 멕시코 병원으로 옮겨져야만 했다.

내가 멕시코를 좋아하기 시작하자 멕시코는 나를 이렇게 쓰러뜨리다니 참 묘한 인연이라면 이것도 아마 그런 것이겠다. 의사는 단순히 멕시코시티의 2300미터나 되는 높이에 아직 적응하지 못한 체질이 술을 과음해서 오는 현상이라고 하며, 내 코에 산소호흡기를 끼우고 아마 한 시간 남짓 산소를 연달아 내 숨통에 집어넣어 주었다.

나는 상당히 몽롱해진 의식 속에서도 내가 스물을 갓 넘어 어느 여자 대학생에게 차이고 "네가 이러기냐? 어디 보자"며 이를 악물었던 걸 기억해 내고, 멕시코에 대해서도 이를 악물며 그 비슷한 넋두리를 마음속으로 되풀이하고 누워 있을밖엔 없었다.

두 사람의 부축을 받으며 밖으로 나왔는데, 바깥 풍경 한번 참 오랜만에 희한하게는 눈부시게 찬란한 것이었다. 자줏빛과 보랏빛이 서로 상사병이 나 뒹굴다가 깨어나 얼싸안은 듯한 참 묘하게는 눈에 선한 빛의 부겐빌레아 큰 꽃나무 옆 잔디밭에 픽주거니 주저앉아 우리가 탈 차를 기다리는 동안에, 내 옆을 스쳐 지나가던 멕시코의 소년 소녀와 젊은 아낙네들, 그 옆의 잔디밭 언덕과 돌담들 그리고 다소곳하고 소박하면서도 무한정 밝은 멕시코의 신화, 살아 있는 공기를 나는 영 잊지 못하리라. 다시 와야겠다. 다시 와 여기서 한번 살아 봐야겠다고 나는 육신을 잊은 감각 하나만이 되어 꽤나 열심히 갈망하고 있었다. 여행자는 어느 경우엔 먹고 마신 걸 몽땅 다 토해 내고, 순전한 빈 배만으로 식욕도 성욕도 아무것도 없이 이렇게 어느 묘한 꽃나무 아래쯤 반해서 앉아도 볼 일인가 싶기도 했다.

그런데 멕시코시티로 다시 돌아오는 차 속에서 우리 이 군이 말하는 걸 들으면 멕시코 사람들은 사람이야 무한량 좋지만 거의가 너무나 게으르고 향락적이기만 해서 팽팽히 놀기만 하는 거지들도 적지는 않다는 것이다. 자연이 이렇고서야 그런 사람들도 많이 생겨남직한 일이라고 생각도 되었다. "이곳 색시 얻어 같이 살 만한 집 한 채 가지자면 얼마쯤이면 될까요?" 내가 웃으면서 아르만도 씨에게 물으니 그는 "좋은 생각이오. 한 2천 달러만 쓰시구려" 호탕한 웃음을 터뜨리며 운전대에서 선선하게 대답했다.

테오티우아칸의 유적 1

2월 10일 아침 9시경 나는 이 군의 안내를 받아 테오티우아칸의 옛터를 둘러보러 나섰다. 멕시코의 수도에서 동북쪽으로 51킬로미터쯤의 거리에 자리 잡고 있는 높은 벌판 위의 이 멕시코 옛 수도의 터전은 지금은 거의 완전히 폐허가 되어 있지만, 여기에는 2천 년 전쯤에 만든 '해의 피라미드', '달의 피라미드' 등이 아직도 그대로 남아 있어 이곳 사람들의 옛 삶의 모습을 더듬어 보기 위해서는 빼놓을 수 없는 곳이다.

이곳으로 가는 도중에는 용설란으로 빚은 데킬라라는 멕시코 특산의 술을 먹여 주는 집이 있는데, 돈을 내는 게 아니라 거저 얻어 마시는 것이다. 스페인 사람과 인디언의 피가 섞인 가무잡잡하고 오동포동한 아낙네가 이곳에선 너무나 흔해 빠진 큼직한 용설란 옆에 서서 서투른 영어로 "이것에선 실을 뽑아 옷감도 짜지만 밑동으로는 술도 빚습지요" 하면서 속잎사귀 하나를 끊어 내 거기 든 심줄에서 실을 뽑아 보이고는 "이젠 우리 가게에 들어가서 기념품을 골라 보세요. 술은 가실 때에 드리겠습니다" 한다. 가게에서 물건을 사는 손님들에게는 무료로 한두 잔씩 서비스를 하는 것이었다.

나는 난생처음 듣는 이 술을 한 잔 기어이 얻어 마시기 위해서 불가불 그녀의 토산물 가게에 들어가 용설란 실로 짠 밥상보를 하나 사지 않을 수 없었지만, 저 테오티우아칸의 피비린내 나는 전설이 담긴 피라미드들 쪽으로 가는 도중의 이 용설란 무료 술집은 꽤나 가락을 잘 맞추어 앉힌 것임엔 틀림없겠다.

나는 그 용설란 술 두 잔을 공짜로 얻어 마신 뒤에 테오티우아칸의 폐허에 오자 먼저 이 군에게 "케찰코아틀은 어디에 있느냐?"고 물었다. 영국 소설가 D. H. 로렌스가 스승의 아내였던 애인 프리다와 함께 멕시코로 도망쳐 와서 숨넘어가도록까지 이곳과 미국의 뉴멕시코를 왕래하면서 취재해 쓴 장편 『날개 돋친 뱀』의 본이름인 그 케찰코아틀이 여기 있다는 것을 나는 알고 왔기 때문이다.

그러나 여기 있은 지 1년밖에 안 되는 이 군은 그것 있는 곳이 어딘지까지는 알지를 못해, 불가불 그가 가 본 적이 있는 '해의 피라미드'와 '달의 피라미드' 쪽을 먼저 둘러보기로 했다. 이 두 개의 피라미드는 말하자면 우리 어린아이들이 쳐서 돌리는 팽이를 엎어 앉혀놓은 것 같은 모양으로 이집트의 피라미드에 넉넉히 비길 수 있을 만큼 큰 규모였다. '해의 피라미드'의 크기는 밑두리의 네 쪽 중 한 쪽의 길이가 225미터, 높이만도 65미터나 된다. 이것들은 바위를 깎아 첩첩이 계단을 이루며 쌓아 올린 것으로, 맨 꼭대기에는 해와 달에 제사를 드리는 과히 좁지 않은 제단이 만들어져 있다.

테오티우아칸이 이곳 수도였던 때의 왕들은 이 피라미드 위의 제단에다가 처음엔 50년 만에 한 번씩 산 처녀의 심장을 가슴에서 도려내서 해와 달 앞에 바쳐 왔던 것이나, 뒤에는 무슨 재난이 생길 때마다 처녀뿐 아니라 많은 남녀의 목숨을 처참히 앗아 가며 이 짓을 이어 해 왔기 때문에 천벌을 받아 지금으로부터 1천3백 년 전 언저리부터 여기가 이렇게 황폐해지고 만 것이라고 사람들은 말하며 상을 찡그리고 있었다.

테오티우아칸의 유적 2

멕시코를 맨 처음 대규모로 다스린 것으로 되어 있는 테오티우아 칸의 족속이 어디에서 어느 길을 거쳐 여기에 들어왔는지 확실히는 아무도 모르는 일이지만, 사람들은 상상으로 그들이 동양의, 그것도 몽골이나 만주나 시베리아 언저리에서 북쪽 아메리카의 알래스카 같은 데를 거쳐 차근차근 남쪽으로 여기까지 내려온 것 아닌가 보고 있다.

이렇게 생각해 보노라면 이 테오티우아칸 족속뿐 아니라 넓은 남 북아메리카 주의 가장 오랜 주인으로서 살아와 지금에 이르는 모든 인디언—우리 한국인과 모습과 풍속이 많이 닮은 그들은 두루 다 그랬을 것이라고 생각해 볼 수도 있는 것이니, 그러면 어찌 되는 셈 인가? 이 넓은 남북아메리카 주는 또 옛날 우리 고구려 사람들의 식 민지이기도 했다는 것 아닌가? 활 잘 쏘고, 말 잘 타는 사나운 푼수 로 옛 중국에서도 활으스뎅이[려大시]로 불리어 왔던 고구려 족속들 이니 그들이 이리로 오는 마당에서라고 빠졌을 리가 있겠는가?

남북아메리카의 원주인인 그 인디언들이 뒷날 물밀듯 닥쳐든 서 양 사람들의 새로운 무기—총에 쫓기어 몽땅몽땅 목숨을 앗기면서 도 끝까지 굴복하지 않고 도망만 쳐서 깊은 산골짜기에 숨어 살아오 고 있는 그 완강한 고집머리를 아울러 생각하고 느껴 보는 것은 내 게는 적지 않은 재미가 있었다. 미국에서도 이 인디언들에게만은 아 직도 일정한 제한된 구역을 주어서만 살게 하고 있을 정도의 그들의 고집머리니 말이다. 이것은 흑인들까지도 별 제한도 없이 사는 미국에서 특별난 그 고집머리 때문의 대우 아니면 무엇이겠는가? 물론 나는 이 고집머리가 좋다는 것은 아니지만.

이런 것 저런 것을 생각하며, 테오티우아칸의 폐허를 서성거리는 것은 내게는 적지 않은 시름이 되었다. 그렇지만 살아 있는 처녀의 심장을 칼로 도려내서 그들의 해와 달의 신에게 바쳤다는 것은 아무래도 우리 겨레의 짓 같지가 않아 "아닐 것이다!"라고 혼자서 머리를 저어 보았다.

2천 년 전의 이 이상한 멕시코 최초의 서울의 폐허는 그러나 아직도 옛날의 장터 자리의 모습까지를 그대로 지니고 있어, 여기 고망고망 웅크리고 드나들며 절대적인 힘을 가진 왕과 그 신하들의 눈치만 살피면서 살았을 억울한 목숨들이 금시에 꾸무럭한 하늘가의 어디에서 통곡 소리를 터뜨리며 다시 쏟아져 나올 것만 같았다.

이렇게 느끼다 보면, 멕시코의 국립 인류학 박물관에서 우리가 볼 수 있는 설화석고雪花石膏로 된 장례용 마스크 같은 것도 내게는 심장을 칼로 후벼 내는 아픔을 참으며 죽어 갔던 소녀나 소년의 모습만 같이 느껴졌다. 이 박물관은 테오티우아칸 때의 마스크 조각 솜씨를 칭찬하고 있지만, 내게는 그게 참, 꿈자리 사나운 것으로만 보였으니 말이다.

뒤에 아즈텍 족속들에게 패망한 건 바로 그들의 죄의 벌이다. 이런 살벌한 잔인성이 오래 흥하는 일은 없는 것이니까……

날개 돋친 뱀의 전설

'날개 돋친 뱀'이라는 뜻으로 번역되는 이 케찰코아틀은 테오티우아칸 폐허의 부속 박물관 바로 맞은편에 자리하고 있는데, 여기에는 매우 유치하다면 유치하고 또 감각적이라면 아주 단순한 감각의 냄새를 풍기는 대략 다음과 같은 전설이 달려 있다.

멕시코의 온갖 것을 만든 조물주로서 케찰코아틀과 테츠카틀리포카 두 신이 살고 있었는데, 이 두 신은 낮과 밤을 상징해 오던 것이라 한다. 날개 돋친 뱀의 모양을 빌려 나타나는 케찰코아틀은 말하자면 해의 따뜻한 자비심을 가진 신이고, 테츠카틀리포카는 밤의 어둠을 맡은 악마인 것이다. 이 밤의 악마는 둔갑해서 한 마리의 호랑이가 되어 '산山기운'이라는 이름이 붙게 되었다. 찬란한 별 하늘에 얼룩진 껍데기를 드날리고 다니는 것이다.

그런데 이보다 좀 더 앞선 얘기론, 원래 해 노릇은 테츠카틀리포카가 먼저 하고 있었는데, 케찰코아틀이 용맹을 다해 그를 맹렬히 공격해서 한 마리의 호랑이로 만들어 놓고 자기 자신은 바로 그 해가 되었다고 한다. 일이 그렇게 되었으면 테츠카틀리포카가 그저 밤 노릇이나 맡아서 하고 가만히 있어 주면 되련만, 그러지를 못하고 다시 잔인한 발톱을 벌리며 원수인 케찰코아틀한테로 덤비어 온다. 이렇게 목숨을 건 싸움은 영원할 수밖에 없다. 해가 된 뱀은 어디 또 가만히 있으려고 하는가? 지독한 트위스트로 꿈틀거리며 새파란 이빨을 갈고 노해 대드는 것이다. 물론 산기운을 다 모은 밤의 대표자 호랑이도 원수를 쳐 눕히려 두 앞발을 치켜들고 덤벼만 온다.

이 신화는 이것뿐이지만 우리 옛것과는 많이 다른 자연 감각을 보여 재미가 있다. 우리 같으면 챔피언은 호랑이로 할 법한데, 뱀으로 우선일망정 정해 놓은 것도 묘하다.

이 밤의 대표자 호랑이는 달의 상징이고, 낮의 주인인 날개 돋친 뱀은 물론 해의 상징이다. 그래서 2천 년 전 테오티우아칸 때의 왕들은 이런 해와 달 두 신의 노염을 안 사기 위해 그들의 백성의 가장 다소곳한 집 처녀들의 날간을 칼로 도려내 그 두 신의 제단—해의 피라미드와 달의 피라미드 위에 바쳐 놓고 빌어야만 했던 것이다.

참 처참한 자연관이고 종교다.

멕시코의 현대 화가 루피노 타마요가 이 케찰코아틀과 테츠카틀리포카의 계속되는 싸움을 해와 달을 곁들여서 그린 그림이 멕시코 시티의 국립 인류학 박물관에 걸려 있다.

우리 생각엔 이 케찰코아틀은 동양의 용같이 그렸더라면 어울렸을 것 같은데 이건 날개가 아니라 온몸에 긴 털이 개 꼬리처럼 숭얼숭얼 돋아난 걸로 그려 놓아서 좀 무엇하긴 하지만 하여간 그 쉼 없는 싸움의 실감만은 상당히 잘 표현되어 있었다.

케찰코아틀이라는 이름의 유적은 돌을 끊어 여러 층으로 쌓아 올린 석축 건물의 웃도리 안에 용 모양의 뱀 대가리들을 꽤나 많이 돌로 새겨 놓은 것이었다. 옛날 이것을 새긴 사람들은 그들의 케찰코아틀을 우리들의 용처럼 느끼고 생각했던 것 아니었는가 싶다.

과달루페 성당 이야기

테오티우아칸의 폐허에서 돌아오는 길에 우리는 또 멕시코 명소의 하나인 과달루페 성당에 들렀다. 이 성당은 멕시코뿐만이 아니라 중남미 여러 나라의 순례자들이 늘 잇달아 모여드는 곳으로 그중에도 특히 인디오(인디언) 순례자들이 많이 모여드는 곳이다. 그 이유는 대략 다음과 같은 내력 때문이라고 한다.

1531년의 어느 날, 그러니까 스페인 사람들이 이곳 인디오들의 아스테카 왕국을 침략해서 멸망시킨 1521년으로부터 꼭 10년 만인 어느 날, 후안 디에고라는 이름을 가진 한 인디오가 스페인 사람인 추마라가라는 천주교의 대주교 앞에 나타나서 "테페야카크 언덕 위에 성모 마리아가 나타나시는 걸 뵈었다" 하며, 성모 마리아가 그의 겉옷 위에 손수 그려 남기고 간 것이라는 그녀의 초상을 펼쳐 보였다. 대주교는 처음엔 의심하지 않을 수 없었으나, 그 초상의 모습은 거듭거듭 저 스페인에 있는 과달루페의 성모 마리아 그대로임을 나타내고 있었다는 것이다.

그래 뒤에 이 기적을 받들어 그 인디오인 후안 디에고의 망토에 그려진 성모 마리아의 초상을 여기 이 성당에 모시게 된 것인데, 그 초상은 내 눈에도 똑똑히 잘 보이게 지금도 성당 안의 제단 벽에 옥빛 옷의 빛깔도 선명하게 그대로 걸려 있었다.

신앙이 없는 눈과 생각으로 이걸 보고 생각하기라면 물론 많은 인디오들을 천주교 쪽으로 끌어들여 회유하려고 스페인 사람들이 꾸민 연극이라고 의심할 수도 있으리라.

그러나 신앙인이거나, 그런 신앙도 인정하는 눈으로 본다면 이건 참 아름다운 인연이 아닐 수 없겠다. 이 과달루페의 성모 마리아님의 자비와 인고의 덕 밑에 스페인 사람들과 인디오들은 서로 피를 맞섞으며 평화와 공존과 번영을 이루어 오게 되었으니 말이다.

해마다 12월 12일에는 성대한 성모 축제가 여기서 베풀어지고 그날은 중남미 모든 나라에서 많은 신도들이 몰려들어 와서 장을 이룬다고 하는데 꼭 그날이 아니라도 여기를 모셔 뵈러 오는 이들은 끊일 사이 없이 늘 이어지고 있어, 내가 들른 2월 10일 금요일 오후에도 각국에서 옷 모양이 다른 참배자들의 행렬은 꽤나 빽빽이 밀려들고 있었다.

참배자들은 성당의 출입문에 들어오기 전에 먼 계단에서부터 무릎을 꿇고 그 두 무릎으로 걸어서 성당 안을 향해 들어오고 있었는데, 그들의 얼굴은 두루 열심한 성실과 신앙으로 깊어져 있었으며, 간절한 눈물로 홍건하여 번쩍이고 있었다. 어떤 이는 북받치는 통곡을 먹어 삼키느라고 흑흑거리며 숨차 있기도 했다. 그 반 이상은 아닌 게 아니라 순 인디오거나 아니면 인디오와 스페인 혼혈이거나 흑인과 스페인 혼혈인 듯한 얼굴들이었다.

1810년 신부 이달고가 멕시코를 독립시키려고 스페인에 대항해 일어섰을 때도 이 과달루페의 성모 마리아를 그들의 기치로 받들어 모셔 드디어 멕시코의 독립을 가져오게 했다고 한다.

소치밀코의 뱃놀이

2월 11일. 지난 2월 9일 쿠에르나바카에서 졸도했다가 깨어난 뒤로 식욕은 엉망이 되고 어지러움도 계속되어 오늘 하루는 푹 낮잠이나 자며 쉴까 했으나 대한항공의 이혁기 군이 안내를 하려고 호텔의 내 방으로 들어서는 것을 보고서야 나그네의 비위가 또 그대로는 있을 수 없어 그를 따라서 저 유명한 소치밀코의 뱃놀이터에 나도 한몫 끼어 보려 나섰다.

소치밀코는 내가 묵고 있는 마리아 이자벨 쉐라톤 호텔에서 25킬로미터쯤의 거리에 있는 꾸불꾸불한 언덕과 언덕 사이를 돌아 흐르는 조브막한 강물로, 스페인에 침략당해 망한 아즈텍 족속의 말로 '꽃동산'이라는 뜻이라고 한다.

야단스런 빛깔들을 좋아하는 멕시코 사람들의 취미로 울긋불긋한 종이꽃으로 장식한 수많은 작은 배들이 즐비하게 강물 위에 떠서 사공들은 제각기 자기 배에 손님을 끌어들이려고 손을 까불며 조잘대고 있었다. 구렁이가 꿈틀꿈틀 돌아서 기어가듯 꾸불꾸불 곡선을 그으며 돌아 흐르는 언덕 사이의 강물은 흐리다 못해 이제는 푸른 곰팡이까지가 돋아나고 있긴 했으나 남들도 다 하는 짓인지라 나도 멕시코 돈으로 60페소인가를 주고 이걸 한 바퀴 잡아타고 그 탁한 강물에 떠 흐르는 소치밀코의 뱃놀이라는 것에 끼어 보았다. 60페소면 미국 돈으로 3달러니 우리 돈으로 1천5백 원이 되는 값이다.

물들인 종이꽃을 다닥다닥 매단 게 다를 뿐, 배 모양이나 뱃사공의 삿대질이나 또 그 뱃사공의 너무나 겸손해 빠진 표정까지가 우리나라 귀 빠진 곳의 나룻배와 그 사공만 같아서 "이것 당신 소유요?" 하고 이 군의 통역을 거쳐 내가 사공더러 물어보니 "아닙니다. 주인은 따로 있습니다"라고 좀 더 어두워지는 얼굴로 대답했다. "이런 것 하나 사자면 얼마나 드는가?" 하니 "한 4천 페소 합니다"라고 30세쯤 되어 보이는 이 젊은 사내는 한결 어두워지는 얼굴을 한다. 내가 이 군더러 "이 사람은 월급으로 살아가오? 손님 팁으로 살아가오?" 물었더니 "월급은 무슨 월급입니까? 팁으로 1, 2페소씩 받아서 근근이 입에 풀칠이나 하고 지냅니다" 한다.

아이갸, 4천 페소—2백 달러를 모아 이런 나룻배 한 척을 마련하는 것도 참 까마득한 일이겠구나 생각하자니 또 저절로 이들 멕시코 사람들의 인사말 '아스타 마냐나'가 기억에 새롭지 않을 수가 없었다. 이 '아스타 마냐나'라는 말의 뜻은 '내일 또'라는 것으로, 오늘이라는 게 별 신통할 것이 없으니 '내일 또'로 살아오는 데서 생긴 말이 아닌가 한다. 이게 이제는 그들을 매우 나른한 게으름뱅이로까지 만들어서 기회만 있으면 먼저 놀고 보려고만 한다고 하며 '내일 내일' 하고 일은 미루기만 하고 지내는 사람이 꽤나 많다는 것이다.

이 '아스타 마냐나' 같은 것은 우리에게도 아직 상당히 많이 남아 있지 않나 싶자 가슴속이 섬뜩해지지 않을 수 없었다.

멕시코시티의 이모저모

멕시코 사람들이 국립궁전이라고 말하는 현재의 멕시코 대통령

집무처는 멕시코시티 소칼로 광장 동쪽에 자리 잡고 있었다. 서양의 중세식 건물로 멕시코시티에서도 가장 오래된 집의 하나라고 하는 이 집은 언뜻 보이는 모양으론 흡사 우리 경복궁에 있는 육조六曹의 줄행랑식 집 모양 비슷이 쭉 늘어서 있는데, 여기는 옛날 아스테카 왕국 때의 왕 모크테수마의 왕궁이 있던 자리라고 한다. 그 한가운데 입구의 윗부분에는 멕시코 독립의 선각자 이달고 신부가 독립운동의 시작을 알려 1810년에 울렸다는 '독립의 종'이 자리 잡고 있다.

거기서 소칼로 광장 건너 북쪽으로 바로 바라다보이는 곳에 남북 아메리카 대륙에서 가장 크고 또 가장 오랜 것이라는 대성당이 있다. 1524년에 짓기 시작했다는 오랜 역사를 가진 이 대성당에 들어가서 보니 아닌 게 아니라 내 눈에도 지나치게 사치와 호화를 다한 것으로 보였다. 좀 심한 표현을 하자면 '께벗고 돈 한 닢 차기'란 우리 상말에 보이듯이 이 호화야말로 멕시코에는 영 잘 어울리지 않는 것 아닌가 하는 것이다.

우리는 이어서 차풀테페크 공원 안에 있는 국립 인류학 박물관으로 옮겨 갔다. 아래층에선 테오티우아칸 때로부터 시작하여 톨테카, 아스테카, 마야 등 옛 멕시코의 여러 시대의 문화가 남긴 것들을 전시해 보여 주었고, 2층에서는 멕시코 각 지방의 민속자료들을 모아 놓고 있었는데 그중에서도 세 여자들 속에 혼자 지게를 지고 서 있는 사내를 인형으로 만들어 놓은 것이 특히 내 관심을 끌었다.

옷도 우리 촌농꾼들의 여름 적삼과 쇠코잠뱅이 비슷하려니와 그 지고 있는 지게는 너무나 우리 것과 같은 때문이었다.

어떤 여자의 땋아 내린 머리채도 꼭 우리나라 옛 처녀들의 것과 아주 같은 것이다. 우연의 일치라면 너무나 들어맞는 우연의 일치라 하겠다.

이런 것들을 보고 나서 멕시코 사람들을 고향 사람들처럼 느끼며 길거리로 한참 걸어 나오노라니 어느 길모퉁이에서 한 젊은 여인네가 빈대떡 비슷한 걸 냄비에 부쳐서 팔고 있는 것이 보였다. 그러나 바짝 옆에 가서 보니 빈대떡을 네 조각으로 쪼개 놓은 것만큼의 작은 것으로 재료는 녹두 가루가 아니라 옥수수 가루라고 한다.

그리고 그걸 부치고 있는 여자도 자세히 보니 깜장 머리 인디언은 아니고 밤빛 머리의 스페인 핏줄의 아낙네다. 내가 '이런 귀골 여자가 웬일인가?' 싶어 유심히 들여다보고 있노라니 그걸 알고 그녀는 나를 보며 쌩긋 웃어 보이는 게 '좀 사 먹어 다우' 하는 듯했다. 그러나 나는 바로 그저께 쿠에르나바카에 가서 소년에게 주스를 사 마시고 혼난 것을 기억하고 주춤주춤 세워 둔 택시 쪽으로 가고 있었더니, 이번엔 역시 밤빛 머리의 그녀 아들인 듯한 대여섯 살쯤의 잘생긴 사내애가 어머니 곁을 떠나서 나를 따라오고 있었다. 이건 그냥 '좀 사 먹어 보지 뭘 그래' 하는 것인가, 아니면 '좀 친해 볼거나?' 하는 것인가, 또 그것도 아니면 저 옛날 성화들 속의 사람들이 보이고 있던 것과 같은 훨씬 더 신성한 무엇인가, 멕시코는 이렇게 신성한 구석도 지니고 있는 것인가?

객혈 45퍼센트

그런데 나는 너무나 쇠약해 있었고 또 무리를 했나 보다. 마음속의 의지만을 너무나 믿고 몸뚱이의 사정을 너무나 돌보지 않은 것이다. 멕시코 국립 인류학 박물관에서 돌아온 2월 11일 저녁때 이혁기 군이 아내한테 가서 쌀죽을 좀 쑤게 해 가지고 오겠다고 나간 뒤나는 호텔 방 침대 위에 늘어져 누웠다가 무척 느글거리고 어지러운 구토증이 왈칵 치밀어 한참을 엎드린 채 토하다가 보니 쏟아져 나온 것들은 침대 끝 방바닥에 흥건한 선지피 아닌가.

그러나 눈앞이 점점 캄캄해지며 아스라해져 들어가는 의식 속에서도 나는 아주 까무러쳐서는 절대로 안 된다는 안간힘 하나만을 붙들어 잡고 이를 악물고 매달려 있었다.

그러자 운 좋게도 대한항공의 이 군이 죽을 쑤어 가지고 들어서고, 그에게서 지급전화를 받고 쫓아온 우리 대사관의 박 공사가 이어서 들어서고, 내 부탁으로 그들은 미국 노스캐롤라이나의 롤리에 있는 내 큰아들 승해에게 전화를 걸었다.

나는 승해에게 전화로 헐떡이며 말했다.

"너하고 통화가 되어 다행이다. 사람 일은 알 수 없는 것이다. 되도록 빨리 내 곁으로 오너라. 와서, 내가 만일 숨이 넘어간 뒤거든 여기 우리 대사관의 박 공사님께 내 가진 여비를 맡겨 두니 그걸로 서울로 운구해 가도록 해라. 우리 대사관을 찾으면 내가 있는 병원을 알 수 있을 것이다."

가까스로 이것만을 말하고는 박 공사와 이혁기 군을 졸라 나를 어디 쓸 만한 병원으로 옮겨 달라고 해서, 즉시 의사가 달려오고 앰뷸런스가 와 나를 싣고 어느 병원으로 달려갔다.

손목과 팔에 두 군덴가 세 군데 주사를 꽂고 목구멍에서 가슴 속을 지나 배창자까지 무슨 가느다란 호스 같은 걸 욱여넣어 나를 아파 소리치게 하고, 코도 무얼로 잔뜩 구속해 두고, 심지어 사타구니의 사내 연장 속에까지 가는 호스를 집어 처넣어 오줌통으로 연결지어 놓고, 연달아 남의 피니 무어니를 내 몸에 마구 집어 담고 있었다. 설사가 나오면 변기를 들고 와서 번번이 받아 내고 하며 의사와 여러 명의 간호사들이 밤새 내 곁을 뜨지 않고, 응급치료를 다 해 주었다.

뒤에 들으니 이 병원은 멕시코 전 대통령의 형님이 경영하는 유명한 개인 병원으로 나를 치료한 의사도 외국에서 공부도 한 실력 있는 의사라고 했다. 그 의사의 말이 내가 호텔에서 쏟은 피는 내가 지닌 전체 피의 45퍼센트 분량이나 되어서 그걸 이 병원이 구해 두었던 피로 대신 집어넣어 주었다는 것이었다.

아마 하늘 중의 제일 아랫도리인 제석帝釋까지도 나를 도와주려 한 것이겠지. 나는 하여간 이래저래 해서 반쯤이나 거의 되는 내 피를 멕시코에 토해 내고, 그 대신에 멕시코 사람의 피를 그만큼 사서 담고, 일테면 반 멕시코 사람이 되어 우선 겨우 의식을 다시 제대로 차리기 시작한 것이다. 멕시코의 무슨 귀신이 내 몸뚱이를 그리도 탐탁히 여겨서 이처럼 졸갱이를 치게 해 놓았는지 알 수 없는 일이다.

멕시코시티의 병원에서

나는 의식이 제대로 돌아오면서 어느새인지 저절로 멕시코 시절의 D. H. 로렌스의 일을 기억해 내어 내 현재의 꼴에 비교해 보고 있었다. 『채털리 부인의 연인』에서 보는 것과 같은 열렬한 사랑으로 스승의 아내 프리다를 사랑하여 사회의 지탄 속에 멕시코로 도망쳐 온 로렌스가 이 멕시코에서 그때에는 약도 별로 없던 폐결핵과 싸운 일이 생각되었다.

그러자 내게는 내 꼴이 로렌스의 그때의 꼴보다도 훨씬 더 처참한 것으로만 느끼어져 견디기가 어려웠다. 솔직히 고백해서 나 서정주라는 것은 지금 무엇이냐? 환갑, 진갑 다 넘도록 40여 년간을 죽는 것보다는 훨씬 더 어렵사리 살아오면서 그 시와 문학이라는 것만을 기껏 애써 해 왔지만 아직도 완전한 내 소유의 오막살이 한 칸도 없어 늦발에 이 다난한 세계 여행의 기록이라도 써 출판해서 그 수입으로 만년의 가족들의 목구멍 풀칠이라도 해 볼 양으로 나섰다가 이렇게 거꾸러져 객지에서 숨넘어가 버리고 만다면 이거야말로 제일 하급 바닥의 처참한 일 아닌가?

그러나 물론 나는 어려서부터의 한국인으로서의 생각의 버릇으로 로렌스가 부럽다든지 그런 생각은 조금도 하지 않았다. 그는 나보다도 훨씬 더 나이가 어려서 그랬기도 했으려니와 그 사상도 우리 동양의 불교나 도교 같은 걸 몰랐기 때문에 그 정도로 해낼밖엔 없었던 것을 나는 알 만큼은 알고 있었으니 말이다.

'미당이 가는 데는 비가 내린다. 술을 평생에 여러 천 석 마셨기 때문에 물기운이 많아서 그렇다'는 말은 근년에 한국에서 더러 들어온 말이긴 하지만, 그래 그런지 비가 드물다는 이 멕시코에 이슬비까지 벌써 며칠을 두고 촉촉이 내리고 있어, 병원 창밖으로 우두머니 이것을 바라보며 내 마음은 적지 아니 을씨년스러울밖에 없었다.

이런 때, 벌써 며칠째 내게 문병을 오고 있는 배구 코치 박지국 군과 우리 대사관 직원 유양옥 양이 미음을 쑤어 가지고 들어서서 내 느낌은 저절로 벌써 울먹여 대기 시작했다.

그들이 펴 놓은 미음을 몇 숟갈 목구멍에 넣으면서 "우리 한국 사람들의 노력이 이 세상에서는 제일 대견하고 간절한 것인 줄을 알아야 해! 우리를 싸고도 옅은 족속으로 얕보는 사람들도 아직 적지도 않은 모양이고, 언뜻 보기엔 그렇기도 하겠지만, 그러니까 우리는 대단해야 하는 것이야! 부디 잘 좀 해 주시오" 나는 이렇게 지껄여 대다가 문득 참을 수 없이 거센 통곡이 치밀어 올라 남부끄러운 줄도 모르고 한참 동안을 흐느껴 울고 있었다. 이것은 6 · 25 사변이 일어난 1950년 여름 내가 경상도에서 종군하다가 우리 쪽이 한동안 불리하여 병들어서 부산까지 혼자 내려가 있을 때 터뜨렸던 울음 다음으론 꽤나 오랜만에 또 나를 차지해 온 것이다.

박지국 코치는 멕시코의 배구 선수들에게 4년 동안이나 배구 기술을 가르쳐 오고 있는 분으로 벌써 멕시코 대표 선수단의 실력을 전 세계 열 번째로까지 올려놓은 힘을 가졌지만, 보기에는 우리 시골이라도 아주 깊은 두메 시골 밭에서 금시 선량한 일손을 떼고 일어서서 나오는 것 같은 고진古眞의 모습 그대로여서 내게 고향 생각을 짙게 불러일으켜 준 것이리라.

찾아온 아들—승해와 함께

2월 16일 저녁때에야 미국 롤리에서 내 아들 승해가 여기 병원으로 날아왔다. "인제 많이 나으셨지요? 멕시코시티 높이 때문이니 염려하실 것 없다고 여기 의사가 전화로 저한테 말합디다. 염려 마시고, 며칠 더 보아서 비행기 타도 괜찮을 만하게 되시면 저 사는 데로 같이 가서서 다 낫도록 계시다 가세요" 한다.

위아래 수염을 점잖게 기르고 있는 승해는 나보다도 좀 더 점잖고 찬찬한 듯하다. 저의 할아버지—내 아버지의 성질을 이 애는 많이 닮은 것 같다.

그래 나도 한결 더 차분해져야겠다고 마음먹으며 "차라리 잘되었다. 술을 이어 마시다간 살아서 집으로 돌아가진 못할 것이라고 의사가 말하니 술을 끊을 기회가 마련되어 와 있어서 말이다. 술을 끊고 이제부터는 여기까지와는 또 다른 여행을 하게 될라나 보다. 여행엔 두 가지가 있다는 것을 여기 이 병원의 침대 위에서 다시 돌아온 의식으로 나는 새로 생각해 보고 있었다. 하나는 술도 마시고 적당히 난잡한 짓도 숨어 하면서 떠돌아다니는 여행이고, 또 다른 하나는 취하지도 못하고 늘 카랑카랑 맑은 날처럼 맑아서 이걸 견디며 거울처럼 온갖 것을 받아 담고 다녀야 하는 그런 여행 아닐까? 하늘이 여태까지의 내 술 취하고 다니는 여행만 가지곤 흡족지가 못해 이번에 이 시련을 주어 또 다른 새 여행의 길을 마련하고 있는 모양 같다"고 말하니 승해도 내 말이 많이 반가운 듯 빙그레 웃고만 있었다.

저녁밥 때쯤 해서는 우리 무역진흥공사의 이곳 대표로 있는 박철성 군이 쌀죽에다가 얼큰한 꼴뚜기젓을 곁들여 가지고 문병을 하러 왔다. 박 군은 알고 보니 고향이 나와 같은 전라북도 고창일 뿐 아니라 연전에 작고한 시인 신석정 씨의 누님이 할머니였다. 나는 열아홉 살 때인가 신석정 씨 댁에 찾아가서 땀 흘리며 맛있게 밥반찬 해 먹었던 뱅어젓의 얼큰한 맛을 기억해 내고 한참 동안 그 얘기꽃을 피우기도 했다.

위문객들이 다 돌아간 뒤에 불을 끄고 아들 승해와 단둘이서만 어두운 병실에 누워 유리창을 통해 쏟아져 들어오는 밤하늘의 별들을 바라보고 있노라니 벌써 세상 뜨신 지 오랜 내 할머니에게서 어렸을 때 귀에 못이 박히게 들어 온 유혼流魂들이라는 게 곰곰 다시 생각히었다. 방황만 하고 살다가 죽은 사람의 넋은 죽어서도 어디 한 군데 자리 잡아 있을 힘이 없어, 구름들이 헤매고 안개들이 맴도는 나지막한 하늘가를 헤매며 한숨만 쉬고 지내야 한다는—그런 유혼 말이다.

그러면서 또 돌아가신 아버님의 모습도 떠올랐다. 내 할머니와 마찬가지로 그분은 어느 경우에도 유혼은 되실 분이 아니다. 그는 공자를 열심히 섬기던 유교도이긴 했지만, 불교적으로 그의 넋이 놓일 자리를 생각해 보더라도 제석천쯤에는 든든히 한자리 끼어 차지하고 계실 만한 인품을 가졌던 분이다. 그분의 찡그리지 않은 화평하신 얼굴이 내 마음속과 밤하늘에 어려 보였다.

그래 나는 아마 죽지 않고 다시 살아 여행을 계속할 수 있으리라는 생각이, 막혔던 눈물이 배어나듯 내 마음에 겨우 배어나기 시작했다.

내 돌아가신 아버님의 모습이 찡그리지 않고 이렇게 화평하게 마음속에 비쳐 보일 때는 그전에도 언제나 내 일은 빗나가지 않았던 걸 돌이켜 생각해 보며, 내 아들 승해의 잠자는 숨소리를 옆에 하고 나도 겨우 눈을 붙일 수가 있었다.

미국 롤리의 아들 집으로 되돌아와서

2월 18일, 이곳의 토요일. 겨우 의사의 허락을 얻어 내 아들 승해와 나는 멕시코 공항에서 비행기를 타고, 미국의 뉴올리언스와 애틀랜타에 한동안씩 멎어서며 다시 노스캐롤라이나의 주도 롤리의 아들 집으로 돌아왔다.

아직도 보이는 것들이 그전처럼 분명하지가 못하고 아지랑이 속의 꿈속 풍경같이 아스라하고 허둥하고 어질어질하긴 했지만 그대로 한 신비스러움은 지니고 있어, 이런 상태도 아주 못쓸 것이라고는 생각되지 않았다.

롤리 공항에서는 승해의 아내 은자가 승해의 가까운 친구 키츠 군과 함께 11시가 넘은 한밤중에 나를 염려해 기다리고 있었다. 키츠는 생김새는 물론 서양 사람이지만 그 마음만은 동양 선비 꼭 그대로 되어 있는 사람이다. 이곳 노스캐롤라이나 주립박물관의 감정관인 그는 말수가 아주 적은 열심한 일꾼으로, 계율과 예의를 바로 지키고 살기를 자신과 주위의 모든 사람에게 늘 요구하고 살아오는 사람이지만 아내가 바람을 피워 사잇서방을 만드는 통에, 몇 해 전부터 헤어져 혼자 살며 더한층 뭉클하게는 꾸무럭해 있는 사내다.

우리 승해더러 "얌전한 너의 한국 여자한테 장가들고 싶다"고 언젠가 말한 일이 있다고 한다. 이런저런 관문을 통해서 이렇게 키츠처럼 동양과 한국의 사람됨을 흠모하는 이쪽 사람들의 수도 앞으론 늘지 않을까 생각되었다.

나는 이제부터 이 롤리에서 한동안 늘어지게 쉬며, 오래 잊어버렸던 내 몸뚱이의 힘이 내 의지의 힘을 따라올 만큼 어떻게 해서라도 만들어 내야 할 마련이 되었다.

그래 나는 아들 집에 다시 도착한 첫날밤에 아들 승해와 자부 은자와 손자 거인이를 한자리에 모아 놓고 "이제부터 여행 중엔 술은 맥주까지도 절대로 입에 대지 않겠다"고 맹세를 하고, 서울의 아내에게도 그동안 내가 겪은 일과 이 맹세를 전화로 전해 보냈다.

그리고 혼자 속으로 다짐했다.

'내일부터는 내 이 식욕 없는 육체의 황무지를 몇천 몇만 길을 파서라도 기어이 그놈의 식욕의 샘을 솟게 해서 그것이 흘러가는 물줄기를 따라 내 세계 방랑을 다시 계속해 내리라. 어떤 일이 있어도 절대로 중도에 작파하고 돌아가지는 않으리라……'

그래 내 자부 은자더러 "염려 마라. 여기 오니 즉시 어질머리가 멎고 개운해져 오는 것이 며칠만 쉬면 거뜬히 낫겠다. 그런데 멕시코 사람의 피를 45퍼센트나 내 핏대에 집어넣어 놓았으니, 이것 눈빛이나 머리털 빛이 달라지면 어떻게 하지?" 하니 "그런 일은 없어예. 우리 친정어머니도 미국 사람들이 기부해 보낸 피를 몽땅 많이 수혈했었지만 그런 일은 영 없었어예" 하고 그네의 고향인 경상도 마산 사투리로 나를 안심시켜 준다.

아들 식구들과 나는 오랜만에 한바탕 웃고 잠자리에 들었다.

떠돌잇길의 새 힘을 길러

2월 19일에서 오늘 3월 5일까지의 꼭 보름 동안, 내가 롤리의 아들 승해 집에서 쉬면서 얻은 수확—몸도 몸이려니와 정신의 수확은 미미하다면 미미한 것이겠지만, 또 크다면 아주 큰 것이다.

어떻게 해서든지 나는 내가 목적한 것을 이룰 때까지는 어떤 육신의 죽음도 스스로 초래하지 않을 수 있다는 자신과, 또 동시에 어느 때 무슨 일로 육신이 죽는 일이 돌연히 생기더라도 이제는 섭섭해 못 견디어 하지도 않아야겠다는 각오를, 그동안 가만가만 마음속으로 연습하여 어느 만큼은 자리를 잡게 되었으니 말이다.

여기 롤리에서 200킬로미터나 가야 하는 버고라는 데에서 도서관장 노릇을 하느라고 겨우 토요일과 일요일만을 가족들과 만나 지내러 올 수 있는 내 아들 승해, 월요일에서 금요일까지는 역시 이곳의 주립도서관에서 해 저물도록 일해야 하는 내 자부, 중학에 다니는 내 손자 거인이가 다 집을 비우고 없는 낮에는 수풀 속의 이 집은 어느 구석진 곳의 조그만 절간이나 마찬가지여서 내 그런 마음속의 작정들을 키우기엔 안성맞춤이라 좋다.

나는 여기 내게 주어진 방에서 누웠다 앉았다 하며 위에 말한 두 가지 길을 아울러서 하는 일의 연습을 마음속으로 되풀이하다가, 또 잠깐씩 뜰에 나가 낙엽을 밟고 새소리를 들으며 거닐다가, 또 그 다음에는 앞으로 있을 내 긴 여행에 대비하여 할 수 있는 거리까지 걷는 연습도 겸행하고 지냈다.

첫날은 셸리라는 영국 낭만파 시인의 이름이 붙은 거리까지 갔다 오는 왕복 1킬로미터쯤을, 그다음 날은 루터 교회에서 좀 더 가는 곳까지 2킬로미터쯤을, 그다음에는 백화점이 눈앞에 보이는 그게 무슨 거리더라? ―왕복 한 4킬로미터쯤을……

그래 이제 오늘 3월 5일 공일날, 내 아들의 식구들이 다 모인 자리에서 "모레는 떠나겠다"고 확실한 자신을 가지고 재출발의 결의를 표명할 수 있게 된 것이다. 불교 쪽 사람들이 말없이도 그 뜻을 서로 통하는 이심전심이란 꼭 맞는 것으로 보인다. 그저께는 이곳 듀크 대학교 부속병원에 가서 진찰을 해 보았는데 교수이고 권위자라는 의사의 진찰 결과도 "괜찮겠다. 이 사람의 의지와 건강은 사실은 이 땅 위에서는 첫째쯤 가는 것일는지도 모른다"고 같이 간 내 자부에게 말했다고 하니, 이게 내 마음이자 또 그의 마음 아니고 무엇인가?

모레는 꼭 파나마로 떠나리라! 그리고 거기선 페루로, 칠레로, 아르헨티나로, 브라질로, 그리고 거기서 또 아프리카로, 유럽으로, 중동으로, 인도로…… 세계의 끝, 세계의 구석구석, 그 바닥까지, 이제부터는 술도 못 마시는 카랑카랑한 눈과 감각으로만 보고 느끼면서

가 보리라.

아라스카로 가라
아니 아라비아로 가라
아니 아메리카로 가라
아니 아프리카로 가라
아니 침몰하라. 침몰하라. 침몰하라!

이것은 내가 스물세 살 때 쓴 「바다」라는 시의 한 구절이지만, 이제는 침몰할 생각일랑 아예 가져 볼 필요도 없다. 우리 옛날의 처사 나그네들이 하던 그대로 할랑할랑 싸득싸득 가뿐가뿐히 떠돌고 있으면 되는 것이다.

마이애미 바닷가에서

노스캐롤라이나 주에 있는 듀크 대학교 부속병원 의사의 허락을 얻어 1978년 3월 7일 아침 9시에 미국 롤리 공항에서 출발하여 파나마로 날아가는 길에 갈아타는 곳으로 되어 있는 마이애미에서 내려서 서너 시간 동안 바닷가와 거리와 공원 등을 둘러보게 되었다.

세계 각국에서 모여드는 부유한 사람들의 사철 해수욕장으로 이름난 여기가 내 여행 목적지에 끼어 있었던 건 아니었지만, 파나마 시티로 가는 비행기를 갈아타자면 여기서 다섯 시간은 기다려야 하게 마련이었기 때문에 덤으로 이 사치한 행락처를 다 굽어보게 된 것이다.

여러 여행기에서 우리가 보아 온 것처럼 마이애미는 정든 사람들 끼리 같이 짝지어 묵으면서 해수욕을 주로, 야금야금 여러모로 즐길 곳이지 혼자서 잠시 눈요기만 하고 지나치기엔 너무나 쑥스러운 곳이다. 그러나 이왕에 혼자서의 눈요기라도 나선 길인지라 좀 더 두루두루 돌아보려고 택시 삯이 꽤나 불어나는 것도 잊어버리고 두어 시간 그걸 몰고 다녔다.

쿠바에서 공산주의의 억지가 싫어 이곳에 와 운전사 노릇을 하고 산 지가 벌써 8년이나 된다는 택시 운전사는, 끝없는 대서양 바닷가의 종려나무들이 바람에 휘파람을 불고 있는 일대의 해수욕장에도 나를 안내해 주었고, 온갖 남국의 꽃과 새의 수풀 사이로 바다가 강물을 타고 기어들어 오고 있는 언저리의 공원도 설명하며 보여 주었고, 또 이곳의 가장 번화한 거리도 빼지 않고 돌아다녀 주었으나, 그중에서 부럽던 것은 역시 젊은 사람들의 싱싱하고 화창한 육체와 또 그런 꽃 덤불들과 햇빛이었다.

우리나라의 원두막 같은 지붕 밑에, 아직 과히 덥지 않은데도 나체로 모래 위에 드러누워 햇볕에 동화되어 있는 신화 속 같은 육체들의 핏빛 좋은 아름다움—거기 나도 그렇게 한몫 끼일 수 없는 불건강과 나이만이 하늘에 뻗치는 내 시름이었다. 이제는 매니큐어도 하지 않는 젊은 여자들의 손과 발의 연분홍빛 삼삼한 아름다움은 이 세상의 어느 저속低俗에도 곁들일 수 없는, 참 연연하게는 신성한 하늘의 숨은 빛깔로만 내 눈에 비쳐 왔다.

좀 더 조용하게 앉아 있고 싶어서 택시와 운전사를 하직하고, 대서양 바닷물이 꽤나 깊이 강 물줄기를 타고 올라오고 있는 언저리의 공원 한 귀퉁이의 벤치 위에 웅숭그리고 앉아 있다가 보니, 내 주위의 벤치들도 어느새인지 나 비슷한 사람들이 쓸쓸하지 않을 만큼 모여들어 앉아 있어, 공자의 저 '신기독慎其獨'이란 뜻을 여기서 또 한 번 새삼스레 느끼게 되었다. '혼자일 것도 없는 것이다. 저 혼자만 외곬으로 빠지는 것을 삼가라' 물론 그런 뜻이다.

내 등 뒤의 벤치에서는 한 열여덟쯤으로 보이는 밤빛 머리의 소녀가 무슨 얘기책을 읽고 있는 것이겠지, 독서에 젖어들어 있었다. 모습이나 키가 나지막하기만 한 게 아마 남아메리카 어디의 넉넉지 못한 태생인 듯싶은데, 그 어린 나이의 소녀는 혼자면서도 또 이렇게도 신기독을 하고 있는 것이다.

파나마

파나마의 낙천주의

3월 7일 저녁때 마이애미에서 파나마로 가는 비행기를 타기 직전 내 바로 옆에서 우리 한국말이 들려 수인사를 나누어 보니, 한국 국제상사에서 장삿길을 개척하러 여기에까지 진출해 온 분들로, 한 사람은 본사의 이사인 유희조 씨이고 다른 한 사람은 전기전자부 부장인 한의웅 씨였다.

서로 많이 반가워하며 한 비행기로 파나마시티 공항에 내렸는데 내 일로 공항의 조사원과 한동안 옥신각신이 생겨 심심치 않았다. 나는 멕시코시티에서 틀림없이 파나마 총영사의 입국 비자를 받아 가지고 왔는데도 공항 조사원은 파나마 정부 외무부 장관의 승인 사인이 없는 것은 무효라며 내 입국을 거절하려 한 것이다.

마침 국제상사 본사에서 온 이들을 마중 나와 있던 이곳 국제상사 지사장인 권수일 씨가 내 대신 끼어들어 유창한 스페인 말로 타이르느라고 한참이 걸렸다. 결국은 미국 돈 10달러를 그 조사원에게 주고 사흘 동안만 머무는 조건으로 통과되어 시내로 들어서기는 했지만 어쩐지 좋은 기분은 아니었다.

권수일 씨의 말을 들으면 여기서는 자주 있는 일이라 한다. 여기를 오는 사람은 이런 것도 미리 알고 헤아리고 있어야 되겠다. 파나마는 우리나라 38도선 이남 면적의 4분의 3쯤 되는 땅을 아주 가느다랗고 길게 가진 나라로서 총인구는 불과 160만도 채 다 못 되지만, 그나마 그중의 극소수만이 여유가 있을 뿐 거의 전부의 국민들은 빈털터리들이라고 한다.

그런데도 그들의 다수는 놀기만을 매우 좋아해서 멕시코나 마찬가지의 '아스타 마냐나(일은 내일로)주의자'들이라고 한다. 현재의 대통령 라카스 씨가 한두 해 전의 휴일이 아닌 어느 날 낮에 거리에 나갔다가 술과 춤과 노래에 흥건해 뛰놀고 있는 젊은 남녀 일당을 만나 "왜 일을 하지 않느냐?"고 하니, 한 사내가 오늘은 생일날이라서 모처럼 먼 데 친구들을 많이 초대했으니까 잘 좀 봐 달라고 하여 대통령은 먼 데서 온 친구들의 우정에 감동하여 "그것 좋은 일이다. 나와 내 부하들도 오늘은 같이 놀겠다"며 정부 청사로 돌아오자 정부 사람들을 모조리 돌려보내 놀게 했다는 얘기도 전해져 있는 만큼 어쨌든 이들은 내일이야 삼수갑산을 갈 값에 우선은 먹고 마시고 껑충거리며 놀고 보기인 것이라 한다.

파나마는 1501년 바스티다스가 맨 처음 발견한 곳으로, 1513년 발보아가 파나마 지협을 횡단해 그 이름을 딴 발보아 거리가 지금도 있고 또 거리 한구석에는 발보아의 동상이 둥그런 지구를 들고 선 모습으로 세워져 있다. 밤 10시 반쯤에는 꽤나 많은 자가용 차들이 동상 주변의 빈터에 불을 끈 채 멎어서 있어서 같이 간 우리 무역진흥공사의 김창홍 군에게 웬일이냐고 물으니 "자동차 안을 자세히 좀 보세요. 남녀들이 지금 한창 좋아 있습니다. 고등학교에 다니는 애들끼리도 있어요" 한다.

이런 미국적인 심히 간편한 모습은 파나마시티의 새 건물들에도 잘 나타나서 여기는 일테면 로스앤젤레스를 바짝 축소해 놓은 것과 같은 곳이었다. 그러나 산펠리페 구역 일대의 옛 파나마가 그 흔적을 아주 감추어 버린 것은 아니다. 1821년 스페인 세력이 여기서 완전히 망할 때까지의 영화를 아직도 말하고 있는 폐허의 옛 성터, 옛 성당의 한 부분만이 군데군데 남아 있는 이 황막한 유적들은 아직도 이 미국화한 파나마의 속 깊이 숨어서 그들 본래의 값을 주장해 소곤거리고 있는 듯만 했다.

이것이야말로 또 사실은 파나마 사람들의 피와 인생관 깊이 자리하고 있는 바로 그것이기도 하지 않을까?

파나마 운하와 밤의 뒷골목

3월 8일 오전, 우리 대사관의 정광균 영사의 안내를 받아 국민학교 상급생부터 그 이름을 기억해 온 세계의 명물—파나마 운하의 태평양 쪽을 둘러보았다. 아시다시피 이 운하는 대서양과 태평양 두 바다 사이의 가장 좁은 곳인 중앙아메리카 파나마의 한 곳을 동서로 가로 뚫어, 배들이 멀리 남아메리카 대륙을 돌지 않고도 거리를 줄여 두 바다 사이를 왕래할 수 있도록 미국이 만든 것으로서, 길이는 약 93킬로미터로 그 경영권은 미국이 오래 가져 왔다.

1914년 8월 15일에 개통되었다는 이 운하에는 태평양에서 대서양 쪽으로 가는 뱃길과, 그 반대로 대서양에서 태평양 쪽으로 오는 두 뱃길이 가지런히 칸막이의 언덕 하나를 사이해서 마련되어 있는데, 넉넉지 못한 너비여서 큰 배는 꽤나 조심조심 통과해야만 할 것 같이 보였다. 여기를 가로질러 가는 데 여덟 시간이나 걸린다니 매우 조심스레 다녀야 하는 걸 짐작할 수가 있다.

파나마 운하를 뚫을 때 화산재가 굳어 된 땅들이 잘 뚫리지가 않아 무척 고생을 했다고 하는데, 그러니까 양쪽 두 바다 물결의 오랫동안의 거센 공격으로도 이 가느다란 여자의 허리 같은 것이 무너지지 않고 그대로 있었던 것이니, 미국 사람들은 참 못 뚫을 게 없다.

그런데 근년에 와서 파나마는 어디 숨어서 엿보고 있다가 미국 측의 이익이 엄청나게 많은 걸 요량하고는 꺼졌던 본남편 나타나듯 밤중에 홍두깨마냥 불쑥불쑥 나타나서 소유권을 반환하라고 성화를 부려 아마 머지않아선 그걸 차지하게 되리라는 이야기다.

파나마는 공산 세계에까지 가끔 한 다리를 걸쳐 보기도 한다는데 속셈은 다 이것 때문의 데모라고 방관자인 외국 사람들은 때로 낄낄거린다고 한다.

　원래 파나마라는 나라는 독립국가가 아니라 콜롬비아의 한 지방이었던 것을 미국의 운하 건설 계획에 콜롬비아가 반대한 까닭에, 고 갚음으로 미국이 파나마를 도와 독립까지 시켜 준 것인데, 그 운하의 이익이 부러워 경영권 반환까지를 벌써부터 주장하고 나섰으며, 더구나 공산 세계에까지 이걸 편들기를 은근히 부탁하고 대드는 따위의 짓을 했다는 것은 배은망덕도 분수를 잊은 것이라고 상을 찌푸리는 방관자들도 물론 상당히 많이 있다.

　밤에는 뱃사람들이 잘 모여든다는 선창가 술집엘 들러 보았지만 이미 금주를 맹세하고 겨우 맨숭맨숭 떠돌잇길을 이어 가야 하는 건강밖에 없는 내겐, 이런 술집이 갖는 정분이란 이제 벌써 그저 지나치게 과격한 것으로만 느끼어졌다.

　오렌지 주스만을 마시고 앉아 있는 내 옆에 질탕하게 화장을 하고 나온 밤빛 머리의 색시더러 "어디서 왔느냐?"고 물으니 콜롬비아서 왔다고 했는데, 나와 동행한 이의 말을 들으면 이곳의 밤거리 여인의 90퍼센트는 모두가 다 콜롬비아에서 온 여자들이라고 한다.

　콜롬비아는 여자의 수가 남자의 갑절이 넘는다던가. 이런 여자들은 미국 돈 몇십 달러쯤이면 누구하고나 잠자리를 같이하고 지낸다는 것이다. 이런 술집들 외에 파나마에는 따로 또 공창公娼들이 모여 있는 곳도 있다고 한다.

산블라스 섬에서

산블라스는 한 개의 섬 이름이 아니라 여러 개의 섬, 백 개도 더 된다는 조그만 섬들을 총칭해서 일컫는 이름으로 이 섬들은 대서양의 카리브 바다 위에 금세 깊은 바닷속에서 건져 내놓은 양 나지막나지막 주저앉아 있는 것이다. 파나마시티 공항에서 경비행기로 40분쯤 날아가면 그중에서 가장 큰 섬에 도착하며, 우리가 안내서에서만 보던 한국의 소처럼 코뚜레를 한 여인네들과도 바로 곧 만나게 된다.

이 여인네들의 가락지 한 짝만 한 십팔금으로 된 코뚜레는 두 콧구멍 사이의 살에다 또 한 개의 구멍을 뚫어 거기 꿰서 윗입술 위에 늘어뜨려 두는 것인데, 이건 시집간 여자들만 하는 것이지만, 그걸 꿸 구멍만큼은 아직 살이 연한 아기 때에 일찌감치 뚫어 놓는 게 습관이라고 한다. 한 개 만들어 달자면 미국 돈으로 4, 50달러 든다고 하는데, 멋치고는 참 괴상한 취미의 멋도 세상엔 다 있다. 우리 상말 중 '귀에 걸면 귀걸이, 코에 걸면 코걸이'의 그 코걸이가 이렇게도 사실로 쓰이는 것을 눈앞에 바로 몽땅 똑똑히 들여다보아야만 하는 우스움에 나는 나이도 잊어버리고 어린애처럼 한참을 너털거리지 않을 수 없었으나, 그건 물론 어른답지 못한 내 경망이요 실수다.

20세기 후반기의 문명사회에서 어디 이럴 수가 있는 일인가? 구경에 앞서 그들을 가르치게 해서 야만의 습관을 고치게 이끌어 갔어야 옳지, 이런 일을 방치하고 구경을 다니며 너털거리는 야만은 한결 더한 야만이라고 할 수밖에 없다. 이런 걸 외국 손님들에게 관광거리로 제공하는 파나마 정부에도 의문이 가지 않을 수 없었다.

코뚜레를 한 이곳 여자들은 완고한 습관 때문인지, 아니면 이 모양으로 관광객들의 관심을 끌어 그들이 만든 물건을 팔기 위해선지, 또는 양쪽을 다 겸하지 않을 수 없어선지 하여간 열서너 살쯤의 애티가 나는 나이로부터 할머니들에 이르기까지 두루 다 코에 그것을 달고, 발은 또 모조리 발가벗은 알발로, 두 다리에는 채색한 각반을 감고, 울긋불긋 요란스레 다채한 옷을 입고, 그들이 입은 것들과 비슷한 옷들을 집 앞마다 펴 놓고서 관광객들만을 기다리고 있는 것이었다. 그러다가 어느 관광객이 같이 사진 찍길 원하면 "원 달러……"라고 나직이 영어로 한마디 하고는 누구하고나 같이 사진을 찍어 1달러씩 거둬들이기도 한다.

재미있는 것은 똥오줌을 싸는 뒷간이다. 이것들은 그들의 움막에서 상당한 거리에 있는 바닷물 속에 세워져 있어, 그리로 가자면 나무로 엮어 만든 다리를 건너야만 하는데, 파도 소리를 들으며 누어 놓은 똥오줌은 모조리 바로 바다에 참례하게 마련이다. 집에서 뒷간 구린내가 안 나서 좋고, 또 그걸 누고 있을 때의 기분도 매우 좋겠다.

그런데 여자들의 코뚜레만 못지않게 또 한 가지 질색인 것은 물가에 모인 이곳 아이들이 "머니! 머니! 머니! 머니!……" 하며 관광객들에게 돈을 구걸하는 합창 소리다. 관광객들 가운데서 누가 그들 앞의 얕은 바다에 동전을 몇 닢씩 던져 주면, 애들은 바다에 가라앉은 걸 건져 내기 위해, 거북이 새끼들처럼 넙죽넙죽 물속으로 잠겨 들어가는 것이다. 딱한 광경이 아닐 수 없었다.

페루

페루의 국립박물관에서 보니

3월 11일 오후 2시쯤 페루의 리마 공항에 내려 마중 나온 우리 대사관의 김상규 참사관과 장동철 영사의 안내로 먼저 국립박물관을 둘러보았다.

아래층에는 1532년 스페인 사람 프란시스코 피사로와 그의 일당들이 이곳 인디언들의 잉카 제국을 멸망시키기까지에 사용했던 무기들과, 그 뒤 3백 년 가까이 그들이 인디언들을 다스리던 여러 가지 무기들이 아마 몇만 개도 더 되게 엄청나게 많이 진열되어 있었고, 2층에는 잉카 제국 시대와 또 그 이전의 여러 인디언 문명의 유물들을 보여 주고 있었다. 인디언의 유물들에 대해서는 아직 연대를 비롯한 여러 가지 고증들이 거의 되어 있지 않아 먼저 이런 방면의 연구를 많이 서둘러야 할 것으로 보였다.

이 나라의 현재의 인구 비례를 보면, 전체 인구가 1천5백만 명쯤 되는 속에서 백인은 겨우 11퍼센트뿐이고 인디오(인디언)가 50퍼센트, 백인과 인디오의 혼혈종이 38퍼센트, 나머지가 1퍼센트이다. 그 나른한 불만투성이의 인디오들이 중심인 곳이라, 이런 고증조차 이렇게 '하나 마나'가 되어 있는 것 아닌가 한다.

박물관 2층에 진열된 잉카 시대의 그 많은 유물들 중에서 먼저, 우리의 관심을 끄는 것은 금과 은으로 된 물건들이 너무나 많은 점이다. 웬만한 지위를 가졌던 사람들은 모조리 금과 은의 관을 쓰고 지낸 듯 유치한 여러 가지 모양의 금관 은관들이 즐비하게 진열되어 있었다.

여기는 금과 은이 꽤나 많이 땅에 묻혔던 곳이겠지. 심지어는 열 손가락의 손톱 끝에 끼고 지내던 금골무들까지가 전시되어 있어, 이런 황금의 용도를 처음 보는 우리를 잠시 웃기기도 했다. 끝이 매우 날카롭게 되어 있어 "으스댄 것뿐만 아니라 수가 틀리면 이걸로 사람들을 피나게 할 수도 있었겠다"고 하며, 나는 김상규 참사관과 같이 한바탕 웃지 않을 수 없었다.

그리고 또 한 가지 꽤나 미련스러워 보이는 잉카의 유물은 아무래도 '돌팔이 의사 사람 잡기 쉬웠을 것'만 같은 그 무시무시한 옛 수술 도구들이었다. 누가 특별난 의견만 내놓아도 마귀가 들어서 그런다고 머릿속을 뜯어 고치기로 대들며, 그 머리뼈를 적당히 빠개는 데 사용했다는 얄따란 도끼날처럼 생긴 것들. 여러 모양의 무식꿍한 갈고리와 침과 망치들. 이런 의학 앞에 비명을 올리며 제 명대로 살지도 못하고 스러졌을 많은 목숨들을 눈앞에 그려 보며, 나는 저절로 이 비슷했던 옛날의 우리 '힘센 놈 등골 빼내 놓았던' 풍습을 생각하지 않을 수 없었다. 어느 구석에서 월등하게 힘센 장수가 생겨났다 하면 '그놈을 그대로 두었다가 역적이 되면 나라에 해가 된다'고 잡아서 등뼈를 빼내 병신을 만들었던 우리나라의 못된 옛 풍습. 그것은 이들보다 덜한 것도 아니었으니 말이다.

박물관 뜰에 나와서 담배를 피우고 있는데, 이곳 종업원인 듯한 사십대의 사내가 우리 일행 앞에 나타나서 태연스레 담배를 좀 나눠주기를 요청한다. 가난을 감출 줄도 모르는 어린애 같은 솔직함이 좋다고 보면 그럴 수 있을는지, 여기 사람들은 우리보다도 훨씬 더 많이 가난하다고 한다. 집에 두는 가정부 대우 같은 것도 우리나라보다 훨씬 더 싸게 먹힌다고 한다.

리마의 중앙 성당과 카야오 항

3월 12일. 우리 대사관의 장동철 영사의 안내로 둘러본 중앙 성당의 화려함—이것은 내가 여태까지 보아 온 아메리카 주의 어떤 성당에 비해서도 뛰어나게 사치한 것 같았다.

스페인은 일찍이 남아메리카의 여러 나라들을 손아귀에 넣자 곳곳에 성당을 세우고 그걸로 그들 자신의 피비린내 나는 죄와 또 그 본토 사람들을 달래 온 것만은 사실이지만, 이렇게까지 특별히 정교한 성당을 세운 것은 이 나라가 특히 험한 산악 지대여서 인디오들이 아직도 정복 안 된 채 꽤나 많이 남아 있었기 때문에 그들의 감화와 또 스페인 사람들 자신의 불안을 푸는 흡족한 기도 자리가 필요했던 게 아닌가 싶다.

성당 안 한쪽에는 1532년 스페인 군대를 이끌고 와서 인디오의 잉카 제국을 멸망시킨 피사로의 시체가 꽝꽝 말라붙은 그대로 모시어져 있어 세계적인 명물의 하나로 손꼽히고 있다.

이 무지무지한 스페인의 정복자는 오늘날 그의 후손들이 인디오와의 혼혈 속에 가난과 싸우고 헤매며 '아스타 마냐나(일은 내일 하면 어떤가?)' 하는 아득한 마음만으로 살아야만 할 것을 생각이나 해 보았는지? 떨치던 용맹에 비해 키가 나지막한 이 사내의 미라에 대해서는, 여기가 아직도 인디오가 많이 사는 곳이라 그런지 '이건 진짜가 아니다. 가짜다' 어쩌고 하는 논의도 요즘에는 분분해 어쩌면 이것도 머지않아 여기서 철거되는지도 모른다고 한다. 아무튼 이렇게쯤 되면 영웅 피사로의 팔자도 좋은 편은 아니겠다.

우리는 이어서 태평양 연안에 있는 이 나라의 가장 큰 항구인 카야오에 가 보았다. 페루의 서울 리마에서 서쪽으로 10킬로미터. 인구는 30만 명쯤. 이 나라 사람들의 가난한 생활을 닮아 구질구질한 이 항구의 모양은 흡사 우리 전라도의 목포에나 비길까. 남국의 꽃들을 지붕으로 한 공원 벤치 위에 빈둥빈둥 놀고 앉아 있는 젊은 사내들의 모습이 보이는 것이나 다를까, 우중충한 선창가에 천막 노점들을 벌이고서 후줄그레하게 때가 긴 아낙네들이 치마꼬리에 어린

것들을 이끌고 왔다 갔다 하며 조깃국도 끓이고 튀김도 부쳐 내고 있는 것까지가 꼭 우리 목포의 봄 바닷가 같았다.

그 사람들의 얼굴 표정도 따분한 때의 우리나라 사람들하고 닮았다. 손의 때도 이의 때도 씻고 살 만한 마음의 여유도 없는 듯, 그들은 새까만 때를 또 한 벌씩 입고 있다. 먹고 살 물도 귀한 때문인가? 하기는 이 카야오와 리마 언저리에서는 먹을 물도 귀해서 바닷물의 소금기를 기계로 빼내고 마시며 살고 있다고 하니, 그런 때문도 있기는 있는지 모르겠다.

망한 인디오의 수심이라는 게 여기는 가장 잘 드러나 보이는 항구다.

남북아메리카 인디오들 중에서도 가장 자랑스러운 잉카 문명의 유적들을 아직도 페루의 쿠스코나 마추피추 등에 가지고 있는 그들. 그러고 또 여기에서만 자연의 험준한 산세의 덕으로 많이 살아남아 있는 그들. 그렇기 때문에 안 가질 수 없는 그들의 많은 한이 오늘날 이 바닷가에 이렇게 풍겨 나고 있는 것 아닐까?

카야오에서 리마로 돌아올 때 본 바닷가 해수욕장들에 많이 많이 모여 있는 사람들의 얼굴과 모습에서도 나는 이런 데 나온 이들이 당연히 가져야 할 환호작약하는 꽃피는 웃음을 보고 들을 수 없었다. 집도 절도 없이 떠도는 이들의 수는 엄청나게 많아 서울인 리마 주변에 모여들어 움막을 치는 이들의 처지에 페루 정부는 골치만을 앓고 있다고 한다.

파차카마크 유적과 라파엘 박물관

3월 13일. 역시 장동철 영사의 안내로 리마에서 32킬로미터 떨어져 있는 파차카마크의 유적을 돌아다녀 보았다. 파차카마크라는 말은 이곳의 원주민이었던 인디오(인디언)들의 말로서 그 뜻은 사람들이 살고 있는 이 땅을 처음 창조한 분이라고 한다.

서쪽으로 태평양의 한쪽 바다와 동쪽으로 기름진 넓은 평야를 끼고 그 사이의 언덕 위에 세워진 이 꽤나 넓은 옛 도시의 터는 4천5백 년쯤 전 혹은 2천 년쯤 전에 세워졌던 것이라고도 하는 만큼, 잉카 제국보다도 훨씬 더 오랜 이곳 원주민의 문화의 자취가 남겨진 곳이다.

"무엇 좀 명당자리를 보아서 터를 잡은 것 같은데요" 장 영사는 웃으며 말했지만 그렇지 않았다 하더라도 하여간 바다와 들녘 한복판의 편리하고 예쁜 자리를 잡은 것만은 사실 같다.

우리나라 옛 유적에서 보는 것 같은 세련된 멋은 갖지 못했지만, 그래도 규모의 큰 점은 그들의 만만치 않았던 힘과 포부를 보여 주고 있었다.

진흙을 짓이겨 뭉쳐서 벽돌장같이 만들어 쌓아 올린 성벽들. 오르내리는 계단은 그래도 널찍널찍한 바윗돌들을 다듬어 깔기도 했다. 글까지는 가지지 못했던 이들의 통성으로 여기엔 아무것도 기록되어 남은 게 없어, 이게 어느 때 누가 무슨 목적으로 어떻게 세운 건지 사실대로 알 수 없는 건 섭섭한 일이지만, 여기에도 멕시코와 똑같은 이름의 '해의 피라미드'가 있는 걸로 보아 이곳의 옛날 인디오들도 중남미 일대의 인디오들이 두루 그랬던 것처럼 하늘의 해와 그 빛을 만물의 근원인 힘이고 또 최고의 신으로 믿고 살아왔던 듯하다.

그렇다면 땅의 창조자의 뜻을 갖는다는 파차카마크라는 이곳의 명칭도 해를 섬겨 모시려는 그들의 태양교도로서의 속셈을 나타내고 있는 것인 듯하다.

부속 박물관이 있어 들어가 보니, 이곳에서 파낸 그릇들이 주로 진열되어 있는데, 그것들은 어딘지 짙고 어두운 빛들로 되어 있으나, 어떤 항아리나 병 둘레의 곡선들은 우리 옛것이나 거의 다름없는 원만한 것이기도 했다. 목이 바짝 말라서 박물관에 딸린 아주 초라한 식당엘 들러 환타를 한 병 사 마시면서 저절로 이걸 갖다 준 밤빛 머리털의 스페인 혈통인 듯한 젊은 색시에게 눈이 가서 보고 있자니, 웬일인가 이 여자는 겉모양과는 달리 풍기는 인품만은 인디오 그대로인 것이다.

그 무뚝뚝한 인디오의 독특한 침묵과 수줍음, 무한한 절망인 듯만 싶은 정체불명의 눈웃음, 그런 상징으로만 보이는 손톱가의 아스라한 때—어느 양키에게서도 볼 수 없는 그런 인디오의 하나가 그녀는 고스란히 되어 있었다. 아마 여러 대를 여기서 인디오들과 피를 섞는 동안에 그리된 것이겠지. 더구나 그녀는 이곳 인디오들의 대표적인 옛터인 파차카마크의 심부름꾼으로서 여기를 섬기고 지내는 동안에 그렇게 철저히 이곳 물이 든 듯했다.

돌아오는 길에 장동철 영사의 특별 소개로 나는 라파엘 박물관이란 데를 또 잠시 둘러보았다. 라파엘이란 사람의 유지遺志를 받아 그가 남긴 재산으로 세운 것이라는 이 박물관에 주로 모아져 있는 것은 잉카 시대와 또 그 이전 시대의 이곳 인디오들이 쓰던 그릇들인데, 특히 남녀의 생식기나 성교 장면을 여러 가지 모양으로 그 그릇들에 조각해 드러내고 있는 게 특징이다. 여자의 생식기보다는 남자의 그것들이 월등히 많은 걸로 보아 남자 것을 더 많이 숭상했던 것 같다. 술병이나 술주전자로 보이는 자기瓷器일수록 남녀의 대담무쌍한 성교 장면을 많이 조각해 붙였는데, 소위 주색酒色을 아울러 많이 즐기고 살았던 걸 짐작게도 했다.

칠레

칠레의 수도 산티아고

3월 14일 오후, 페루의 서울 리마에서 칠레의 수도 산티아고로 날아오는 동안의 안데스 산맥의 그 풀 한 포기 보이지 않는 바위들만이 첩첩이 쌓인 높고도 험한 산들을 나는 비행기 창밖으로 유심히 내려다보고 있었다. 여기는 언젠가 비행기가 떨어져서 살아남은 사람들이 모진 목숨을 부지하기 위해 이미 죽은 사람들의 살을 먹고 연명했다는 기막힌 얘기도 간직하고 있거니와, 무슨 금은보석이 그 바윗돌 속에 들어 있는지는 모르지만 사람이 살 곳으론 느껴지지가 않았다. 지금도 페루의 서울 리마의 성당에 말린 송장으로 누워 있는 스페인의 정복자 피사로의 일당은 이런 곳을 어떻게 넘었는지 궁금키만 한 일이다.

그러나 비행기로 두어 시간쯤 만에 날아든 칠레의 산티아고는 페루와 바로 국경을 맞대고 있는 사이인데도 페루의 리마 언저리와는 아주 다른 아름다운 모습으로 나를 맞이해 주었다. 적도 밑 10도쯤에 있는 리마에 비해 산티아고는 30도가 훨씬 넘는 곳에 자리하고 있어 무더위가 덜한 맑은 공기를 가진 때문이기도 하겠지만, 여기는 모든 것이 깨끗하게 가중크려져 있는 데다가 울창한 수풀의 꽃동산과 멀리 사철 눈을 이고 있는 이쁜 산들이 에워싸고 있어 남아메리카의 여러 수도 중에선 가장 이쁜 곳으로 곧 느껴졌다.

들으면, 여기는 '세 가지의 W'로 이름나 있는 곳이라 한다.

첫째는 우먼Woman — 여자들이 좋고, 둘째는 와인Wine — 포도주가 맛있고, 셋째는 윈드Wind — 바람이 좋다는 것인데, 우리 제주도의 '바람 많고, 돌 많고, 여자 많고'의 삼다三多와 비교해 볼 때 이 세 가지 좋은 것, 즉 삼호三好는 훨씬 더 놀기 좋아하는 놈탱이 한량들이 드나들며 붙인 이름인 듯한 냄새가 짙다.

하여간에 이 나라는 또 여기 오는 사람들에게 비자 같은 귀찮은 것을 내는 것까지도 다 면제해 주고 있으니, 고운 자연과 인정을 즐기며 한동안 쉬고 싶은 사람은 꼭 와 봄 직한 곳이다.

전 대통령이었던 아옌데가 한동안 사회주의 정책을 쓴네 하고 꽤나 어지럽혀 놓았던 일들과 질서가 군인들의 쿠데타로 새로 선 현재의 피노체트 대통령 시대에 들어서면서 다시 회복하기 비롯하여 지금은 모든 것이 향상돼 가고 있다고 한다. 우리나라와의 거래 관계도 꽤 좋은 편으로 최근에도 우리 자동차 포니를 2천 대라던가 3천

대 들여왔다고 들었다.

그런데 한 가지 섭섭하다면 매우 섭섭한 일은 아직도 밤 11시쯤 호텔 근처의 길거리에선 꽤나 이쁘장한 젊은 여인네들이 하룻밤의 동침을 자원하고 나서서, 호텔로 들어가는 손님들을 나직한 목소리로 유혹해 불러 대고 있는 점이다. 그야 이 땅 위의 어느 나라이건 이런 여인들이 전혀 없는 것은 아니겠지만, 이 맑은 산티아고에 오니 여기만이라도 한 군데 이런 누습마저 아주 없었더라면 하는 생각이 들어서 말이다.

여기서는 1541년 스페인의 정복자 발디비아 일당에게 남자 인디언들은 반항하다가 모조리 떼죽음을 당하고, 여자들만이 어느 만큼 남았었기 때문에 지금도 순 인디언은 하나도 없고 모두가 백인 아니면 백인과의 혼혈종뿐이라고 한다.

연인들의 낙원 산타루치아 언덕

칠레의 산티아고에 가는 이는 뭐니 뭐니 해도 무엇보다 먼저 산타루치아의 언덕에 오름이 좋을 것이다.

옛날 스페인이 다스리던 때엔 스페인 총독부가 있던 이곳은 지금은 산티아고 대학교의 일부 연구소가 자리하고 있는 외엔 일반인의 자유로운 산책과 휴식을 위해 개방되어 있다.

여기는 비교적 높은 곳이어서 좋은 바람이 잘 통해 선선하게 산티아고 시내를 내려다보며 차분하게 마음 가라앉히기에도 좋은 곳일 뿐더러, 여러 길씩 되는 소철과 피미엔타 나무 수풀과 예드라의 꽃 덤불들이 길가마다 빽빽이 우거져 있어, 젊은 연인들의 밀회 장소로도 빼놓을 수 없는 곳이라 한다.

피미엔타는 보랏빛의 아름다운 꽃을 피우지만 꽃이 지면 그 자리에서 매운 후추 열매가 열리는 몇 아름드리씩 되는 크나큰 나무들인데, 이 나무의 수풀 그늘에서는 젊은 남녀들이 부둥켜안고 입맞춤의 삼매경에 잠겨 있는 광경이 너무나 많이 보여서 내게는 그들의 그 더운 포옹에서도 마치 알큰한 피미엔타의 매운 후추 냄새가 풍기어 나는 듯만 싶었다. 하얗고 자잘한 꽃이 무척은 많이 모여 솟아나 있는 예드라의 꽃 덤불 가에서도 입 맞추는 젊은 남녀는 가끔 보였지만, 그들은 대개가 아직도 십대의 대부분 청바지 차림의 소년 소녀들이어서 이 자잘한 흰 꽃 더미와 아주 또 잘 조화가 되어 보였다. 윤리나 도덕이기 전에 하여간 그들은 매우 아름다워 보였다.

산타루치아 언덕에서 북쪽으로 한참을 더 가면 또 산크리스토발이란 이름의 높이 3백 미터쯤의 산이 솟아 있는데, 여기에는 케이블카로 오르내리게 되어 있고, 산꼭대기 가까운 곳엔 높이가 22미터나 되는 성모 마리아의 인자한 상이 우뚝 솟아 산티아고의 온 시내를 지켜 내려다보고 계시어, 이분이 여기 계신 걸 의식하는 시민들에게 함부로 허튼 마음을 내지 못하게 하고 있다.

산크리스토발에는 우리나라 합천 해인사의 소나무 못지않은 늙은 소나무들도 잡스러운 것 전혀 없는 송진 냄새를 소슬히 부는 바람에 풍기고 있어, 여기가 불가불 신성한 자리임을 느끼게 해 준다.

그래 그런지 이곳에서는 밀회하는 남녀의 다붙은 모양은 내 눈에 뜨이지 않고, 겨우 동전을 모은다는 청년이 나타나 우리나라 동전을 좀 나눠 달라고 했을 뿐이다. 이 정도면 성모도 아마 웃음으로 받아들일 거라고 그들도 생각하고 있는 것이겠지.

여기에서 또 얼마만큼을 돌아 내려가면 관광객들을 위해 특별히 세워진 꽤나 호화스런 식당이 있는데, 칠레의 명물인 여러 가지 포도주들을 관광객들에게 무료로 시음시켜 주며, 밤에는 넓은 식당에서 이곳의 포도주들을 비롯한 여러 가지의 술과 음식을 팔고, 이 고장의 민속춤을 추고 노래도 불러 관광객들의 여수를 위로해 주기도 한다. 그러다가는 손님들을 무대로 모셔 올려 같이 춤도 추고 노래도 부르며 별 밝은 밤을 어우러져 노는 것이다.

천국으로 가는 항구 발파라이소

3월 15일. 세계에서 가장 아름다운 항구―발파라이소로 가는 관광을 위한 합승차가 마침 9시 반에 출발하는 게 있어 왕복 13달러쯤을 내고 거기 편승했다. 운전사와 안내원을 빼고 손님의 좌석은 여덟 자리뿐인 차인데, 이날의 승객은 나까지 합해서 모두 일곱 사람.

발파라이소는 스페인 말로 하늘나라―극락이나 천당에 간다는 뜻이라서 나는 무척은 기대에 부푼 어린애가 다 되어 실려 가고 있는데, 가는 길가의 언덕이나 밭둑에는 여기 말로 '콜라 데 소로'―'여우 꼬리'란 이름의 풀들이 탐스런 갈대꽃 같은 그 꼬리들을 군데

군데서 내젓고 있어 '여우 또한 천국에 같이 가는 게 아닌가?' 하는 생각에 마음속으로 웃기도 했다. 대학을 졸업했다는 안내 청년은 스페인 말을 전혀 모르는 나 혼자만을 위해 따로 영어 안내도 이어 해주어서, "여우 꼬리라는 저 풀을 아는가? 재미있는 이름이다"라고 내가 말하니 그도 이심전심으로 동감이 되었는지 나와 비슷한 장난기 서린 웃음을 얼굴에 나타내 보였다.

발파라이소로 달려온 지 한 시간 남짓해서 우리가 탄 차는 토산품 가게 앞에서 잠시 멎어 쉬기로 되어 있어, 나는 그 가게에 들어가서 이것저것 물색을 하다가 이곳 청년들이 쉬는 날 춤출 때 쓰는 채색한 띠를 두른 밀짚모자를 하나 사서 기꺼이 머리에 얹었다. 내리쬐는 햇볕도 햇볕이려니와, 이걸 쓰고 물건들을 팔고 있는 젊은 점원들을 보니 천당으로 가는 항구 발파라이소 근처에서는 여우나 사람이나 그래도 이만한 것쯤은 머리에 얹거나 어디 지니고 있는 게 아무래도 어울릴 것만 같아서였다.

더욱이 초록빛으로 땋아 늘인 이 모자의 긴 끈은 턱 밑에다가 매는 게 아니라, 뒤에서 매서 허리춤 가까이까지 늘어뜨리게 되어 있어 천국에 들어가자면 이만한 게 무던하리라고 느껴졌기 때문이다. 우루과이에서 왔다는 마흔쯤의 젊은 내외도 내 뒤를 이어 이걸 하나씩 사 쓰고 빙글거리는 걸 보면 그 생각은 나나 마찬가지 아니었는가 한다.

드디어 도착한 발파라이소는 아닌 게 아니라 미인에 비기자면 우리 극동 사람의 예부터의 표현 그대로 만고의 절색이었다.

우리가 흔히 맑고 깨끗하다고 하는 정도의 50퍼센트쯤은 확실히 더 넘어선 듯한 맑은 공기와 햇볕 속에, 그걸 닮아 잔잔하게 질푸르면서도 바다까지 내리비치는 한정 없이 정갈해진 남태평양의 바다, 적당키만 한 바람결의 오랜 오고 감으로 예쁘디예쁜 모양들로만 닳아져 있는 해안 절벽의 바위들 위에 끼르륵거리는 갈매기 소리도 여기 것들은 훨씬 더 차분히 신명 들려 있는 듯했다.

바닷가의 바위 중턱에 가끔 나와 앉아서 고운 햇볕을 즐기는 바다사자들의 '세월이 어디 흐르는 것이냐? 그득히 그득히 괴어 꽃피어 있는 것 아니냐?'는 듯한 끝없이 한가하기만 한 태도. 이런 것에서 남아메리카 사람들이 그 '아스타 마냐나(일은 내일 하면 어떤가?)'를 배운 것이라면 이것도 나는 넉넉히 이해해 줄 수 있을 것 같은 생각이 들었다.

거기다가 거리거리 구석구석의 그 눈에 선한 여러 빛깔의 꽃수풀, 꽃수풀, 꽃수풀…… 여기에 발파라이소라는 이름이 붙게 된 건 제대로 잘 어울려 보였다.

"야…… 저것 보아!" 하고 같이 간 사람 하나가 소리쳐 돌아보니, 언덕배기에 꽃들을 모아 무슨 도안을 만들어 놓은 것이 있어 자세히 살펴보니, 그건 여러 가지 빛의 꽃들을 배합해서 땅 위에 빚어 놓은 한 개의 커다란 꽃시계였다. 시간도 여기서는 금방 핀 꽃으로만 가고 있으라는 뜻이겠지. 내 순은의 회중시계를 꺼내어 거기 맞춰 보니 딱 들어맞는데 내 시계의 시간이 너무 하급인 것만 같아 상당히 나는 부끄러워졌다.

물론 더없이 좋은 바닷가 모래펄에 뛰고 눕고 앉아 있는 남녀들의 육신도 모조리 여기선 신들이거나 여신들 그대로 보였다.

　그래 그런지 생선이나 참외 같은 것도 여기 것은 훨씬 더 싱그러웠다.

아르헨티나

부에노스아이레스의 첫인상

부에노스아이레스Buenos Aires는 '맑은 공기'라는 뜻이라고 하니, 이 이름이 붙던 당시만 해도 지금의 인구 9백만에 가까운 현대 공업 도시의 공해가 전혀 없던, 공기가 많이 맑던 때였을 것이다. 그러나 이 나라 총 인구 약 2천5백만의 3분의 1 남짓이 이곳에 모여들어 살고 있어, 지구의 남반구에서 가장 큰 도회가 되어 있는 지금은 나뿐만이 아니라 그 누구도 이곳이 특별히 공기가 맑은 곳이라고는 느끼지 못할 것이다.

내게는 이것보다도 내가 국민학교 때에 눈물을 흘리며 읽었던 아미치스의 『사랑의 학교』라는 동화책 속의 「어머니를 찾아서 3만 리」라는 이야기에 보이는─유럽에서 여기까지 어머니를 찾아 흘러들어 왔던 가엾은 한 소년의 이야기 때문에 이곳이 지금도 오히려 안 잊히는 곳이 되어 있었던 것인데 사실은 또 꼭 그렇게 생긴 곳도 아님은 물론이다.

3월 16일. 우리 대사관의 민도식 통신사와 함께 나를 공항으로 마중 나와 주었던 이곳 국립대학교 건축과에 재학 중인 최양호 군에게 "지금 이곳에 제일 많은 건 어떤 것인가?" 물으니 첫째가 소로, 그러니 쇠고깃값 하나만은 세계에서 제일로 싼 곳이라고 한다. 미국 돈 1달러, 우리 돈으로 5백 원을 주면 1킬로그램 즉 두 근쯤 되는 쇠고기를 살 수 있는 곳이라서, 여기 이민 온 3천 명 넘는 우리 교포들도 쇠고기만은 넉넉히 먹고 산다며 웃는다.

차창 밖 길가에 분홍 꽃을 다닥다닥 단 배가 불룩한 둥치의 나무들이 또 너무나 많이 보여서 "저건 무슨 꽃나무들인가?" 하니, "네, 그 나무 이름이 좀 재미있지요. 여기 말로 팔로 보라초Palo Borracho라고 하는데, 그건 '술주정뱅이 나무'라는 뜻입니다. 저 주정뱅이 꽃나무는 자랄수록 둥치의 가운뎃께가 점점 불룩해져서 나잇살이나 넉넉히 자시면 우리나라 항아리처럼 아주 대단한 배불룩이가 된답니다" 했다.

최 군의 이야기를 들으며 나는 멕시코에서 들은 '아스타 마냐나(내일 하면 어떠냐?)'를 또 기억해 내고 여기도 그러냐고 하니, 최 군은 여기도 그건 그렇다고 하며, 그러니까 부지런한 한국인이면 이곳에서는 잘살 수 있다고 한다. 최 군의 아버지는 일곱 해 전에 한 식구에 5백 달러씩 전부 2천 달러만을 지니고 이곳에 와서 온 가족이 밤

낮으로 부지런히 애써 일한 결과 지금은 대서양 바닷가에 24만 평의 좋은 전답과, 부에노스아이레스에 건평 1백 평의 좋은 3층집을 새로 짓고 창고도 따로 갖고 살고 있다는 것이었다.

최 군은 건축과 4학년생의 실력을 발휘해서 그의 새집을 손수 설계하고 감독했을 뿐 아니라 또 요즘은 학교 다니는 여가에 '우리들'이란 이름으로 교포 청소년들의 모임을 이끌어 회장이 되고, '우리들만은 어느 경우도 서로 대립하지 말고 조국의 얼로 뭉쳐서 살자'는 주장을 내세우고 실천하며 어른들 일부의 대립하는 감정을 은근히 깨우쳐 가고 있다고 하는데 내게는 최 군의 이런 정성도 모두 아버지에게서 이어받은 그 부지런한 노력의 결과에서 오는 걸로 생각되었다. 이런 한국 이민자들을 아스타 마냐나의 족속들도 배우게 될 것이다

여기는 우리보다는 부강한 나라로 알려져 있긴 하지만, 월급 평균은 우리보다도 어느 만큼 밑도는 정도며, 대단한 인플레로 돈값은 나날이 떨어지고, 국민들은 오르기만 하는 물건값에 허덕이고 있다고 한다.

국립역사박물관, 라플라타 강, 기타

3월 18일 토요일. 아침부터 꽤나 억센 비가 이어서 내리고 있는 속을 나는 최양호 군의 안내를 받아 먼저 국립역사박물관을 둘러보았다.

말이 역사박물관이지 기껏 모아 놓은 것이란 19세기 초기에 이곳을 비롯한 남아메리카 여러 나라의 독립운동을 지도하여 성공시켰던 저 용감했던 장수 산마르틴이 입었던 갑옷이니 자던 침대니, 찼던 칼이니 그 일가의 사진이니 하는 것들과 또 그의 부하들과 후계자들이 가졌던 그런 것들뿐이어서 이것들만으로 한 나라의 역사의 여러 모를 짐작해 보기에는 너무나 간소할 뿐이었다.

그래도 최 군이 이 박물관의 우두머리에게 나를, 한국의 원로 시인이 세계를 두루 돌아보고 있는 중이라고 소개해 놓은 덕으로 박물관은 늙은 안내원까지를 하나 내게 붙여 주었는데, 그 무척은 말라붙은 안내원 영감은 우리야 듣건 말건 혼잣말처럼 늘 조잘조잘 나직한 소리로 지껄여 대면서, 무슨 옛날의 경대나 장롱, 책상 같은 가구 앞에 올 때마다 우리가 부탁도 않는데도 서랍들을 부지런히 덜그렁거리며 열어 보이는 데만 열중하고 있었다. 아마 이렇게 함으로써 그는 옛날 산마르틴이나 그의 가족들의 위치에라도 같이 끼어 올라서는 것이라고 실감하고 있는 것인지, 조금은 웃기는 노인이었다.

박물관 앞길을 걸어가다가 거기 깔린 돌들의 빛이 고와서 내가 좋다고 하니, 최 군은 "그게 어떤 돌이라구요?" 하며 설명하기를 "그 돌들 속에는 참 많은 소들의 목숨이 들어 있습니다" 했다.

무슨 뜻이냐고 재차 물었더니, 아르헨티나 사람들의 본래의 조국인 스페인이 왕년에 늘 연달아서 이곳 소들을 무작정 외상으로 갖다가 자시곤 그 값이라고 하여 치른 것이 이 부에노스아이레스 시내 일대의 길에 깔린 돌들이라는 것이다. 식민植民도 하기는 하고 볼 일인가 보다.

말이 났으니 말이지만, 여기 인구의 다수를 차지하고 있는 스페인 혈통의 사람들은 스페인을 섬기는 또 다른 조국애의 감정도 지니고 있으니, 어떻게 아르헨티나만을 지성으로 생각하는 철저한 주체 의식이 제대로 설 수 있겠느냐는 비평도 이 나라 안에는 상당히 있다고 한다.

그 첫째가 1946년에 대통령이 되어 1974년 죽음에 이르기까지 현직 대통령이었건 아니었건 간에 국민들의 우상으로 숭배를 받아온 후안 도밍고 페론, 그마저도 궁지에 몰렸을 때는 그의 애초의 조국 스페인에 돌아가서 다시 일어설 궁리를 하지 않았느냐는 것이다. 그래 1973년에 또 한 번 더 대통령으로 뽑히기까지도 했던 것 아니냐는 것이다.

비가 좀 멎었기에 우리는 은銀이라는 의미를 가진 라플라타 강가의 아름다운 가로수 산보길을 돌아보았다. 황톳빛의 라플라타 강은 이웃 나라 우루과이의 국경까지 뻗치는 강폭이 넓은 강으로, 큰 배들이 여기서 대서양 쪽으로 늘 나다니고 있다. 옛날 스페인의 식민지였던 때에는 이 고장에서 캐어 내고 또 빼앗은 많은 은 더미들을 이 강을 지나 스페인으로 실어 날랐기 때문에 플라타—은이란 이름이 붙게 된 것이라 한다.

이 강에서는 지금도 고기가 꽤나 잘 물려서 주말과 휴일에는 태공망들이 많이 몰리어 엉키는데, 대서양에서 여기까지 몰려드는 상어 떼도 꽤나 많아 일본인들은 상어의 값비싼 지느러미를 싸게 수집하기 위해, 비싼 요리 용도를 전혀 모르는 이곳 어부들을 살살 푼돈으로 달래고 있다는 것이다.

놀이공원과 동물원, 수풀 속 백인 거지들

3월 19일. 부에노스아이레스에서 57킬로미터나 떨어져 있는 라플라타 강가에 있는 라플라타 시는 이 나라 문화의 중심지고 대단히 조용한 곳이라 해서 최양호 군을 졸라 찾아가 보았다. 이날은 일요일이어서 세계적으로 이름이 나 있는 라플라타 대학의 부속 박물관도 마침 문을 닫아 할 수 없이 이곳 시가와 놀이공원, 동물원 등을 한 바퀴 돌아보고 돌아올밖에 없었다.

아닌 게 아니라 거리는 문화도시답게 깨끗하고 조용히 정돈되어 있고, 군데군데 아름다운 수풀들이 우거진 속에, 이곳엔 이 나라 법무부까지가 옮겨 와 자리하고 있어 한동안 전 대통령 이름이 붙어 페론 시로 불리어진 이유가 잘 짐작되었다.

옛날 스페인은 그들의 식민지인 이 고장의 은들을 일단 여기서 모두 긁어모아 쌓아 올려 가지고 라플라타 강의 뱃길을 거쳐 본국으로 날라 갔기 때문에 강 이름도 은이라는 라플라타로 붙인 것이라 한다.

마침 공일이어서 어린이 놀이공원과 동물원은 꽤나 붐비었다.

우리가 표를 사서 들어가려 하고 있는 언저리를, 일고여덟 살쯤의 꼬마 녀석 서넛이 졸래졸래 따라오더니 우리가 들어가는 서슬에 감쪽같이 우리 사이에 끼어 표 없이 입장을 하고는 좋아라고 얼굴에

꽃을 피우며 웃는다. 아마 어른의 동반이 있어야 아이들은 입장을 허락하는 모양이다.

동물원 직원이 사자 새끼 한 마리를 데리고 아이들과 함께 놀고 있는 것을 보고 있다가 문득 수도꼭지가 있는 쪽을 보니 아이들이 거기 옹기종기 붙어서 그 물을 받아 마시는데, 흐르는 물빛이 라플라타 강물빛이나 마찬가지의 구중충한 흙탕물빛이다. 이런 걸 아이들이 마셔도 괜찮은지 모르겠다.

부에노스아이레스로 돌아오는 길에 최 군의 가족과 친척들이 오늘 모처럼의 공일을 즐기러 나와 있다는 수풀 속에 들러 잠시 그들과 같이 있는 동안에 이 자리를 찾아든 서양 사내와 그 아들딸로 보이는 두 아이는 나그네인 나를 꽤나 서글프게 했다.

얼굴이나 체구는 상당히 잘생긴 남루한 옷차림의 사십 남짓한 서양 사내 하나가 아홉 살, 일곱 살쯤의 두 아이를 앞세우고 우리들이 앉아 있는 돗자리 가로 터벅터벅 걸어오더니, 무얼 사라는 듯 누런 봉투에 든 것을 꺼내고 있어 보니, 그것은 유난히도 큼직한 이 고장의 풋고추들이었다. 여기서 7년이나 살아 이런 일을 많이 겪어 본 최 군의 아버지 말을 들으면, 이것은 팔려는 목적보다는 이런 자리에서 남긴 음식의 희사를 바라고 돌아다니는 말하자면 거지 행각이라는 것이다.

우리가 먹고 남긴 갈비며 그 밖의 반찬 찌끄러기들을 주니 준비해 온 보자기에 싸서 들고는 별 서러운 기색도 없이 느릿느릿 사라져 갔다.

"아내가 없어진 것일까요?" 내가 물으니, 아마 아닐 거라고 최 군의 아버지는 말한다. 그들은 대개가 조그만 땅을 갈아먹고 사는 사람들로, 요즘 같은 인플레 시대에는 그걸로 생계유지가 되지를 않아 이런 자리도 찾아다니며 거지 노릇도 하며 살고 있다는 것이었다.

브라질

상파울루 그리고 독사 박물관

3월 23일. 해 지기 조금 전에 브라질에서 가장 큰 도시인 상파울루에 도착했다. 5백 몇십 만의 인구 중에서 일본 사람이 12만 명, 한국 사람이 2만 명이나 살고 있는, 브라질에서는 가장 동양 사람이 많은 곳으로, 브라질의 국어인 포르투갈 말을 영 모르는 나도 이들을 중간에 두고 별 불편할 것 없이 무슨 일이든 보아 낼 수가 있었다.

우리 총영사관의 홍기호 영사의 안내로 일본인 거리의 오사카 플라자라는 싸구려 일본인 호텔에 신세를 지게 되었는데, 이 집 사람들은 한국 사람인 내게도 두루 친절하고 공손하고 또 정직해서, 일본인들이 2차 세계대전의 그 고배를 마시고도 지금 오히려 세계의 가장 넉넉한 나라의 하나로 다시 일어서 있는 뱃심을 새삼스레 느끼게 했다. 그렇기는 하나 호텔 엘리베이터 언저리에 일본에서 유명한 인물들의 명함을 한 주먹 든 안마쟁이 같은 걸 서 있게 하여 손님의 발걸음을 한참 동안씩 멈추게 하는 것 등 그들의 오랜 때 묻은 습관을 느끼게 하여 우리를 또한 웃기게도 했다.

상파울루 특파원으로 와 있는 한국일보 외신부 기자 홍성학 군과, 이곳에서 남미 여행사를 경영하고 있는 신백순 군의 안내로 상파울루의 명소를 둘러보게 되었는데, 신백순 군으로 말하면 내 오랜 친구였던 시인 신석초 형의 생질 되는 사람으로, 내가 여기 왔다는 기별을 우리 총영사관에서 듣기가 바쁘게 나를 도우러 나선 것이다. 이들이 이렇게 건재하여 나는 그저 흐뭇할 뿐이었다.

상파울루는 아주 아름다운 도시는 아니지만, 충분한 특징만은 지니고 있는 한 맛 잘 지닌 곳으로 보였다. 첫째 이곳은 평지에서 850미터나 솟아 있는 높고 평평한 산 위에 세워져 있는 도시라 남회귀선이 통과하는 곳으로서는 과히 덥지 않아서 좋고, 또 햇볕이 꽤나 더운 날에도 어디에나 무성한 나무 그늘에만 들어서면 곧 땀이 개고 하여 매우 상쾌한 곳이다.

특히 이곳에서 평지의 항구인 산투스로 내려가는 도중의 산골짜기들의 아름다움은 마치 다채로운 무늬를 가진 큰 항아리의 아랫도리처럼 미끈하여, 더구나 밤에 산투스에서 상파울루로 올라가는 가스 등불들이 하늘을 향해 초파일의 연등처럼 매달려 있는 것을 보면, 하늘에서 연달아 줄지어서 내려오는 큰 별들의 특별난 방문만 같아 신비스러웠다.

상파울루에서 가장 유명한 것은 부탄탕이라는 이름을 가진 독사 박물관인데, 진열창 속의 그 많은 뱀들 외에 넓은 뜰의 여러 함정들 속에 놓아기르는 뱀들의 여러 생태를 나무 그늘로 돌아다니며 볼 수 있게 해 놓았다.

말로만 듣던 향미사. 충동을 받을 때마다 꼬리에 달린 신경의 방울이 부르르 떨며 방울처럼 소리 내 울리는 그 뱀의 방울 소리도 들어 보았는데, 우리들 시인 된 자의 마지못한 그것과도 비슷하게만 느껴져서 묘하였다.

뱀을 다루는 박물관원이 긴 가죽 장화를 신고 향미사의 함정에 들어가서 잔뜩 약을 올려 놓으면 드디어 그 꼬리의 방울을 파르르 떨기 시작하다가 마침내 작은 목탁 울리는 소리처럼 그 소리를 울려 내는데, 그게 꽤나 예쁜 소리니 이건 일테면 시인의 시 같은 것 아닌가?

브라질의 소들은 향미사의 방울 소리만 들으면 아예 모든 걸 다 체념하고 죽음을 각오하며 조용히 기도를 올리고 서 있다고 한다.

이것 외에도 무서운 코브라를 비롯하여 여러 가지 빛깔과 여러 종류의 크고 작은 뱀들이 이 세계에서 가장 풍부하게 수집되어 있다.

상파울루의 히피 시장, 기타

여기 있는 미술관에 문예부흥 때의 이탈리아 화가 보티첼리의 그림들이 진열되어 있다고 일본의 교통공사가 발행한 세계 여행안내서에 쓰여 있어서 그의 그림이 보고 싶어 들렀으나 웬일인지 그의 그림은 단 한 점도 보이지 않아 유감이었다. 안내원에게 물어보았으나 그들은 또 화가의 이름조차 알고 있지도 못했다.

수화 김환기 화백이 생전에 여기 와서 전람회를 열어 꽤나 환영을 받았다던가. 하여간에 미술관이면 안내원들도 미술을 좀 아는 사람들을 두었으면 좋겠다. 그래도 고흐, 고갱, 로트레크 등의 그림도 다 몇 폭씩 수집하여 진열하고 있어 심심치는 않았다.

이어서 브라질 최고의 명문이라는 상파울루 대학교 캠퍼스를 둘러보았는데, 부러운 것은 그 넓은 자리와 풍부하게 많은 건물들이었다. 길이가 8킬로미터에 폭이 2킬로미터쯤의 넓은 땅이 바둑판처럼 사방으로 잘 구획된 속에 셀 수 없을 만큼 많은 건물들이 두루 울창한 꽃수풀들 사이사이 그 기쁜 모습들을 드러내고 있어, 브라질 교육의 착실함을 느끼게 해 주었다.

3월 26일 오전에는 가지고 온 가방이 잠그는 데가 고장이 나서 튼튼한 걸로 하나 갈 양으로 매주 공일마다 한 번씩 서는 히피 시장엘 들어섰더니 야, 이건 참 볼만한 곳이었다.

겹겹이 울타리 친 구경꾼들 속에서 고함을 고래고래 지르며 비지땀을 흘리면서 요술을 하고 있는 깜둥이 아저씨가 있는가 하면, 이곳 원주민인 인디언들의 음악을 연주하며 그 악기를 팔고 있는 장돌림의 음악가들, 또 손수 그린 그림들을 길가에 늘어놓고 쓱 버티고 선 좋은 구레나룻 수염의 히피 화가들, 브라질의 바위에서 꺼내어 가지고 나온 가지각색의 옥 장사치, 돌 장사치, 아마존 강물 속에서 잡아 말린, 이빨들이 맹수만큼 무서운 식인어食人魚 미라 장수, 털 달린 가죽 장수, 털 없는 가죽 장수, 튀김 장수, 일본 우동 장수, 한국 떡 장수 등 동서양의 가지각색 인종들로 법석거리는 이 허물없는 히피 시장은 고요함을 즐기는 사람이라도 꼭 한 번 와 봄 직한 곳이다.

　서울고등학교와 서울대학교 농과대학을 나왔다는 사십대의 우리 교포 사내가 벌이고 있는 가방 가게에서, 쇠가죽으로 만든 백 하나 가 이 시장에서는 제일로 튼튼하게 잘 만든 것 같아, 그걸 흥정해 사 들고 호텔로 돌아오니, 나를 여태껏 안내하던 한국일보의 홍성학 군 이 여기서 내는 그의 신문에 무엇이든 시를 한 편만 꼭 써내라고 졸 라, 할 수 없이 상파울루의 히피 시장에서 제일 좋은 가죽 백을 만들 어 팔던 검은 안경의 우리 교포 사내가 저절로 또 생각나 그걸로 아 래와 같은 시 한 편을 만들어 주었다.

　브라질에서 제일 싼 소가죽으로

　브라질에서 제일 싼 한국 사람이

　브라질에서 제일 이쁜 가방을 만들어 놓고,

　눈물 때문인가, 그보다도 또 더한 무엇 때문인가,

　아주 검은 안경으로 두 눈을 가리고

　쌍파울루 히피 시장에서 서서 팔고 있음이여!

　하필이면 이 세계의 늙은 떠돌이—내가

　또 그걸 사서 등에다 걸머지고

　더 먼 길로 떠나가고 있음이여!

　　　　　　　—「쌍파울루의 히피 시장 유감」

산투스의 바다에 잠기다

상파울루와 산투스는 아울러서 같이 보아야 한다는 말들을 흔히 하는데 그 까닭엔 대개 두 가지가 있는 것 같다.

첫째로 상파울루는 산 위의 고원지대 도시이기 때문에 그곳에 들어서서 보면 훤한 벌판이나 다름없어 별 멋을 못 느끼지만, 고원 아래의 평지에 있는 산투스로 굽이굽이 아름다운 산골길을 돌아 내려가면서 느끼자면 상파울루가 그냥 평범하게 놓인 도시가 아니라 꽤나 신성하게 놓인 인상을 주기 때문이고, 둘째로 상파울루가 그 고원과 산골의 아름다움에 생색을 더하자면 과히 멀지 않은 곳에 있는 산투스의 예쁜 바닷가의 해수욕장을 겸해야만 한다는 것 아닐까 한다.

그러나 나는 그런 구색을 맞추려는 것이 아니라 사실은 오랜만에 이 아름다운 자연에 살을 한번 대 보려고 산투스의 바다를 찾은 것이다. 옛날 도인들은 물속에 뛰어들어 자연에 직접 살을 대 보지 않고도, 소나무 밑에서 선선한 바람을 쏘이거나, 먼 산천을 고운 미소로 바라보는 것만으로도 자연과의 원만한 교섭을 늘 하고 지냈고, 기껏 살을 대 본댔자 두 발목이나 맑은 물에 적셔 보는 정도로 족하게 느꼈던 듯하지만 나는 아직도 자발머리가 없어서인지 3월 27일 오늘은 더 참을 수 없어 산투스의 바닷물에 한번 잦아들어 전신을 대어 보려 나선 것이다.

이것은 작년 11월 내가 서울을 떠난 후 처음 겪는 일이다. 나는 파나마 산블라스 섬에 갔을 때도 겨우 바다에 두 다리를 잠시 적셔 보는 걸로 참았지만, 오늘은 아주 대담해진 것이다.

산투스 해수욕장의 번잡을 피하여 한국일보의 홍성학 군과 나는 배를 타고 산투스에서 그리 멀지 않은 과루자 섬 속의 구석진 베르티오자 해수욕장을 찾아들어 갔다. 여기는 아주 한가하고 근처의 산 둘레도 보기 좋아, 나는 오랜만에 개구리헤엄으로 머리통까지 물에 잠그며, 배창자에서 터져 나오는 웃음소리를 터뜨리고 있는 판인데, 옆에서 낚시질 겸해 목욕을 하던 모레노 종의 부자父子가 내 웃음소리에 맞장구쳐 같이 웃어 준다.

모레노란 백인과 기타 종족과의 혼혈종으로, 브라질엔 이들이 가장 흔하고 또 가장 향락적인 족속이라고 한다. 아르헨티나에서처럼 그들도 '내일 일하면 어떠냐?' 정도는 이미 넘어서서 '내주일에 일하면 어떠냐?'가 되어 있다고 한다. 이들의 '미루기주의'의 덕을 보아 부지런한 한국인과 일본인들은 여기에서 성공해 살 수 있다는 것이다.

"모레노라면 그들의 사내들을 말하는 것이고, 여자보고는 모레나라고 하지요. 바닷물에 살을 댈 보시는 것보다 여기 모레나하고 한번 살을 댈 보실래요?"

홍 군이 말해서 내가 깔깔거리고 웃고만 있으니, 멋도 모르고 내 옆의 모레노의 애비와 어린 아들은 또 덩달아 웃는다.

아닌 게 아니라 나도 그들처럼 일은 언제나 많이 미루고만 사는 그런 향락파의 하나였으면 싶기도 했다.

해가 져서 상파울루로 돌아오는 갈대밭 속의 찻길가에서 열두어 살쯤의 헐벗은 모레노 소년들이 손에 무얼 들고 차 안의 우리를 열심히 부르고 있어, 자세히 내다보니 그건 손가락 한 마디만큼씩 한

바나나 새끼들의 덩어리였다. 한 백 개쯤은 되는 것을 1달러 반을 주고 사 주었더니, 그들은 두 손을 높이 들어 기쁜 탄성을 올리며 갈 대밭 속의 어둠발 속으로 알발을 파닥거리면서 사라져 갔다. 어쩐지 이 땅덩어리가 자꾸만 서글퍼졌다.

리우데자네이루의 산수

3월 28일. 리우데자네이루의 공항에 내리니 이곳에서 태권도 도 장을 열고 있는 태권도 7단의 사범 이우재 군이 날씬하고도 의젓한 모습의 반바지 차림으로 나를 맞이해 주었다. 이 군은 브라질 태권 도 연맹의 회장을 겸하고 있는, 브라질에선 매우 무서운 사내의 하 나이지만 그는 또 마침 내가 현재 교수로 있는 동국대학교 졸업생이 기도 해서 내게는 그저 허물없고 믿음직한 존재이기만 했다.

태권도장에 들러 보니, 마침 그의 조수인 김용민 6단이 수십 명의 브라질 청년 남녀들에게 열심히 태권도를 가르치고 있는 판이었는 데, 사용어들은 모조리 우리 한국말이고, 옆벽에는 또 큼직한 태극 기가 붙어 있어, 여기가 바로 한국의 어디 아닌가 하는 착각을 내게 일으키게 했다. 이우재 사범의 둘째 조수는 아직 시집도 가지 않은 그의 친누이. 국민학교에 재학 중인 그의 큰아이도 이미 3급의 능력 을 가지고 있었다.

이우재 사범의 안내로 초저녁엔 팡데아수카르에 올라가서 리우 데자네이루의 밤경치를 내려다보았는데, 밤의 전기 불빛에 비친 이곳 강산의 아름다운 조화는 정말 기막힐 만큼 이쁜 것이었다.

케이블카로 오르내리는 팡데아수카르의 '팡'이란 우리가 먹는 빵 덩어리, 아수카르는 설탕을 뜻하는 것으로 이곳에 놓인 두 개의 바위산 가운데 높은 한 개는 빵떡 같고 그 밑의 낮은 또 하나는 설탕 그릇처럼 보인다는 이곳 사람들의 느낌을 나타내고 있는 명칭이지만, 내게는 이 이름들이 어쩐지 흡족하게 느껴지진 않았다. 내 생각 같으면 이 두 개의 큰 바위산은 먹을 것에 비유하는 것보다는 역시 사람에게 비유하는 것이 나을 성만 싶은 것이다.

나는 일찍이 「무등을 보며」라는 시에서 전남 광주 무등산의 높고 낮은 두 산봉우리를 하나는 일어나 앉아 있는 남편으로, 하나는 그 옆에 엣비슥이 누워 있는 아내에 비유해서 '남편은 아내의 이마라도 짚어 주고, 아내는 물끄러미 그 남편 된 자를 우러러보고 있으라'고 당부한 일이 있거니와, 여기의 이 팡데아수카르의 두 산 이름을 대하니 '어째 하필이면 빵떡이나 설탕 같은 먹을 것 이름이나 겨우 따붙였는가' 하는 느낌이 저절로 생겼다. 이 너무나 잘생긴 두 산에 그 이름은 아무래도 잘 맞지 않는 것이다.

그야 하여간에 팡데아수카르의 두 바윗덩어리 산을 중심으로, 군데군데 솟아 있는 청청히 무성한 산들 사이사이 대서양의 바다가 무척은 그리운 듯 여러 갈래로 기어들어 호수들을 이루고 있는 오밀조밀하고도 크게 웅장한 경치는 내 눈에도 대단한 자연의 걸작으로 보였다. 칠레의 발파라이소라는 항구도 아름답지만 이 리우데자네이루에 비기면 너무나 작은 것이라고 내가 탄복하니, 옆에 섰던 이우재 군은 "그래서 저도 여기를 뜨지 못합니다"라고 했다.

우리 설악산에 가면, 울산바위라는 장장 10리쯤의 큰 바위가 있고, 그 바위에는 아래와 같은 이야기가 붙어 있는 걸 여러분은 기억하실 것이다. 하늘이 처음으로 금강산을 만드실 때 "세상에서 잘난 바위들은 누구나 모조리 모여 와 봐라" 하고 방을 내리니, 이 땅 위에서 내로라하는 바위란 바위들은 앞을 다투어 모여드는 중에 경상도 울산의 가장 덩치가 큰 바위도 그 속에 한몫 끼어 하늘을 치달아서 강원도 금강산 쪽으로 천천히 날아갔는데, 그 많은 기암괴석들의 제 잘난 앞다툼이 아니꼬워 중도에 설악산에 미리 주저앉아 버리고 말았다는 이야기 말이다. 이 울산바위쯤이면 팡데아수카르 앞에 와서 놓여도 한몫 톡톡히 보기는 볼 것 같다. 그렇지만 울산바위의 왕고집이 물론 이런 외국에 와서 놓이겠다고 승낙할 리가 없지. 암, 그거야 그렇고말고……

리우데자네이루의 명소들

리우데자네이루를 세계에서 가장 아름다운 세 개의 항구 중의 하나로 치는 데는 이곳을 아는 누구도 반대가 없다고 한다.

이탈리아의 나폴리와 오스트레일리아의 시드니와 이곳을 손꼽는 이도 있고, 일본 사람들을 비롯한 또 일부의 사람들은 이곳과 나폴리와 홍콩을 또 그렇게 손꼽기도 한다.

그 어느 경우에도 빠지지 않고 끼이는 이 리우데자네이루, 나는 나폴리나 시드니나 홍콩은 한참 뒤에라야 보게 될 것이니 지금은 아직 비교를 해 볼 수는 없지만, 누가 보아도 이만큼 한 산수의 희한한 짜임새에 감탄하지 않을 사람은 없을 줄 안다.

3월 29일. 나는 이우재 군과 함께 세계에서 제일 큰 운석—하늘의 어느 별에서 떨어진 것인지는 확실히 모르지만, 한 별에서 우리 땅에 떨어져 내린 바위 중에서는 가장 큰 것이 진열되어 있는 이곳의 국립박물관엘 들렀다. 그 무게가 5360킬로그램이나 되는 덩치가 무던히 큰 것으로, 아마존 강가의 어느 곳에 떨어져 내렸던 것이라고 한다.

여기에는 또 길이가 1미터 50센티미터에 너비가 70센티미터나 되는 물고기의 화석이, 역시 아마존 강의 이타파리카 섬에서 나온 걸로 기록되어 진열되어 있기도 하고, 또 셀라칸티데오스라는 이름을 가진 아가빠리의 이빨들이 호랑이나 사자처럼 사나운 큰 물고기—사람을 잡아먹는다는 큰 고기의 말린 표본들도 많이 진열되어 있어, 이걸 보는 국민학교 아이들의 탄성을 자아내고 있었다.

사람의 발목이 이 고기가 숨어 있는 물속에 들기만 하면 눈 깜짝할 사이에 이 고기들은 그걸 갉아 먹어 버리고 만다고 한다.

땅 위에 있는 빛깔이란 빛깔은 다 드러내고 있는 한정 없는 종류의 다채한 나비들, 또 똑같이 다색다채한 새들의 표본들로도 이 박물관은 세계에서 가장 대표적인 것의 하나라고 한다.

그러나 리우데자네이루에서 이보다도 더 규모가 큰 것은 마라카낭의 야외 체육관이다. 이곳엔 20만 명의 관객석을 가진 축구장이 있어, 세계 최강팀인 브라질 축구의 위엄을 떨쳐 보이고 있었다. 이만큼 큰 체육관은 미국에도 아직 없는 것이니, 아닌 게 아니라 이들의 축구만은 우쭐거릴 만한 것이겠다. 이 축구장에는 지붕이 없지만, 이 밖에 또 지붕이 달린 제2의 체육관이 따로 옆에 큼지막하게 지어져 있어, 다른 여러 가지의 경기에 쓰이고 있다.

그렇지만 이 체육관보다도 리우데자네이루에서 가장 으뜸가는 것이 무엇이냐고 묻는다면 누구나 '코르코바도의 예수상'이라고 대답할 것이다. 높이가 709미터나 되는 코르코바도 산은 온갖 나무와 꽃들로 무성하고, 또 리우데자네이루의 아름다움을 여러모로 음미하며 내려다보기에도 가장 좋은 곳일 뿐 아니라, 꼭대기에는 높이 30미터의 크나큰 예수님의 석상이 두 팔을 넓게 벌린 채 하늘 한가운데 솟아 있어, 리우데자네이루를 지키는 수호신으로 이곳에 사는 누구에게나 인상 박혀져 있기 때문이다.

날이 밝은 날은 도시 어디에서나 이분의 하얀 상이 똑똑히 하늘 속에 나타나 보이고, 구름이 있는 날은 또 그 구름들이 늘 이분을 가렸다 나타냈다 하여 한결 더 신성한 느낌을 자아내게 하고, 밤에도 전깃불의 조화로 역력히 그 모습이 드러나 저절로 여기 사람들에게 이곳을 첫째로 손꼽게 하고 있는 것이다.

여기에 올라오자면 먼저 두 개의 긴 터널을 지나서 산길을 꼬불꼬불 돌아 올라야 하는데, 그 두 개의 터널 사이에는 또 작지 않은 호수까지가 하나 끼어 있기도 하여 이 코르코바도의 어울리는 짜임새는 꽤나 먼 곳에서부터 찬찬히 마음 써 이루어 낸 것으로 보인다. 그게 아니라 저절로 이렇게 짜인 것이라면 더욱 묘한 일이다.

코르코바도의 예수 성상은 이탈리아가 브라질의 독립기념일에 선물로 준 것으로, 여기 이렇게 이분이 서서 지키고 계신 지도 벌써 반세기 가까이 된다고 한다.

깊은 밤의 삼바 춤에 한몫 끼어서

3월 30일 밤 11시부터 이곳의 명물 삼바 춤을 구경하러, 태권도 사범 이우재 7단과 함께 카바레를 찾아들었다. 무대 앞 관중석이라는 건 술상들로 되어 있어, 무슨 술이건 한두 잔씩 사 마시면 삼바 춤은 공짜로 구경하게 되어 있지만, 술 한 잔 값이 꽤나 비싸니 결국 상당한 값의 관람료를 거기 포함해 치르는 셈이다.

삼바란 참 신바람 나는 춤이다. 춤추며 부르는 어떤 노래의 가락은 꽤나 슬픈 것도 있지만, 삼바는 그 슬픔까지를 아주 신바람 나는 것으로 휘몰고 간다. 말하자면 우리 무당의 매우 신나는 어떤 춤과 넋두리 비슷한 것이라 할 수 있겠으나, 여기 사람들의 삼바는 온몸으로 껑충거리는 속도가 굉장히 빠르고 훨씬 더 열광적이어서 저러다가 미치거나 졸도해 죽어 버리지 않을까 염려될 정도다. 두 발과 엉덩이와 배와 두 손의 이렇게도 재빠르고 탄력적인 움직임을 나는 아직까지 아무 데서도 본 일이 없어, 관객석의 맨 앞줄에서 매우 몰입해 지켜보고 있노라니, 춤추던 모레나 색시 하나가 어느 결엔지 내 옆으로 성큼 내려와서 내 한쪽 팔목을 반억지로 끌고 무대 위로 끌어들인다.

안 나가겠다고 딱딱하게 잡아떼는 것도 너무 쑥인 것만 같아, 엉금엉금 그 색시가 이끄는 대로 무대에 올라섰으니 그네를 따라 삼바를 추는 시늉이라도 안 하고 있을 수도 없고 하여, 건성으로 두 발과 엉덩이를 껑충거려 보았는데, 야, 이거야 정말 내게는 너무나 과격한 운동이어서 곧 숨이 가빠 오르고 두 발은 비척비척할밖에 없었다.

그랬더니 그 반검둥이 색시는 내게 등을 두르고, 반쯤 허리를 굽히면서 내 두 손을 그녀의 엉덩이 양쪽을 붙잡게 하고는 나더러 그 자리에 웅크리고 앉으라는 것이다.

할 수 없이 그네가 하라는 대로 하다가 보니, 나는 일테면 한여름에 음탕해진 뿔 센 수소가 암소의 사타구니 뒤에 바짝 코를 들이대고 있는 것과 흡사한 꼴이 되어, 매우 쑥스러운 모양이 되었다.

이건 내 엉터리 춤에 대한 벌인가, 서비스라는 것인가. 영 분간을 할 수 없는 채 어름어름하고 있노라니, 그 색시는 또 비호같이 홀딱 뛰어 돌아서선 내 골통을 끌어안고 한쪽 뺨에다가 마구 입을 맞추어 댔는데, 뒤에 내 술자리로 내려와 살펴보니 뽕나무의 오딧빛 입술물이 몽땅 묻어 있어서 손수건으로 닦아 내느라고 한 식경 또 애를 써야 했다.

나야 이쯤까지 되어도 무방하겠지만, 가령 예수나 석가모니 같은 이에게 요롷게 서비스를 한다면 어떨까 하는 생각이 잠시 마음속에서 일어나자 쓴웃음이 저절로 솟아오르지 않을 수 없었다.

아프리카 편

케냐

야생동물의 왕국 케냐에 와서

3월 31일 오후 1시 반 리우데자네이루를 떠나 아프리카 케냐의 서울 나이로비를 향해서 팬암 편으로 날았으나, 이 비행기는 나이로비까지 가지를 않고 남아프리카공화국의 요하네스버그까지만 가는 것이어서, 할 수 없이 하룻밤을 요하네스버그 공항 호텔에서 묵어야 했다. 이튿날인 4월 1일 오후 6시 반에야 영국 항공의 비행기가 있어 그걸로 밤늦게 나이로비에 도착했는데, 늦은 밤인데도 우리 대사관 직원들이 마중 나와 기다려 주어 새삼스레 동족의 정을 간절히 느끼게 했다.

특히 반도상사의 이곳 지사장인 이상모 군이 내가 여기에 온다는 기별을 대사관에서 전해 듣고 같이 나와 있어 여간 반가운 게 아니었다. 그의 부인이 동국대학교 영문과 출신인 데다가, 또 내 애제자의 하나인 시인 김정웅 군의 부인과는 친형제나 다름없는 사이라는 걸 강조하면서, 초면의 그가 이곳의 안내를 자청하며 나보고 말씀 낮추기를 극진히 자원해 왔을 때, 나는 이 하늘 밑에 널리 뻗쳐 있는 우리 겨레의 마음의 핏줄의 따스함에 외롭지 않아 좋았다.

이튿날 4월 2일은 마침 공일이어서 이상모 군 내외의 안내로 나는 그들의 차에 몸을 담고 맹수들의 자유로운 낙원인 넓은 고원을 저녁 술참 때까지 돌아다녀 보았는데, 누구나 만나기를 원하는 사자 떼를 못 만난 건 유감이었지만 그래도 기린 떼를 비롯해 사슴과 공작의 무리들, 또 들소 무리들의 자유자재한 약동을 차창으로 보며, 내려서 사진도 찍고 할 수 있어 다행이었다. 운이 안 닿는 사람들은 기린 한 마리 못 만나 보고 허행하기도 예사라고 한다.

여러분도 들어 아시다시피 나이로비 시외의 이 고원의 국립공원 지대는 나이로비나 마찬가지로 해발 1630미터나 되는 높은 곳에 자리하고 있어서, 이곳이 위도로 보면 적도 가까운 곳에 자리하고 있는데도 그 높이 때문에 늘 선선하여, 아마 아프리카의 맹수들도 너무나 더운 저지대의 온갖 해독을 피해 이렇게 높지막하고 선선한 곳에 올라와 살고 있는 것 아닌가 한다. 각국의 외교관들 사이에서도 이 나이로비는 유럽이나 맞먹는 갑지甲地로 평가되어 있어서, 이곳으로 발령받는 것을 싫어하지 않는다고도 한다.

구름 덩이들이 맑은 하늘 한복판을 두루 덮으며 날아다니는 것이 아니라 멀리 지평선 언저리에만 나지막하게 몰려다니고 있어, 이곳을 무척 높고 맑고 신성한 곳으로 느끼게 하는 데다가, 사자 같은 맹수나 기린 같은 훤칠한 짐승도 심심치 않을 만큼 출몰하며 날뛰고 있어, 억새풀 우북한 한 귀퉁이에 내려섰노라면, 인간의 비겁 따위는 누구나 잠시일망정 잊어버릴 수 있게 해 주어 고마운 일로 생각되었다.

앙리 루소의 그림—달밤 사막의 사자 옆에 만돌린을 놓아두고 잠든 집시를 마음속으로 기억해 내며, 나도 여기 그냥 드러누워 한번 잠들어 보았으면 하는 생각도 잠시 해 보곤 했다.

"기린을 만났으니 상서로운 일이 곧 있으리라" 내가 옛 중국 사람의 글을 입내를 내면서 깔깔거리니 이 군 내외도 "있으리라" 하며 마주 소리 내 웃어 주었다.

케냐는 1895년부터 영국의 식민지가 되었다가 1963년에야 그들의 독립운동의 결과로 영국연방 안의 한 자치국으로 독립을 한 나라다.

마사이 족의 마을에서

여러 백 리의 동물의 왕국 속의 아슬아슬한 드라이브를 대충 마치고 돌아오는 길에 우리는 사슴들이 뛰고 있는 어느 언덕 밑에서 요란스럽게 다채로운 장식을 한 반나체의 두 젊은 흑인 청년을 만났는데, 제각기 손에 창을 들고 있는 이들은 아주 검은 대로 또 매우 싱싱한 아름다움을 풍기고 있었다. 웃을 때 유난히도 싱그럽게 희고 단단해 보이는 치아들과, 야성의 한정 없는 깊이로 신비스레 조용히 반짝이는 눈—앙드레 지드가 일찍이 아프리카의 콩고에 와서 감동했던 젊은 육체도 바로 이런 것 아니었는가 싶었다.

이 군 말이, 이들은 마사이라는 한 족속의 청년들로 맹수들이 들끓는 곳도 창 하나로 태연히 지나다니는 용감한 무리들이고, 또 노래나 춤도 꽤나 잘하여, 지금 이들은 관광객들에게 춤과 노래를 보이고 들려주기 위해 그 무대가 마련되어 있는 보마사란 곳으로 가고 있을 거라고 했다.

"한결같이 이들은 유난히 매끄럽습니다"라고 이 군이 말하여, 차에서 내려서 악수를 청하고 슬그머니 살을 대어 보니 정말 그랬다. 해가 바짝 가까이서 어루만져 낸 검정 아름다움을 나도 비로소 느낄 수가 있었다.

우리는 이어서 흑인들이 살고 있는 집들을 구경하러 나섰다. 이들의 집은 대개 두 가지로 나누어 볼 수 있다. 한 가지는 노란 황토를 단단히 굳혀서 사각형으로 빚어 놓은 것이고, 다른 한 가지는 나무토막을 엮어 세운 집채 위에 억새풀 같은 풀들로 우리 옛 농가처럼 지붕을 얹은 것이다. 어떤 집에는 그래도 안채 외에 가축을 기르는 우릿간 같은 거며, 또 사정을 살피기 위한 원두막 모양의 망루까지도 지니고 있어, 틀림없이 추장이었던 사람의 집이었음을 짐작하게도 했다. 그러나 물론 이들의 사는 방들은 그냥 그대로 흙바닥이다.

그들의 마을을 돌고 있는 동안에 해는 져서 어둑어둑해져 오는데, 어디서 꼭 우리나라의 솥작새처럼 "솥 작다, 솥 작다, 솥 작다" 세 마디로 울고 있는 새소리가 들려서 이곳 안내원에게 물으니 그 이름은

'추추'라고 했다.

틀림없는 솥작새—즉 두견새 소린데, 여기 것은 우리나라 것보다 그 소리가 훨씬 더 맑고 싱싱하고 또 커서, 한국의 산골에서 우리가 늘 들어 온 그것 같은 슬픈 느낌을 주지 않았다. 한국의 그 슬픈 솥작새도 여기 해가 바짝 가까운 데 와서 살다가 슬픔을 졸업하고 나면 요렇게도 될 수 있지 않을까? 그런 생각을 나는 한동안 하며, 이 또 다른 솥작새 울음 속을 거닐었다. 여기 토인들도 우리 호남 지방의 농가처럼 대나무 수풀들을 많이 가지고 있어, 잠시 호남의 내 고향 마을에 온 것 같은 착각을 느끼게도 했다.

이들의 한 달 생활비는 열 명 가족이라도 2만 원이 채 안 든다고 한다. 이들이 늘 끼니로 먹는 것은 우리나라 농촌에서 돼지감자라고 하는 것과 비슷한 감자와 바나나인데, 그러고도 어떻게 맹수들 사이에서 용을 쓰고 살아가는지 신비스러운 일이다.

이들의 노력값도 아주 싸서 식모는 잠자리도 옷도 안 주고 세 끼니 먹여만 주고 한 달에 1만 원에서 2만 원 정도. 제일 상등의 자동차 운전사 월급도 4만 원 정도면 된다.

토산 보석들을 파는 흑인 미녀

케냐의 서울 나이로비에서 야생동물들이 가장 많이 출몰하는 암보셀리로 가는 도중에 있는 나망가라는 곳은 케냐와 탄자니아 두 나라의 국경 지대로, 이 언저리에 여러 가지 토산물들을 파는 가게들이 늘어서 있어, 멀리서 온 관광객들의 발걸음을 잠깐씩 멈추게 한다.

아프리카의 햇빛을 닮아 눈부시게 쨍하게 피어 있는 여러 가지 빛깔의 야생의 꽃수풀 사이사이 아주 간소하게 자리 잡고 있는 한 가게엘 들렀더니 안주인인 깜둥이 색시가 매우 예쁘게 생겨서, 나와 동행 중이던 미국 할아버지도 무심결에 그녀의 남편인 청년을 향해 "당신은 행복하다"고 했을 정도다. 비록 칠흑같이 검기는 하지만 일반 깜둥이와는 달리 잘 균형이 잡힌 얼굴에 밝으면서도 정열적으로 이글거리며 불타고 있는 두 눈과, 석류 속같이 붉은 입술 안에 가끔씩만 잔잔히 드러나는 싱싱히 희푸른 이! 깜둥이 여자들 속에도 미인이 있다는 것을 처음으로 나도 보고 느낄 수 있었다.

호박琥珀이 이곳의 특산물이다.

한국에서는 자마놋빛이라고 부르는 짙은 산홋빛 한 가지뿐이지만 여기에는 노란 것을 비롯해서 붉은 것 등 여러 가지 빛깔의 호박들이 널려 있다. 서울 자하문 밖의 능금알만큼씩 한 것 스무 알을 염주처럼 꿰어서 2, 30달러씩에 팔고 있다. 호박은 이곳의 어떤 특수한 나무들의 진이 나서 굳어져 되는 것이라고 하는데, 그게 저절로 뭉쳐서 된 것은 귀하고 비싸고, 그 가루를 긁어모아 인공으로 빚어낸 것이 이런 가게에서 나돌고 있는 것으로, 값이 싸다고 나그네들은 모두 이걸 사서 꾸리고 있었다. 이 밖에 옥이나 수정의 빛깔도 이곳은 꽤나 다채하다. 그래서 미인도 검은 대로 더러 생겨나 있는 모양인가.

아까 이 가게 안주인의 아름다움을 칭찬하던 미국 할아버지의 누님이 자잘한 좁쌀 같은 구슬들을 가는 철사에 꿰서 만든 반지를 하나 1달러 주고 사서 손가락에 끼고 자랑을 하기에, 나도 그걸 하나 구해서 새끼손가락에 끼고 그들 늙은 남매를 보며 웃으니, 그 미국 할아버지는 "당신 그걸 갖고 우리 누님하고 결혼했으면 좋겠다"고 깔깔거리며 익살을 부려 그의 누님과 나를 한꺼번에 웃겼다. 그의 누님은 여든두 살이고, 그는 일흔다섯 살인데, 누님의 병엔 여행이 약이라고 의사가 말하여 이렇게 누님을 모시고 샌프란시스코를 떠나 아프리카를 돌고 있다고 했다. 참 갸륵한 늙은 남매간이다.

그러나 아프리카의 꽃동산인 이런 곳에도 생활은 순탄치가 않은 듯 우리가 다시 차에 올라 어느 네 갈림길에 잠시 멎어서자, 사방에서 아직 어린 소년들이 떼 지어 몰려들어 하찮은 장식품들을 손에 손에 치켜들며 사라고 알 수 없는 이곳 말로 외치고 있었다. 기껏해야 1달러쯤 가는 그런 것들이다.

킬리만자로 산 밑의 야수 왕국 암보셀리에서

미국 소설가였다가 늙발에 자살로 끝마친 어니스트 헤밍웨이의 소설 「킬리만자로의 눈」 때문에 우리 문학 독자들에게도 많이 알려져 있는 아프리카의 킬리만자로는 탄자니아라는 나라에 매여 있는 산이기는 하지만 내가 돌아다니고 있는 케냐라는 나라의 야수들의 낙원인 암보셀리에서도 아주 바짝 가까이 그 정체의 전모를 우러러볼 수 있는 곳에 자리하고 있어서, 이 산을 보기 위해서도 많은 여행객들은 암보셸리를 택한다.

내가 여기 이 암보셸리의 천막촌에 도착한 것은 4월 4일 오후 5시쯤. 그러니까 어제의 내 여행기에서 말한 나망가 꽃동산의 선물 가게 마을에서 간단한 점심을 든 뒤에 곧장 차로 달려온 것이다. 아 참, 나는 여기 온 날짜를 어제 치 원고에 다 써 놓았어야 순서인 걸 뒤늦게 여기 와서야 꼬리 달아 알리게 되어 미안하게 되었다.

그러나 아프리카라는 데는 사람들이 서른 살만 되어도 자기 나이까지도 깡그리 잊어버리고 사는 곳이라고도 하니, 여기 비추어서 독자들은 널리 양해하시기 바란다.

각설. 역시나 어제 말한 일이 있는 내 합승차의 동행인 늙은 미국인 남매와 함께 나는 천막촌의 어느 한 천막 안에 여장을 풀어 놓고, 그 두 동행과 나란히 높이 5895미터나 되는 황혼의 킬리만자로 산과 정면으로 마주할 수 있는 술 가게의 넓은 뜰에 앉았는데, 야 이건참, 헤밍웨이나 이곳 맹수들 아니더라도 반하지 않을 수 없는 경치였다. 킬리만자로 산은 언뜻 보아 합죽선의 부채를 거꾸로 펴 놓은 것 같은 그 모양이 일본의 후지 산과 비슷하게 생겼지만 그 높이나 규모의 크고 넓음은 후지 산이 따를 바 아니다.

높이 3분의 1쯤의 봉우리가 1년 내내 하얀 눈으로 덮여 있는 아프리카 대륙 제일 영산의 밑부분 고원지대의 둘레는 아마 몇백 리는 좋게 될 것이다. 이 고원 지대와 그 바로 밑의 벌판이 사자와 코끼리를 비롯한 갖은 야수들의 자유세계인 것이다.

우리들이 앉아 있는 마당 한 귀퉁이의 고목 위에 떼 지어 앉아 있는 구중충히 큼직한 새들이 혹 헤밍웨이의 소설 「킬리만자로의 눈」 속에서 상처 난 사람이 죽어 나자빠지기만을 엿보며 기다리고 있던 그 새들 아닌가 눈여겨보고 있자니 저절로 멀리 두고 온 식구들 일이 생각났다.

킬리만자로의 상봉에서 왼쪽으로 한참을 내려오다가 좀 낮게 솟은 봉우리를 가리키며 "저건 킬리만자로의 아들인 게로군요" 내가 말하니 동행의 미국인 할아버지는 어느새 보아 두었던 것인지, 그 아들 봉우리에서 또 한참을 더 아래로 내려오다가 맨 아랫도리 부분에 둥그렇게 솟은 작은 봉우리를 손가락질해 내게 가리켜 보여 주며 "저건 아마 또 당신의 손자 같겠지?" 한다. 사람들의 느낌이나 생각은 간절하면 간절할수록 거의 같은 모양이다.

여기서 5백 미터쯤 떨어진 곳에 있는 관광객들의 식당으로 차를 몰고 가 저녁을 마치고 천막으로 돌아오는 길의 어둠발 속에서, 우리는 비로소 우리들의 천막에서 과히 멀지 않은 곳을 어슬렁어슬렁 양반걸음으로 걸어가고 있는 암사자와 새끼 사자들의 한 식구와 만났다. 우리 차가 그들에게서 20미터쯤밖에 안 되는 옆을 스쳐 가도 그들은 곁눈질 한번 해 보는 일도 없이 그저 태연히 어슬렁 걸음으로만 가고 있는 것이다.

해가 지니 그들도 그대로 숨어서만은 못 있고 킬리만자로의 고원을 내려와 한바탕 출몰하기 시작한 것이다.

킬리만자로 산의 밤과 새벽

킬리만자로의 그 큰 산 덩치가 유난히도 서슬 푸른 별하늘의 깨어 있는 어둠 속에 잦아들면서, 내가 혼자 들어 있는 천막 속에도 잠 못 자는 야수들의 밤 그대로 영 잠이 잘 이루어지지 않는 묘한 밤이 생기어났다.

천막이라는 것은, 글쎄 말하자면 조그만 시골 떠돌이 서커스 천막의 10분의 1만큼 한 그런 것인데, 두어 군데 밖을 내다보기 위한 셀룰로이드의 아주 작은 창을 달고 있는 외에는, 지퍼로 모든 곳을 안에서 굳게 잠가 버리게 되어 있어, 짐승은 들쥐 새끼 한 마리도 새어들지 못하게 해 놓았다.

밤에 뒤를 볼 것으로 요강 대신 플라스틱 양동이 같은 게 두 개 준비되어 놓여 있고, 이런 천막들을 에워싸고는 흡사 마구간같이 나무 토막으로 짜진 뼈대 위에 갈대 같은 풀로 지붕을 한 집 같은 것이 마련되어 있다.

바로 내 옆의 천막에서 묵게 된 미국 할아버지 남매가 나와 헤어져 천막 속으로 들어갈 때, 손바닥 넓이만 한 치즈 조각 하나를 내게 주며 "이 냄새가 동물들을 가까이 오게 하는 데는 약이 될 겁니다" 해서, 나는 그걸 쇠그물로 되어 있는 통풍구 가에 바짝 다가붙여 놓아두고, 밤 1시가 힐끔 지나도록까지 내 천막 가까이 맹수들이 오기를 호기심 반 두려움 반으로 기다리고 있었다느니보다도 잠이 안 오니 할 수 없이 그럴밖엔 별수 없이 된 것이다.

우리나라 옛날이야기를 들으면 사주팔자에 호환虎患—호랑이에게 물려 갈 염려가 있는 아이는 그 부모들이 미리서 일찌감치 호랑이들이 득실거리는 산중으로 데려다 놓고, 지켜 주며, 진땀을 빼게 했다고 하는데 내게도 늙발일망정 일종의 그런 꽤가 집혀 있는 거나 아닌가? 그런 생각에 나는 또 할 수 없이 어린애가 다 되어 놓여 있는 판인데, 멀리서는 밤의 킬리만자로가 산울림을 할 정도로 커다란 맹수들의 우는 소리가 울려왔다. 어느 것은 우리가 타잔 영화에서 늘 많이 들어 온 코끼리 떼들의 소리고, 그것과 다른 것은 물론 사자들 것이다.

쇠그물의 통풍구 옆에 놓아둔 치즈 덩어리의 냄새가 효력을 나타냈는지, 문득 무엇인가 여러 마리 저벅거리는 발소리가 천막 가까이 점점 다가오고, 내 신경은 곤두설 대로 팽팽히 곤두섰다. 나는 잠시 드러누웠던 침대에서 일어나서 발을 옮겨 셀룰로이드 창에다 눈을 바짝 다가 댔다.

그러나 그것은 항용 우리네 사람들과도 아주 남은 아닐 듯한 크고 작은 원숭이들의 방문인 경우가 많았다. 이것들 중의 자그마한 것은 요 근방의 장에서 사려면 한 2만 원쯤만 주면 된다고 한다. 상당히 크고 두 어금니가 좋은 코끼리 한 마리에 4백 달러—그러니까, 우리 돈으로 20만 원쯤 하는 것이 이곳 아프리카의 가격이라고 한다.

사자들은 점잖고 지혜로워서 방정맞게 함부로 침략을 않겠지만, 코끼리나 뿔이 사나운 버펄로—들소 같은 것이 미련스레 몰아닥쳐 천막을 떠받아 대면 어쩔까 걱정하다가 어느 겨를엔지 아스라한 잠에 들었는데, 아침에 깨어 보니 운 좋게 별일은 없는 채 날이 밝아 오고 있었다. 야수 떼를 많이 보자면 이른 아침이 좋다고 우리 차의 운전사가 말하여, 우리 세 동행은 아침 킬리만자로 밑의 벌판과 숲길을 두어 시간 더듬어 다녔으나 만날 수 있었던 것은 몇십 마리의 코끼리 떼와 이곳의 특수한 호랑이 한두 마리, 버펄로 무리와 늑대 몇 마리, 그 밖에는 기린 떼와 여러 종류의 사슴 무리 등이었다. 사자들은 워낙 점잔 빼는 놈들이라 그런지 이 아침엔 단 한 마리의 그림자도 보이지 않았다.

이곳에서 새벽나무라고 부르는 산초나무 모양의 나무 밑에서 그 잎사귀들을 열심히 뜯어 먹고 서 있던 기린 한 쌍이 무슨 신바람에서인지 잠시 서로 입을 맞추는 광경을 나는 똑똑히 내 눈으로 보았다. 참 예뻤다.

나이지리아

라고스에선 정말 조심해야 합니다!

4월 6일 오전 11시 30분, 나는 인도양 가의 동물의 왕국 케냐를 하직하고, 이제는 대서양 가의 상아 해안象牙海岸이란 이름을 가진 또 한 나라를 돌아보기 위해 비행기에 올랐다. 이 나라엔 예부터 코끼리가 많이 살아 사냥꾼들 손에서 그 어금니가 많이 쏟아져 나온 데서 영어로 아이보리코스트, 프랑스 말로 코트디부아르라고 하는 상아 해안이란 이름이 생긴 것이다.

아프리카의 대표적인 고원 지대를 돌아본 나는 인제는 타잔 영화에 나오는 정글 지대가 많다는 나라 하나를 택해 나선 것이다.

나는 아무래도 두루두루 다녀보기 어려운 아프리카 대륙의 생긴 모양을 대충이라도 요량해 보기 위해 비행기의 창가에 자리를 잡고 해가 있는 동안은 거의 늘 아래를 내려다보고 지냈는데, 중부 아프리카에 속하는 이곳의 땅들은 케냐 근방의 고원 지대와 산악 지대를 벗어나자 거의가 평평한 평지로서, 흙이 드러나 보이는 곳이 아주 드물 정도로 새파랗게 우거진 수풀에 덮여 있었고, 그 사이에는 한정 없이 긴 구렁이가 꿈틀거리며 기어가듯 넓지 않은 강물이 밀림 사이를 누벼 흐르고 있었다.

서양 사람들은 일찍부터 아프리카 대륙에 손을 대기는 했지만, 이 많은 정글 지대들 속엔 아직도 발을 붙여 보지 못한 곳이 많다고 하니, 그런 데에선 무엇들이 살면서 꿈틀거리고 있는지 신비스럽기만 한 일이다. 정글엔 독사들뿐 아니라 사람이 한 번 쏘이거나 물리면 영락없이 죽는다는 독충들도 너무나 많다고 하니 웬만한 사람들은 거기선 살고 있지도 못할 것이다.

이런 생각 저런 생각에 파묻혀 있는 동안에 비행기는 중부 아프리카의 두 군덴가의 공항에 한동안씩 멎으며 밤 11시쯤에 나이지리아의 수도 라고스의 공항에 나를 내려놓았다.

"이곳은 우리나라와는 정식 국교도 아직 안 되어 있고, 김일성의 대사관만이 있는 곳이며, 또 인심이 대단히 좋지 않으니 가지 말라"고 케냐의 우리 교포들이 경고해 주어서 이곳 비자는 내지 않았으나, 내 다음 목적지인 코트디부아르의 서울—아비장으로 가는 비행기는 내일 아침에야 여기서 새로 출발한다고 하니, 할 수 없이 공항 근처의 무슨 여관에서 하룻밤 눈을 붙여야 할 마련이 된 것이다.

그런데 이 하룻밤이 내게는 난생처음 겪는 아주 딱한 두통거리가 된 것이다. '눈 감으면 코 베어 먹는다'는 말은 우리나라에 있긴 하지만, 이건 '눈 감으면'이 아니라 눈 밀쩡히 뜨고 있어도 쓸개까지 빼어 먹으려는 안간힘이 벌써 공항에 들어서자마자 일어나기 시작했다.

나이로비에서 떠날 때 반도상사의 이상모 군이 말한 "선생님, 라고스는 정말 조심해야 합니다!"가 딱 그 정체를 드러내기 비롯한 것이다.

뜯어먹자 판—라고스

라고스 공항의 정보 담당자를 찾아가서 "나는 이곳에 입국하는 사람이 아니라 갈아탈 비행기가 없어 불가불 하룻밤 머물러야 할 사람이니 공항 가까운 데 호텔을 하나 알선해 달라"고 하니, 그 담당자는 말하기를 "당신은 여기 호텔 예약 통고서를 가지고 오지 않았으니 불법이라 그렇게는 못 한다" 하고는, 슬그머니 제 자리에서 일어나 내게 가까이 다가와서 나직한 소리로 "20달러만 내라. 불법이지만 좋은 호텔로 안내해 주마" 한다. 그리고 내 대답은 들을 필요도 없다는 듯 내 짐들을 밀고 들고 앞장을 서서 공항 밖까지 나가 어느 택시 앞에 멎어서며 내게 손바닥을 넙죽 펴 보인다.

할 수 없이 그걸 주고 택시에 짐을 싣고 올라탔더니, 택시 운전사는 5백 미터도 채 못 되는 어느 초라한 호텔 앞에 차를 세우며 또 "10달러다. 내라" 하며 손바닥을 벌린다. "너무 비싸지 않으냐"고 경우를 따져 봤자 소용이 없다. 에누리는 없는 것이다.

호텔의 객실에 들어가 보니 화장실도 공동으로 쓰는 것뿐인 데다가, 변기에는 물도 나오지 않아 구린내가 지독스러운데, 숙박료는 일박에 자그마치 40달러에서 한 푼도 에누리는 없다고 단호히 선언하는 것이다.

이런 방에서 잠이 잘 올 리가 있나?

그런데 아침에 비행기를 타러 나가 보니 일은 한결 더 걸작으로만 이어진다.

비행기 표를 다루는 여자 사무원에게 내 세계 일주 비행기 표 뭉치 중에서 케냐에서 끊은 아비장행 표를 보여 주니, 그네는 무슨 책을 한 권 꺼내 뒤척뒤척하며 "당신의 이름은 아직 텔렉스로 들어와 있지 않다. 그러니 비행기는 탈 수 없다"는 것이었으나, 그것은 이어서 알리바바의 요술처럼 문득 내 옆에 내 그림자처럼 다가서는 한 사내의 소곤거리는 말이 되어 "40달러만 내라. 그럼 일은 무사하게 될 수 있다"로 둔갑함으로써 아닌 게 아니라 무사히 해결은 되었다.

여기에다가 또 내 그림자같이 따르는 그 알선자는 또 어디 그대로 가만히 있나. 그자에게 또 얼만가를 뜯기고 나니 이것저것 합해서 어젯밤 11시부터 아침의 공항 개찰구에 이르는 동안에 바가지 쓴 것은 도합 1백 몇십 달러는 되었다. 그러나 이걸로도 일은 아직 끝나지 않았다. 마지막으로 활주로로 나가기 전에 또 한 가지 난관이 기다리고 있었다. 딴 여객들의 짐들과 함께 내 짐 두 개도 거기다 억류해 두고 나를 기다리고 있다가 나보고 그 속을 열어 보이라는 것이었다.

나는 마침내 화가 터져서 "나는 너희 나라에 비자를 내어 입국한 사람이 아니라 단순한 공항 경유자다. 왜 너희가 짐 속을 조사해야 하느냐"고 소리를 고래고래 지르며 그들의 우두머리를 찾아가 또 그에게 내 신분과 여행 목적을 말하고 내 여권과 세계 일주 비행기 표를 보이며 따졌다.

그제서야 겨우 마지막 통과가 된 것이다. 그대로 가만히 있었더라면 그들한테 짐 속의 무엇인가가 기어이 또 트집거리가 되었을 것이고 그래서 또 몇십 달러 뜯겼을 것이라고 라고스를 경험한 이들은 뒤에 내게서 이 이야기를 들으며 말했다.

어쩌다가 사람들이 이렇게까지 되어 먹었는지 나이지리아의 라고스는 이 땅덩이 위에서는 아마 가장 딱한 곳일 것이다.

코트디부아르

티아살레의 도립병원과 감옥

4월 7일 오전에 가까스로 코트디부아르―상아 해안의 서울 아비장에 도착하여 우리 대사관의 전창규 영사의 안내로 바닷물 호숫가의 골프 호텔이라는 데에 여장을 풀고, 나이지리아의 라고스에서 당한 시달림에 곤죽이 된 피곤을 하루 동안 풀었다.

이튿날인 4월 8일 토요일 오전, 나는 마침 주말로 좀 한가해진 전창규 영사의 차에 편승하여 아비장에서 서너 시간 거리에 있는 티아살레로 정글의 나라 상아 해안의 밀림과 그 주변의 토인들의 생활상을 살펴보러 나섰다. 티아살레는 인구 3만쯤의 작은 도시로, 마침 우리 교포인 안순구 박사가 이곳 도립병원의 원장으로 있고, 또 그는 이 나라 사람들의 신망을 두터이 받고 있는 인물이니 그를 통하면 보기 어려운 것도 볼 수 있지 않겠느냐는 전창규 영사와 나의 요량에서였다.

안순구 박사 부부의 따뜻한 영접으로 맛있는 김치에 쌀밥의 점심을 마친 뒤에 먼저 그의 도립병원 집무실과 환자 입원실들을 돌아봤는데, 우리나라 도립병원에 비기면 훨씬 간소한 차림새이기는 했지만, 그래도 모든 것에 인술의 성실성이 겹겹이 쌓여 풍기는 순수한 자선병원의 인상이 짙었다. 이곳 정부의 예산 부족으로 시설비와 운영비가 늘 모자라 걱정이라는 수수한 촌부 모습의 안 박사의 탄식과 헌신이 여기를 이렇게 만들고 있는 모양이었다.

이곳 토인 간호사들과 사무원들만 데리고, 의사는 오직 안 박사 하나뿐인 이런 도립병원에서 그는 제대로 잠잘 시간도 없이 아이 낳는 일에서부터 늙어 임종하는 자리에까지 온갖 남녀노소들의 삶과 죽음을 두루 보살피고 다녀야 하는 것이다.

그러자니 자연 치료비도 제대로 받지 못하는 그는 이곳 사람들에겐 더없는 구세주가 되어서, 그가 들어서는 병실마다 그를 맞이하는 환자들의 태도엔 거의 신을 대하듯 하는 깊은 신앙의 모습까지 엿보여 바른 인술이 어떤 것인가를 새삼스레 느끼게 했다. 길거리에 그와 함께 나서면, 그의 옆을 지나는 남녀노소 거의 전부가 그를 숭배하고 따르는 유순한 언동을 해 보여, 사람 하나의 영향력의 무진장함을 내게 또 한 번 재확인케 해 주어 고마울 뿐이었다.

그는 이어서 나를 이곳의 교도소의 죄수들한테로 안내해 주었는데, 이것은 내가 시인이라는 걸 어쩌면 아주 잘 이해한 끝에 결정한 것이 아니었는가 한다.

교도소의 정문 앞에 다다르니, 어깨에 은꽃을 서너 개 붙인 교도
소장이 문 옆 집무실에서 뛰어나와 안 박사에게 정중한 경례를 하
고, 안 박사가 뭐라고 몇 마디 하자 주저하는 기색도 없이 즉시 감옥
문을 활짝 열게 해 주고 앞장서서 우리들의 안내에 나서 주었다. 물
론 이 친구도 먹탕같이 새까만 이곳의 족속이다.

이곳에서는 우리들이 알고 있는 법보다는 또 다른 법이 통용되고
있는 게 사실이다. 우리나라에서는 아무도 사사로이 감옥 문을 열
수는 없지만, 여기서는 존경하고 믿는 한 도립병원장의 부탁으로도
그것이 바로 되니 말이다.

교도소라야 문명국에서처럼 별 복잡할 것은 없고, 감옥 문을 열면
바로 나타나는 널찍한 마당─한 3, 40명쯤의 남자 죄수들이 옹기종
기 복역하는 작업장으로 되어 있었는데, 우리가 들어서자 교도소장
의 지시로 그들은 일제히 일어서서 손뼉을 치며 얼굴마다 기꺼운 환
영의 표정을 하며, 또 "만세"인 듯한 소리를 합창으로 몇 차례 소리
질러 주었다.

명랑한 죄수들과 술나무 수풀들

교도소장에게 "이 죄수들과 같이 기념사진을 찍어도 좋으냐?"고
물으니 "아, 좋습니다"라며 이것까지도 흔쾌히 승낙해 주어서 우리
는 그 새까만 각종 범죄의 친구들과 함께 섞이어 사진도 찍었는데,

그들이 우리나라의 죄수와 아주 다른 점은 얼굴이나 태도에 별다른 죄책감도 없이 햇볕 따가운 바깥세상에서 그랬던 것처럼 마냥 한결같은 터질 듯한 기쁨을 그냥 그대로 지니고 있는 것이었다.

여기서는 도둑질을 가장 엄하게 다스려서, 남의 조그마한 것을 훔쳐도 3~5년씩 감옥살이를 시키고, 다른 죄수와는 달리 두 다리 사이에 다리 고랑까지를 채워 놓았는데도 그들의 낯빛에는 태양 가까운 환희의 밝은 빛이 여전하기만 하였다.

그들은 죄지은 사람의 죄의식을 전연 느낄 줄 모르는 것일까? 아니면 느끼면서도 그보다는 훨씬 더 힘차게 솟아오르는 햇빛 환희를 어쩌지 못해 그것으로 그 죄의식이라는 것까지도 이렇게 변모시켜 꽃피우고 있는 것일까? 마치 엉덩이춤들이라도 얼싸절싸 한바탕 추지 않고는 못 견딜 것만 같은 표정들이어서 우중충하기 쉬운 나를 적지 아니 당황케 했다.

안 박사한테 들으면 이런 이들의 범죄와 사고는 거의 전부가 이곳의 주산물인 커피와 코코아의 추수 무렵에 일어난다고 하는데, 왜냐면 그 수입으로 생기는 돈을 쓰고 흥청거리거나 그걸 노려 딴 마음을 내는 자 사이에서 한 달쯤 동안에 일어나고 만다는 것이다. 이런 열락적인 기질이 빚은 범죄들이니 그 벌을 받는 자리에서도 그들은 이렇게 역시나 열락적이기만 한 것 아닌가 한다.

죄야 하여간에 나는 그들의 그런 햇빛 닮은 매우 열락적인 기질이 우리가 이미 잊어버린 아주 좋은 능력의 하나만 같아 무척 부러워지기도 했다. 이 때문에 미국이나 유럽에서도 그들의 자지러지는 열락의 춤과 노래가 많이 흉내 내어지고 또 심지어 어떤 백인 남녀들은 그들의 매력에 홀려 정부로 지내기까지 해 오는 것 아닐까.

이들에게는 본래 햇빛 끓어오르는 모락모락한 춤과 노래만을 가지도록 하고, 일도 또 그런 춤이나 노래같이만 하고 살게 해 준다면 범죄라는 것은 영영 없어지고 말지 않을까 싶었다.

이런 기질을 잘 이해해선지, 이들의 죄를 다루는 부족 회의의 결정들도 우리가 흔히 알고 있는 죄와 벌의 평가와는 엄청나게 다른 경우가 많다고 한다. 살인한 자가 경우에 따라서는 용서되는 예도 적지 않다는 것이다. 우리와 다른 햇빛의 원색의 윤리가 그들에게 있는 것이다.

이런 그들을 에워싸고 무성히 무성히 엉클어져 있는 정글 속을 한바탕 헤쳐 보고 싶어 안 박사에게 사정했더니, 숲속 나뭇가지에서 자주 떨어져 내린다는 독사와 언제 어디서 날아들지 모른다는 독충들—아주 조그만 것에게 한 번만 쐬어도 죽기가 예사라는 그 독충들의 침범을 막기 위해 자동차의 창문을 꼭꼭 닫아 잠근 채 티아살레 교외의 밀림 속의 길을 한 식경 조심조심 누벼 다녀 주었는데, 나를 무엇보다도 감탄해 마지않게 한 것은 그 밀림 속에 적지 않게 나서 자라고 있는 아프리카의 술나무라는 것이었다.

여기서 주로 사용되는 외국 말인 프랑스 말로 팔미에palmier라고 하는 이 나무는 우리나라에선 종려나무라고 하는 것으로 우리도 안다면 알기는 하는 나무지만, 이 둥치에서 나는 즙을 받아 술을 만든다는 사실을 나는 여기 와서 비로소 알았다. 여기 토인들이 그들의 말로 반귀라고 부르는 술은 여기서는 우리 농촌의 막걸리처럼 흔하고 또 싸게 많이 사용되는 술로서, 이 팔미에 나무의 즙을 잘 끓여서 수증기 방울을 받아 모으면 아주 독한 소주로도 된다고 한다.

토인 마을의 이모저모

상아 해안의 정글 지대는 타잔 영화에 나오는 그대로 아름드리나무들이 하늘 높이 자라만 올라 솎아 내는 일도 없는 채 빽빽이 솟아 있는 사이 타잔이 타고 다니는 것과 같은 질기고도 긴 덩굴들이 곳곳에 드리워져 있어, 어디서 언제 무슨 맹수나 독사가 튀어나올는지 예측할 수 없으므로 무기 없이 걸어서는—무기를 가지고도 적은 수로는 사람이 드나들지 못한다고 한다.

사자는 안 보이지만 표범을 비롯한 범의 무리들과 코끼리들이 아직도 많이 숨어서 살고 있어, 가끔 밀렵꾼들에게 잡혀 나오면 그 값은 불과 몇백 달러에 지나지 않는다.

특히 이 정글 속의 강물에서는 악어가 많이 잡히는데, 여기 토인들은 아직도 가죽을 다루어 말리는 기술을 몰라 그걸 그냥 가죽째 몽땅 굽거나 끓여서 먹기만 한다는 것이다. 우리나라 사람 누가 여기 와서 그 가죽을 말려 핸드백 제조업이나 했으면 좋겠다고 하며 우리는 마주 보고 웃었다.

우리는 이어서 밀림 근처 토인 마을의 생활상과 풍습을 살펴보러 어느 한 마을에 들렀는데, 생명의 은인인 안순구 박사에 대한 그들의 존경과 정분은 정말 대단한 것이었다. 담장이나 울타리도 따로 없는 풀 잎사귀 지붕을 한 토담집들을 몇 군데 찾아 돌아다니는 동안, 마당에서 밥을 짓고 있는 주부들은 물론 애들까지도 안 박사를 본심으로 환영하지 않는 사람이 없었으며, 어떤 집에서는 주인이 방에서 후닥닥 달려 나와 안 박사의 손을 붙들어 잡고 뭐라고 간절히 애원하듯 소리를 냈는데 그건 "우리 방에 들어가서 무얼 좀 같이 자십시다" 하는 것이라고 했다.

그들의 방이라는 것도 거의가 흙바닥 그대로고, 그들은 두루 발을 벗고 다니기 때문에 전염병을 잘 묻혀 가지고 다녀서, 안 박사는 그의 병원에는 절대로 맨발로는 드나들지 못하게 하여 그걸로 어느 만큼 신 신고 사는 운동이 성과를 올리고 있다고 했다. 그들이 먹다가 나눠 주는 주식인 감자밥—이곳 특유의 싱거운 감자를 절구에 짓이겨서 백설기처럼 버무려 놓은 것을 조금 손에 받아서 먹어 보니, 늘 이것을 주식으로 먹고는 견디어 낼 것 같지가 않았다. 그들은 이것을 주식으로 하고도 어떻게 그 대단한 삶의 신바람을 빚어내는 것일까. 더구나 그들은 그 많은 지독한 모기들을 비롯한 숱한 독충들과 또 독사들과 맹수들의 밥이 되면서도 어떻게 그렇게 신바람일 수 있을까. 신비스럽기만 했다.

어떤 집의 마당가를 지나노라니 황토로 금강산 만물상의 기괴한 바윗돌처럼 조각해 쌓아 올린 한 길쯤 높이의 탑 같은 게 눈에 띄어서 이건 무슨 신앙의 대상이냐고 안 박사에게 물으니, 그게 아니고 이건 단순히 개미들이 쌓아 올린 개미집이라고 했다. 개미도 여기 사는 놈들은 햇빛 맛을 더 많이 보아서 이렇게 힘이 대단한 모양이다.

뒤에 눈여겨보니 이런 개미의 집—개미의 탑은 이곳에는 참 많이 눈에 띄었다. 길가에도, 밭고랑에도, 그것들은 군데군데 솟아서 아프리카 햇빛의 신비한 힘을 우리에게 상징해 보여 주고 있었다.

아비장의 우리 원양어선의 선원들

이틀 동안의 티아살레 탐방을 마치고 4월 9일 다시 코트디부아르의 수도 아비장으로 돌아온 나는 마침 우리 원양어선의 선원들 일행이 부두에 배를 매 놓고 머물고 있다는 말을 듣고 그들의 지내는 모습이 보고 싶어 전창규 영사와 함께 그 배로 찾아가 보았다. 이곳에서는 가장 무서운 병의 하나인 말라리아로 얼마 전에도 우리 선원 한 사람이 숨을 거두어 아비장의 공동묘지에 묻히기도 했다는 말을 듣고 위문 겸 나선 것이다.

선창가에서 우리가 한 중국인의 배를 가로질러 건너 겨우 당도한 우리 원양어선 '산페드로' 65호의 권영갑 선장은 또 마침 병석에 누워 있어서, 우리를 상대할 형편이 되지 못하여 이 배의 기관장인 김영석 군과 선원들만을 상대로 한참 동안 지내는 형편을 묻고 들어봤는데, 이거야말로 정말 사람으로서는 견디기 어려운 곤경 속에서 그들은 살고 있었다.

마침 김영석 기관장은 알아보니 서울 중앙고등학교 출신이어서 내 젊은 동창생의 하나이기도 한 사람이라, 친아버지나 대하듯 내게 솔직히 그의 심경을 털어놓아 주었는데 일반 선원보다는 그래도 더 대우를 받는 기관장인 그 자신도 이 이상은 더 견디기가 어려워 될 수 있는 대로 이 일을 그만두어야만 하게 되었다는 것이다. 일반 선원은 한 달 7, 80달러─그러니까 3만 5천 원 내지 4만 원씩의 월급을 받는데, 그나마 이것도 그들에게 주는 것이 아니라 배 주인이 직접 그의 가족들에게 부치고 있고, 그들에게는 세때 간신히 풀칠할 걸 주는 외엔 옷 한 가지의 배급도 없어 그들은 늘 남루와 허기증과 불건강 상태 속에 불안하고 암담하게 지내고 있다고 한다.

상어라는 고기─아무도 그 고기를 사 가지 않고, 다만 중국 음식점에서 지느러미만을 겨우 사 가는 상어가 잡힐 때만 그 지느러미를 떼어 모아 판 돈을 선원들의 용돈으로 나눠 갖게 하고 있으나, 이건 정말로 개미 쓸개보다 얻어 쓰기 어려운 것이어서 사는 것이 그저 따분할 뿐이라고 했다.

원양어업으로 돈을 모으는 것도 좋겠지만, 종업원들을 이렇게까지 혹독하고 야박하게 다루어서는 안 될 일이다. 더구나 이 원양어선들의 선주는 자유당 정부 말기의 4·19 때 지탄을 받으며 법의 심판대에까지 올랐던 인물이라고 하는데, 그런 시련을 겪고도 오히려 이러니 더욱 한심한 일이라 아니할 수 없다.

나는 가난한 여비로 떠돌고 있는 한 나그네일 뿐이어서 그들에게 아무것도 나눠 주지도 못하고 빈손만 맞잡고 만지작거리고 있다가, 그들에게 용기를 내 견뎌 내라는 마음의 당부로 '한 송이의 국화꽃을 피우기 위해 천둥은 먹구름 속에서 또 그렇게 울었나 보다'라는

내 시 「국화 옆에서」의 한 구절을 써 김영석 군에게 주면서도 마음
속은 두루 을씨년스럽기만 했다. 일하는 보람을 느끼며 살 수 있을
만큼 그들의 대우가 하루 빨리 향상되기만을 바란다.

아비장 시내의 이곳저곳

이곳 코트디부아르에 살고 있는 우리 교포들 모임의 회장이면서
또 태권도 8단의 사범으로 이곳 국립경찰학교와 헌병학교의 태권도
교수 노릇도 하고 있는 김영태 군이 마침 내가 있는 우리 동국대학
교의 졸업생이기도 해서 그 내외와 함께 그의 차로 이 나라의 서울
아비장의 국립공원을 비롯해 시장 거리와 박물관 등을 4월 11일 하
루 동안 돌아다녀 보았다.

국립공원이라고 해서 무슨 공원다운 시설이 갖추어져 있는 것이
아니라 아비장의 한쪽을 에워싸고 있는 밀림 지대를 두고 붙인 이름
으로서 가끔 이곳 대통령이 귀빈과 더불어 잔치를 갖는다는 간소한
정자 같은 것이 입구에서 멀지 않은 한쪽에 마련되어 있는 외엔, 포
장 안 한 좁은 찻길이 이 수풀의 일부를 통할 뿐인 빽빽이 우거진 밀
림의 연속일 따름이다.

김영태 회장의 말을 들으면 여기서는 혼자 차를 몰고 들어섰다가
가끔 살해되는 수도 있어 혼자만의 드라이브는 거의 하지 않는다고
한다. 무기를 가진 흉한들이 이 정글의 어디에 은신해 있으면서 큰
돌덩이 같은 걸로 찻길을 막아 놓고 기다리다 습격해 오면 아무리

비명을 질러도 이 첩첩한 밀림에서는 소용이 없다고 했다. 아닌 게 아니라 제 용기만 믿는 풋내기의 단신 드라이버들은 꼼짝 못하고 당하게 생겼다.

이 밀림 속에 살해되어 내던져진다면 수풀의 지독한 습기로 며칠 안 가서 시체는 부패하므로, 죽은 이의 시체를 발견한대도 그가 누군지를 식별할 수도 없이 된다는 이야기였다.

우리 차가 문득 큰 바람에 쓰러져 누운 나무에 가로막혀 딱 멎어서 버렸다. 우리는 불가불 셋이 다 차에서 내려 힘을 합해서 그걸 한쪽으로 옮겨 놓고야 차를 이어서 몰밖에 없었는데, 이런 경우엔 우리 김 사범의 그 태권도 8단이 참 대견히도 의지가 되었다. 물론 여기라고 독사들과 독충들과 또 흉한들을 적지 아니 지니는 아프리카 정글의 푼수에서 아주 예외일 수는 없는 곳이니 말이다.

이어서 무슨 선물용의 싼거리 특산품을 찾아 아비장의 장거리에 가 보았는데, 여기는 코끼리 어금니를 그 이름으로 가진 나라인 만큼 그게 아직도 역시 여러 가지 것으로 가공되어 상당히 많이 나돌고 있었고, 그 밖에 비취가 꽤나 많이 헐값으로 팔리고 있었다.

우리 시골의 장거리에서처럼 알바닥 널빤지 같은 것 위에 이 보석 무더기들을 쭉 늘어놓고, 율무 열매만 한 것으로 꿰어 만든 비취 목걸이 하나에 한 20달러쯤이면 척척 내다 팔고 있었다. 대만 비취보다는 빛이 훨씬 더 예쁜 것이다.

다음에 우리는 단층에 몇 개의 크지 않은 방만을 가진 국립박물관엘 들러 보았는데, 가장 인상에 남는 것은 추장들이 짚고 지냈던 그 유난히도 크고 무거워 뵈는 철퇴 같은 몽둥이의 지팡이들이다. 나도 지팡이는 꽤나 좋아해 수집도 하고 있는 터이지만, 이런 것만은 도저히 들고 다닐 수 있을 것 같지가 않았다. 추장들은 첫째 손의 힘부터 월등했을 것이다.

그들이 만들어 써 온 질그릇의 무늬나, 나무에 조각한 것들 중의 어떤 것에는 이곳 원주민의 전통에서 온 게 아니라 아라비아 문화의 영향인 듯한 꽤나 섬세한 것도 보였다. 아라비아의 영향은 오래전부터 여기에 젖어 들어 있었던 것 같다.

유럽 편 1

스페인

플라멩코 춤 집에서

4월 12일 9시 반인가 아프리카 코트디부아르의 아비장 공항을 출발한 것이, 오후 황혼이 깃들 무렵에야 스페인의 마드리드에 착륙했다. 세네갈의 수도 다카르에만 잠시 멈췄었는데도 아프리카 대륙의 북부 사막의 상공을 거쳐 대서양을 건너고 하는 데 그렇게 시간이 많이 걸리는 것이다.

중부 아프리카의 밀림 지대를 벗어나자 비행기의 창으로 내려다보이는 땅은 여러 시간을 이어 가도 가도 막막하기만 한 노란 사막뿐이어서 만일의 경우 낙하산으로 이런 곳에 뛰어내린대도 살아남을 것 같지는 않았다. 모래펄이 햇볕에 모락모락 타오르는 때문이겠지, 사막의 어느 곳은 노란빛이 아니라 주황빛이고 그 위의 하늘에는 조그만 구름 덩이 하나도 보이지 않아 이런 곳에선 지독한 독사도 숨어 살 수 있을 것 같지도 않았다. 그래도 바람만은 적지 아니 이 사막 위에도 있는 듯 군데군데 바람이 몰아붙인 사막의 언덕들이 제법 산맥 모양으로 첩첩이 접혀 있는 게 내려다보였다.

이런 막막하기만 한 사막 위의 하늘을 여러 시간을 이어 날다가 비로소 수풀들과 그 위에 흰 구름 덩이들을 가진 사람 사는 곳이 내려다보이기 시작했을 때의 기쁨은 무엇에 비기면 될는지. 역시 사람은 사람의 세상을 떠나서는 숨을 제대로 쉬고 살 수는 없는가 보다.

마드리드 공항에 내려서 우리 대사관 직원의 안내를 받으며 호텔로 차를 몰고 갈 때, 차창 밖으로 내 눈에 어려 오던 가로수의 새로 돋아나는 신록이 눈에 선하던 인상을 나는 두고두고 잊을 수 없을 것이다. 남쪽 아메리카 대륙과 아프리카 대륙에서 꽤나 오랫동안 끓는 여름만을 주로 대하다가, 이제 우리나라와 위도가 거의 맞먹는 곳에 와서 우리나라에도 지금쯤 아마 그럴 봄의 신록을 대하니, 그 반가움과 기쁨은 뭐라고 말로는 담아 표현키 어려운 게 있었다.

나는 제 나라의 봄에 돌아온 것 같은 착각 속에 이날 밤과 또 그 이튿날 낮까지를 소라처럼 몽땅 혼곤히 자고, 4월 13일 밤 11시쯤에야 우리 대사관의 촉탁이고 이곳 마드리드 대학교의 박사과정 학생인 문광현 군의 안내로, 소생하는 스페인의 봄의 운율에 한바탕 흥건히 젖어 볼 양으로 스페인 사람들이 즐겨 추는 춤 플라멩코 집을 찾아 나섰다.

여기도 마찬가지로 객석이 바로 술상들로 되어 있기는 하지만, 그들의 춤은 삼바와는 아주 격이 다르다. 삼바는 그저 터져 나오고 분산하는 열광이 있을 뿐이지만, 플라멩코에는 그뿐이 아니라 받아들일 걸 잘 받아들이는 내성과 순응과 절제의 슬기를 보이는 아름다움도 늘 곁들여 있어, 말하자면 오랜 문명을 가지고 살아온 사람들의 그 멋이랄 게 있는 것이다. 정열이 복받칠 때는 노래나 춤이 갈피를 차리지 못할 정도로 빠르고 또 고조되어 폭발이 되어 나오지만 이걸로 끝이 아니고, 차근차근 그것을 오래 고요히 안정하면서 의젓한 대인이려는 자세로 돌아오는 고비들을 잘 빚어 지니고 있어, 신뢰할 만한 아름다움이 된다.

사내들과 여자들이 따로 나와 해 보이기도 하고, 남녀 섞여서 춰 보이기도 했는데, 내가 그중 감동한 것은 구두 뒤축으로 바닥을 쳐서 빚어내는, 제아무리 빠른 속도에도 그 일사불란한 가락의 조화된 아름다움을 놓치지 않는 발바닥 장단이었다. '아스타 마냐나(일은 내일 하면 어떤가?)' 정신의 본고장인 스페인에 와서 플라멩코 춤과 노래를 보고 들으며, 나도 이렇게 살고 있다면 일을 내일로 좀 미루어도 괜찮겠다는 생각을 어느 결에 하고 있었다. 하기는 요즘의 스페인은 4월부터 서머타임을 가질 정도로 일에 부지런해져 있기도 하지만……

마드리드의 이모저모

4월 14일. 역시 문광현 군의 친절한 안내로 오늘은 맑은 호숫가에 알폰소 12세 황제의 동상이 서 있는 레티로 공원 일대와 태양의 광장—푸에르타 델 솔이라는 이름이 붙은 거리의 태양의 문 등을 돌아보며 거기 남긴 이야기들을 들으면서 그것들을 음미하고 지냈다.

레티로 공원의 '레티로'는 '물러난 것' 즉 은퇴를 의미하는 것이라니 말하자면 여기는 사회참여가 귀 시끄럽고 딱하기만 해서 멀리 물러난 사람들이 모이는 곳쯤 되겠다. 물론 그것은 사회생활의 패망자이기를 자처하는 느낌에서 붙인 것은 아닐 것이고, 물러나는 일을 무엇인가 더 장한 것으로 간주해 이렇게 이름 붙여 써 오는 것일 테니, 이런 이름을 공원 이름으로 아직도 갖고 사는 스페인 사람들은 나아가 끼어 사는 일의 장점과 아울러 때로는 물러나 숨어 사는 자의 장점도 잘 짐작하는 듯한 느낌을 내게 주었다.

이런 느낌이 그들에게 있어 제2차 세계대전에서도 그들은 빠지고, 그 뒤 프랑코 총통 정부의 그 외딴섬 노릇도 되었던 것인가? 그런 걸 생각하며 아닌 게 아니라 호젓하고 귀 빠진 것만 같은 레티로 공원의 호숫가와 수풀 길을 거닐자니 그게 아무래도 꼭 그런 것만 같아 공기도 여기 것은 여느 딴 나라 것들보다 좀 다른 성싶었다.

태양의 거리가 뻗치고 태양의 문이 서 있는 언저리에는 아직도 옛 신화의 신들이 살아 작용하고 있었다.

태양의 문에서는 한 해에 꼭 한 번씩 섣달 그믐날 밤 12시가 되면 큼직한 종이 울려 마드리드의 공기를 진동케 하는데, 이 종이 울리는 때가 되면 스페인의 남녀노소들은 한 사람도 빠짐없이 정히 씻은 포도 알맹이를 꼭 열두 알맹이씩 먹고야 비로소 잠자리에 든다고 하니, 이게 모두 신들린 일 아니면 무엇인가. 열두 개 포도알에 붙는 열

둘이라는 숫자마저 아무래도 그들의 신이 쓰면서 물려준 것만 같아한 매력이 톡톡하다.

밤에는 우리 신상철 대사의 초대를 받아 그 댁에 들러 저녁 식사를 같이했는데, 이 자리에는 마침 또 이곳 태권도 사범인 조용훈 6단이 동석해 있어 그가 현재의 스페인 황제인 후안 카를로스에게 일찍이 우리 태권도를 가르쳐 준 인물이라는 걸 알게 되어, 스페인과 우리는 상당한 인연도 가지고 있는 것 아닌가를 곰곰 생각해 보게도 되었다.

후안 카를로스 황제는 고인이 된 프랑코 총통이 이 나라를 다스리던 때 한 낭인으로서 우리 조용훈 사범에게 태권도를 기초부터 배우기 시작하여 2단까지 공부를 했는데, 뒤에는 또 일본에 있는 우리 교포 최영의 씨에게서 명예 5단을 받기도 했다니 아무래도 한국의 얼과는 인연이 적은 것이라곤 할 수가 없겠다.

이런 일을 들으면서 태양의 거리니, 태양의 문이니 하는 스페인 사람들의 태양 숭배의 정신을 아울러서 생각해 보자니 그것도 우리와는 매우 가깝게 느껴졌다. 우리도 우리의 시조 단군 이래 하늘의 햇빛을 유달리 많이 숭상해 온 민족이었으니 말이다.

스페인이 이제부터는 더 부지런히 일하는 나라가 되고, 인류 사회의 발전에도 많이 참여해서 그 적지 않은 국민성을 널리 발휘해 주기 바라는 마음 간절하였다.

스페인의 옛 서울 톨레도

4월 15일 오전 9시 반쯤 문광현 군이 운전하는 차로 마드리드 남쪽 71킬로미터에 있는 스페인의 옛 서울 톨레도를 찾았다. 톨레도는 로마와 아라비아 계통의 건축양식이 뒤섞여 있는, 옛집들 사이 자연석을 깐 좁은 길들이 역시 옛날식으로 꼬불꼬불 감돌아 다니고 있는 가장 고전적인 이 나라의 구도舊都로서, 스페인에서 포르투갈까지 흘러간다는 타호 강이 내려다보이는 언덕 위에 거의 옛 모습 그대로 놓여 있어, 보는 이들에게 스페인의 옛날을 생각히어 다행이었다.

여기엔 또 스페인의 유명한 화가 엘 그레코가 살던 집이 거의 옛 모습 그대로 보존되어 있고, 또 이곳 가까이에는 1930년대 후반기에 민족주의파와 인민전선파의 치열한 전투가 붙어 몇백만 명의 사상자를 낸 싸움터의 유적도 그대로 남아 있어 외국서 온 관광객들이 늘 뒤를 이어 끊일 사이 없이 드나드는 곳이다.

일본에서 왔다는 늙수그레한 관광객은 우리나라에도 와 보았던 모양으로 "꼭 당신네 나라 경주 어디쯤에 온 것 같습니다"고 내게 말했는데 경주엔 옛집들이 남아 있지 않아서 그렇지, 아닌 게 아니라 경주의 반월성 언저리의 어디에 선 것 같은 느낌도 들게 하는 곳이다.

우리는 먼저 이곳에서 살다 죽은 화가 엘 그레코의 집엘 들러 보았는데, 그는 한 사람의 화가에 그쳤던 사람인 만큼 별 굉장할 것은 없는 집이었으나 그래도 몇 채의 집과 좁은 대로 뜰도 오밀조밀하게 가진, 말하자면 우리 옛날 조그만 고을의 원님 집 차림새 정도는 되어 보였다. 화가에 대한 옛날의 대우가 이만했으면 상지상이라 할 수 있겠다. 더구나 그는 원래 스페인 사람이 아니라 그리스 태생으로 청년 시절부터 여기 와 자리 잡은 외국인이기도 했으니 말이다.

그의 대표작으로 흔히 일컬어져 오는 〈오르가스 백작의 매장〉이 걸려 있는 산토 토메 성당에 가서 대폭의 한 귀족 사내의 장례식 그림을 한참 동안 들여다보고 있었다.

오르가스 백작은 생전에 아마 꽤나 호화롭게 잘살던 귀족이었던 듯 주교 신부를 비롯해 가족과 많은 추종자들에게 호위되어 그 넓은 하늘나라의 예수님 곁으로 날아가는 중인데 하늘에서는 예수님을 에워싸고 성자들이 첩첩이 몰려 있고, 또 그 주위에는 날개 달린 천사들이 날고 있는 그림이다.

그러나 나는 '마음이 가난한 자에게 복이 있나니 천국은 그의 것이니라'는 성경의 구절을 잘 기억하고 있으므로, '이렇게 호화로운 부자 귀족이 아무려면 이렇게도 쉽게 바로 안성맞춤으로 천국에 들 수 있을까?' 하는 의심이 생겨 그 생각을 쉽게 꺼 버릴 수가 없었다. 물론 오르가스 백작은 선량하고 어진 사람이었으니까 그레코의 숭배도 받았겠지만, 아무런 딴 절차도 안 거치는 이런 즉시 승천은 좀 위험한 것 아닐까 생각되어서였다.

내 생각 같아선, 타베라 병원에 걸려 있는 '좋은 젖을 가진 여인'을 그린 〈성 가족〉 같은 그림이 그의 느낌과 생각이 올바로 쏠려 된 그림이 아닐까 싶다. '좋은 젖을 가져야 한다'는 그 사상도 두두룩이 뜨스하여 좋으려니와, 이 순진한 처녀의 얼굴과 모습이야말로 바로 스페인의 성실하고 다정한 어머니의 얼굴과 모습의 전형으로 오늘의 외래객인 나에게도 많은 공감을 일으키고 있으니까 말씀이다.

이어서 우리는 톨레도의 대성당에 들어가 보았다. 제단 위의 벽에 그득히 빈틈없이 들어박힌, 성경 이야기들을 내용으로 한, 정성과 기교를 할 수 있는 대로 다한, 정밀하고 섬세한 채색의 조각들은 여느 딴 성당에선 보기 어려운 참 희한한 것이었다. 여기서 나가는 문간에 기념품을 파는 가게가 있어, 나는 쇳소리가 아주 좋은 조그만 스페인 놋쇠 종을 하나 샀다. 이걸 울리고 있으면 그레코가 그린 그 '젖이 좋은 처녀'가 꼭 어디 서 있는 것만 같아 기분이 썩 좋아지는 것이다.

인민전선파와의 혈전장—알카사르 성에서

타호 강을 사이에 두고 톨레도와 마주보는 언덕 위 관광객 상대의 식당에서 점심을 했는데, 쇠고기 삶은 걸 청했더니 그 덩어리가 무척 연하면서도 어찌나 큰지 우리 같은 사람이면 서넛이 먹어도 충분할 것 같았다. 스페인 사람들은 먹는 것도 푸짐하게 먹는다. 일본의 히로히토 천황도 연전에 스페인에 왔을 때 이 식당의 일반 손님들 사이에서 후안 카를로스 황제의 대접을 받았다고 한다.

점심 뒤에, 1936년 민족주의자들과 인민전선파 사이에 치열한 전투가 벌어졌던 스페인 동족상잔의 기념물 알카사르 성에 들렀다. 그때 이 성을 끝까지 인민전선파의 공격에서 지켜낸 모스카르도 대령의 큼직한 사진이 걸려 있는 방에 들어갔더니, 벽에 여러 나라 말로 모스카르도 대령의 행적을 간단히 기록해 붙여 놓았는데, 읽어 보니 내용은 대략 다음과 같은 것이었다.

'모스카르도 대령은 들어라. 너의 어린 아들 루이스 모스카르도를 우리는 볼모로 잡고 있다. 그러니 너의 부하들에게 빨리 무기를 버리게 하고 우리에게 항복해라. 안 그러면 너의 어린 아들의 목숨은 없을 것이다. 너의 아들의 말소리를 들려줄 터이니 들어 보아라.'

이것이 그때 톨레도 지방청을 점령하고 있던 인민전선파의 우두머리로부터 모스카르도 대령에게 걸려 온 전화 내용이었다.

그러나 모스카르도 대령은 이어서 들려오는 그것이 자기 아들 루이스의 목소리임을 확인하자, 바로 아들에게 조용히 당부했다.

"루이스야, 스페인 만세를 부르고 천주님께 기도해라. 그러고는 떳떳하게 죽어라."

양편에서 수많은 사상자를 낸 이 처참한 전투에서 한 지휘관으로선 이밖에 달리 취할 길은 없었을 것이다. 마지막까지 지하실에 숨어서 견디었던 모양으로, 거기엔 아직도 굉장히 큰 솥이며 냄비며 먹을 것을 만들던 기명들이 그때를 기념하여 그대로 놓여 있다.

해방 뒤 오늘까지 사회주의자들과의 대립 속에서 6·25의 참변까지 겪은 우리의 전철을 스페인은 일찌감치 겪은 걸 생각하니, 그들은 우리와 팔자라는 것이 상당히 닮은 데가 있는 것 같아 한쪽으로 은근한 친밀감이 생기기도 하는 것이었다.

이런 혼란을 1939년에 프랑코 총통이 이끄는 군인들이 나서서 수습하지 않았더라면 스페인의 독립을 유지하기가 어려웠을 것이

라는 게 프랑코 총통 작고 뒤의 스페인 다수 국민들의 반성이라고
한다.

프랑코 총통의 생존 시에는 그렇게 치열하게 적대적이었던 인민
전선파지만, 프랑코 총통의 유언으로 그의 무덤은 '바예 데 로스 카
이도스'의 인민전선파의 무덤들 옆에 나란히 놓여 있다고 한다.

바예 데 로스 카이도스는 '쓰러진 사람들의 골짜기'란 뜻이라던가.

프랑코의 본심이 무엇이었던가를 잘 알 수 있을 것 같다.

『돈키호테』의 작가 세르반테스의 옛집에서

한국에서 내가 이 여행을 떠날 때 외국어대학의 시인 허세욱이 스
페인에 가거든 꼭 민용태란 사람을 만나라고 해서, 여기 우리 대사
관을 통해 연락했으나 그는 연구 발표 관계로 겨를을 영 못 내다가
오늘 16일 오전에야 나를 찾아와서 그와 함께 저 유명한 『돈키호테』
의 작가 세르반테스가 살던 집엘 들러 보았다.

민용태 박사는 현재 마드리드에 있는 국제 대학에서 동양 문학 강
좌도 가르치는 시인 교수로, 스페인 말로 시집을 두 권이나 내서 시
를 아는 이곳 사람들의 호평을 받고 있으며, 또 우리나라 시들을 이
곳에 처음으로 번역 소개도 해 오고 있는 인물이다.

거기다가 그는 취미로 배웠다는 태권도가 5단이나 되어서 따로
태권도 도장을 설치하고 그에게 배우기를 소원하는 이곳 사람들에
게 사범 노릇까지를 겸하고 있다.

마드리드 교외의 알칼라 데 에나레스라는 곳에 있는 세르반테스가 태어난 집은 우리나라 옛사람의 푼수로 치자면 한 첨지의 집 몰골쯤 된다고 할까. 서울의 한옥들 속에 더러 보이는 입 구ㅁ 자로 지은 집 한가운데 조브막한 사각형의 마당을 가진 그런 집인데, 그게 그래도 2층이어서 우리 것과 좀 달라 보였다.

그의 아버지가 이곳 촌의 의사였던 관계로, 극히 소박한 치료실이며 의료 기구들도 어느 만큼 간직해 지니고 있는 이 집은 어느 편이냐면 상당히 침울한 편이지만, 그래도 그 좁은 마당가에는 우리의 오동나무 비슷한 꼭 한 그루의 나무를 무슨 비밀한 계명戒銘처럼 지니고 있는 게 신기했다.

이 나무는 꼿꼿이 2층 위에까지 높이 자라서 맨 윗부분에만 몇 개의 가지들에 무성한 잎사귀들을 달고 있어 더구나 무슨 별난 비밀의 부적 같은 것을 그 속에 지니고 있는 것같이만 보였다.

요컨대 자라면서 병만 들지 않고, 또 미련하지만 않은 아이라면 꽤나 익살스런 『돈키호테』의 작가쯤 하나 자라남 직한 집이긴 했다.

2층의 한 방에는 세계 각국에서 일찍부터 번역되어 온 『돈키호테』의 번역판들이 그 전부는 아닌 듯 어느 만큼 수집되어 전시되어 있었는데, 거기 우리나라 번역판이 한 가지도 보이지 않는 것은 섭섭한 일이었다. 이제부터는 우리도 이런 방면에까지도 촘촘히 마음을 써서 두루 끼도록 해야 할 것이다.

이곳을 나오면서 가만히 생각해 보니, 요즘 내게서 거의 사라졌던 웃음을 이 집에 들어서면서부터 민 박사와 함께 여러 번 터뜨렸던 사실에 주목이 가지 않을 수 없었다. 물론 이것은 먼 청소년 시절에 내가 읽고 뱃살을 거머쥐지 않을 수 없었던 그 소설의 이야기들을 기억하고 새삼스레 일어난 일임엔 틀림없다. 이렇게 한 독특한 작품의 위력은 현실의 힘보다도 더 큰 것이다.

그러나 길거리에 나오자 내 눈가에는 다시 수심의 안개가 끼지 않을 수 없었다. 예쁜 아이의 손을 이끈 아직도 젊은 여인네가 우리에게 손바닥을 벌리며 거지 노릇을 일삼는 게 눈에 띄었으니 말이다.

이 젊은 여인이 만일 『돈키호테』 속의 웃음에 올바로 길만 든다면, 가난한 현실의 압력에 이렇게까지 좌우되지는 않을 수가 있을 터인데……

마드리드의 투우

요즘의 이곳 투우는 한 주일에 일요일만 하루씩, 그것도 오후 5시부터 7시까지만 열기로 되어 있어, 4월 16일 공일날 그 시간에 대어서 민용태 교수와 나는 오래 기다려 오던 투우를 보러 마드리드에서 가장 큰 마드리드 투우장으로 나갔다.

몇만 명은 충분히 앉아 구경할 수 있는 계단식의 관객석이 원형으로 뺑 둘러 있는 한가운데, 지름 5백 미터쯤의 가는 모래를 깐 투우장이 둥그렇게 들어 있는데, 자세히 보면 여기서 잇따라 칼에 찔려 죽은 소들의 피와 또 가끔 소에게 희생당한 투우사의 피로 모래는 군데군데 핏빛을 띠고 있었다. 한 마리의 야생 들소와 사람의 목숨을 마주 걸고 다투는 한바탕의 싸움은 그리 긴 시간을 요하는 것은 아니니까, 두 시간밖에 안 되는 투우 시간에도 꽤나 여러 번의 참혹한 싸움을 이어 볼 수 있는 것이다.

투우가 새로 시작되려면, 먼저 말을 탄 한 쌍의 무장을 한 기사가 각기 손에 창을 들고 입장해서 투우장의 양쪽 가에 조용히 멈춰 선다. 그게 끝나면 소의 입장이 이어서 비롯하는데, 병들고 힘 빠진 것이 아니라 대단히 힘세고 사납고 용맹한 소라는 걸 관객에게 보이기 위해 한동안 보조 투우사들의 '소 약 올리기 작전'으로 질풍같이 두 뿔질을 하며 사방으로 내달리게 한다. 소는 붉은빛과 분홍빛을 좋아하지 않는 듯 '소 약 올리기 작전'에 보조 투우사들은 분홍빛 보자기를 소 앞에 다가가서 펴 보여 소가 대들게 하고 있었다.

여기서 잔뜩 약이 오른 소는 마구잡이로 사방으로 질주하다가 드디어는 말 탄 기사를 발견하곤 그 기사와 말을 두 뿔로 들이받으며 대어 든다. 그러면 기사는 할 수 없이 손에 든 긴 창으로 소의 등때기를 사정없이 몇 군데건 찔러 아픔에 못 견디어 소가 도망쳐 가게 한다. 그러나 창끝엔 소의 살에 깊게는 못 박히게 곁가지가 달려 있으므로 이걸로는 소를 아주 죽일 수는 없고, 그저 따끔히 아프고 또 피가 어느 만큼 흐르게만 하는 것이다.

그래 이 창에 찢겨 등때기에 피를 흘리며 소가 날뛰고 다닐 때가 되면 한 명의 보조 투우사가 또 나와서 소를 유인하여 손에 든 여섯 개의 작은 창을 다시 그 아픈 등때기 위에 차근차근 꽂는데, 이건 단 한 개도 땅에 떨어지는 일이 없이 또 아주 보기 좋게 꽃에 꽃잎들 다

붙은 것 모양으로 여섯 개가 다 꽂혀야만 선수 자격을 인정하여 심판석과 관객석은 박수갈채를 하는 것이다.

그러고 나면 비로소 마지막으로 정식의 투우사가 한 손에 긴 칼과 한 손에 새빨간 핏빛의 보자기를 들고 나와, 그 보자기로 소를 유인하고 소가 대어 들면 재빠르게 몸을 피하면서 투우장을 헤매고 다니다가 마침내는 기회를 보아 긴 칼을 소의 목덜미 언저리에서부터 심장에 닿게 깊이 찔러 버리는 것이다.

이렇게 되면 대개의 소들은 바로 무릎을 꿇고 잠시 뒤엔 그만 뻐드러져 버리지만, 어떤 소는 칼에 심장까지 찔린 뒤에도 한바탕을 오히려 더 투우사에 대어 들다가 두 번 세 번째의 칼에 찔리고야 비로소 쓰러지는 놈도 있고, 또 어떤 소는 투우사가 나와서 칼로 그를 노리기 시작하면 '죽이지만은 말아 달라'는 듯 자꾸만 머리를 아래로 까딱거리며 절을 연거푸 하는 놈도 있었다.

내 생각으로는 이렇게 대들지 않고 절하고 있는 놈은 살려 두는 것이 옳은 일 같은데, 이런 소도 모조리 찔러 죽였다.

인도 사람들은 소를 숭상하는 민족이라 이 투우를 보지 못한다고 한다. 인도 사람 아니라도 늘 즐겨 볼 것은 되지 못하는 것 같다.

아 참, 우리가 보는 중에 한 보조 투우사가 소의 등때기에 여섯 개의 창을 꽂다가 성난 소의 공격으로 땅에 나자빠지고, 또 뿔로도 어딘가 들이받히어 퇴장을 했는데 그 뒤가 어찌 되었는지 모르겠다. 이렇게 되어 투우사가 목숨을 잃는 일도 가끔 있다고 한다.

푸짐한 불소줏집과 프라도 미술관

마드리드의 투우장에서 나온 우리는 민용태 교수의 태권도장에 가서 마침 진급시험을 치르고 있는 스페인의 젊은 남녀들의 태권도를 하는 모양을 구경한 뒤에, 다시 민 박사의 안내로 처음 겪는 스페인의 명물 불소줏집엘 들렀다. '케이마다'라고 이곳 말로 불리는 이 불소주의 본래의 도수는 한 70도쯤 된다던가.

이 술을 나르는 사람은 이곳 특유의 두두룩하고 큼직한 잔에 이걸 담아 손님 앞에 갖다 놓고 거기 불을 붙여 주는데, 이 불은 한 5분쯤 이 술 종지 속에서 타며 알코올 도수를 완화하다가 더 탈 수 없는 정도의 알코올 도수가 되면 저절로 꺼져 버린다. 그래 너무 뜨겁지 않을 정도로 식으면 그걸 꿀꺽 들이마시는 건데, 여기에는 레몬 덩어리와 설탕까지 가미되어 있어 처음 마실 때는 순순하지만 마시고 난 뒤에는 뼛속까지 얼얼히 취하고 마는 것이다.

또 여기에 안주들이 우리 한국 것과 거의 같은 명창名唱들로, 산과 들과 바다의 별의별 진미는 다 모아 놓았는데, 나는 바다 것을 좋아하는 관계로 그걸 좀 가져오라 했더니, 이건 통영 미더덕 같은 것이 없는가, 바늘 끝으로 속살을 빼어 먹는 조그마한 바다 우렁이가 없는가, 봄날 목포 언저리 선창가의 술집 진열장 속에서 그 눈에 선한 싱싱한 주황빛을 발산하여 보는 사람마다의 구미를 끄는 금시 쪄 낸 중하中蝦 무더기가 없는가, 커다란 접시에 이것저것 그득하여 참 오랜만에 고향 바다의 풍년을 만난 느낌이었다. 거기다가 저녁밥 요기까지 실컷 시켜 주고 그 값은 두루 합해 3, 4달러 정도니 스페인은 정말 가난한 여행자에게는 상명당이라 아니할 수가 없다.

4월 17일 월요일 오전에는 남겨 두었던 세계적인 미술관 프라도를 대사관의 촉탁 문광현 군의 안내로 돌아보았다. 엘 그레코를 비롯해 벨라스케스, 무리요, 고야, 그 밖에 16세기에서 18세기에 이르는 동안의 이곳 화가들의 그림이 주로 전시되어 있었는데, 스페인 왕가가 수집해 모은 이 그림들의 총수는 7천여 폭이나 된다고 했다.

내게 가장 인상적이었던 그림 하나를 들자면 그건 무리요가 그린 〈조개의 아기들〉이란 제목을 가진 것이다. 나서 24개월쯤 지난 듯한 두 아기가 금시 엄마 젖에서 떨어져 나온 듯, 한 아기는 조개 속 물을 입에 대고 빨아 마시고 있고, 또 한 아기는 옆에서 그걸 거들어 먹여 주고 있는데, 그 옆에는 강아지 비슷한 복슬복슬한 새끼 양 한 마리가 부러운 듯 앉아서 보고 있고, 공중에서는 세 아기 천사들이 내려다보며 이들을 감싸고 있는 것을 모두 아울러 그린 그림이다.

나보고 너무나 유치한 느낌이라고 할는지는 모르지만 하늘 밑 사람 사이의 일들은 무엇보다 먼저 이래야만 하지 않을까 느껴져서다.

그다음에 나는 그레코와 벨라스케스가 그린 예수의 못 박힌 두 성상聖像을 보고 대조해서 한참 생각해 보았는데, 그들 중에선 역시 그레코가 그린 성상이 더 옳지 않을까 한다.

벨라스케스의 성상은 못 박힌 두 손과 두 발에서 피를 흘리며 기진하여 목을 숙인 예수 혼자만의 처참한 모습을 그리고 있어, 이게 고단하고 또 고독한 일인 것 같은 인상을 주지만, 그레코의 성상엔 날개 돋친 천사의 호위가 있고 그 밑엔 또 남녀 숭배자들의 우러름도 있고 또 예수의 머리도 수그러지지 않아, 이게 고독한 일도 아니고 또 기진할 일도 아닌 것을 우리에게 잘 보여 주고 있어서 말이다.

이런 내 느낌은 미술비평까지 되는 것이 아닌 줄은 나도 잘 안다. 그러나 이런 생각이 내게는 중요한 것이어서 이렇게 몇 마디 써 두는 것이다.

파리행 국제 열차 속의 불안한 하룻밤

4월 18일 오후 7시 반, 나는 프랑스의 파리로 가기 위해 마드리드 출발의 국제 열차에 올랐다.

유럽은 과히 넓지 않은 작은 면적의 나라들이 많아서 기차로 여행해도 별로 고단하지 않을 거라 생각한 데다가, 또 비행기로는 도저히 불가능한 땅 위의 자연과 풍물을 가까이 접촉하기 위해서 유럽에서는 기차 여행을 하기로 일찌감치 작정하고, 캐나다에 있을 때 3개월 기한의 승차권을 사서 지니고 있었던 것이다.

그러나 파리 도착 시각은 이튿날 아침 9시 반이니 꼬박 열네 시간이나 걸리는 고단할 수밖에 없는 여행이었다.

거기다가 유럽의 국제 열차는 흔들리지 않고 편안하다는 소문과는 달리 이건 한국의 새마을 열차만도 못하게 많이 흔들리는 데다가, 좌석도 한 칸에 세 사람씩 앉게 한 것을 두 칸이 서로 마주 바라보게 해 신경이 여간 쓰이는 게 아니었고, 침대차가 따로 있는 게 아니라 바로 이 좌석의 양쪽 벽 위에 네 개는 젖혀진 채 걸려 있어, 잘 때는 맨 아래 두 좌석까지 합해 3층으로 침대를 만들어 자야 하는 것이다. 또 이렇게 된 여섯 개의 침대에는 이 사이를 가리는 커튼도 없고, 오르내리는 사다리도 차례 안 오는 곳도 있어 밤에 측간에라도 가려면 아래 칸에서 자는 사람을 발로 건드려 잠을 깨우게 하기가 예사일 수밖에 없었다.

나는 '사람을 까닭 없이 의심하지 말라'는 신조로 살고 있는 사람이긴 하지만 동행 다섯 사람 중 두 모로코 사람이 아무래도 열차 속 소매치기나 혹은 또 그보다도 더한 무엇인 것만 같아 유쾌할 수가 없었는데, 그중의 하나가 하필이면 3층의 나와 커튼도 없이 서로 마주 바라보고 눕게 되었을 때는 아무리 잠에 들래야 쉽게 눈이 잘 감기지 않아 뒤척거리고만 있을밖엔 없었다.

아니나 다를까, 첫새벽 1시쯤 되어 기차가 국경 언저리를 통과할 때, 누군가가 우리 여섯이 있는 칸의 문을 열더니 그 두 모로코 사내를 보고 식지로 까딱까딱해 침묵 속에 감쪽같이 데리고 가 버렸다. 그러고는 이 두 사내는 내가 파리에서 내릴 때까지 돌아오지 않았는데, 거, 어찌 된 것인지 아리송하기만 한 일이다.

그렇다고 내게 무슨 도난당하면 큰일 날 거액의 돈이나 보물을 지닌 게 있어 그렇게 초조했던 것도 아니다. 내가 경향신문사에서 이 글의 원고료 조로 타 가지고 떠났던 1차 여비는 벌써 몇 달러밖엔 남지 않았고, 파리에 가면 나를 기다리고 있을 나머지 것을 탈 예정이니, 털려 봤자 도로아미타불일 따름인데도 옆의 누구를 의심하면 초조해 못 견디는 것 ―이게 내 천생의 성미인 것이다.

이렇게 곤죽 다 되어 파리 역에 내리니 경향신문 파리 특파원 노영일 씨가 마중 나와 서 있고 그래도 기차 철길 가의 언덕에는 좁쌀 같은 봄꽃들도 더러 피어 있어 나는 다시 살아갈 용기를 간신히 새로 낼 수가 있었다.

프랑스

몽파르나스의 보들레르 묘를 찾아

4월 19일 아침에 나는 파리 역에 내리자 경향신문 파리 특파원 노영일 씨의 안내로 몽마르트르에서 멀지 않은 트레비즈가 20번지의 레망이라고도 하고 애진원愛眞園이라고도 하는 우리 교포가 경영하는 호텔에 한 칸 방을 얻어 들었다.

이 집 주인 박 씨는 내 고향과는 과히 멀지 않은 전주 태생으로 그것도 무척 반가웠고, 또 여기 식당은 한식 전문이라 그것도 안성맞춤이고 하여 나는 비로소 쾌재를 부르고 한동안 묵으며 많이 밀린 여행기도 쓰고 오랫동안의 남아메리카와 아프리카 여행에서 생긴 여독도 풀기로 했다.

그런데 4월 20일 아침, 이곳에 문득 깊은 땅속에서 불쑥 솟아 나오듯 가까운 후배 시인 임성조 군이 내 앞에 돌연 솟아 나온 것은 아무리 생각해 보아도 불가사의하기만 한 일이다. 그한테 들으면 인도와 프랑스와 미국 세 나라를 한 45일쯤에 걸쳐 좀 구경해 볼 목적으로 왔다고 하지만, 이건 아무래도 나를 돕고 격려하려고 하늘의 한 귀퉁이에서 어느 귀신이 씌어 대서 불시에 내게 보낸 것만 같은 것이다.

그래 그가 여기서 나와 같이 묵은 4월 20일에서 5월 4일 사이의 어느 날 오후, 나는 그와 함께 파리 대학에서 정치학 공부를 하고 있는 내 사돈뻘 되는 유제현 군의 안내를 받아 몽파르나스 공동묘지에 있는 샤를 보들레르의 묘지에 여기 와서 처음으로 성묘 나들이를 갔는데, 내가 여기서 똑똑히 날짜를 기억해 쓰지를 못하고 이렇게 겨우 '어느 날'이라고만 쓰게 되는 것은 어느 겨울엔지 아프리카의 그제 나이도 생일도 잊어버리고 사는 늙은 깜둥이들의 물이 든 것 아닌가 한다.

나는 이십대 초의 갓 젊었을 때부터 보들레르의 몇 편 시를 아껴서 애독해 온 사람이라 어디보다도 먼저 그의 묘지를 찾았건만, 많은 공동묘지 사이에서 잘 찾아지지가 않아 꽤 많은 시간을 헤매 다니다가 겨우 찾아보니 의외에도 너무나 초라한 꼴이었다.

보들레르, 그가 무척 싫어했던 의붓아버지 오피크와 그의 어머니와 그는 한 무덤에 같이 묻혀 있었고, 그의 성명은 의붓아버지와 어머니 사이에 겨우 보일락 말락 하게 자리해 있었는데, 이것은 셋 중에서 마지막으로 죽은 그의 어머니의 뜻이긴 하겠지만, 보들레르의 감정으로서야 이거 어디 마음 오붓해할 일일 것 같지가 않다.

친아버지를 8세인가에 여의고 엄마만 의지해 살던 아이가 엄마마저 딴 사내에게 다시 시집을 가니 그게 더없이 한이었다던데, 그런 그를 이렇게 의붓아버지와의 사이에다 묻은 것은 아무래도 어머니의 모자란 생각이었던 것만 같다.

정말 딱했던 보들레르, 그에게 잠시 합장하고 돌아서서 센 강가를 한참 걸어오다 보니 내가 아프리카의 케냐에서부터 구해 짚고 다니던 초록빛 지팡이가 간 곳이 없다. 묘지를 찾아갈 때 탔던 지하철에다 잊고 내린 것일까. 아니면 보들레르의 묘지 앞에 두고 온 것일까. 아무래도 기억이 잘 나지 않아 망설이다가, 가서 찾아라도 볼 수 있는 곳이 그의 묘지여서 성조 군더러 찾아보라고 했더니, 그가 용하게도 지팡이를 보들레르 묘지에서 발견해 내 가지고 왔다.

"아마 보들레르가 선생님을 더 좀 가까이하고 싶어 이 지팡이를 두고 가게 한 것 같은데요……" 성조 군이 말했다. 나도 '그걸 그냥 거기 놓아두고 오라고 할 걸 그랬다'는 후회가 생겼다.

카르티에라탱 거리와 충혈된 몽테뉴 대리석상

4월 27일 목요일. 안내자인 사돈 유제현 군의 학교 시험이 어제 끝나 오늘에야 그의 안내로 몇 군데 파리의 유명한 곳들을 둘러보게 되어 먼저 카르티에라탱 거리와 소르본 대학 등을 시인 임성조 군과 함께 돌아보았다.

카르티에라탱이라는 거리 이름은 이곳이 프랑스 혁명 전까지는 소르본 대학생들을 중심으로 라틴어―로마 말을 늘 많이 사용해 온 데에서 붙은 이름이라고 한다.

소르본 대학엘 들어가 보았는데 흡사 서울 동숭동에 있던 옛 서울대학교 문리대와 비슷한 규모의 우중충한 옛 건물로서, 문학을 유달리 많이 숭상했던 듯 빅토르 위고의 큼직한 조각상이 뜰에 세워져 있는 것이 특색이라면 특색이었다. 지금은 이것도 국립 파리 대학교에 포함되어 몇 개의 단과대학이 여기에서 수업을 하고 있다고 한다.

소르본 뒤쪽 거리의 모퉁이에는 우리에게도 『수상록』으로 친분이 두터운 몽테뉴의 대리석 조각상이 실물 크기로 새겨져 있는데, 잠깐만 이걸 눈여겨보자면 얼굴엔 군데군데 붉은 물이 묻어 있고, 특히 두 눈은 마치 감정의 흥분을 못 견디는 듯 빨갛게 충혈되어 있어 깜짝 놀라게 된다. 이 조용하고 차근차근했던 슬기의 사람이 이게 웬일인가 해서이다.

"저러니라니! 누구 철없는 파괴 분자들의 소행 아닐까?" 내가 유제현 군에게 물으니 유 군은 "철없는 사람들 짓이긴 하지만 파괴 분자의 짓은 아닙니다. 숭배하는 사람들 짓이래요. 대개는 여기 여학생들이 범인인데, 시험 때가 되면 점수를 많이 따게 해 달라고 몽테뉴의 얼굴에다 대고 마구 키스를 하고, 더구나 그 맑은 두 눈에다가는 몽땅몽땅 입술을 문질러 대는 통에 입술연지가 여러 겹으로 묻어 저렇게 보기 흉하게 되고 만 것입니다"라고 했다.

나는 "그렇다면 정부에서 닦아 놓아야지" 말하려다가 언뜻 그게

나의 잘못된 생각인 걸 반성하고 침묵하고 말았다. 일이 이렇게쯤 되게 마련인 바엔 정부가 닦아 내기에는 한정이 없을 것이고, 늘 닦아 내다가 이 조각을 마멸시킬 염려도 있을 것이고, 또 이렇게 하는 것이 몽테뉴를 숭배하는 현재의 이곳 젊은이들의 솔직한 표현인 바에 이걸 꼭 언짢게만 여겨 감추고만 있을 수도 없는 노릇이라고 고쳐서 생각이 되었기 때문이다. 그렇기는 하지만 이 몽테뉴 선생의 두 눈의 충혈이 여학생들의 키스 자국이라는 걸 관광객들에게 알려 주는 해명문을 쓴 표지판 하나쯤은 여기 세워 두었으면 싶었다.

이 곡절을 모르는 관광객들의 눈엔 이게 파괴 분자들의 짓으로 보이기가 쉽고 그렇게 보고 가면 프랑스의 현재의 정신 상태는 사실보다도 더 험악한 것으로 오해되기 쉬울 것이니 말이다.

카르티에라탱이 많은 여행안내서에 소개된 것처럼 학문의 거리라는 독특한 인상은 인심이 바뀐 까닭인지 별로 보이지 않았지만, 책 가게가 딴 거리보다 더 많이 눈에 띄고, 여러 나라의 학생들이 모여드는 곳인 만큼 흰둥이, 깜둥이, 노란둥이 등 여러 인종의 젊은이들이 꽤나 자신만만한 걸음걸이로 오가고 있었다.

뤽상부르 공원

뤽상부르 공원에는 아름다운 여신들의 육체 풍만한 대리석들이 수풀 속의 마로니에 큰 꽃나무들 사이사이 많이 숨어 늘 신화 속의 사랑을 소곤거리고 있어서 좋았다. 한적한 구석마다 배치해 놓은 소박한 나무 벤치에 앉아서, 마로니에의 나는 듯 마는 듯한 꽃향기 사이 여신들의 소곤거림에 마음속의 귀가 열린다면, 사람들은 그 시시하고 너절하고 인색한 쌘거리 사람 노릇을 더 이상 계속하려 하지는 않을 것이고, 사람이 당연히 가져야 할 신다운 모양을 회복하려고 할 테니 말이다.

내게는 특히 '메디치의 샘'이라는 샘가 언저리가 좋아 보였다.

샘가의 높은 낭떠러지 바위 위에서 머리털이 길게 곱슬곱슬한 거추장한 남자의 신 하나가 그 아래 괸 샘물을 내려다보고 있는 것이 언뜻 눈에 띄어 이것이 혹 못물에 비친 자기의 모양을 처음으로 발견하고 있는 '나르시스' 아닌가 했으나 좀 더 자세히 보니 낭떠러지 아래 좀 으슥한 곳엔 두 청춘 남녀가 끌어안고 사랑에 젖어든 모양이 또 있어, 이 옆을 지나가는 중년의 점잖은 사내에게 조각상들의 이름을 물으니, 질투하는 거인 폴리페모스와 그걸 잘 견디는 연인들의 상을 표현한 것이라고 한다.

'신도 질투할 만한 눈부신 사랑을 한번 해 보라!'는 것이겠지. 이렇게 만들어 놓으니 질투하는 거인의 존재도 흉악한 것으로 보이지 않고, 두 찬란한 연인의 사랑에 썩 잘 어울리는 장식만 같아 보기에 좋았다.

뤽상부르 공원의 북쪽에는 프랑스 국회 상원이 자리 잡고 있는데, 이것은 원래는 뤽상부르 궁이었다고 한다. 뤽상부르라는 한 후작의 성이 있던 자리에 앙리 4세의 왕비 마리 드 메디시스가 1615년부터 1627년까지 열두 해에 걸쳐 짓게 한 것이 바로 이 궁전으로, 19세기까지 왕궁으로 쓰이다가 프랑스 혁명 때에는 한때 감옥 노릇을 했고, 1946년부터 프랑스 국회의 상원이 된 것이다.

뤽상부르 공원 안에는 또 많은 꽃밭과 잔잔히 푸른 못물을 가진 아주 넓은 마당이 있어서, 즐비하게 깔린 벤치들 위에는 꽤나 잔잔해진 얼굴을 한 사람들이 많이 보였다. 이런 잔잔한 모습의 사람들 옆을 가만히 지나, 밖으로 나가는 어느 잔디밭 옆 샛길을 걸어가는데 수수한 표정의 나지막한 중년 여인상이 하나 있어 옆에 바짝 다가가서 거기 적힌 이름을 읽어 보니 이게 바로 그 염문도 꽤나 파다하게 풍기며 살다 간 프랑스의 여류 소설가 조르주 상드였다. 수수하고 나직한 모양의 여자라야 정열은 더 찐하게 타는 것인가?

거기서 얼마 멀지 않은 곳에는 또 저 대단히 치밀한 문장의 작가 귀스타브 플로베르의 웃수염 점잖은 모양의 대리석상도 서 있었다.

앵발리드와 팡테옹, 기타

나폴레옹의 무덤이 있는 곳을 여기서는 앵발리드라고 한다. 앵발리드는 프랑스 말로 전쟁에 부상하여 폐병廢兵이 된 사람을 의미하는 것이니 여기에 집―오텔이란 말을 붙여서 그 폐병들이 살던 집을 말한다. 나폴레옹의 묘가 있는 이 일대는 1671년에 루이 14세가 그의 폐병들을 수용하기 위해 지은 '폐병의 집'이 있던 곳이기 때문에 지금도 그 이름이 그대로 이어져 쓰이고 있는 것이다.

나폴레옹 1세의 묘를 다른 곳에 두지 않고 여기 이 앵발리드 구내에 둔 것은 나폴레옹의 유언대로라고 하는데, 그가 이 같은 유언을 남긴 심경은 복잡했을 것 같다.

프랑스 혁명 때는 이 폐병 수용소에서 혁명 군중이 무기들을 빼앗아 썼다고 하며 혁명 뒤에는 나폴레옹과 그 2세의 손으로 개축되었던 곳인데, 지금은 전쟁의 희생자들의 구호처 겸 군사 박물관으로 쓰이고 있다. 큰 바윗돌들로 짜 만든 나폴레옹의 관은 앵발리드 구내의 한쪽에 있는 둥그런 지붕을 가진 집의 지하실에 놓여 있다.

나폴레옹은 키가 유난히 작은 사람이었다고 하는데, 그래도 이 무늬 좋은 자주색 대리석의 석판만큼은 두어 사람 들어가도 좋을 만한 크고도 두꺼운 것으로, 어쨌든 대단했던 이 장수의 체면에 어긋나지는 않는 것 같았다. 나보고 쓰고 있던 베레모까지 벗으라고 감시원이 말해 벗기는 벗었지만, 나폴레옹이 그 어디서 듣고 있었으면 여기에 찬성하지는 않았을 성싶다.

여기서 나와서 우리는 팡테옹으로 향했다. 팡테옹이라면 그리스에서는 신들의 집을 뜻하지만, 프랑스에서는 이 나라의 위대했던 사람들을 모셔 제사 지내는 사당이다. 센 강의 왼쪽 언덕 위에 있는 '몽드 파리—파리의 산'에는 6세기에 파리를 침공한 아틸라 족을 그 정신적 위력으로 앞장서서 막아낸 성 주느비에브의 무덤이 있어 온 곳으로 1758년부터 1788년까지의 30년간에 걸쳐 성당을 세웠다.

프랑스 혁명 뒤에는 이 나라의 자유를 지키기에 헌신한 분들에게 이곳을 바치기로 되어, 정치가 강베타의 심장을 담은 대리석병도 지하실 입구에 모셔져 있고, 많은 유공자들의 무덤 사이엔 문인으로 볼테르를 비롯해서 장 자크 루소, 빅토르 위고, 에밀 졸라 등의 무덤도 모두 이 지하실 안에 있다.

그러나 이 지하실 무덤들의 안내와 설명을 맡은 정복의 관리는 관광객들이 낮은 목소리로 가만히 소곤거리기만 해도 신경질을 내 소리를 바락바락 지르고 하여 질색이었다. 과잉 충성이란 어디에서나 이렇게 질색인 것이다.

무덤이 있는 지하실로 내려가기 전의 1층 벽에는 다비드 당제라는 사람의 부조浮彫로 자유국가와 역사를 상징하는 것이라는 조각이 새겨져 있고, 문인 볼테르, 장 자크 루소 등이 영광의 관을 받는 모습이라든지 또 나폴레옹, 그 밖에 공이 컸던 군인들도 새겨져 있다. 벽화로 그려진 그림에는 프랑스를 위기에서 구제한 두 여성 잔 다르크와 성 주느비에브의 모습도 보인다.

팡테옹에서 조금만 뒤로 가면 성 주느비에브의 관이 아직도 놓여 있는 생 에티엔 뒤 몽 교회가 따로 또 서 있다. 이 집은 1459년에서 1586년 사이의 긴 동안에 걸쳐 이루어진 것이라고 한다.

루브르와 현대 두 미술관에서

4월 27일. 유제현, 임성조 군과 또 마침 이곳에서 개인전을 갖기 위해 파리에 온 화가 백영수 씨 등과 함께 저 유명한 미술관 루브르와 현대미술관 양쪽을 돌아보았다.

아시다시피 루브르는 1793년부터 미술관으로 사용해 온 것으로,

프랑수아 1세가 옛 그리스와 로마의 그림과 조각을 모은 것을 비롯하여 루이 14세 때에는 2천4백 점이 넘는 미술 작품이 모여 비로소 미술관을 세울 계획을 세웠다가 프랑스 혁명으로 한동안 계획이 중단되었던 것이라 한다. 지금은 1, 2, 3층에 전부 약 20만 점의 미술품을 모아 전시하고 있다.

여기를 찾는 많은 사람들이 그걸 보러 왔기 때문에 더 많이 그 앞에 모여 서 있는 1층의 〈밀로의 비너스〉상 앞에 나도 먼저 한동안 끼어 서서 여러모로 꼬치꼬치 눈 주어 보았다. 팔도 없는 그리스 여인의 조각이 많은 사람들에게 공감을 일으켜 온 이유는 그것이 무슨 아기자기한 아름다움을 지니고 있기 때문이 아니라, 말하자면 견딜 것을 충분히 잘 견디어 내고 그러면서도 또 늘 점잖고 조용한 여인의 숨은 힘을 풍기고 있기 때문만 같았다. 물론 육체의 모든 것도 이런 정신의 조건에 두루 잘 조화되어서 말이다.

그림들을 전시해 놓은 방들을 돌다 보니, 사람들이 가장 많이 모여서 보고 있는 그림은 또 너무나 유명한 레오나르도 다빈치의 〈모나리자〉였는데, 이것은 도난당했다 겨우 되찾은 불신의 경험 때문인지 이 그림의 본모양 그대로 드러내 놓지도 못하고, 별난 방범실 안의 유리창을 통해서만 그 묘한 미소라는 걸 겨우 엿보이고 있었다.

그러나 이런 종류의 여인의 신비한 미소는 이 땅 위의 여인들의 얼굴에서 아주 보기 어려운 것은 아니다. 내 생각 같아서는 어느 여인이라도 소녀 시절에서 할머니에 이르는 동안에는 때로 이런 미소도 지어 가지는 것으로 알고 있다. 잘 기억해 보기 바란다. 그렇지 않던가? 우리들의 어른 된 자 누구나가 소중하게 기억하고 있는 여인의 신비한 미소, 그것을 전형적으로 그려 놓아서 레오나르도 다빈치는 두고두고 우리의 공감을 사고 있는 것이다.

이 웃음이 그리도 그리우면 살아 움직이는 산 여인들의 얼굴과 모습에서 찾아 가질 일이지, 이걸 훔치려 하고 그래서 또 방범실 속에 가두고 나서 겨우 보고 지내다니 사람들 참 너무나 많이 돌았다.

국립현대미술관에서 내 마음을 가장 많이 끈 것은 살바도르 달리의 〈잠 깨기 직전 두 번째 석류를 둘러싸고 나는 한 마리 벌이 이끄는 꿈〉이라는 꽤나 길고, 또 우리 시와 많이 닮은 제목을 가진 한 폭의 그림이었다.

바닷가 반석 위에서 옷 다 벗고 잠들어 있는 젊은 여인, 왼편의 바다 위에서는 잠이 다 깨어 터진 석류 열매가 붉은 알맹이들을 바닷물에 떨어뜨리고 있는 속에서 주황빛 물고기가 생겨나고, 그 물고기 입에서는 또 갈기 진 호랑이가 두 마리나 생겨나 사나운 아가리를 벌리면서 잠든 여자를 금방 잡아먹으려고 날아들고, 또 그런 기운으로 생긴 대검의 총 한 자루는 칼끝을 여자의 한쪽 겨드랑이에 박고 있는데, 이 잠든 여자의 아래쪽 반석 위에는 여자의 꿈이 흘린 땀방울인 듯한 옥색 수정이 몇 개 방울져 박혀 있고, 아직 잠 못 깨어 터지지 못한 둘째 번의 석류를 에워싸곤 한 마리 아픈 침을 가진 벌이 날고 있다. 그리고 날아 덤비고 있는 두 호랑이 옆에는 하늘에 매달려 공중에 둥실 뜬 한 마리 흰 코끼리가 바다 위를 걷고 있고, 그 등 위의 투명한 보자기 안엔 부처님인지 보살님인지 그런 모양도 하나

들어 있다.

여러 말 할 것 없이, 이 그림 하나가 모든 면이 내게는 썩 마음에 들었다. 인연이 닿은 것이다.

여배우 윤정희 씨의 초대를 받고

4월 27일 밤, 이곳에 오래 살고 있는 우리 피아니스트 백건우 씨와 여배우 윤정희 씨 부부가 궁벽한 떠돌이 나를 친절하게 초대해 한때 저녁을 같이하자고 하여 한국일보 특파원 김성우 씨와 함께 그들이 세 들어 있는 집에 들렀다.

이만큼 한 수준의 예술가의 살림집으로는 너무나 작고 초라하고 침침한 2층 구석방에서 그들은 살고 있었는데, 그래도 그들 사이에는 인제 걸음마를 배우고 있는 아이가 하나 생겨나 자라고 있어, 이것이 그들의 가장 큰 행복인 듯했다.

내가 인사말로 "꼭 원앙새 한 쌍이 병아리 하나를 가진 것 같군" 하니 이 두 부부는 무척 좋아라고 했다.

또 그들은 윤정희 씨의 친정어머니를 극진히 효도를 다해 모시고 있어 나는 그분과도 잠시 수인사를 나누었지만 이 일은 내게는 특히 좋게 느껴졌다. 이렇게 효도의 느낌도 늘 가지고 사는 사람들이니 이런 어려운 생활 속에서도 그만큼 한 예술을 이어서 꾸준히 이루어 내고 있는 것이라는 내 오랜 경험 끝의 생각에서였다.

맛있는 생선회에 술을 풍부하게 내놓아 주어서 오랜만에 거나할 만큼 받아 마시며, 지난핸가 신문에서 오래 보도한 소위 유고로의 납치에 대해 궁금턴 걸 물어보았으나 그들은 가지런히 입을 다물고 그 자세한 내막을 거듭 말하기를 싫어하는 눈치였다.

그들을 유고로 데리고 가서 그렇게 골탕을 먹였다는 화가 이응로 씨의 부인 이야기에도 그들은 그저 "예" 아니면 "아니요"로 나직이 대답하고 말 뿐, 그들을 원망하거나 나쁘게 표현하는 말 한마디도 더 보태지는 않았다.

이런 그들의 태도는 내게는 우리의 예부터의 선비의 몰골을 보여 주는 듯하여 여간 반가운 게 아니었다.

들어 보니, 나를 여기 초대하자고 먼저 말한 건 피아니스트인 그 남편 쪽이 아니라 여배우인 부인 쪽이었던 모양인데 그렇다면 나는 이런 초대는 난생처음 받아 보는 셈이다. 나는 피아니스트들의 초대를 받아 본 일은 더러 있지만, 배우의 초대를 받아 본 일은 남배우나 여배우 어느 쪽으로부터도 아직 단 한 번도 없었으니 말이다.

그래 윤 여사의 이 초대는 내게 매우 흐뭇하게 기쁜 일이 되었다. 우리나라에서 시 같은 걸 쓰고 있는 구석진 일도 이제는 이만큼 대접도 받는 것인가 해서다.

그들은 대단한 호의를 내게 보여 그들의 어머니의 것으로 예약해 놓았던 파리 오페라 극장의 표를 내게 양보까지 해 주었는데, 4월 29일 밤의 그 자리에 나가지 못하게 된 건 미안스런 일이었다.

사실은 거기서 만나기로 한 약속 시간에 대 가기 위해 입고 있던 블루진 바람으로 막 호텔을 나서며 "오페라에 좀 다녀오겠다"고 호

텔 주인보고 말했더니 "오페라요? 거기는 타이를 매고 정장하고 가
셔야지 블루진으론 안 됩니다" 해서 마침 또 정장은 세탁을 맡긴 터
라 트렁크 속에 개어 넣어 둔 하복을 꺼내 차려입고 길가에 나가 잘
오지 않는 택시를 기다리다 보니 그리된 것이다.

사람 사이의 연관 관계─ 말하자면 인연이라는 게 자잘한 대로 꽤
나 재미있다고 생각되어 나는 이렇게 쓰고 있다.

로댕 미술관에서

4월 30일. 시인 임성조 군과 함께 오늘은 로댕의 조각을 보는 날
로 정하고 오전 일찌감치부터 그의 미술관에 가서 지냈다. 그리고
거기에서 나올 때 나는 임 군에게 말했다.

"프랑스 역사가 만든 모든 사람 가운데서 단 한 사람의 대표자를
고르라고 한다면 나는 로댕을 고를 거야."

나는 로댕 미술관에 와서 중요한 조각들을 살펴보고 다니다가 어
느 결엔가 저절로 이런 실감을 갖게 된 것이다.

우리나라 시인들이 오랫동안 많이 좋아해 온 체코슬로바키아 출
생의 시인 라이너 마리아 릴케가 프랑스에서 오직 이 로댕 하나에만
그렇게 몰입하여 심취했던 것도 당연한 일이었다고만 생각되었다.
물론 이것은 말하고 행동하는 걸로 한몫을 본 행동인들을 두고 말한
것이 아니라, 느낌과 생각의 표현을 정밀히 하는 데 중점을 두고 살
아온 사람들을 생각해 본 끝에서다.

우리는 그의 〈입맞춤〉이나 이 부류의 적지 않은 작품들을 통해 남녀의 사랑의 극한의 법열과, 그 누구도 좌우할 수 없는 힘의 영향을 받는다. 이것은 야하지 않아 제아무리 점잖은 사람에게도 영향을 주고야 마는 그런 것이다. 그러나 그에게는 성의 사랑을 통해서 여는 목숨의 관문에서 과히 멀지 않은 곳에, 말하자면 신으로 통하는 또 하나의 소슬한 관문이 있어, 이 관문을 통해 체득한 것으로 영원성을 만들어 내고 있어서, 그것이 들어 야하기 쉬운 모든 인간사를 그렇게도 야하지 않게 표현해 낸 것에 우리는 곧 주목하게 된다.

〈신의 손〉, 〈악마의 손〉, 〈라 카테드랄〉 등 이 부류의 많은 작품들에서 우리는 영원을 위해선 참으로 함부로 할 수 없는 사람들의 구도求道와 정성精誠의 간절한 모습을 사무치게 실감하는데, 이것이 그에게는 뿌리 깊게 체득되어 있어 인간의 야비화를 막고 있다.

그래서 사람이 혼자 앉아 있을 때에도 〈생각하는 사람〉이라는 그의 작품에서 우리가 느낄 수 있는 것과 같은 끈질기고 믿음직한 사람의 모양만을 만들지, 못된 사람의 모양을 그는 만들 수가 없다.

이것은 말이 쉽지, 쉽게 이렇게 될 수는 없는 것 아닌가. 오늘날 파리의 그 많은 야비화와 정신의 에누리와 비교해서 깊이 생각해 보기 바란다. 그게 어디 쉬운 일인가?

육체의 일로나, 정신의 일로나, 또는 육체와 정신이 어우러져 하는 일로나 로댕 미술관의 조각들은 아직까지는 프랑스의 인간성의 가장 순수한 정점을 대표해 표현한 것으로 나는 본다. 불꽃이 튀지만 신의 모습을 언제나 잃지 않는 남녀의 포옹, 어느 성당에서보다도 더 경건한 열성으로 하늘로 치켜들고 있는 그의 손들—프랑스에 지금 가장 많이 필요한 것은 바로 이런 열성 아닐까 한다.

몽마르트르 구경

몽파르나스 거리가 그전엔 일부 예술가들이 출몰하던 곳이었다가 요즘은 그 옛 모습을 감추어 버린 것과는 대조적으로 몽마르트르 언덕 위의 과히 넓지 않은 광장 일대에는 비록 이름 없는 사람들이기는 하지만 아직도 화가들이 모여 캔버스를 벌여 놓고 열심히 그림 그리는 광경은 지금도 우리에게 몽마르트르의 전통적인 모양을 느끼게 하고 있다.

거의가 추상화들을 그리고 있었는데, 어떤 것들은 화가 자신이나 알고 느낄는지 보는 이에게는 도무지 실감이 일지 않아 걱정이었다. 이것은 어느 나라에서나 문젯거리가 아닐 수 없다. 아무래도 예술품이려면 어떻게든 보는 이의 상상만은 가능케 해야 무슨 감동을 전할 수 있는 것인데 이것까지 무시하고서 될 일일까 모르겠다.

유학생인 듯한 일본 청년 하나가 몽마르트르 광장의 한쪽 귀퉁이에서 그들의 '가케' 우동을 만들어 팔고 있는 게 보여 동행하던 임성조와 나는 오랜만에 그것에 입맛이 당겨 한 그릇씩 사서 먹었지만, 일본 사람들이 이런 곳에까지 파고드는 빈틈없음엔 그저 탄복할밖에 없었다. 이래서 그들은 2차 세계대전에 참패한 뒤에도 요즘은 땅 위에서 제일 부강한 나라의 하나로 다시 등장한 것이다.

몽마르트르 언덕 위에는 사크레쾨르 성당이 높이 솟아 있고, 좁은 계단을 통해 그 꼭대기로 올라가면, 파리 시내의 전망이 에펠 탑 다음으론 잘 보여서 좁은 계단에 서로 몸을 비비며 자주 오르내리고 있다. 쇠로만 엮어 만든 에펠 탑의 싸늘함보다는 이 구식 돌집의 돌계단이 그리워 그렇기도 한 것이리라.

몽마르트르 광장에서 한 5백 미터쯤의 거리를 꼬불꼬불 더듬어 아래로 내려오면 우리가 잘 아는 또 하나의 이름인 '물랭루주'라는 것이 있다. 귀족 출신의 난쟁이 화가였던 로트레크의 화집에서 우리가 많이 눈에 익은 파리의 창녀들과 그들을 노려 모여드는 놈팽이들의 소굴이 옹기종기 모여 있던 곳이었지만, 지금은 꼭 그렇지만은 않은 곳이 되어 있고, '물랭루주'라는 이곳 이름을 상징하는 붉은 풍차만이 옛 모습 그대로 공중에 솟아 있을 뿐이다.

누군가가 말하는 걸 들으면, 이 언저리의 어느 구석에는 아직도 왕년을 추모하는 양 사창私娼의 여인들이 숨어서 나타나는 술집도 있다 하고, 또 어느 골목에선 다 늙은 할머니 소리꾼이 낡은 샹송을 이지러진 목소리로 부르고 있다 하나, 나는 긴 여행에 몸과 마음이 많이 지쳐서 그런 델 찾아 발걸음을 옮기지는 못하고 말았다.

장 가뱅이라는 무뚝뚝한 배우가 나오는 〈페페 르 모코〉라는 영화에서 내가 이십대 때 보고 들었던 그 이 빠진 할망구가 나직이 부르던 샹송―그런 거나 다시 한 번 들어 보았으면 싶기는 하나, 아무래도 이건 여독을 좀 더 푼 뒤에 하는 것이 좋을까 보다.

불로뉴의 큰 수풀, 조제핀의 흉가, 베르사유 궁

4월 30일. 여류 소설가 한무숙 여사의 큰 자제인 김호기 군이 마침 이곳 우리 대사관의 참사관으로 있으면서 일요일인 이날 하루를 나를 위해 안내에 나서 주었다. 그의 안내로 우리는 모파상의 소설 『벨아미』를 비롯한 프랑스의 많은 문학작품에서 이미 그 이름을 잘 기억하고 있는 파리에서 가장 아름다운 수풀—부아 드 불로뉴를 비롯해서, 나폴레옹의 처음 아내 조제핀이 그 서러운 말년을 보낸 말메종—흉가라는 이름을 가진 궁전, 그리고 또 저 유명하고 화려한 베르사유 궁전 등을 하루 종일 돌아보고 다녔다.

시인 임성조 군과 화가 백영수 씨가 동행했다.

불로뉴 같은 큰 수풀을 우리도 서울 근교 어디에 하나 만들어 가질 필요가 있겠다. 서울의 창경궁과 비원의 수풀을 합한 것보다 몇 갑절은 더 큰 이만큼 무성하고 아름다운 수풀을 하나 갖는다면 우리들의 사랑도 훨씬 더 잔잔히 깊어질 수 있을 것이고, 그러면 짜증이나 반목도 줄어들지 않을까? 그런 생각이 여기 들어서자 자꾸만 생겼다. 이런 크디크고 아늑하고 감칠맛 있는 수풀 속에서는 물론 모파상의 소설 『벨아미』의 주인공 조르주 뒤루아 같은 사람들의 고약한 음모도 더러 꾸며지기도 하겠지만, 그런 사람들의 후회와 탄식, 재출발의 의지는 더 많이 생겨날 수 있을 것이다. 나는 이런 큰 수풀의 덕을 잘 믿고 있기 때문이다.

젊은 연인들의 입맞춤이 나무 그늘마다 어느 나무의 꽃보다 더 찬란히 꽃피어나는 옆에는, 맑은 호수 위에 어리는 하늘의 구름들도 충분히 모여 있어, 조금이라도 정신 차린 사람이면 이런 데서까지 고약한 음모나 일삼고 있는 건 곧 부끄러워질 것이다. 넓은 호수에 비치는 하늘의 구름 덩이들 옆에는 예쁜 배들도 적지 아니 떠다니고 있어 젊은이들의 꿈을 싣기에도 매우 알맞아 보였다.

'흉가의 성'이란 조제핀의 집에 와서 저절로 느껴지는 것은 역시 인정의 무상함이다. 나폴레옹이 조제핀과의 사이에 아들이 없는 걸 핑계로 이혼한 뒤에 오스트리아의 공주 마리 루이즈하고 재혼한 후, 혼자서 쓸쓸히 지내다가 임종했다는 조제핀의 침실에도 들어가 보았다. 황후의 침실로서는 너무나 좁은 원형의 방이어서, 김호기 박사에게서 그 까닭을 들으니 원래는 보통 방과 같은 네모반듯한 것이 었는데 나폴레옹이 재혼한 뒤에 조제핀이 그걸 줄여서 이렇게 묘하게 둥그렇게 만들어 지내다가 숨을 거두었다는 것이다.

'원만하자, 원만하자. 좁디좁게나마 원만하자!'

조제핀의 고독 속의 계율은 이거였을 거라고 생각하다가 보니 불교의 온갖 모난 것을 없애려는 광대원만무애대비심廣大圓滿無碍大悲心과도 어느 정도 통하는 마음이었을 거라는 생각도 들어서, 이 침실의 원형이 그냥으론 보이지 않았다.

인생의 무상함을 무엇보다 먼저 느끼게 하는 점은 베르사유 궁도 마찬가지다. 이 땅 위의 왕들이 꾸민 궁전 중에서 가장 사치하고 웅장한 것의 하나인 이 베르사유 궁은 루이 14세가 세운 뒤 루이 16세까지 3대의 영화를 겨우 누린 집이요, 또 그나마 루이 16세와 그 왕비 마리 앙투아네트는 프랑스 혁명 때 그 몸서리나는 기요틴 처형에

목이 잘려 사라졌으니, 이 집을 지은 루이 14세가 이리될 것을 어찌 생각이나 했겠는가?

온갖 웅장함과 사치를 다한 이 궁전 안의 집기와 장식들을 돌아보고 나서, 아름드리 대리석의 주랑을 거쳐 한정 없이 넓은 수풀 속의 마당에 내려서니, 태양왕이라 불리던 루이 14세의 거창한 기마의 동상이 우쭐대고 서 있는 것마저 어쩐지 안심치 않게만 보이는 것이었다.

프랑스 사람들의 콧대에 대하여

센 강을 가로질러 건너는 여러 다리 가운데 가장 오래된 퐁뇌프라는 다리가 있다. 퐁뇌프라면 '새로운 다리'라는 뜻이지만 이건 1607년 앙리 4세 때에 완공된 것이니 벌써 371세나 자신 다리인데, 지금의 파리 사람들은 '노익장 하자'는 인사말을 할 때 '퐁뇌프처럼 지내자'—'스 포르테 콤 퐁뇌프'라는 말로 만들어서 쓰고 있다.

그만큼 프랑스 사람들은 옛 어른들이 만든 것들 중에 오늘에도 자랑스레 남는 것, 즉 그들의 전통을 자랑으로 여기고 때로는 지나칠 만큼 코에 걸고 우쭐거리는 것도 사실이다.

센 강가의 다른 한쪽에 서 있는 자유의 여신상을 바라보고 있으면 이런 실감은 한층 더 짙어진다. 즉 여기 있는 이것을 좀 더 크게 모작한 것을 미국에 기증하여 뉴욕 가까운 바닷속 섬에 높이 솟아 있게 해서 여기를 드나드는 모든 사람들의 시선을 모으게 하면서 이걸 대단한 긍지로 삼고 있는 것도 무얼 코에 걸고 있는 것임엔 틀림이 없으니 말이다.

물론 프랑스는 그들의 예술이나 사상을 섬세하게 만들어 세계에 전파한 점에서는 큰 공적을 가지고 있고 또 자랑이 아닐 수 없다. 그러나 이것을 코에다가 걸기라면 프랑스의 대인 기질大人氣質을 지탱하는 데 바른 힘이 될 수 있을까?

센 강가를 거닐며 나는 절로 일어나는 이런 생각을 또 한쪽으로 물리칠 길이 없었다.

폴 발레리가 일찍이 "파스칼의 어떤 글에서도 파스칼의 손이 보여질색이다"라고 말한 그 손―그런 걸 생각하며 말이다. 솔직히 말해서 전 대통령 드골 씨가 캐나다 퀘벡 지방의 프랑스 교포들에게 은근히 캐나다에서의 독립운동을 종용했던 것도 내게는 어쩐지 드골 씨의 코에 건 것 때문으로만 많이 보이고, 이건 또 성공할 것 같지는 않으니 말이다.

나는 이 강가를 거닐면서 또 나폴레옹이 기공했다는 개선문의 자랑이나, 1889년 만국박람회 때 세워진 저 에펠 탑의 기교와 아울러서 노트르담 성당의 성모 마리아상의 옥빛의 옷을 대조해 생각해 보고도 있었다.

이 노트르담의 성모 마리아가 입으신 옷의 옥빛은 세상의 여느 옥빛들과는 달리 꼭 우리나라의 옛 어른들이 즐겨 입으시던 옷이나 또 즐겨 쓰시던 그릇의 빛깔과 너무나 닮았기 때문이었다.

그래 이 대조 끝에 나는 개선문의 자랑이나 에펠 탑의 기교보다도 프랑스와 우리가 더 오래 더 두둑이 간직해야 할 것으로 노트르담의 성모 마리아상의 옷의 그 옥빛을 취해야겠다는 생각을 굳혔다.

빛과 그늘을 머금어 영원히 사는 저 하늘의 가장 정묘한 때의 빛인 이 옥빛을 먼저 앞세워야 우리는 아무래도 더 끈질기고 어엿한 사람들일 수 있다고 생각되었기 때문이다.

(이 다음번에 프랑스의 자랑 몽블랑 산 이야기를 써넣으려 했으나 여정상 이건 불가불 '스위스' 쪽에서 넣을밖에 없다.)

스위스

취리히 산책

파리에서 우연히 우리 판화계의 대가이고 또 화가인 이항성 화백을 만나, 그도 스위스와 독일 쪽에 볼일이 있다고 해서, 5월 11일 아침 그와 함께 스위스의 수도 베른행 국제 열차를 탔다.

베른에 당도하자 바로 우리 대사관으로 인사를 하러 갔더니, 마침 천병규 대사가 취리히에 갈 일이 있어 떠나려던 참이라고 같이 가보면 어떠냐고 하여, 어차피 그곳도 여행 목적지의 하나고 해서 기뻐 찬성하고 이 화백과 함께 이분의 차에 편승했다.

우리가 묵은 조그만 호텔은 방 하나에 15달러쯤 하는 싼 곳인데도 모든 것이 먼지 한 점 안 묻은 듯 깨끗해서 스위스다운 느낌을 주었으며 또 높은 성벽 옆이어서, 아침에 일찍 잠이 깨자 그 성안 수풀의 청 높은 새 떼들이 맑은 공기를 진동하며 우짖어 대어 이곳이 복 많은 곳임을 알려 주고 있었다.

아침 9시에 역 앞에서 이항성 화백과 함께 시내 관광버스를 타고 취리히 시내의 명소들을 한 바퀴 돌아다녀 보았는데, 이곳은 명소보다도 지나는 거리들과 강물이 훨씬 더 아름다운 곳이다.

프랑스의 파리보다도 훨씬 더 마로니에 나무도 많고 또 파리 것은 거의 흰 꽃들이지만 여기에서는 흰 꽃과 붉은 꽃이 어우러져 피고 있어 참 아름다웠다.

1920년대에 초현실주의 시인들 모임이 여기서 열렸을 때, 주최자는 단 한 사람도 얼굴을 나타내지 않고 청중들만 모여들었다가 그대로 돌아갔다고 하거니와, 아닌 게 아니라 여기서면 문화계 누구니 주인 측의 인사니 그런 것보다는 그냥 조용히 자연한테 맡겨 두는 게 좋을 성싶었다.

노자의 소위 '제일 좋은 황제이려면 백성을 자연에 그냥 내버려 두는 것이다' 하는 뜻으로 말씀이다.

당나라의 시인 두보가 표현한 것 그대로의 '강물 너무 푸르니, 흰 새 흰빛도 더 흰' 흰 오리 떼들이 잔잔히 헤엄쳐 다니는 리마트 강가를 돌아서, 세계에서 제일 큰 시계탑이 서 있는 장크트 페터 교회 옆을 지나 조금 더 가면 프라우 뮌스터 교회 앞에 이르는데, 요즘 이 교회의 자랑은 아직도 프랑스에 살아 있는 화가 마르크 샤갈의 스테인드글라스가 있다는 것이었다.

누구보다도 젖 냄새 나는 어린애들이 제일 좋아함 직한 서커스의 여러 층의 무등을 선 웃기는 사람들 사이 십자가의 예수님이라든지, 젖 물린 어머니라든지, 말 낯바닥이라든지, 개 머리라든지, 그런 것들도 적당히 끼어 있는 모자이크 모양의 자잘한 그림들인데, 인제 교회도 참 많이 현대 예술적이 되어 가는 걸 가장 먼저 보여 주고 있다고 하겠다.

오후 2시에 아펜첼 지방의 트로겐으로 가는 기차 시간까지는 시간이 상당히 남아 시계 파는 가게를 몇 군데 돌아다니다가 쬐끄만 크롬제의 예쁜 회중시계 하나를 아내에게 줄 양으로 50달러를 주고 샀는데, 모두 말하기를 여기가 그 값이 반쯤은 싸다고 하며, 또 스위스 시계는 여기 본바닥 것이라야 진짜라고 하기 때문이었다.

페스탈로치 마을의 세계 고아원에서

취리히에서 기차로 한 시간쯤 가면 트로겐의 페스탈로치 마을이다. 이곳에 살고 있는 이학표 씨를 만나기 위해 나와 동행 중인 이항성 화백과 같이 5월 12일 오후 3시쯤 트로겐 역에 내렸는데, 때마침 이슬비도 이어 내리고 바람도 꽤나 불고 하여 해발 1천 미터 높이의 고원 지대에서 그의 집을 더듬어 찾느라고 한참 동안 헤맸다.

킨더도르프 페스탈로치, 즉 아이들의 마을은 이곳 스위스 출신의 교육가요 철인인 페스탈로치의 뜻을 받아 세계 각국에서 모인 불행한 아이들을 잘 가르치며 길러 내는 것이 목적인 마을이다. 현재는 열여섯 나라의 아이들이 모여 살고 있다.

'아리랑의 집'이란 이름으로 불리는 우리 한국의 집에는 약 20명의 남녀 어린이들이 원장 이학표 씨와 부인 유귀섭 여사를 아빠 엄마로 부르며 싱싱하고 귀엽게 자라고 있었다.

여기에서 자란 아이들 가운데는 스위스의 어느 대학원에서 박사 과정을 밟는 청년도 있으며, 그들의 소질과 소원대로 얼마든지 공부할 수 있도록 스위스 정부가 돌보아 주고 있다고 한다.

원장 이학표 씨는 서울대학교 문리대 국문과 출신으로, 지금 『문학사상』이란 문학잡지를 발간하고 있는 문학평론가 이어령 교수와 한 반에 다녔었다고 한다. 늘 빙그레 웃으면서 말하는데, 아이들이 무척 좋아서 따르는 걸 보니 하늘에 있을 페스탈로치 선생의 넋도 많이 많이 이 후계자를 좋아하게 생겼다.

그의 부인 유귀섭 여사가 옆에 앉았다가 "이분은 때로는 좀 느려서 걱정이에요" 하고 남편에게 핀잔을 주어서 "좀 더 빠른 부인인 모양이니 썩 잘 어울리겠다"고 나는 대답했지만, 교육자란—특히 이런 자리의 교육자란 서두르기만 해서도 안 될 것이니, 이 점도 아주 안성맞춤인 듯싶었다.

이날 초저녁에는 마침 이곳의 세계 열여섯 나라 집이 모여서 회장을 뽑는 선거가 있어 두 내외가 다녀와 알리는 걸 들으니 그들이 회장으로 뽑혔다는 것이었다. 역시 틀림없는 안성맞춤이 아닌가?

원장 부부가 마을 회의에 나가 있는 초저녁에 이곳 아이들이 우리를 대접해 내어놓은 맥주를 마시며 그들과 한동안 이야기를 나누어 보았는데, 아이들이 두루 싱싱하고 또 점잖아서 즐거웠다. 같은 자리에 앉은 원장의 아들과 딸아이보다도 어떤 아이는 훨씬 더 건강이 좋은 웃음소리를 꽃피우고 있었으며, 또 어떤 아이는 원장의 아직 어린 아들의 아주 의젓한 누나 노릇도 썩 잘하고 있었다.

원장 부인의 말씀처럼 버터나 치즈 같은 걸 늘 많이 먹고 자라서 그런지 어떤 열네 살짜리 소녀는 키나 가슴이 열아홉 살짜리만큼 성숙하여서 "시집가도 되겠다"고 하니 낄낄낄낄 빨간 볼로 웃었다. 명년에는 서울에 홀로 사는 아버지를 뵈러 한동안 다녀오겠다고 해서 그때엔 우리 집에도 놀러 오라고 했더니 아주 좋아라고 했다.

이들이 자라고 있는 산 위의 수풀 속 잔디 위의 집들은 스위스 농촌의 어느 집들이나 마찬가지로 외모는 수수하지만 내부 시설은 아주 다채롭고 또 편리하게 꾸며져 식당과 공부방, 침실, 도서관에 화장실, 욕실, 오락실까지가 모두 깨끗하게 갖추어져 있다. 특히 우리 한국의 집은 향내 좋은 나무로 지은 집이어서 사철 눈을 이고 있는 아름다운 스위스 산둘레 밑에 잘 어울리는 아늑함을 풍기고 있었다.

아펜첼 지방

5월 13일. 페스탈로치 마을의 우리 아이들과 헤어진 뒤 이항성 화백과 나는 이학표 원장의 안내로 알프스 산맥의 산둘레가 스위스에서 가장 많이 보인다는 아펜첼의 높은 지대를 차로 돌며 보고, 아펜첼의 주도인 아펜첼 시에도 들어가 보았다.

여기 아펜첼 지방의 높은 지대에서는 오스트리아와 국경을 이루는 일대의 알프스 산맥의 봉우리들이 길게 뻗쳐 있는 게 보였는데, 꼭대기에 하얀 눈을 덮고 있어 겨울과 여름을 함께 느끼게 했다. 그런가 하면 아펜첼의 높은 언덕 위에는 지금의 이 초여름에도 가는 눈보라나 우박이 가끔 내리는 수가 있어 우리가 페스탈로치 마을을 떠날 때에도 잠깐 동안 가는 우박 세례를 받아야 했다. 그러나 소나 양을 기르는 목축업이 위주인 이곳 주민들에게는 별 피해를 줄 것도 없다고 한다.

이학표 원장한테 들으면, 스위스 국민들의 권리는 아주 대단해서 가령 정부가 계획하는 큰길 같은 것도 어느 집에서건 철거를 반대하면 그 집은 그대로 남겨 두고 뺑뺑 돌아서라도 딴 데로 내 간다고 하며, 이곳 내쪽아펜첼은 가톨릭교도들이 모여 사는 지역이고, 외쪽아펜첼엔 프로테스탄트 신교도들이 모여 살기 때문에 행정구역도 주민들의 뜻에 따라 두 개로 나눠 놓고 있다는 것이다.

우리같이 공산주의 세력의 침략 염려가 없는 그들이라 이렇게 모든 자유를 다 누리는가 싶어 부럽기도 했지만, 그러나 참정권만은 완전히 주지 않고 있는데 이 점만큼은 철저하게는 구식인 것인지.

유럽인 가운데 스위스 사람들이 키가 비교적 작은 중에서도 아펜첼 사람들이 가장 작아 사는 집들의 높이도 나지막 나지막하다고 하길래 눈여겨보니 아닌 게 아니라 그렇게 생겼다. 제비가 작아도 강남을 가고, 고추가 작아도 맵다더니 이렇게 나지막한 대신에 고추처럼 되게는 매운 모양인가. 한 해의 개인 소득이 1만 달러 이상으로 세계에서 제일 벌이를 잘하고 사는 사람들의 나라가 이 스위스인 것을 우리는 너무나 잘 알고 있으니 말이다.

내가 지금까지 여섯 달 동안이나 땅 위의 여러 나라를 돌아보고 다니고 있는데 스위스처럼 산천이 우리 한국과 많이 닮은 나라를 보지 못했다. 다만 다르다면 우리의 땅에는 아직도 나무들이 무성하지 못하고, 냇물들이 잘 경영되어 있지 못하고, 야산 개발이 더디어 목장이 너무나 적은 점이다. 우리도 스위스를 본받아 많이 애쓰면 이렇게도 될 수 있을 것 같아 마음은 조바심만 쳤다. 가는 곳마다 산골의 냇물 줄기들에, 맑은 하늘의 햇빛이 많기는 우리 자연이 오히려 훨씬 더 나은 것이다.

아펜첼 시의 선물 가게에 들러, 이곳 목장의 소가 목에 달고 다니는 풍경을 흔들어 보니 하도 그 소리가 유순하고 은은하고 아늑하고도 단란해서 큼직한 걸로 하나를 냉큼 사 들었다. 아마 이 소의 풍경 소리 같은 것이 이곳 사람들의 가슴에 있어, 이렇게 평화한 속에 사는 형편을 늘리며 잘살고 있는 모양이다.

스위스의 수도 베른

오후 두어 시쯤 스위스의 서울 베른으로 다시 돌아와서, 정거장으로 마중 나와 준 우리 대사관의 안효승 영사의 안내로 해 지기까지의 남은 시간을 베른 시내 명소들을 더듬어 다녀 보았다.

알프스 산맥의 산골에서 눈이 녹아 흘러내리는 물로 된 아레Aare라는 이름의 꽤나 넓고 깊은 강물이 곳곳에서 급류도 만들며 베른을 누비면서 흘러가는 사이의 언덕들 위에 시가지는 펼쳐져 있어, 한 도시라기보다는 여러 개의 아름답고 무성한 시골 마을들을 합쳐 놓은 것 같은 인상을 주는 곳이다.

여기는 일찍이 이곳의 통치자였던 기장Guisan 장군이 앞으로 올지 모르는 전쟁에 대비해서 수풀과 밭과 목장과 마을 등의 구획을 면밀하게 짜 놓았던 걸 아직도 그대로 답습하고 있어서, 건물만이 몽땅 늘어나는 현대 도시의 모습을 갖지 않을 수 있었다고 한다.

먼저 여러 백 년씩 된 거무튀튀한 고전적인 돌집들이 늘어선 옛 시가지를 지나가 보았는데, 그렇잖아도 넓지 못한 찻길 양켠의 인도 위에는 비 오는 날도 비를 안 맞고 걸어 다닐 수 있게 아주 튼튼한 돌 지붕까지 길게 길게 얹어 놓고 있어, 딴 곳에서는 볼 수 없는 진풍경이었다.

이 스위스 서울의 이름인 베른은 '곰'의 뜻을 담고 있는 말이라는 걸 아울러서 생각해 보니, 아무래도 이건 무슨 곰다운 짓같이만 느껴지기도 했지만, 또 한결 더한 감칠맛으로 느끼자면 또 그렇게 못 느낄 것도 아니긴 했다. 하여간 이 언저리로 일을 보러 올 땐 제아무리 소나기가 억수로 퍼부을지라도 우산 없이 고슬고슬하게 다닐 수 있어 십상이겠다. 이런 인도 안쪽으로 여러 가지 상점들이 들어앉아 있는 것인데, 물론 그 속에 무엇들이 들어 있는지는 들어가 보지 않고는 짐작하기 어렵게 생겼다.

베른 시를 누비고 흐르는 강물―아레의 뜻은 '뱀장어'라고 하는데, 꼬불꼬불 때로 재빠르게 언덕배기를 급류되어 달아나는 이 냇물의 흐르는 모양을 감각으로 느껴 붙인 이름 아닌가 한다. 아레 강가의 어느 언덕 구석에서는 베른의 이름을 상징하는 곰이 새끼들까지 합해 모두 여섯 마리가 관청에서 주는 먹이를 받아먹고 살고 있다는데, 나는 거기까지 가 보지는 않았지만, 그건 검은빛이 아니라 밤빛 털을 가진 곰이라고 한다. 우리 단군신화에 나오는 곰을 생각하고 한참 공감을 가지려는 판인데, 그 빛이 우리나라 곰과 다르단 말을 들으니 이도 역시 섭섭한 일이 되었다.

베른 시내가 비교적 잘 내려다보이는 언덕 위에 아름다운 장미 동산이 있다고 누가 말해서 올라갔으나 장미꽃은 아직 일러 보지 못했고, 언덕 길가에 활짝 피어 낙화 때가 머지않은 듯한 목련꽃 나무들이 더러 서 있는 것만 보였다. 여기 목련꽃은 우리나라 것처럼 희거나 자줏빛으로 된 단색이 아니고 그 두 빛이 함께 섞여 있고 또 꽃이 조그마하다.

베른에서는 예전엔 곰도 많이 산 모양이지만, 지금은 까마귀가 심심치 않을 정도로 수풀에서 까욱거리고 있어, 내게 저 독일의 사상가요 시인인 니체의 시구절 하나를 기억나게 했다.

'까마귀는 까옥까옥 마을로 날아드네. 아직도 고향 가진 자 행복도 하이……'

서울에선 벌써 오래전부터 들을 수 없던 까마귀 소리를 듣게 되니 그게 무척은 그리워졌다. 괜히 불길하니 어쩌니 해 왔지만, 잘 들어 보면 이런 소리는 많이 그리운 것이다.

인터라켄의 이쁜 산수

저녁때 약속대로 우리 천병규 대사 댁을 찾았더니, 마침 부인이 귀국 중이어서 쓸쓸하기도 하고 방도 여분이 있으니 호텔에 갈 것 없이 같이 지내는 게 어떠냐고 해서, 이 친절이 고마워 13일 밤부터 17일 아침까지의 꽤나 긴 동안을 이 댁에서 묵게 되었다. 13일 낮까지 동행하던 이항성 화백은 독일의 본에 볼일이 있어, 밤기차로 떠나고 또다시 혼자만의 나그네가 된 것이다.

천병규 대사는 학생 시절엔 자기도 문학 문장을 써 보던 시절이 있었다고 하며 십년지기처럼 나를 늘 감싸 주어서 미국의 아들 집을 떠난 뒤 처음으로 자기 집에 온 평안한 느낌을 가지고 한동안을 지낼 수 있어 좋았다.

아침에 그가 대사관에 나간 뒤면 방에 박혀 밀린 여행기를 쓰다가 너무 좀이 쑤시면 밖에 나가 도르프 슈트라세라는 이 언저리 일대를 발 내키는 대로 산보하고 지냈는데, 이곳에서는 해발 4158미터의 높이를 가진 융프라우를 포함한 3, 4천 미터급의 알프스 산맥의 산봉우리들이 잘 내다보이고, 무병하고 기쁘기만 한 꾀꼬리와 대까치 소리를 비롯해서 고향 생각을 일으키는 서글픈 까마귀 소리도 자주 들을 수 있는 데다가, 무성한 뒷산 밑 넓은 언덕배기의 목장에서는 단란한 양 떼들의 풍경 소리도 끊임없이 들려와서 너절한 생각이 발을 붙일 수 없어 좋았다.

내게 스위스의 고요한 시간이 무엇임을 알게 여기에 이렇게 머물게 해 준 인연의 마련에 나는 지금도 깊이 감사하고 있다.

여기 묵고 있는 동안에 5월 15일 점심 뒤, 나는 천 대사의 호의로 그의 전용차를 타고 스위스 제일의 산수가 있는 인터라켄 쪽을 가 보았는데, 아닌 게 아니라 여기는 참 드물게 고운 곳이다.

융프라우를 비롯한 해발 4천 미터급의 산들로 올라가는 길의 관문인 인터라켄에 당도하기 전에 우리는 여기서 흔히 약칭으로 툰이라고 부르는 투네르제의 크고 맑은 호숫가를 한참 동안 끼고 돌아야했다. 인터라켄 뒤쪽에는 브리엔체르제라는 또 한 개 호수가 있어, 그 두 호수 사이에 자리한 곳이라 해서 인터라켄이라는 이름이 붙은 것이라 한다.

우리가 인터라켄 언덕 위의 식당 전망대 위에 선 때는 마침 공교롭게도 비가 오락가락하고 있어서 융프라우의 눈에 묻힌 맨 꼭대기는 희미하게밖에는 보이지 않았으나 그보다 조금 낮은 딴 산봉우리의 몇 개가 비교적 잘 보였으니 '꿩 아니면 닭'까지는 아니고 거의 꿩은 꿩인 셈인가.

내 안내를 맡아 나섰던 천 대사의 여비서 조순덕 양과 같이 선물 가게에 들어서서 이곳 산악 지대의 목동들이 부는 쇠뿔로 만든 뿔피리를 하나 사서 들고 나도 이곳 목동이나 된 양 "우웅…… 우웅……" 불어 보았다.

융프라우, 묑크, 아이거의 높으면서도 유순한 산둘레의 선들이 알아듣고 같이 울리는 듯하면서 나는 벌써 여기 정이 들기 시작하여 한참 동안 떠날 생각을 잊고 있었다.

제네바의 이곳저곳

5월 16일 오전에 마침 천병규 대사가 제네바(주네브)에 볼일이 있어 가는 차에 같이 타고, 점심때쯤 오랫동안 국제연맹 회의와 호수로 유명한 스위스의 제네바에 도착했다.

여기 유엔 대표부에서 근무하는 우리 시인 고창수 참사관을 만나 오후에는 그의 안내로 국제연맹 회관을 비롯해서 제네바 호수, 국립박물관 등을 둘러보았다.

현재는 국제연합 유럽사무국으로 쓰이는 세칭 국제연맹 본부는 미국의 전 대통령 윌슨의 제창으로 1937년 제네바에 지어진 것으로 뜰에는 이를 기념하기 위해서 만든 둥그런 금빛의 천체의가 처음 온 사람들의 눈길을 끈다. 거기에는 선과 악을 상징하는 조각들이 촘촘히 새겨져 있어, 그때만 해도 꽤나 순진했던 윌슨 당년의 입김을 느끼게 하고 있다.

회의장을 잠시 들여다보니, 우리나라 대표의 자리는 아르헨티나 바로 옆에 있어 절로 두 나라 국력의 현황을 비교해 보는 마음이 일어났다. 그러고는 사실에 있어 우리나라의 현황이 그 나라만 못지않은 걸 마음속으로 헤아려 보고 우리나라도 많이 컸구나 하고 느꼈다.

의자들이 굉장히 많은 휴게실로 들어가서 맥주를 한 병 사 마시며, 거기 꽤나 많이 앉아 있는 사람들을 보고 고창수 참사관에게 "저게 모두 외교관들이오?" 물으니, 그냥 어칠비칠 쉴 자리를 골라 앉아 있는 사람들도 적지는 않다는 것이었다.

서울 조선호텔 휴게실 같은 데에 별 볼일도 없이 와 앉아 지내는 사람들 비슷할까 하는 생각을 잠시 해 보았다.

제네바 호숫가로 내려와서 몽블랑 다리 위에 가 보았다.

이 다리 위에서는 맑은 날은 먼 몽블랑의 산봉우리들이 호수 위에 어려 비치는 게 곱다고 해서 와 보았으나, 이날은 날이 흐려 몽블랑은 나타나지 않았지만, 아마 나타나고 싶어 그 어디쯤에서 바짝바짝 애를 태우고 있는 눈치였다.

이 제네바 호수를 좀 더 올라 로잔 쪽으로 한참 가면 시인 라이너 마리아 릴케가 만년에 살다가 숨을 거둔 집이 있다고 하나, 바쁜 여정이어서 들르지 못한 건 유감이다.

'예술과 역사 박물관'이란 이름이 붙은 박물관은 루이 16세 시대의 집 모양을 본떠서 1909년에 지은 것이라고 하는데, 여기에는 19세기 제네바파의 그림들을 비롯해서 공예품과 유물들이 과히 쓸쓸하지 않을 만큼 전시되어 있었고, 그중에서 고창수 씨와 내가 감동한 것은 1799년께에 쓰이던 것이라는 딱지가 붙은 기요틴이라는 이름의 사형대다.

프랑스 혁명 때 루이 16세 부부가 처참하게 목이 잘렸던 기요틴 바로 그 이름의 형기를 나는 난생처음으로 여기 와서 보았는데, 큰 사람의 키로 한 길 반쯤의 높이를 가진 형기의 아래부분엔 목을 끼우는 장치가 되어 있고, 윗부분엔 날카로운 도끼날 같은 칼날이 배치되어 있어 이걸 내려서 목을 자르도록 했던 것이다.

"이것은 그래도 목을 자르는 데 시간이 과히 많이 걸리지 않았을 것이니 발달된 형기입니다. 긴 칼로 잘라 낼 때가 고통이 더 심했겠지요."

박물관 안내인은 자기 소감을 말하며 픽 웃고 있었는데, 내 생각에도 그건 아마 그럴 것 같기도 했다.

몽블랑 산을 3천8백 미터 올라와서

5월 17일 이른 아침 시인 고창수 참사관의 차로 스위스와 프랑스의 국경을 넘어 다시 프랑스 땅으로 들어가서 10시 반쯤에 몽블랑에 오르는 관문인 샤모니 마을에 당도했다.

이곳까지 오는 차 속에서 고창수 씨가 내게 말한 얘기를 소개하면 ― 해발 4천8백 미터 높이의 이 몽블랑 산골짜기를 찾아서 신혼여행을 온 젊은 부부가 옛날에 있었는데, 어느 가파른 골짜기의 언냇물을 건너다가 남편이 그만 발을 잘못 디뎌 미끄러져 떨어져 내려가서 어디에 가 처박혔는지 찾을 길도 모르게 되고 말았다.

그래 그 남편을 잊지 못하는 아내는 이 몽블랑의 얼음 냇가에 오막살이집을 짓고 살면서, 날이면 날마다 남편을 찾아 헤매다가 어언간에 머리털이 희어지고 예쁜 얼굴이 쭈글쭈글한 늙은 할미가 되고 말았다. 그러자 그리된 어느 밝은 낮에야 산골짜기의 흘러내리는 물줄기에 휘말리며 남편의 시체가 그 할미의 눈앞에 나타났는데, 그는 이 산골짜기의 너무나 싸늘했다가 얼기만 하는 물속에서 썩지도 못해 헤어졌던 젊은 날의 그 모양 그대로의 젊디젊은 얼굴을 하고 있었다고 하는데, 이 얘기는 여기 오는 도중의 아름다운 꽃수풀 속의 산골 마을들을 보면서 듣고 오자니 이곳에 아주 잘 어울리는 듯한 실감이 있었다. 이것이 이대로 사실이건 아니건 간에 프랑스 산골 사람들의 순진한 인정과 몽블랑이 주는 늘 젊은 기운을 잘 상징하는 얘기임엔 틀림이 없다.

몽블랑으로 올라가는 관문인 샤모니가 벌써 해발 1천 미터니까 여기서 케이블카를 타고 2천8백 미터를 더 올라가면 몽블랑의 정상에서 1천 미터 아래의 꽤나 높은 곳에 이르므로, 날씨가 웬만하면 몽블랑 꼭대기가 우러러보인다지만, 내가 오른 날은 몽블랑의 지나친 수줍음 때문인지 대단한 안개와 눈보라로 그네의 얼굴을 볼 수는 없었다. 나도 또 그네의 너무나한 수줍음의 영향에선지 머리도 좀 어지럽고 숨도 상당히 가빠졌으나 물론 참을 수밖에 딴 수는 아무것도 없었다.

이곳 몽블랑 3천8백 미터의 선물 가게에서는 여기를 돌파했다는 증명서를 해 준다고, 관광객들은 이것을 받아 가지고 가기도 하였으나, 이런 증명은 내게는 쓰일 곳이 있을 것 같지가 않아 받지 않기로 했다.

고창수 씨의 말을 들으면 몇 해 전에는 우리나라 청년 한 사람이 몽블랑의 귀신이 되어 여기 길이 남고 말았다 한다.

독일인가에서 공부하던 학생이라던가, 몽블랑을 한번 와 보곤 홀딱 반하여, 이곳의 작은 식당에서 일하면서 기회만 있으면 몽블랑에 오르곤 했는데, 어느 겨울날 정상 가까이 올라가다가 실족해서 그만 이 산의 귀신이 되고 말았다는 것이다.

여기 그림엽서를 몇 장 샀더니 '내 심장은 부엉이……'라고 프랑스 말로 쓰고, 밤눈이 아주 좋고 조용한 큰 부엉이와 새빨간 사람의 심장을 함께 그린 것이 한 장 끼어 있다. 밤눈 밝고 아주 조용한 부엉이도 꽤나 많이 살고 있는 것이겠지. 그 소리나 들으며 한겨울쯤 여기 들어박혀 있으면 사람이 좀 더 깊어질 것 같다.

오스트리아

수도 빈에 와서

스위스 제네바에서 5월 17일 오후 5시 기차를 타고 베른과 취리히를 거쳐 국경을 넘어서 오스트리아의 서울 빈 역에 내린 것은 이튿날 아침 8시경이었다.

역으로 마중 나온 황선표 공보관의 안내를 받아 안톤 그라우 거리 9번지에 있는 개인 집의 방을 하나 얻어 들었다. 마침 여행 시즌이어서 호텔은 모두 만원이라, 어느 호텔에서 일러 준 곳이 이 민박집이라고 했다. 왈, 펜션이라는 것이다.

이 펜션의 주인 사내는 나 하나를 그의 집에 재우기 위해 우리 공보관과 함께 손수 역에까지 마중 나와 주었는데, 토실토실 살찌고 얼굴이 이쁜 사십쯤의 사내로, 머리에 쓴 신사용의 모자를 자주 벗어 내게 극진한 경의를 표했으며, 또 내가 묵을 방의 탁자 위에는 오스트리아의 국기와 아울러 태극기를 어디서 구했는지 가지런히 꽂아 놓고, 대한민국 사람인 나를 환영하는 마음을 보여 주었다.

하룻밤 숙박료는 15달러 정도이지만 방은 먼지 한 점 없이 깨끗하고, 어린애 하나를 데리고 사는 젊은 주부도 남편 못지않게 친절하여 이제부터 유럽 여행은 될 수 있으면 이런 펜션을 찾아 묵고 다니면서 해야겠다는 생각을 내게 굳히게 했다.

이 펜션에서 길 건너 맞은편에 있는 간이식당에 들어가서 시장한 배를 달래는데, 이것저것 진열대에 늘어놓은 것들 중에 마음에 당기는 것만을 꺼내 달래서 먹고 뚱뚱보 마나님에게 그 계산을 하는 판에 약간의 끝돈 에누리까지도 해 주어, 아직도 에누리에 정이 들어 있는 나 같은 코리언에겐 이것도 인연인 양하여 무던했다.

이래저래 오고 가는 인정 때문에 베토벤을 비롯해서 요한 슈트라우스니 슈베르트, 모차르트 이런 천재 음악가들도 왕년에 여기에 마음 편히 엉덩이를 붙이고 살면서 그렇게 좋은 음악들을 빚어낼 수 있었을 것이라는 생각도 들었다.

프랑스의 파리를 떠난 뒤 양말을 빨아 신을 겨를이 없어 모두 고린내 나는 것뿐이라서, 그건 이런 데서 사 신는 게 어쩐지 좋을 것 같아 어느 조그만 가게에 들어가 몇 켤레 샀는데, 울긋불긋 야한 빛이 전혀 눈에 안 띄고 수수하고 두툼하고 질겨 보이는 것만 모아 놓고 팔고 있는 것도 이곳의 국민성을 내게 직감케 하여 마음에 들었다.

또 남아메리카를 돌 때 파나마에서 3달러나 주고 샀던 머리빗을 언젠가 잃어버려서, 그것도 하나 보충하는 게 좋을 것 같아 이런 걸 파는 곳에 가서 하나 샀는데, 단돈 1달러쯤이었지만 그 물건됨은 파나마의 3달러짜리보다 훨씬 좋았다.

첫째 딴 데서 파는 것들은 빗 끝이 너무나 날카로워서 빗으면 머리 바닥이 아프게 긁히기도 하지만, 여기 것은 마음 써서 끝을 좀 무디게 해 놓아서 신경을 건드리지 않고 부드럽게 빗겨져 좋았다. 이런 것이 빈의 빈다운 점이 아닌가 한다.

빈 시내 구경

5월 18일 하오 2시 30분, 세 시간 동안 걸리는 빈 시내 일주 관광버스를 타고 이곳의 명소들을 찾아 각국에서 온 관광객들과 함께 한 바퀴 돌아보았다.

우리 차의 안내원으로는 60세쯤 되어 보이는 몽골의 피도 약간 섞인 듯한 얼굴의 늙수그레한 사내가 배치되었는데, 그는 영어와 불어와 독일어, 스페인어 등 네 나라 말로 유창하게 관광객들에게 설명을 하고, 또 익살이 몸과 말에 아주 잘 배어 있어 때때로 적당히 심심치 않게 관광객들을 웃기는 재주까지도 겸비하고 있어서, 우리나라의 안내자들에게 그걸 좀 배우게 했으면 싶기도 했다.

미국의 인디애나 주에서 왔다는 어느 할머니는 그의 익살에 쫄딱 홀린 듯 그가 우스갯소리를 하면 열두어 살짜리 웃기 잘하는 계집애처럼 낄낄낄…… 폭소를 터뜨리곤 얼굴을 붉히고 하는 바람에 그 영감에게 새로 무슨 소녀적인 연정을 품기 시작한 것이나 아닌가 보이기까지 했다.

빈의 시내 관광에는 이런 관광버스 외에, 또 옛날 그대로의 마차도 있어 터벅터벅 말발굽 소리를 울리며 길거리를 달리는 걸 보는 것만으로도 빈다운 재미가 있다. 슈타트파르크—시민 공원의 무성한 나무 그늘에는 우리 한국의 촌늙은이들처럼 중절모자를 점잖게 쓰고 현대의 시간과는 달리 천천히 거닐고 있는 늙은 할아버지들과 그들을 극진히 따르고 있는 할머니들의 잔잔한 모습이 많이 보였는데, 공원 안과 그 주변에는 왕년에 이 빈에 살면서 좋은 음악을 많이 남긴 슈베르트와 베토벤, 요한 슈트라우스 등의 동상이 빈의 시간에 아름다운 멜로디를 지금도 주고 있는 듯이 솟아 있어, 우리를 한동안 순수하고 다정한 시간 속으로 끌어들이기도 했다.

시내 한복판에서 한 30분쯤 달려 우리 차는 쉔브룬이란 옛 궁전 앞에 멎어 한 바퀴 돌아보았는데, 이것은 1749년에 오스트리아의 여왕이었던 마리아 테레지아가 지은 것으로, 아름답고 무성한 뜰에는 샘물이 솟아나고 조각들이 제자리를 얻어 놓여 있었으며, 궁전 안은 1441개의 방 가운데 45개만을 보여 주고 있었지만 거기 담겨 있는 것들만도 좋은 눈요깃거리가 되었다.

일본과 중국에서 수집한 도자기와 병풍 같은 걸 전시하는 방만도 대여섯 개나 되었으며, 자세한 고증을 해 볼 겨를은 없었지만 거기에는 우리 이조 백자로 보이는 것도 몇 개 끼어 있는 듯했다. 대부분은 중국 것이었지만, 우키요에[浮世繪]라는 질탕한 그림을 담은 일본

의 병풍도 보여, 마리아 테레지아 여왕의 취미가 다양했음을 느끼게
했다.

노이어마르크트 광장 쪽에 있는 카프치너 성당은 옛 왕들의 묘지
가 있어 유명한 곳으로, 이 속에는 여왕 마리아 테레지아와 프란츠
요제프 황제 등의 대리석으로 만든 관이 놓여 있다. 여기만이 아니
라 유럽의 큰 성당들은 귀하게 살았던 사람들의 묘지들을 어느 만큼
씩 가지고 있다.

빈의 순수

5월 18일 밤, 우리 교포가 경영하는 한국 음식점에서 김영주 대
사의 초대가 있어 나갔더니 마침 대구 상공회의소에서 온 유럽 관광
단이 같이 참석해, 오랜만에 객지에서 구수한 경상도 사투리를 들을
수 있어서 즐거웠다. 또 이 경상도 사투리는 빈의 순박에는 무던히
어울리는 듯도 했다.

그런데 김영주 대사가 "여기가 바로 세계에서 커피를 맨 처음으로
마시기 시작한 곳이기도 합니다"라고 내가 아직 모르고 있던 사실
하나를 더 알려 주어서 나는 불가불 내가 받은 빈의 인상에다가 이
커피를 다시 첨가해 생각해야만 하게 되었다.

즉 커피라는 것을 이 땅 위에서 최초로 마시기 시작할 줄도 아는
서양 사람들의 순박이란 어떤 것이냐 하는 문제 때문인데, 뒤에 숙
소의 잠자리에서 차분히 생각해 보니 그 순박이라는 것이 커피 시음

하나를 더 보태어 봤자 역시 순박은 그대로 순박인 것이었다. 아니 그 커피빛마냥 좀 더 짙은 순박일 따름이었다.

가령 우리나라 어린이들도 두루 잘 노래 불러 외고 있는 〈푸른 다뉴브 강〉은 이곳에서는 도나우라는 이름으로 빈의 한쪽에도 흐르고 있는 강이지만, 이것도 사실은 맑게 푸른 것이 아니라 옅은 커피빛 정도로 흐리터분하니까, 그러면 빈의 순박이란 그 흐리터분한 빛 같은 것이라고도 생각할 수 있겠지만 사정은 그보다는 좀 더 다른 데 있는 것 같다.

즉 그것은 몽땅 주관적으로 신바람 나는 시간을 만들어 가고, 그 흥분 때문에 공간에 있는 것들일랑 보는 둥 마는 둥 빗보아 버리거나, 아니면 적당히 변모시켜 보아 온 것 아니겠느냐는 것인데, 물론 오스트리아의 어느 시골을 흐르거나 거의 묽은 커피빛 정도인 그 도나우 강을 갖다가 맑고 푸르디푸른 것으로 변모시켜 느끼고 보아 온 것도 그 증거의 한 가지다.

나는 빈 시내를 관광버스로 돌 때, 안내인의 객관적은 못 되는 자기 신바람의 익살맞은 설명에서도 느꼈지만, 그것은 말하자면 공간이 그 길인 것이 아니라 시간의 길에 곡조를 붙여 살아 나가고 있는 음악과 같은 것으로, 이곳의 이 정신 기질이 좋아 베토벤이라든지 슈베르트, 모차르트, 요한 슈트라우스 등의 그 큰 시간예술의 사람들도 여기에 마음 편하게 엉덩이를 붙이고 그들의 시간에 그 고운 멜로디를 붙여 가며 살 수 있었던 것 아닌가 하는 것이다.

이곳 오페라가 세계에서도 뛰어난 것인 줄 알고 왔기 때문에 하룻밤 가서 보고 듣고자 했으나, 마침 내가 빈에 들렀을 때는 이삼류 정도를 공연하고 있는 판인 데다가 그나마 그걸 잘 보고 들을 만한 좌석값은 내 가난한 여비로는 지나친 것이어서 작파하고 말았지만, 이 그만둔 것도 또한 내 주관이고 멋이고 또 한국적인 가락이 붙은 시간 때문이기도 한 것이니, 빈 너는 이런 나를 충분히 이해해 줄 것으로 믿는다.

독일

진선미 아닌 진미선의 순서

5월 19일 낮에 오스트리아의 수도 빈에서 독일의 프랑크푸르트로 여덟 시간이나 기차로 달려오는 동안 나는 '사람한테 오는 모든 운명의 마련이란 꽤나 적당한 것이다'라는 생각에 골몰해 있었다.

왜냐하면 내 이번 유럽 여행에선 오스트리아에서 독일로 향할 건 미리 계획되어 있었지만 프랑크푸르트에 첫발을 들여놓을 것까지는 예정되어 있지 않았기 때문이다. 이곳엔 시인 괴테가 태어난 집이 있어 그전부터 내가 독일에선 어디보다 먼저 찾아보고 싶었는데 꼭 우연처럼 이곳이 빈에서 독일의 서울 본으로 가는 도중에 있어서 여기에 독일에서의 첫발을 들여놓게 되었으니 이것 참 안성맞춤 아닌가? 물론 이것은 그 운이라는 것이 내 소원대로 온 것 중의 하나이지만, 혹 그 반대로 온다 하더라도 나는 그걸 내 불행이나 손해라고 생각해서는 안 되겠다.

왜냐하면 이리되면 뜻하지 않았던 쪽에서 오는 우리 인생의 체험의 넓이와 깊이는 보다 더 대단한 것이 되는 것이니까 말이다. 그래서 오는 불행이라는 것이 비록 자기 육신의 죽음으로 끝맺는 것이라 할지라도 그것은 자기 일신을 참으면 되는 일이니까 견딜 만한 일이다. 그것이 자기가 아끼는 사람들의 불행만 불러일으키지 않는 것이라면……

프랑크푸르트 시내로 들어와서 달리는 차창 밖에 비치는 것들을 주목하고 있으려니, 그럴싸한 고전적인 집 하나를 일꾼들이 뜯어 고치는 것이 보여 옆에 있던 이에게 물으니 "그건 이곳의 대표적인 오페라 극장인데 하도 오래되고 낡아서 허물어질 염려가 있어 손을 쓰고 있는 것"이라고 설명해 준다.

그 위쪽 언저리에는 '바렌·쇠넨·구텐'이라고 큼직한 글씨로 새겨진 세 개의 낱말이 보였다. 물론 '진·미·선'이란 뜻이지만, 나 같은 한국 사람의 관심을 끄는 것은 그것이 어째서 우리처럼 '진·선·미'의 순서로 놓이지 않고 맨 마지막의 미를 가운데로 옮겨 놓고 그 대신 선이란 걸 맨 뒤로 가져다 놓았느냐는 것이다.

이것은 언뜻 보기엔 별스런 차이 같지 않지만, 사실은 인생 태도의 엄청난 차이를 보이고 있는 것이다. 진실과 선을 앞세우고 그다음에 미를 찾는 것은 참 많은 계율과 도덕을 내세워 인생을 제한하게 되지만, 진실과 아름다움을 먼저 섬기면서 선이니 악은 그다음에 가리기로 한 것은 분명히 보다 더 꽃다운 인생을 의미하게 될 것이니 말이다.

그래 그 어느 편이 사람이 사는 데 나을 것이냐 하는 문제가 되겠는데, 현재의 한국 사람의 하나인 나로선 그 어느 한편으로도 이걸 결정지어 동포들에게 권하기는 어려울 것만 같다.

물론 진실 다음엔 인생의 아름다움을 즐기는 것이 가장 좋기야 좋겠지만서도, 지금 우리는 바르고 착하게 사는 것이 무엇인가를 먼저 공동으로 찾아내서 일치시킨 뒤에, 그런 정신의 통일이 있은 뒤에 그다음에 할 일이 아무래도 인생의 꽃다운 쪽의 모색이라야만 할 것 같이 생각되기 때문이다.

그러니 우리 눈썹은 아직도 그 수미憨眉일밖에 없지만, 이 때문에 우리 쪽의 인생이 저급하거나 얕고 싸게 되는 것은 절대로 아닌 줄 안다. 선보다 미를 더 숭상하다가 탈나고 천해져 버리는 많은 인생들을 우리는 늘 보아 오고 있으며, 또 우리들의 선을 보다 더 숭상하는 수미 아래 함축된 미의 깊이를 값싼 아름다움이라고는 생각할 수 없기 때문이다.

프랑크푸르트의 괴테 생가

5월 20일. 나는 이곳 우리 무역진흥공사 지사의 안내를 받아 프랑크푸르트의 23번지 히르슈그라벤에 있는 괴테의 태어난 집을 찾아가 보았다.

괴테는 그 풍부한 사랑의 정열과 동시에 그 혼미할 줄 모르는 슬기로움으로, 광범한 교양과 모나지 않은 인격으로, 또 무엇보다도 성실하고 꾸준했던 큰 힘을 가진 정신력으로 우리나라 새 시대의 문인들에게뿐만이 아니라 세계 각국의 문인들에게 적잖은 영향을 주어 온 서양의 가장 큰 시인의 한 사람으로서, 내게라고 예외일 수는 없었다.

나는 18, 9세의 문학 소년 시절에 이미 그의 소설 『젊은 베르테르의 슬픔』을 읽으며 밤을 밝혔던 걸 비롯해, 특히 『빌헬름 마이스터의 편력시대』는 서양이 낳은 모든 소설 중에서 제일 좋은 것이라는 생각을 지금도 이어 가지고 있는 사람이므로, 그가 나서 어릴 때 살던 집을 독일에 들어와서 맨 처음으로 찾아본다는 것은 적지 않은 흥분거리가 되었음은 물론이다.

그러나 그의 생가는 괴테가 태어나 지내던 때의 집 그대로 남아 있는 건 아니고, 지난 대전 때의 폭격으로 망가져 버린 것을 다시 주워 모아 옛 모습대로 복원시켜 놓은 것이다. 그렇기는 하지만 그 무너져 내린 조각 하나도 소홀히는 하지 않아 옛 모습 그대로 거의 방불하게 복원시켜 놓았다는 것이었다.

이건 물론 괴테 자신의 취미로서가 아니라 그의 부모의 취미로 만든 집으로 층수는 4층에, 1층엔 괴테 아버지의 사무실과 식당, 부엌 등이 있고, 2층은 응접실과 음악실, 3층엔 괴테 아버지의 서재와 어머니의 방, 그리고 괴테가 태어난 방, 4층에 괴테의 방 등으로 나누어져 있다.

이 집도 당시의 상류계급이 지니고 살던 집의 하나라고는 하나 고대광실로는 보이지 않고, 방들도 꽤나 좁은 것들이었으며, 뜰이라는 것은 너무나 좁아 어린 괴테에게도 상당히 답답했을 것 같았다.

다만 한 가지 한국의 옛집과 많이 닮아 반가운 것은 그 두툼하고 널찍널찍한 널판자를 깔아 반질반질하게 날마다 닦아서 윤내 놓은 마루방 바닥들이었다. 여기 어린 괴테의 땀과 때도 적지 아니 배고 묻었을 걸 생각하니 그건 좀 더 그리운 게 되었다.

괴테 대학교는 1914년에 처음 세운 대학교로 법학, 의학, 철학, 이학理學, 경제학 등의 학과를 가지고 있다고 하는데, 본관 한 채만 좀 고전적인 모양을 지닌 건물이고, 나머지 집들은 모두가 별 비쌀 것도 없는 현대식 건물로 되어 있었다.

교사의 벽은 낙서투성이고, 청소도 마음 써서 깨끗하게 하고 있는 것 같지는 않았다. 괴테가 좀 이맛살을 찌푸림 직했다.

괴테 대학교 바짝 옆에 있는 학생 상대의 간이식당에 들어가서 학생들 틈에 끼어 앉아 그들이 많이 점심으로 먹고 있는 걸 나도 한 접시 시켜 먹어 보았는데, 그건 꼭 기름 냄비에 데워 낸 얄따란 우리 찹쌀떡 같은 것에 햄을 싸 넣은 것이다.

이건 차졌다면 또 꽤나 차지기도 했던 괴테를 닮기는 닮은 것이 아닌가 한다. 그 대범한 맛까지가 말이다.

참, 이 괴테 대학교에서 조화선이란 우리 여교수가 문학 강의를 하고 있는데, 나는 그 사실을 본에 와서야 알았기 때문에 만나지 못하고 말았다.

사실은 이분은 1950년대에 우리 문학잡지 『현대문학』에서 무명여사無名女士란 이름으로 나한테 시 추천을 받은 일도 있던 분인데, 왜 인연은 그녀를 여기서 못 만나게 했는지, 역시 묘한 일의 한 가지가 되겠다.

비 내리는 라인 강가

독일의 라인 강이 가장 아름다운 양쪽 연안의 언덕들 사이로 보기 좋게 흐르는 곳은 프랑크푸르트에서 이 나라의 수도 본으로 가는 동안의 기차 차창에서 잘 볼 수가 있다고, 독일을 두루 알고 있는 이들이 말해 주어서 5월 22일 오후 해가 밝을 때의 두 시간쯤을 기차로 본을 향해 달리며 라인 강이 제일 잘 보이는 차창에 매달려 있었다.

프랑크푸르트에서 한 30분쯤 차를 타고 마인츠라는 곳에 가면, 거기서 본까지 라인 강 물줄기를 타고 내려가는 배 여행을 할 수 있다고도 하지만, 이건 7시간 50분이나 걸린다고 하여, 현재의 내 건강으론 무리일 것 같아 기차 속의 눈요기 쪽을 택한 것이다.

아닌 게 아니라 차창에서 보이는 라인 강의 경치는 상당히 어울리는 것이었다. 괴테의 글에도 적지 않게 나타나는 독일의 자그마한 옛 성들이 나지막한 산둘레의 군데군데 우뚝우뚝 솟아 나타나 보이는 옆을 강의 폭 2, 3백 미터쯤의 넓지 않은 라인 강이 좁아졌다 넓어졌다 하며 흘러가고 있어, 웅장한 느낌까지는 주지 않았지만, 적지 않은 얘깃거리를 지니고 있음 직은 해 보였다.

하인리히 하이네의 시 「로렐라이」에 나오는 그 머리에 빗질하는 미인 로렐라이가 서 있던 로렐라이 바위라는 것도 프랑크푸르트~ 본 사이의 차창에서 제대로 내다보며 갈 수 있는데, 그것은 우리가 상상하는 것같이 기묘할 것까지는 없고 그저 나지막한 바탕의 절벽일 뿐으로 제일 높은 곳도 137미터에 불과하다고 한다. 그러니까 아름다운 자연보다도 더 아름다운 문화를 꾸며 붙여 놓아야만 언제나 그 나라는 생색을 내는 것이라 하겠다.

라인 강가의 언덕들 위에 꽤 많이 나타나는 그 퇴색한 도깨비집들 같은 독일의 성벽들은 봉건 시절의 성주들이 라인 강을 건너는 수상한 배를 감시하며 백성을 다스리던 곳으로 지금은 거의 모두가 빈집이고, 사람이 들어 사는 곳은 아주 적다고 한다. 왕년의 독재자 아돌프 히틀러가 이 성들을 요새로 많이 썼는지를 본 대학 구기성 교수에게 뒤에 물었더니 그런 일은 별로 없었던 걸로 안다고 했다.

내가 이 라인 강가를 기차로 달리고 있던 오후엔 마침 이슬비가 군데군데의 하늘과 강 마을 사이를 축축하고 다정하게 축이고 있어, 금방 기차에서 뛰어내려 강 마을의 주막집으로 달려가고 싶은 충동을 내게 일으켰는데, 나뿐만이 아니라 여기를 지나는 누구라도 이런 충동은 다 어느 만큼씩 받을 것으로 안다. 로렐라이의 유혹의 전설 같은 것도 그래저래서 생겨난 것 아닐까.

건강 좋고, 감각 좋고, 또 충분히 낭만적일 수도 있고, 시간 모자라지 않는 남녀들이면 이 언저리의 라인 강가에 마음 내키는 대로 문득 한번 내려 봄 직한 곳이다. 또 내 생각으론 로렐라이도 이슬비를 피해 집 추녀 밑으로 들어가 있는 그런 날의 그런 집 추녀 밑을 찾아 드는 것이 좋을 성싶다.

엘리자베스 여왕, 이용희 장관과의 금상첨화의 상봉

5월 22일 저녁때, 독일의 수도 본에 도착해 이곳 우리 대사관에서 예약해 놓아 준 시청 앞 광장 옆의 호텔을 향해 가고 있는 판이었는데, 오늘따라 광장으로 모여든 군중들로 빽빽하게 붐벼 그 사이를 뚫고 가기가 어려웠다.

나를 안내하던 정기정 공보관에게 그 까닭을 물으니, 지금은 마침 영국의 엘리자베스 여왕이 독일을 방문 중에 이곳 시청에 머물고 있는 판이어서 그네가 거기서 밖으로 나오는 모양을 보기 위해 이 많은 군중들이 모여든 것이라고 했다.

나도 아직 엘리자베스 여왕을 뵌 적이 없는 터라 "그것 참 잘되었다, 우리도 여왕이 어떻게 생겼는지 한번 구경해 보자"고 하며, 정 공보관을 졸라 언저리에 서 있었는데, 막상 그분이 시청 2층의 발코니에 나타나 그네를 환영하는 우리들 군중들을 향해 연약한 손을 가냘프게 흔들고 있는 걸 보니, 조금 더 무엇이 두루 컸더라면 하는 생각이 들었다.

여왕께서는 영산홍 빛깔 나는 주황색 옷을 입고 계셨는데, 실례 말씀일는지는 모르겠으나 많이 가냘프고 하염없어 보이는 시골의 어느 조카딸쯤이 내 눈앞에 문득 나타난 것 같아서 이런 점이 나 같은 떠돌이 나그네에게도 친밀감을 준다면 주기는 주고 있었다. 그 몽땅 서민적인 감이 좋아 보였다.

마침 또 정 공보관에게 들으니 우리나라 통일원의 이용희 장관도 이곳 통일원 장관의 초청으로 본에서 묵고 있는 중이라 하여 내겐 금상첨화를 갖는 복같이만 느껴졌다.

이용희 장관은 나와는 서울 중앙고등보통학교의 소년 학생 시절의 동기 동창으로, 또 내가 편집인 겸 발행인이 되어 1936년 11월에 창간했던 시 잡지 『시인부락』에서 그는 상해象海라는 아호로 시론을 쓴 동인이기도 했으며, 그가 장관이 된 뒤에도 나와는 젊었던 때가 그리우면 몇 잔 반주를 나누며 만나고 하던 사이니, 그를 여기서 엘리자베스 여왕과 아울러 만나게 된다는 것이 어찌 금상첨화가 아니겠는가? 그가 괄괄한 성미로 '자기는 꽃은 아니다'라고 한다면 꽃이야 어느 쪽이 되거나 간에 말씀이다.

내가 여기 와 있는 것이 그에게 알려져서 이튿날인 23일 아침, 그의 조찬 초대에 나도 한몫 끼워 주어 나갔더니 이 자리엔 우리 대사관 측 직원을 비롯한 이곳 교포들이 한 20명쯤 모여 있었고, 그중에는 본 대학교에 한국학과를 새로 만들고 또 따로 이곳 우리 어린이들에게 우리말과 국사를 가르치기 위해 한국 학교까지 세우고 있는 독일 문학자 구기성 교수도 동석해 있어 기뻤다.

이용희 장관과 헤어질 때 그는 한쪽 구석으로 나를 이끌고 가서 봉투 하나를 전해 주며 "이것 얼마 안 되지만 여비에 보태 쓰게" 하여 안 받으려 했으나 굳이 주기에 나중에 호텔에 돌아와 펴 보니 미국 돈 2백 달러가 들어 있었다.

이건 아껴서 가지고 다니다가 영국 런던에 가면 영국제의 바바리 코트나 하나 사 입을까? 그래 올가을에 서울에 돌아가면 그걸 입고 그의 앞에 나타나 볼까? 나는 청소년 때부터 이것 하나를 입어 보기가 소원이었는데 어쩌다 보니 환갑 진갑을 다 넘기도록 이것 하나도 구해 입어 보지 못한 채로 있었으니 말이다.

나는 아무래도 아직도 이렇게 어린애이기만 한 것이다.

퀼른 성당과 향수

5월 23일 오전에, 마침 본 대학의 구기성 교수가 학교에 강의가 없다고 본에서 한 시간쯤이면 가는 퀼른으로 안내하겠다고 앞장서 주어서, 본을 둘러보기 전에 그의 차로 이슬비 내리는 속을 먼저 그리로 향했다.

라인 강의 넓이가 4백 미터쯤으로 넓어지면서 크고 작은 배들이 꽤나 많이 모여들고 있는 퀼른은 인구가 120만이나 되는 라인 강 연안의 가장 대표적인 공업 도시여서 공장과 공해도 꽤나 많은 곳이지만, 또 이곳엔 성당들이 많아 그들 중에서 돔Dom이란 이름으로 흔히 불리는 큰 성당은 독일에서뿐만이 아니라 유럽 전체에서도 뛰어난 고딕식 건물의 하나라 하여 나도 먼저 그리로 발걸음을 옮겼는데 아닌 게 아니라 감탄하기는 할 만한 것이었다.

아시다시피 고딕식 건물의 가장 두드러진 특징이란 날카로운 송곳 끝 같은 첨탑의 끄트머리들이 하늘 속으로 치솟아 박히면서 무얼 견디기 어려운 양 호소하는 듯한 데 있지만, 여기 쾰른의 큰 성당엔 수풀의 나무들처럼 외치고 있는 듯한 그것들이 너무나 많아 나도 어쩌면 손을 하늘 높이 치켜들고 한마디 소리칠 것 같은 충동을 느끼기도 했다. 동글동글 원만한 거야 물론 좋지만 고딕식의 이런 절규의 모임도 잘만 표현되면 한 맛은 톡톡히 있는 것이라는 걸 여기 와서 이 성당의 첨탑들을 우러러보다가 저절로 느꼈다.

'날고 기는 재주'라더니 여기에는 뾰족뾰족 재빨리는 날아 닿은 첨탑의 재주뿐 아니라 그 첨탑의 사이사이와 또 그 아랫도리 곳곳엔 갖은 기교의 섬세한 조각들이 오만 가지 사설을 소곤거리며 빈틈없이 새겨져 있어, 이렇게 만든 사람들이 또한 기며 나는 재주에서도 비상했음을 말하고 있었다.

성당 안의 조각들은 밖엣것들에 비기면 열을 좀 덜 낸 듯했으나, 벽에 그려져 있는 다색다채한 벽화들은 참 너무나 치밀하여 수수하고 대범한 동양의 한 끝에서 온 내게는 그저 눈에 따가운 듯만 했다.

제2차 세계대전의 심했던 폭격 속에서도 이 성당만은 말짱하게 당하지 않고 남아 기적이라고 사람들은 흔히 말하지만, 나는 그건 기적이 아니라 당연이라고 생각한다. 어느 폭격기의 조종사도 또 그 위의 명령자도 이런 고딕의 열성까지 쳐부수려 하지 못했을 것이니 말이다.

구 교수 말씀이 "여기 쾰른에 오면 세계의 명물—쾰른 향수를 사야만 한다" 하여 나도 늙은 아내 생각을 하고 웃으며 그 가게에 들어

가서 조그마한 것으로 한 병 샀는데, 이걸 팔고 있던 여자 점원보고 한번 풍겨 보라고 해 냄새를 맡아 보니 담담하고 은은하면서도 또 산뜻한 냄새가 야하지 않아서 마음에 들었다. 아마 이 냄새를 이만큼 만들도록까지에도 성당 안의 많은 절규와 한탄과 반성과 심사숙고는 필요했을 것이다. 값도 비싸게는 받을 줄 모르는 듯한데, 제법이다.

본의 이곳저곳

퀼른에서 본으로 돌아오는 길에 나는 구기성 교수의 안내로 본에서 가까운 교외에 있는 고데스베르크의 옛 성과 또 그 근처의 아름다운 수풀 속의 약수터 등을 돌아보았다.

본 근처에서 가장 옛 모습을 그대로 지니고 있는 큰 성인 고데스베르크 성은 1210년에 처음 쌓아 올린 것으로, 1583년에 많이 파손되었던 것을 1959년부터 두 해 동안 본모습 그대로 살리며 다시 고쳐 쌓아 올려 현재 우리가 보는 것과 같은 것이 되었다고 하는데, 차에서 내려서도 한참 동안을 걸어 꼬불꼬불 돌아 올라가야 하는 이 성의 규모는 굉장타고까지는 못 하겠으나 꽤나 크기는 큰 것이었다.

옛날의 성주가 사방을 살피며 백성을 다스리던 곳이었을 뿐만이 아니라 싸움 때에는 백성들의 피난처이기도 했다는 이곳의 성 모양은 우리나라 고창의 모양성이나 마찬가지로 네모난 바윗돌들을 쌓아 올린 것으로서 그 규모는 우리 모양성보다도 어느 만큼 작은 것이었으나 이곳에서의 조망의 시야는 상당히 넓다고 한다. 그러나 내가 여기 오른 때는 마침 이슬비를 뿌리는 짙은 안개에 덮여서 먼 데를 두루 볼 수 없어 유감이었다.

여기서 내려오다가 우리는 본의 시민들이 주말에 산보 삼아 많이 모인다는 약수터가 있는 수풀 속에 들어가 보았는데, 어느 가게에서는 약수를 한 잔에 얼마씩 동전을 받고 팔고 있어 사 마셔 보니 사이다에서 단맛만 뺀 듯한 것이 소화에는 좋을 성싶었다. 이곳 수풀 속에도 우리가 프랑스의 파리 것으로만 들어 알고 있던 마로니에 나무는 아주 많고, 또 스위스에서 그 소리에 아침 잠을 깨곤 했던 우리나라의 대까치 비슷하게 생긴 새가 엄청나게 많이 모여 살고 있다.

여기 독일 말로는 마로니에를 카스타니엔이라고 부르며, 대까치 비슷한 검정 새는 암젤이라고 한다고 구 교수가 내게 가르쳐 주었는데, 이 암젤이란 새는 모양은 검지만 소리는 어떻게나 맑고 싱싱하고 아름다운지 날씨가 자주 흐리기 쉬운 지대의 사람들을 위로해 주기 위해 하늘이 특별히 만들어 보낸 무엇만 같았다.

여기에서 본 시내로 돌아오면서 구 교수는 또 그가 경영하고 있는 한국 학교에 잠시 안내해 주어 들어가 보았다. 좋은 수풀과 꽃밭 속에 깨끗하고도 소박하게 자리한 이 조그만 2층집은 독일 정부가 구 교수의 요청을 받아들여 무상으로 제공해 준 것이고, 관리원의 월급까지도 독일 정부에서 대어 주고 있다고 하는데, 그래도 이 학교의 운영에 필요한 일부 비용은 구 교수의 호주머니에서 나가야만 된다고 했다.

마침 아이들이 공부하러 오는 날이 아니어서 직접 대해 볼 수는 없었지만 교실을 몇 군데 둘러보니, 거기 붙여 놓은 우리 아이들의 그림들이라든지 손으로 만들어 진열해 놓은 수공품 등에서도 그들의 뛰어난 재주는 충분히 엿볼 수 있어 기뻤다. 책상과 의자들도 잘 정돈되어 있고 교실들은 먼지 한 점 없이 두루 깨끗해서 말갛게 갠 우리나라 하늘이 여기에도 늘상 숨어 어려 있는 듯했다.

본 대학, 베토벤의 생가, 기타

5월 23일 오후 3시부터는 우리 대사관 안 노무관의 부인인 여류 시인 김정숙 여사의 큰따님 안 양에게 구기성 교수가 내 안내역을 맡겨 주어, 아직도 여고 3년생인 그녀의 안내로 본 대학과 베토벤의 집과 번화가 등을 한 바퀴 돌아다녀 보았다.

본 대학의 구내에 들어서서 내가 처음으로 느낀 것은 독일 사람들이 그 겉치레라는 것을 수도의 국립대학교의 건축에서까지 전연 조금도 생각하지 않고 살고 있다는 점이다. 바꾸어 말하자면 본 대학교는 참으로 너무나 수수하기만 해서 겉모양으로 상당히 초라해 보이기까지 했다. 우리나라 대학들의 우람한 석조전 같은 건 영 보이지 않고, 그런 석조전 하나면 서너 개라도 지을 수 있을 듯한 허름한 꾸밈새의 집들만으로 늘어서 있는 것이 특징이다.

우리보다 훨씬 더 부자 나라도 이렇게 살고 있는 것은 당장 배울 만한 일이 아닐까 생각한다.

건물들의 간소함에 비해서 엉뚱하게도 널찍하게 사치스러워 보이는 것은 푸른 융단을 빈틈없이 골고루 깔아 놓은 듯한 잔디밭만의 학생들의 뜰이다. 들으면 독일은 햇빛 나는 날이 흐린 날보다 너무나 적어서 그 적은 햇빛을 몸과 마음에 많이 받아들일 수 있는 자리로 이런 넓은 잔디밭을 많이 갖는 터라 이 대학의 매우 넓은 잔디밭도 역시 그래 있는 것이라 하는데, 하여간에 이건 상당한 여유만 같아 보기에 좋았다.

안 양은 나를 이끌고 본 대학에서 좀 떨어진 어느 언덕 위로 올라갔는데, 여기선 그 아래 흐르고 있는 라인 강의 한 줄기가 또 밉지 않게 잘 보였다. 아마 안 양이 혼자 무얼 골똘하게 생각할 때는 찾아오는 곳인 듯 여기를 소개하는 별 말도 없었지만 이곳을 둘러보는 소녀의 눈빛은 달라져 있었다. 소녀를 안내자로 하면 이래서 좋은 것 아닌가 한다.

우리는 다음에 시청 근처의 한쪽 번화가에 자리잡고 있는 베토벤의 생가를 찾아가 보았는데 자그마한 대로 예상보다는 그래도 덜 가난해 뵈는 집이었다.

프랑크푸르트에 있는 괴테의 집보다도 뜰은 오히려 조금 더 넓은 집이었다. 방들이 괴테의 집의 방들보다 작고, 가구 같은 게 초라했으나, 위층으로 오르는 계단들은 여기도 단단한 나무로 되어 있고, 베토벤 방의 청마루의 번질거림도 괴테가 지내던 방 비슷했다.

베토벤은 괴테를 좋아하지 않았다는 이야기가 전해져 오지만, 그러지 않았더라면 좋았을 걸 그랬다 싶다.

베토벤의 손이라고 누가 그림으로 그린 걸 사진 찍어 파는 게 있어 한 장 구했는데, 복스런 데는 조금치도 없는, 잘 씻을 줄도 몰랐던 듯한 손의 합장合掌을 그린 것이다. 그 박복함에 늘 항거하느라고 이 손은 이렇게도 늘 전율하고 모아지고 있었던 것 아닐까?

베토벤의 집을 나와 상점 거리를 걷다가 어느 모자점에 내 마음에 드는 겨울 캡이 보여 들어가서 두 개를 20달러쯤 주고 샀다. 독일 사람들은 물건보다 지나치게 비싼 값으로 팔지 않아서 믿을 만하다. 내가 독일에서 묵은 호텔의 숙박료만 두고 보더라도 그건 내가 떠돈 동안의 어느 나라에서보다도 정직하게 매긴 것이었다.

벨기에

워털루의 싸움터

5월 24일 오후에 벨기에의 수도 브뤼셀에 도착했다.

호텔의 숙박료와 음식값이 너무나 비싸서 그 까닭을 우리 대사관원에게 물으니, 왈, 완전 자유경제 때문일 것이라 한다. 이삼류 정도 호텔의 한 개짜리 방이 하룻밤에 40달러도 넘고, 중국 음식점에선 가장 싼 것 중의 하나인 찹수이(잡탕밥) 한 그릇에 15달러쯤 받고 있었다.

독일과는 아주 대조적이다. 이 봉 노릇의 억울함을 메우기 위해 밤에는 초저녁부터 목욕탕에 들어가 세탁을 했다. 때 낀 셔츠니 양말이니 그동안 빨지 못하고 뭉뚱그려 가방에 담아 들고 다니던 걸 한 두어 시간 걸려 모조리 빨고 나니 그래도 속이 후련해졌다. 속이

후련한 일이란 결국 이렇게 만들밖에 별수가 없는 것이다.

이튿날 오전, 파리에서 이항성 화백이 나와 함께 몇 군데 여행을 하고 싶다고 찾아와서, 호텔 숙박료가 비싸니 나와 한방의 한 침대에서 같이 자기로 하고, 그를 내게 데려온 우리 대사관의 김광원 공보관의 안내를 받아 먼저 벨기에의 역사적인 명소인 워털루부터 찾기로 했다.

남아의 기개만을 앞세우고 세계 제패에 나서서 말을 몰고 러시아까지 쳐들어갔다가 사세가 여의치 않아 되돌아오는 길에 영국의 웰링턴 공작의 군대와 또 한바탕 싸워 참패를 하고 만 나폴레옹, 그의 피눈물이 뿌려진 곳 말이다.

부아 드 라캉브르라는 매우 울창하고 넓은 수풀 속 길을 지나 브뤼셀 교외의 워털루 시에 자리한 이 옛 싸움터는 험한 벌판에 높고 큰 왕릉 모양의 둥그런 기대를 쌓고 그 위에 기념비를 세운 것을 중심으로 꽤나 넓은 지역을 점령하고 있었는데, 기념비 맨 위에는 큼직한 사자 석상이 서 있다.

우리는 여기 오르기 전에 먼저 워털루의 옛 전쟁의 모양들을 정교하게 그려 놓은 방에 들어가 보았는데, 처참한 살인이 도처에서 벌어지고 있는 그림들 밑에다가는 칼에 찔려 죽어 가는 병정들과 말의 시체도 더러 인형으로 만들어 놓아 당시의 피비린내 나던 여러 모양을 그대로 방불케 하고 있었다.

잔디가 빈틈없이 돋은 것까지 흡사 월등히 큰 왕릉 모양인 기념비의 기대를 오르는데 돌계단 수효가 아마 2백 개쯤은 될 듯싶었다.

우리 공보관 김광원 박사의 유치원 상급생짜리 아들아이가 내 앞에서 돌계단을 오르면서 내가 짚고 가던 지팡이를 빌려 달라고 졸라 잠시 노소를 바꾸기로 하고 지팡이 없이 나는 깡뚱깡뚱 올라갔는데, 김 유년幼年으로 말하면 그 지팡이를 맡아서 운반하느라고 한참 동안 애를 쓰다가 안 되겠다는 걸 겨우 알았는지 그걸 내게 되돌려주어 나를 한바탕 웃겼다.

들으면 이 왕릉 같은 모양의 동그란 기대 안에는 워털루 전쟁 당시의 양쪽 전사자들의 시체가 합장되어 있다고도 하는데, 혹 그렇다면 그들도 지금은 나처럼 웃음이라도 그 얼굴들에 띠어 볼 수 있을까? 그런 것을 생각하고 오르내리면서 전쟁은 할 일이 아니라는 생각을 점점 더 굳혔다.

(이다음에 독일 함부르크 편을 넣어야겠지만, 돌아다닌 길의 순서상 네덜란드를 통과한 다음번에 넣기로 한다.)

루뱅 대학교와 브뤼셀의 밤 뒷골목

워털루의 싸움터에서 우리는 곧장 루뱅 대학교로 향했다.

신학의 명문으로 유럽에서도 손꼽히는 이 대학교에서는 시인이자 전 국회의장이었던 한솔 이효상 씨를 비롯하여 이기영 교수 등이 한동안씩 몸담아 공부하던 곳으로, 가 보니 지금도 우리 유학생들이 상당수 진을 치고 열심히 공부하고 있었다.

신학을 공부하고 있는 남기영, 역사학을 하는 김용자, 정치학의 조정원 군 등을 만나 보았는데, 그들은 고향의 자기 집 공부방에서 쉬러 나오는 것 같은 여유와 안정된 인상을 주고 있어, 그들이 여기서 차분히 뿌리박아 공부하고 있음을 곧 느끼게 했다.

대학생들이 잘 다닌다는 비어홀에 그들과 함께 들어가서 맥주를 한 잔씩 나누는데, 남기영 군이 "이곳의 세 가지 명물은 이 맥주하고 우리 루뱅 대학하고 또 한 가지는 여기 있는 중죄수의 감옥입니다" 하며 빙그레 웃었다.

"그 세 가지를 합치면 무엇이 되지요?" 나는 물었으나 물론 이것은 그리 쉽게 정답이라는 것이 나올 수 있는 것도 아니고 하여 두고 두고 답은 만들어 보기로 하고, 조용히 웃으며 침묵 속에 대학생용의 맥주잔만을 비우고 있었다.

대학의 건물, 특히 도서관 건물이 오래고도 단아하여 차분히 공부할 맛이 당기게 생긴 대학이었다.

브뤼셀로 돌아오니 벌써 뉘엿뉘엿한 해 질 녘이었는데, "여행기를 쓰시자면 이것도 보시긴 보셔야 되겠지요?" 하며 동행의 ○씨가 차를 몰아 이곳의 중심 그랑플라스에서 과히 멀지 않은 골목길로 들어갔다.

차창에 두 눈을 붙이고 살펴보니 길가의 집들엔 두루 창문이 반쯤씩만 열려 있고, 그 창문 사이마다 아랫도리 긴 스커트를 반쯤만 걷어 올리고 앉아서 바깥 눈치를 살피는 분 바른 미인들의 수줍은 양한 모양들이 들어왔다.

여기가 바로 하룻밤의 새신랑을 돈 받고 맞이하는 집들인 것으로 공창은 아니지만 이곳 정부에서도 묵인하고 있는 터라고 한다. 호주 머니가 빈약한 자가 철없이 여기에 휘말려 들어갔다간 4, 5백 달러 좋이 털어 바치고 쓰거운 꼴이 되기 안성맞춤이라고 했다.

우리는 이곳을 주마간산한 다음에, 15세기에 세운 것이라는 고딕의 시청 옆에 있는 유명한 비어홀엘 들렀는데, 이것도 여러 백 년 됨직한 낡은 2층집으로 청마루와 계단은 오래 닳은 두두룩한 널판자로 깔려 있어, 술꾼들에게 온화한 분위기를 만들어 주었는데, 또 2층으로 올라가는 계단 옆에는 천장에서부터 부레인 듯한 것을 수십 개 매달아 놓고 있어, 이것도 아마 무슨 구미를 돋우기 위함인 듯했다. 맥줏값도 비싸지 않아 옛 술집을 좋아하는 사회 각층의 남녀들이 밤에 즐겨 찾는다고 한다.

프랑스 소설가 빅토르 위고가 소설을 쓰기 위해 와서 묵고 지냈다는 집도 여기에서 바라다보이는 곳에 자리하고 있었다.

오줌싸개 소년과 금강석

벨기에의 서울 브뤼셀의 그랑플라스 광장에서 멀지 않은 구석에, 고추를 내어 놓고 오줌을 벌벌 갈겨 싸고 있는 아이의 상이 서 있다. 갈기는 오줌은 그 아래 큼직한 오줌통으로 쏟아져 내리며 시원스런 소리를 내고 있어, 보는 이들에게 한동안 시원스런 느낌을 주며 또 천진한 동심에 젖게 한다. 오줌싸개 아이라는 뜻의 마네켄 피스라는 이름이 붙여져 있다.

이 세상에서 아직도 부끄러움이라는 걸 모르는─ 말하자면 에덴 때 그대로의 이 아이는 물론 원래 옷 한 가지도 안 걸친 순 벌거숭이의 알몸이었지만, 이걸 보고 간 여러 나라 어른이라는 사람들이 이 아이에게 입히라고 옷을 한 벌 또 한 벌 만들어 보내서 지금은 그것들을 모아 전시하고 있을 만큼 옷 부자가 되어 있다. 그리고 이 동상을 본 이들 중에는 그만 훔칠 생각을 낸 이들까지 생겨 이 아이는 여러 차례 도둑맞는 수난도 겪었다고 하니, 이 천진 대신 별스럽게만 된 것은 그 어른이란 사람들의 마음이라 하겠다.

내가 찾아간 1978년 5월 26일 아침, 이 아이는 먼 외국에서 온 이상한 옷을 입은 채 여전히 오줌을 갈기고 있었는데, 아이를 어릿광대로 만들어 놓은 것 같아서 어쩐지 마음이 좋지 않았다. 왜 이 아이를 천진 그대로 하늘과 땅이 처음에 만든 그대로 두고 보지 못하는지 모르겠다. 참, 자발머리없는 것은 어른이란 사람들의 마음인가 한다.

내가 지난 3월에 아르헨티나의 라플라타에 있는 어린이들의 공원에 들렀을 때, 거기에서도 나는 이와 비슷하게 만들어 놓은 오줌싸개 아이의 상을 보았지만, 거기 것은 그래도 발가벗은 천진 그대로였고 도둑질을 당했었다는 소문도 없었는데, 여기 아이는 웬 수난인지 답답한 일이다.

천진을 숭상하기로 한번 작정했으면 끝까지 철저히 해낼 일이지 우물쭈물하거나 훔치거나 그래서는 안 되는 것이다. 내 생각 같아서는 이 아이에게 각국에서 호의로 보내는 옷일랑 따로 모아서 전시해 두는 데 그치고, 입혀 놓는 일까지는 없는 게 좋겠고, 이것까지 훔쳐 가는 절도 제군을 위해서는 물론 좀 더한 도의 교육이 국민학교 때 부터 시행되어야 할 것 같다.

이 나라의 안트베르펜이라는 항구는 이 땅이 가진 다이아몬드 전 체의 70퍼센트를 연마해 내는 곳이고, 또 저 깨끗한 성화聖畵의 화가 루벤스의 고향이라고 한다. 다이아몬드나 루벤스 같은 전통적인 순 결한 맑음이 이 나라에 더하기만을 바랄 따름이다.

사실은 나도 솔직히 말해서 아내의 금반지까지 전당포에 잡히기 도 하며 살아온 사람의 하나로 안트베르펜의 다이아몬드 이야기를 들었을 때 늙은 아내의 너무나 벗었던 손가락을 안 생각했던 건 아 니고, 또 내 너무나 초라한 호주머니의 사정을 잠시나마 딱하게 생 각지 않았던 것도 아니다. 그러나 벨기에에서는 그걸 소유하는 걸 표준으로 생각할 것이 아니라 그 맑고 빛나는 성품을 배워 마음에 지녀야 할 것을 다시 더 골똘히 고쳐 생각하게 되었다.

네덜란드

뜻하지 않은 위트레흐트의 한량이 되어

5월 26일 오전, 기차 편으로 이항성 화백과 함께 홀란드란 이름으로 우리에겐 일찍 알려진 네덜란드로 출발했다. 아시다시피 네덜란드Netherlands의 뜻은 저지대의 땅을 말하는 것으로, 이 나라는 바다의 수평선보다도 더 아래 놓인 여러 곳들을 오랜 세월을 두고 방파제를 쌓아 올려 바다의 습격을 막고 살 만하게 만들어 냈다. 이를테면 상전桑田이 벽해碧海가 된 것이 아니라 벽해를 상전으로 만드는 예를 세계 어느 나라보다도 시범적으로 우리에게 보여 온 대단한 겨레인 것이다.

또 이 나라의 행정 수도 덴 하그(헤이그)는 1907년 이곳에서의 만국평화회의 때 일본의 합병 강요를 반대, 호소하기 위해 우리 이

준 열사가 참석하려다 실패하자 분사憤死를 하신 곳이라, 그분의 묻혔던 자리에 인사도 드릴 겸 우리의 헤이그를 향하는 마음의 걸음은 기차 속도보다는 좀 더 빨랐다.

그러나 그렇게 바쁜 마음의 걸음은 항용 실수도 따르는 것인 듯, 우리는 덴 하그 정거장에서 내린 것이 아니라 헤이그를 가자면 아직도 45분이나 더 가야 하는 곳인 위트레흐트를 덴 하그로 잘못 알고 내리고 말았다. 우리 건너편 좌석에는 얼굴과 향수 냄새와 옷차림새가 매우 달통해 보이는 멋쟁이 색시가 하나 아주 잘 달통한 듯한 얼굴로 앉아 있기에 '하그Haag'를 영어식으로 '헤이그Hague'로 발음해서 "헤이그가 여깁니까?" 하고 어느 큰 정거장에 기차가 들어서기에 물었더니 "여기서 내리시오" 해서 내린 것인데, 아니라 여기는 위트레흐트라는 곳으로 또 덴 하그를 가자면 여기서 딴 기차를 갈아타야만 하는 것이건만, 우리는 그만 몰라서 그러지를 못하고, 엉뚱한 위트레흐트 시내로 들어와 버리고 만 것이다.

택시를 찾으니 택시도 안 보이고 버스를 타자니 어디가 어딘지도 분간이 안 가는지라, 이 화백과 둘이서 꽤나 무거운 가방을 떠메고 진땀을 빼며 시내를 한 식경 헤매다 보니, 무엇보다 먼저 좀 쉴 수 있는 자리가 그리워, 중국 음식점에 들어가 찹수이라는 것을 한 사발씩 먹으며, 이 집 중국 색시더러 호텔을 한 군데 찾아 예약해 달라고 사정했으나, 호텔은 두루 만원이라 하여 아득했던 때의 돈키호테만큼이나 아득한 꼴이 되고 말았다.

그래 지혜를 쥐어짜서 '그러면 택시나 하나 불러 달래서 그 운전수더러 한 곳 찾아 달랠 수밖엔 없다'고 작정하고 겨우 하나 찾아내 들어가 좀 쉬다가 알아보니, 할 수 없이 천부당만부당한 위트레흐트 라는 곳의 한량 나그네가 되고 만 것이다.

그러다가 호텔의 숙박료가 여기만 해도 꽤나 싼 것과, 여기서는 덴 하그나 암스테르담과도 과히 멀지 않은 곳이라는 것에 이해가 서고, 또 심부름하러 드나드는 색시도 꽤나 수수하게 이뻐서 "당신 이 쁘다" 어쩌고 인사를 던져 얼굴에 웃음도 보고 하는 동안에 '엣다 모르겠다. 이러고 보니 이것 역시 귀신이 씌어 대서 일은 차라리 무던하게 되었나 보다'로 낙착이 되어 여기서 사흘 밤을 묵으며 덴 하그와 암스테르담 등을 기차 통근하기로 된 것이다.

그래 여기서 하룻밤을 쉰 뒤에 이튿날 아침 덴 하그로 가는 기차 속에서 바깥의 농촌 풍차며, 어린아이들이 고무보트를 타고 노는 밭들 사이의 좁은 운하들이며, 선연한 튤립 꽃밭의 아름다운 경치를 연달아 눈에 담으며 나는 이 화백에게 "전화위복이란 건 말하자면 바로 이거요" 해서 또 그의 동의도 얻고 있었다.

바른 말씀이거니와 일이란 소원대로 안 된 쪽의 맛도 보아 가노라면 또한 쓸 만한 것이다.

덴 하그의 이모저모

5월 27일 아침 9시쯤 이항성 화백과 나는 위트레흐트를 출발하여 기차로 40분쯤 만에 덴 하그 역에 도착했다.

우리도 누구나가 먼저 찾는 덴 하그의 심장부인 비넨호프로 발걸음을 옮겼다.

비넨호프는 13세기에 세워진 왕의 궁전의 뜰 이름으로, 이 뜰 옆에는 지금도 네덜란드의 상하 양원을 비롯해서 국가적으로 여러 가지 중요한 행사가 열리는 리데잘이 자리 잡고 있다. 웅장할 것은 하나도 없는 수수하고 겸손해 보이는 건물들이지만 오래된 전통적인 이곳에서 지도자들은 나랏일을 해 나가고 있는 것이다.

바로 이 리데잘 뒤켠에 마우리츠하위스라는 왕실 미술관이 있는데, 17세기에 지어진 르네상스식 건물로서 크지는 않지만 그 뒤에는 호숫가에 가로수 우거진 산보길도 곁들인 아담한 집이었다.

여기에서는 무엇보다도 렘브란트의 〈해부〉라는 그림이 명물로, 한 사람의 이미 죽은 하얀 시체를 에워싸고 서 있는 사람들의 얼굴에 나타난 기대와 신비와 공포의 표정들은 우리 글 쓰는 사람들의 표현력으로는 다하지 못할 절실한 무엇을 보여 주고 있었다.

"렘브란트는 그림의 가장 중요한 초점에 광선을 인상적으로 줄 줄 아는 화가다"라고 이 화백이 옆에서 말하여, 그의 딴 그림들도 두루 주의해 보니 아닌 게 아니라 그건 맞는 말이었다.

내가 이 미술관에서 제일 좋게 본 것은 포터라는 요절한 화가가 그린 〈수소〉라는 그림이었다. 농부와 큰 나무와 소를 그린 이 그림은 성실한 사실력으로 빚은 소박한 생명과 자연의 잘된 조화의 표현이 현대 회화가 잃어버린 장점을 나직이 말하고 있는 듯했다.

우리는 여기에서 나와 스헤베닝언으로 가는 버스를 탔다.

이곳은 덴 하그에 있는 해수욕장으로, 세계적으로 유명한 향락장이라고 한다. 노라리꾼들의 향락을 위한 갖은 시설이 다 되어 있는 곳이라고 하지만, 내 눈에는 그저 희미한 회색빛의 하늘 밑에 질펀하기만 한 바닷가 모래펄에 지나지 않았다. 햇빛이 나는 날인데도 우리나라에서 보는 것 같은 맑게 푸른 하늘은 여기에는 없었다.

이탈리아 사람이 경영하는 노천 식당에서 한 사발의 이탈리아 국수를 사서 먹고 있는 판인데, 주인인 듯한 중년의 사내가 내 옆에 다가와서 "나는 낳은 지 두 달 되는 아기를 가졌다"고 묻지도 않은 엉뚱한 자랑을 하며 좋아라고 해서 "아 그러냐, 좋겠다"고 했더니, 얼마 뒤 그가 안으로 들어가자 카운터에 있던 그의 아내인 듯한 여자와 육박전을 벌여, 아내가 내던지는 그릇에 맞아 얼굴에 피를 흘리며 고래고래 소리를 지르며 날뛰고 있었다.

그들의 싸움의 원인이 무엇인지는 물어보지 않았기 때문에 모르겠으나, 아마 이것도 세계적 향락장이라는 이름이 붙은 이곳의 한 표정임에는 틀림없는 성싶었다.

수향水鄕—암스테르담

네덜란드에서 가장 큰 도시고 또 항구인 암스테르담은 유럽의 북쪽 베네치아라 불리는 곳이다.

이탈리아의 베네치아처럼 바닷물이 도시의 틈틈이 스며들어 거리와 거리 사이를 누비며 감돌아 흐르고 있어 거기를 두루 배를 타고 돌 수 있는 매력으로 손꼽히는 곳이지만, 내 눈을 바짝 더 끈 것은 그 배들이 시내를 누비고 다니는 사이사이 쌓은 성벽의 군데군데 배치했던 그 대단한 옛날 감옥의 쇠창살들이었다. 이 옛 감옥 방의 쇠창살들은 모조리 강물 쪽으로 뚫리어 있어, 이걸 부수고 달아날 길은 상어 떼의 배 속밖에는 없었다는 것이다.

이래 놓고서 감옥 쇠창살 속의 죄수들의 슬픔과 원한의 눈총들을 받으며 이 강을 어떻게 마음 편히 뱃놀이하고 다녔을까를 생각해 보자니 지금은 거기 아무도 갇혀 있지 않지만 가슴 섬뜩해지는 느낌을 금할 길이 없었다.

그러나 지금은 예와 달라서 한낱 구경거리로 그 강가의 감옥 철창들은 보존되어 있을 뿐, 시내의 사면팔방으로 안 통하는 데가 없는 이 바닷물로 된 강가의 언덕들엔 아름드리나무들이 무성한 수풀을 이루며 가지각색의 꽃들을 피우고 있어 사람 살기 좋은 곳으로 보였다. 다만 하늘빛이 좀 더 맑았으면 좋겠다.

이항성 화백과 나는 사면을 유리창으로 둘러싼 유람선을 타고 한동안 시내를 샅샅이 누비고 다녀 보았지만, 햇빛은 꽤나 비쳐 오는데도 하늘빛은 푸르기보다 오히려 잿빛에 가까울 뿐으로 아주 맑은 우리나라 하늘에 길든 나를 답답하게 했다.

여기뿐만 아니라 프랑스에서 출발해서 이곳까지 오는 동안 늘 흐린 날이 많았고 맑은 날의 하늘이란 것도 대개 이랬다. 그래 유럽 화가들의 그림 속에 잿빛 하늘이 많은 것도 그게 사실 그대로라는 데에 이해가 겨우 서게 되었다.

생각해 보자면 네덜란드 출신 철인이었던 스피노자 같은 이가 일생 동안 안경알을 맑게 맑게 갈아 내는 직업을 택했던 것도 이 잿빛 하늘의 답답함 때문 아니었던가 싶기도 하다. 이렇게 해서 그는 겨우 마음의 맑은 눈을 담아 둘 곳을 찾고 있었던 것이겠지.

암스테르담이라는 명칭은 이 도시가 암스텔 강의 제방 위에 서 있는 데서 담dam이란 말을 붙여 생긴 것이라 하며, 이곳은 또 네덜란드의 헌법상의 수도이기도 한 곳이다. 왕궁이나 정부 청사, 국회, 각국의 대사관 등은 모두 덴 하그에 있어 실제의 서울은 그곳이지만, 명분상의 수도는 이곳으로 되어 있다.

아 참, 암스테르담의 중심지에는 이 나라가 낳은 화가인 렘브란트의 동상이 서 있고, 근처 광장의 이름도 렘브란트 광장이다. 또 이곳에는 반 고흐 미술관도 1973년부터 열리어 있다. 눈으로 보는 아름다움을 극진히는 숭상하는 나라인 것이다. 그래서 그런지 길 가는 남녀들의 눈을 들여다보고 있으면 어쩐지 그게 많이 많이 건재해 보이는 곳이었다. 피곤한 데가 적다는 말이다. 단순히 그건 이곳에 오존 같은 바다의 좋은 기운이 많은 때문인지도 모르겠다.

이준 선생의 묘를 찾아뵙고

5월 29일 월요일 아침 일찍이 사흘 밤을 묵은 위트레흐트의 여관을 떠나 기차로 출발해서 오전 9시 반쯤에 덴 하그의 우리 대사관에 들러 연하구 대사와 인사를 나누고 이준 선생이 묻혀 계시던 곳을 찾아뵙고 갈 뜻을 말했더니 연 대사 스스로 기꺼이 안내에 나서 주어서, 이항성 화백과 같이 한가한 수풀 속 그분의 혼 앞에 나아가 한동안 머리를 숙였다.

아시다시피 일본인들이 우리나라를 합병하려고 마지막 대들던 1907년, 대한제국의 둘째 번이자 마지막 황제인 융희 황제의 칙명을 받고 이곳에서 열리는 만국평화회의에 밀사로 파견되어, 우리나라의 억울한 사정을 세계 각국의 대표들 앞에 호소하려다가 여의치 않자 목숨을 버리셨던 이준 선생—여기가 그분이 오랫동안 혼자서 묻혀 계시던 곳이다.

연하구 대사의 설명을 들으면, 이곳은 오랫동안 황무한 대로 있었는데 지난 1977년 10월 3일에야 우리 정부에서 여기에 기념비와 아울러 선생의 동상을 만들어 세우게 된 것이라 했다. 비석도 그만하면 작지는 않았으며 동상도 그분의 모습을 비교적 잘 표현한 듯이 보였다.

이런 분의 이런 묘지의 이런 동상은 하늘 밑의 땅 위에서는 아마꼭 하나뿐인 걸로 나는 알고 있다. 지금까지 반년 남짓 세계 각국의 구석구석을 돌아다녔지만, 남의 나라를 침범해서 공을 세운 사람들의 상은 참 많았지만, 자기 나라가 딴 센 나라의 침략을 받아 망하려는 판에 그걸 막아 줄 것을 호소하여 나섰다가 실패하자 그 분함으로 이렇게 먼 나라에서 목숨을 버리고 혼자서 묻혀 있는 이의 상은 나는 아무 곳에서도 본 일도 들은 일도 없으니 말이다.

석가모니 부처님이 그의 조국 카필라바스투가 이웃의 강국 코살라에게 먹힐 위험을 느끼자 그걸 막으려고 집을 나가서 당시의 인도 여러 강국의 왕들을 편으로 끌어들이며 돌고 계시다가 드디어 할 수 없이 조국이 합병되자 여든 살에 조국으로 돌아가는 길에 숨을 거두며 "내 머리를 내 조국 쪽으로 향해 눕혀라, 아난아" 하고 그를 따르던 제자 아난에게 마지막 부탁을 한 일은 있다.

그러나 석가모니 부처님의 상들은 이미 자기 조국만을 생각하는 그런 모습으로 계시지는 않는다. 오직 이준 선생 한 분이 망하는 때의 조국의 운명에 따르는 모습으로 여러 만 리 밖의 이 딴 나라의 외딴곳에 하늘 아래선 다만 혼자 서서 계시는 것이다.

이런 일은 언뜻 생각하기엔 제 나라를 많이 사랑하는 지사 누구에게나 더러 있음 직한 일 같기도 하다. 그러나 두루 지금의 땅 위를 자세히 둘러보시기 바란다.

이런 이의 이런 동상이 지금 어디에 또 서 있는가? 이런 생각 속에 이분 앞을 물러서며 나도 한국 사람된 힘을 다시 더 얻어 떠나게 되었다.

독일 북부

함부르크의 해당화

5월 29일. 오전 11시에 네덜란드 행정 수도 덴 하그에서 기차로 떠나 오후 5시쯤 독일의 북쪽 함부르크에 내렸다. 여기 우리 총영사관의 총영사 김형수 씨는 시인 김춘수 씨의 아우님으로, 그의 형님에게서 진작 내가 여기 들른다는 편지를 받고 기다리고 있었다며 여간 반기는 게 아니었다.

아시다시피 이곳은 독일에서 가장 큰 항구일 뿐 아니라 여러 가지 자유—가령 공창公娼의 자유까지가 법으로 승인되어 있는 곳이라, 말하자면 좀 상스러운 곳이라고도 할 수 있겠으나, 좋아하건 싫어하건 하여간 한번 지내 볼 만한 곳이긴 하다.

5월 30일. 여기까지 동행 중인 이항성 화백과 나는 함부르크 대학원에서 그림 공부를 하고 있는 여류 화가 노은임 양과, 같은 대학원에서 교육학 박사과정 중인 콜롬바 추 양, 독일 연방의 간호원 백미화 양 등 일단의 우리 교포 미인들의 안내를 받아 시내 이곳저곳을 돌아다녀 보았는데, 여기는 썩 예쁜 곳이라고는 할 수 없겠지만, 사람의 인정과 몰인정 사이에 축축이 흐르는 그 눈물의 맛이나, 때때로 서릿발 서린 한의 맛도 꽤나 있음 직한 항구로 보였다.

이 항구의 한가운데 자리 잡고 있는 인공의 큰 호수—알스터 호숫가의 울창한 수풀 구석구석에서는 가끔 우리나라의 함경도 명사십리에 많은 그 진분홍빛의 해당화도 발견되고 하여, 나는 무심결에 그 꽃 위에 내 코끝을 갖다 대 보기도 했지만, 이건 아무래도 독일이 아직도 제대로 삭이지 못한 한의 상징같이만 느껴지는 것이었다.

노은임 양이 다니는 함부르크 미술대학원의 작업실에 들러서 그네의 그림들을 보았는데, 한정 없이 긴 용 같은 것을 자신의 심정에 맞추어 추상으로 그린 그림이 인상적이었다.

상당히 넓은 폭의 이 그림의 길이는 아마 20미터도 더 되는 듯, 나는 이걸 옛날의 두루마리 감듯 감아 가며 보았는데, '노은임은 과연 장수로다' 하는 느낌이 들었다.

노은임 양은 원래 간호사로 이곳에 왔으나 학비 좀 벌어 가지고는 간호사 노릇을 작파해 버리고 대학에 들어가서 본래 마음속 소원이던 그림 공부를 해 오고 있는 터라 하는데 시도 아울러서 쓰고 있다.

그네와 그네 친구들은 미하엘 거리에 있는 성 미하엘 성당을 돌아서 거기서 서쪽으로 멀지 않은 넓은 잔디밭 위에 우뚝 서 있는 비스마르크의 상 앞으로 나를 안내했는데, 철혈 재상이란 이름으로 세계에 널리 알려진 현대 독일의 가장 잘난 정치가의 그 꽁장히는 크게 만든 동상 앞에 서서 나는 어느새인지, 이 큰 재상의 의지와 우리 노은임 양 같은 여인들의 의지를 견주어 마음속으로 저울질하고 있었다. 내게는 비스마르크보다도 노은임 양 일행이 한결 더 가상스러워 보였다.

함부르크 항의 밤 뒷골목

"함부르크 남서쪽의 장크트 파울리 거리 한쪽에 자리 잡고 있는 레퍼반이란 곳의 밤거리 구경을 안 하고 가서는 안 된다"고 누가 말하여 나도 불가불 한 바퀴 돌아보았는데, 아닌 게 아니라 나로선 상상도 못 하던 걸 가지고 있었다.

말이나 소를 고삐로 매 두는 '말 기둥'이니 '소말뚝'이니 하는 게 있다. 어느 골목의 어두컴컴한 구석으로 들어갔더니 넓은 창고 같은 속에는 붉은 전등 불빛에 비쳐 기다란 말뚝들이 수없이 박혀 서 있고, 그 기둥마다 기대선 미인들이 나열되어 있는 것이었다. 열대여섯쯤 되어 보이는 젖통이 겨우 솟아나기 비롯하는 소녀들로부터 나이 지긋한 여인들에 이르기까지, 그들은 거의 사타구니만을 가리고, 사 갈 손님들을 기다리며 짐승들처럼 서성거리고 있었는데, 그 얼굴들에 혹시라도 흡족해하는 표정이 있는가를 찾아보았으나 그런 건 흔적도 보이지 않았고, 멋도 모르고 뛰쳐나온 듯한 미련스러움과 순진만이 내 눈엔 많이 띄었다.

어떤 날씬하고도 토실토실한 스물두어 살짜리쯤의 미인 하나가 춤추듯 날리고 다니는 게 보이기도 했지만 자세히 뜯어보니 그네는 어느 놈팡이하고 마신 것인지 술이 많이 취한 말씨와 걸음걸이를 하고 있었다.

참 불가사의하고도 신비하다고 안 할 수 없는 이런 부류의 여인들은 이 땅 위에 도통 얼마나 되는 것일까? 나도 어느덧 거기 말뚝의 하나에 기대어 그들처럼 서 있어 보고 싶은 충동을 느꼈다. 그러나 나 같으면 오래지 않아 어떻게 해서라도 이런 데서도 탈출하고 말 것이다. 그런데 이 여인들은 그러지 않고도 어떻게 잘 견디는지 참 묘한 재주다.

이 '마구간 매음녀'라는 것 외에, 이 거리에는 또 두 종류의 창녀들이 있는데, 그 한 가지는 길거리에 나와 서서 "오세요, 오세요" 손님을 유인해 끌어들이는 부류요, 또 한 가지는 말하자면 은근한 종류로 길가의 자기 방 창문과 커튼을 반쯤만 연 사이 요염한 반나체의 몸뚱이를 내밀어 보이고 앉아서 그 암시에 놈팽이들이 걸려들기를 기대하는 부류들이다.

들으면 이곳의 공창제도는 한동안 여론에 부대껴 금지도 시켜 보았으나, 결과는 범죄 건수도 한결 더 늘고 금지 안 하는 것만 못해 다시 또 이렇게 법으로 허가를 하게 되었다고 하는데, 어째서 이걸 금지시키면 범죄가 더 는다는 것인지 내게는 아리송하기만 했다.

사람들은 몇억천만 년이나 더 이런 짓을 밤거리 뒷골목에 지니고 가야만 하는가? 이런 짓이 영 없어지게 하자면 무슨 교리敎理가 있어야만 할까? 곰곰 생각해 보니, 아무래도 이것은 교육의 부족이 그 가장 큰 이유인 것만 같다.

신에 일치하는 인간의 존엄을 아이 때부터 누구에게나 자각되도록 가르쳐 내지 못해서 이렇게도 사람들이 싸구려로 견디어 살면서도 아무렇지도 않게 되어 먹은 것이다. 신의 노예가 되는 것까지도 완강히 거부했던 프리드리히 니체의 '인간 존엄'이라도 이 거리에 몽땅 가르쳐 줬으면 하는 생각이 간절해졌다.

덴마크

랑겔리니의 게피온 분수와 인어상

덴마크의 수도 코펜하겐에 오는 여행객들이 흔히 맨 먼저 찾아드는 랑겔리니 언덕에는 이 나라의 근면 정신을 상징하는 신화를 간직한 여신 게피온의 상이 맑은 샘물 위에 멋들어지게 네 마리의 소를 몰고 있는 모양으로 솟아 있는 것이 보인다.

6월 1일. 나와 함께 이곳에 들른 우리 대사관의 박성수 공보관이 내게 말한 게피온 신화를 들으면, 여신 게피온은 그네의 아버지인 오딘 신으로부터 그의 아들 넷을 데리고 덴마크를 잘 다스려 내라는 명령을 받고, 깊이 생각한 나머지 네 아들을 두루 일 잘하는 황소로 만들고, 그네는 그들을 부리는 사람이 되어 아버지의 부탁대로 덴마크를 잘살 수 있는 나라로 만들어 냈기 때문에 이와 같은 모양으로 여기에 조각되어 있다는 것이었으나, 마침 이 얘기를 주고받을 때 우리 옆을 지나다가 우리와 함께 이야기를 나누게 된 중년의 서양 사내 말은 또 수월찮이 다른 것이었다.

아무래도 스웨덴 사람일 거라고 우리가 가늠한 그 사내의 말을 들으면—옛날 옛적에 스웨덴에 계시던 오딘 신께서 어느 날 그의 딸인 게피온에게 어디 네가 가지고 싶은 땅을 마음껏 땅 위에 그려 놓아 봐라 하셔서, 네 마리 소에 쟁기를 끌게 하여 힘껏 욕심껏 넓게 넓게 굿고 다닌 게 마지막에 보니 덴마크의 넓이 모양과 똑같은 것이어서, 오딘 신은 무엇이든지 하는 능력으로 덴마크를 새로 하나 스웨덴 바로 밑에 만들어다 붙이고, 그의 딸 게피온을 시켜 네 마리의 소를 거느리고 이곳의 최초의 통치자가 되게 했다는 것인데, 이건 아무래도 또 스웨덴 쪽이 제 잘난 맛으로 빚은 이야기임에 틀림이 없는 것 같다.

하여간에 이 두 이야기의 공통점은 게피온이 부지런한 일꾼인 소들을 이끌고 최초의 덴마크의 통치자로서 무엇보다도 근면 정신을 내세우고 있다는 것이겠는데, 이 맑은 샘 위의 분수 속에 휩싸여 덴마크의 최초의 모태인 젊은 게피온이 네 마리나 소를 몰고 있는 모양을 보고 있으면, 아닌 게 아니라 늘 젊고 풋풋하고 성실한 덴마크의 근면 감각이 저절로 느끼어져 적당해 보였다.

게피온의 옆을 떠나 한참 동안 언덕배기의 수풀 길을 지나서 맑은 바닷가로 가다가 보면, 길가에서 바로 가까운 바닷속 바위 위에 순나체의 젊은 색시가 무릎을 꿇은 채 엣비슥이 앉아 있는 모양이 보이는데, 뒤로 땋아 늘인 머리채라든지 갸름한 얼굴이라든지 터질 듯 팽창한 젖통이라든지 꽤나 미인이다.

이 색시로 말하면 원래는 바닷속의 인어인데, 그네는 바닷가를 자주 지나다니는 어떤 귀한 집 귀공자 하나를 보고는 그만 온 마음이 다 그리로만 쏠려 사람이 되게 해 줍시사 하고 날이면 날마다 소원하고 빈 결과 오딘 신이 소원대로 예쁜 여자로 둔갑시켜 주기는 했으나, 그 뒤 그 사내는 이 근처에 나타나지를 않아 이렇게 쓸쓸히 기다리고 앉아 있는 것이란다.

이것도 게피온의 극성에 사돈뻘 되는 덴마크 사람들의 바다 그리움의 감각의 상징이겠다.

스트로이에 거리와 티볼리 공원

저녁때 나는 박성수 공보관과 같이 코펜하겐에서 유명한 스트로이에 거리에 나서 보았다. 길의 너비는 10미터밖에 안 되지만 거기엔 두루 돌을 깔아 포장했고, 또 차들은 전연 못 다니는 보행자만의 산보길로 이 길 양편에는 특산물을 파는 상점들이 즐비하게 늘어서 있다.

나는 네덜란드에서 함부르크로 오는 기차 속에서 잃어버린 스위스제의 내 지팡이에 탐착해 있던 판이라 그 대용품을 먼저 물색하니 마침 내가 잃은 것과 거의 같은 밤빛 오죽烏竹으로 만든 게 보여서 그걸 냉큼 하나 사고, 다음에는 역시 어디서 잃었는지도 모르게 잃어

버린 와이셔츠 소매 단추의 대용품도 한 벌 샀는데, 이건 이 나라의 동쪽에 있는 발트 바다의 명산품인 호박琥珀으로 만든 것이다.

강가에 늘어선 소나무의 송진이 엉겨 굳어 떨어져 강물 속에 잠겨서 떠내려가다가 바다의 바위들 틈에 끼어 오랜 세월을 호젓하게 지내는 동안에 이 호박이라는 게 된다는 건데, 일본 가게에서 보증서까지 끼워 단돈 20달러쯤에 샀으니 비싼 건 아닌 듯하다.

또 하나 코펜하겐에서 누구도 빼놓을 수 없는 곳은 물론 티볼리 공원이다. 우리가 알고 있는 공원이라는 것은 흔히 약간의 기념물이 있는 수풀 속의 산보 지역 그런 것이지만, 여기 코펜하겐의 티볼리 공원만은 그렇게 단순한 게 아니라 우리나라 새타령의 '새가 날아든다 온갖 잡새가 날아든다'의 그 온갖 잡새의 구미와 직성에 두루 잘 맞을 만큼의 온갖 시설―오락 시설 같은 것까지 두루 갖추고 밤낮없이 문 열어 즐기게 하고 있는 곳이다.

이 안에는 각종 춤과 음악과 연극과 공연을 위한 극장들도 여러 군데 마련되어 있고, 음식점도 술집도 들어앉아 먹고 마시는 곳, 밖에 의자들을 내놓고 그렇게 하는 곳 등 골고루 준비해 놓고 기다리고 있고, 특산물을 파는 가게들도 섭섭지 않게 구석구석 열려 있으며, 으슥한 수풀 그늘, 해와 달과 별빛 모두 다 잘 비치는 널찍한 잔디밭들, 애인들의 소곤거리는 낯바닥 비추기에 알맞은 맑디맑은 연꽃 피는 호숫물 등 두루두루 갖출 만큼은 갖추어 놓아서, 말하자면 이곳 시민들과 나그네들의 남녀노소의 구체적인 놀이터의 본보기라고 할 수가 있는 곳이다.

박성수 공보관의 말을 들으면, 티볼리 공원을 구상할 때 덴마크가 낳은 위대한 작가 안데르센 작품들이 가진 신비한 조화와 천진을 많이 염두에 두었던 것 같다고 하는데, 나도 이곳의 밤 풍경을 한참 돌아다니며 보는 동안에 그렇게 느꼈다.

금시에 무슨 간절하고 천진한 이야기가 솟아 나올 것만 같은 탑 밑 연못 위의 나무다리 언저리에, 달빛에 비친 잔디밭 너머 고혹적인 꽃향기를 풍기면서 으슥한 소롯길을 여는 깊은 수풀들―모든 조화의 아름다움엔 안데르센의 영향이 많이 깃들어 있는 듯했다. 이곳에 흰 눈이나 수부룩이 내려 쌓이면 더구나 그렇게 느껴질 것이다.

나는 내가 젊어서 읽은 그의 장편소설 『즉흥시인』의 여주인공인 불행한 폐병의 가수 아눈치아타의 방황을 잠시 생각해 보았다. 이 수풀 어디 한적한 곳에 움막이라도 하나 지어 그네를 데려다가 치료해 보게라도 했더라면 오죽이나 좋았을까?

아말리엔보르 궁전, 기타

'사랑을 해 보아라. 후회하리라. 사랑을 하지 말아 보아라. 그래도 후회하리라. 사랑을 하거나 안 하거나 결국 후회하리라.'

시인 박용철이 번역해 놓은 덴마크의 철인 키르케고르 말씀이다.

6월 2일 오전, 나는 오전답지 않은 이 구절을 문득 기억해 내 마음속에 되뇌며, 아말리엔보르 궁전의 과히 넓지 않은 팔각형 뜰을 거닐면서 이곳을 지키는 검정 모피 모자를 깊이 눌러쓴 근위병의 왔다 갔다 하는 천천하고 또박또박한 걸음걸이에 내 호흡을 맞추어 보고 있었다.

30센티미터는 충분히 됨 직한 검정 털가죽 모자를 눈 바로 위에까지 깊숙이 눌러쓰고, 칼을 꽂은 총을 어깨 위로 꼿꼿이 세워 들고, 한 걸음도 더 느리거나 더 빠름이 없이 뚜벅뚜벅 천천히 한정 없이 왔다 갔다 걷고 있는 왕궁 보초병을 바라보며 우두커니 서서 있자니, 바로 그 보초병의 걸음걸이 그것 자체가 '사랑을 해 보아라. 후회하리라. 사랑을 하지 말아 보아라. 그래도 후회하리라. 사랑하거나 안 하거나 결국 후회하리라'의 깨달음의 예행연습처럼만 느껴졌기 때문이다.

이날도 나를 친절히 안내해 주던 박성수 공보관의 말을 들으면 이곳의 왕은 아직 삼십대의 젊은 여자분으로, 가끔은 서민의 차림으로 장바구니를 자전거에 싣고 사람들이 북적거리는 장거리에 무얼 사러도 나오신다고 하니, 그 서민적인 흉허물 없으심에 기대어 묻거니와 "여왕 폐하의 어안에는 이 보초의 걸음걸이가 그렇게 보이지 않으시나이까?"이다.

이 덥고도 고단한 여름날에 또 그걸 말로도 하기가 무엇해 묵묵히 소리 없는 시계추처럼 오고 가는 이 보초님이 답답하여, 시청 앞에 있다는 안데르센의 동상이나 좀 쳐다보려고 그쪽으로 나오니, 마침 시청 앞 광장에서는 군데군데 포장집들을 만들어 놓고 집집마다 몇몇 손님들을 상대로 무엇인가를 열심히 하고 있어서 슬금슬금 한 가게 앞에 가 가만히 그들이 하는 양을 들여다보니, 다른 게 아니라 그건 바로 "에라, 모든 건 운수에다 맡기고 한번 걸어 보자"의 그 제비 뽑기 판이었다.

얼마씩이나 걸면 되는가 알아보니 큰돈도 아니어서 나도 한 두어 차례 걸어 보고 그 상으로 일기책을 두 권이나 공짜로 얻었거니와, 이렇게 그 운수라는 것에 쩔쩔매는 일이 없이 살짝살짝 가지고 놀고 있는 것도 우리나라 사람들하고 많이 닮기도 한 것 같아 재미가 있었다.

박성수 공보관과 함께 안데르센 선생의 동상 앞에서 기념사진을 하나 찍으려고 길 가는 남자보고 부탁했더니, 그는 기쁨이 얼굴에 그득하여 어떻게나 고마워라 하는지 우리와 주객이 아주 거꾸로 된 것 같았다.

전체 인구 겨우 5백만 명쯤밖에 안 되는 조그만 민족으로서 그들은 참 꽤나 세기는 센 겨레인 듯하다.

스웨덴

스칸센 공원의 구식 결혼식과 프리섹스

6월 2일. 늦게 스웨덴의 스톡홀름에 도착하여 고단한 여독을 하룻밤 풀고, 이튿날 오전에는 마침 스칸센 공원에 있는 교회에서 이곳 격식으로 우리 교포의 결혼식이 있다고 대사관의 최태순 공보관이 말하며 내게도 동석을 권하여, 축하도 하고 구경도 할 겸 그 자리에 끼어 보았다. 신랑은 대사관 부속 문화원에 근무하는 방중호 군, 그리고 신부는 영자라는 아가씨라고 했다.

스칸센 공원은 무성한 수풀 사이사이의 곳곳에 스웨덴의 전통적인 여러 모양의 민가들을 옮겨 놓은—말하자면 우리나라 수원 근교의 민속촌과 취지가 같은 곳으로, 그러니만큼 교회도 옛 모습 그대로를 지녀 무너져 가는 돌담장 사이의 문을 통해 뜰로 들어가는 것이라든지, 소박하고 예스럽고 촌스러운 교회당 내부의 꾸밈새라든지, 주례 목사님의 신부神父 비슷한 꾸밈새라든지 모두가 마치 옛 스웨덴으로 뒷걸음질 쳐 온 것 같았다.

신랑 신부의 옷차림이나 결혼식 모양은 요즘의 우리 교회에서 하는 결혼식과 별다를 건 없었으나, 결혼식이 끝난 뒤에는 밖에 대기해 놓은 구식의 쌍두마차—큼직하고 실한 말 두 마리가 끄는 옛날 마차에 신랑 신부가 나란히 올라타고 한바탕 이 공원 안 민속촌의 구석구석을 도는데, 꽤나 특별나게 신바람 날 것 같았다.

수 많이 놓은 옛날 그대로의 모자와 치마를 쓰고 입고 나온 뚱뚱한 아주머니들이 그네들의 옛 결혼식을 그리워하는 듯한 눈초리로 이들의 마차 뒤를 지켜보아 주고 있는 모습도 좋아 보였다.

이런 남녀의 결합을 본 뒷자린지라 자연히 우리 이야깃거리도 남녀들의 성 문제가 중심이 되어, 요즘 스웨덴 남녀들의 성도덕은 어떤 것이냐고 최태순 문화원장에게 물으니 "일본이나 미국의 글쟁이들이 스칸디나비아의 프리섹스니 뭐니 하여 이곳 여자들이 너무나 손쉽게 그 몸을 순간적으로 사내들에게 맡겨 버리는 것같이 소개해 놓은 바람에 요즘 여기를 찾는 우리 교포들 중에도 그 프리섹스 좀 알아보자는 사람도 더러 있지만, 그건 순 엉터리의 잘못된 소개요, 여기는 매음녀도 눈에 띄지 않는 곳입니다"라고 했다.

물론 남녀 간의 성생활은 그 자유의사만을 절대적으로 따르게 법도 되어 있어서, 부부간의 어느 쪽이건 애정이 딴 데로 가면 서로 헤어지거나, 아니면 당하는 쪽이 꾹꾹 눌러 참을 수밖에 없이 되어 있고, 또 밤거리에는 댄스홀 같은 곳도 많아 이런 데서 유부녀가 즉흥적으로 제짝을 갈아 버리는 일도 없는 건 아니지만, 이런 일이 어디 아무렇게나 막 싸게 몸을 맡기는 것하고 같으냐는 것이었다.

그의 말씀이 옳은 것 같다. 여기에다 내가 꼭 한 가지 첨가해 말해 두고 싶은 것은, 내가 보기엔 이곳은 여자들보다도 사내들이 훨씬 더 풍신 좋게 잘생긴 점이다.

꿩의 수컷 장끼가 까투리보다는 잘생겼고, 또 사자의 수컷이 어느 모로 보거나 암컷보다는 잘생겼듯이, 스웨덴 사내들의 다수는 그 허우대부터가 이곳 여자들보다 훨씬 더 풍신이 좋게 생겼다.

내가 기차에서 만난 이십대 청년의 풍모도 그 빛나고 잔잔한 두 눈을 비롯해 위아래 수염이며 꽉 짜인 몸에 거동까지가 나사렛의 성인 예수님 사진보다도 좀 더 짜임새 있어 보여 나를 감동케 했거니와, 이런 제 나라 사내들을 놓아두고 이곳 여자들이 외국 손님들에게 함부로 놀아나지는 아마 잘 않을 것 같다.

조각가 밀레스의 집에서

스톡홀름의 리딩외라는 이름의 다리를 건너 리딩외 구에 들어서면 밀레스고덴 즉 밀레스 공원이라 불리는, 유명한 이 나라의 조각가 밀레스가 살다 남긴 집이 있다.

바다가 아주 잘 내려다보이는 언덕 위의 이 집은 키 높은 소나무를 비롯해 큼직큼직한 나무들이 하늘 높이 솟은 속에, 밀레스 자신이 생전에 손수 조각한 여러 가지 작품들과, 또 그가 수집한 옛 조각들을 아주 잘 조화되게 곳곳에 배치해 놓은 집으로서, 여기엔 또 맑은 샘물이 곳곳에서 솟아나고, 대규모의 분수도 늘 풍겨 나고 있어, 서양의 어느 왕궁보다도 그 멋들어진 분수로는 훨씬 더 돋보이는 곳이다.

현대의 조각가들뿐만 아니라 많은 미술가들이 형이상학적인 감각이 마비되어 현대의 신화를 꾸미지 못하는 답답함 속에 묻혀 있는데 비해 그에게는 그다운 신화의 표현들이 있어 훤칠하여 좋았다.

〈신의 손〉이라는 작품은 밀레스 공원의 가장 바다 가까운 쪽에 높이 치솟아 놓여 있는데, 그의 조각 아닌 바다의 갈매기 떼들이 꼭 있어야 할 참여의 조화를 주며 이 작품을 에워싸고 날고 있었다.

말하자면 밀레스는 〈신의 손〉이라는 조각 작품을 이미 다 만들어 놓은 게 아니라, 앞으로의 미래 영원을 자연이 주는 생명력의 파닥거림과 함께 합작하고 있으려는 것이다.

이런 인생 감각, 이런 예술 감각은 현대의 땅 위에는 드물어져만 가고 있는 것이어서 내게는 무척 귀하게 느껴졌다.

로댕이라면 그러지는 못했을 듯한 이 조각의 좀 가벼운 구성—일테면 무슨 콘크리트의 사각형 기둥 같은 것 위에 팔목에서 끊긴 채 그 끊긴 한쪽 끝으로만 간신히 매달린 신의 손의 모더니티 같은 것은 좀 어떨까 하고 처음엔 생각했으나, 좀 더 자세히 보고 있는 동안 그런 모더니티도 할 수 없는 필연인가 싶기도 했다.

이 신의 아무래도 날렵한 손가락 위에 꼭두각시처럼 올라서서 하늘을 보고 있는 이 발가벗은 사람에게 신선 옷 같은 무슨 날개옷이라도 입혔으면 어떨까? 그러나 그리되면 그것은 동양이요, 서양은 아니다.

서양 사람들은 예나 지금이나 신이라는 걸 어린애가 바라보는 아버지처럼만 생각해 왔기 때문에, 제 자신이 제 능력으로 날개 돋아 날아가는 건 생각조차 못 해 왔으니 말이다. 물론 이 날개는 마음의 날개를 두고 하는 말이다.

"밀레스는 행복했을까?" 내가 혼잣말로 되뇌니, 옆에 있던 최 원장이 알아듣고 "아마 그렇지도 못했겠지요"라고 대답하는 걸로 보면 아마 그도 나 비슷한 생각을 하고 있었던 듯하다.

현대 서양의 대표적 조각가의 하나였던 밀레스의 조각들을 대할 때뿐만이 아니라 현대 서양의 문학을 비롯한 예술 작품들을 대할 때마다 절실히 느끼는 것은 그들이 불교나 도교의 비롯한 동양 사상에 어느 만큼이라도 길들어 있었더라면 하는 것이다.

그랬더라면 그들은 애타는 걸 멈추어 버릴 수 있는 또 한 차원도 우리처럼 만들 수 있었을 테니까……

바이킹의 배와 화가 한봉덕

앞에서 우리가 이미 본 스칸센 공원의 민속촌에서 가까운 곳에 바사 박물관이 있다. 바사는 1961년에 이곳의 바닷속에서 건져 낸 한 척의 배의 이름으로, 이 배는 1628년에 만들어져 첫 출항을 하다가 침몰했던 바이킹식 배의 대표적인 규격을 골고루 갖춘 것이라고 한다.

폭보다는 길이가 긴 물 찬 제비같이 날씬하게 생긴 이 바이킹의 배는 좁고도 긴 산협 사이의 강을 통해 바다로 드나들기에 편리하게 만들어진 것으로, 이 배를 타던 사람들을 바이킹이라고 하는 까닭은 산협의 강을 여기 말로 비크vik라고 하니까, 비크에 사는 사람이라는 뜻으로 'ing'를 더 붙여서 써 온 데 있다고 한다. 비크라는 말 대신에 요즘은 피오르fjord라는 말로 바이킹들의 산협의 강을 부르고 있는데, 그 뜻은 비크나 마찬가지라고 한다.

그런데 바사 박물관에 있는 바사호는 2, 3백 명쯤은 넉넉히 수용하고도 남음 직한 것이고, 또 용골을 비롯해 여러 군데에 꽤나 정교한 조각들을 한 예술적으로도 한 특징을 톡톡히 지닌 배로서, 햇빛에 바래 바스라져 들어갈 염려 때문에 그 주위에 천장과 벽을 만들어 가리고 있었다. 관광객들은 이 벽에 난 문과 계단들을 통해 안으로 들어가서 금방 건져 낸 것같이 물기에 촉촉이 젖은 이 배의 이모저모를 둘러보도록 되어 있다.

미국의 남배우 커크 더글러스가 주연한 영화 〈바이킹〉에서 우리가 본 것처럼 이것이 서양의 바다 위에서는 당해 낼 장수가 없었던 그 바이킹의 배라는, 바로 그것들 중의 큰 것의 하나인데, 나는 또 묘한 버릇으로 어느새인지 이 큰 바이킹의 배와 스웨덴의 스톡홀름에 와 살고 있는 우리 화가 한봉덕을 너무나 엉뚱하게도 마음속으로 비교해 보고 있었다.

한봉덕이라는 화가는 우리나라에서는 잘 모르지만 이곳에서는 꽤나 높은 평가를 받고 있었다. 그는 서울 보문동이라던가의 석굴암이라는 절에 여러 해를 두고 경주 토함산 석굴암의 조각들 그대로를 같은 화강암으로 본떠 옮겨 놓았던 조각가이기도 한데, 이 보문동 절간의 재정난으로 그가 해 온 일의 값을 전혀 받을 가망이 없자 그의 집까지를 몽땅 팔아 여기 바치고, 꽤 오랫동안 가족을 데리고 거리에서 방황했었다 한다.

그러다가 마침 그가 언젠가 서울에 와 있던 한 스웨덴 의사에게 선물로 준 일이 있는 그의 그림 몇 폭이 스웨덴의 미술 애호가들의 눈에 비쳐 호감을 사게 되어 그 때문에 스톡홀름에서의 개인전 의뢰를 받고 온 것이 지금까지 여기 남아 이곳 대학도서관의 일도 보며 벌써 여러 해 머물러 그림을 그리고 있다는 것인데, 나도 그의 집을 찾아 그의 그림들을 보고 당연하다고 좋아하게 되었거니와, 어떤가? 이만한 힘이면 사실은 바이킹의 힘보다는 아마 더 상당히 우수한 것 아닌가? 그런 생각이 들어 그렇게 비교해 보고 있었던 것이다. 내 잘못이냐?

노르웨이

프롱네르 공원의 비겔란의 조각들

노르웨이의 수도 오슬로를 대표할 만한 명소가 어디냐 물으면, 오슬로를 아는 이는 거의가 아마 프롱네르 공원을 손꼽지 않을까 한다. 자연의 경치보다도 여기에는 노르웨이가 낳은 조각가 비겔란의 인생 백태를 표현한 대규모의 조각들이 이 넓은 공원의 자연환경을 배경으로 곳곳에 적당히 배치되어 있어, 이것을 보고 다니는 사람들에게 시간 가는 줄 모르게 하기 때문이다.

그중의 가장 큰 것은 60피트나 되는 높이의 큰 돌기둥에 121명의 남녀가 얽혀 있는 여러 모양을 막 섞어서 부조로 조각해 놓은 것으로, 그 정교도 정교지만 첫째 이걸 이어서 새겨 낸 그 힘과 열성에 우리는 먼저 탄복하지 않을 수 없다.

어렸을 때부터 늙어 죽기까지의 사람들의 여러 관계와 애정과 고민과 기쁨 등을 다각적으로 표현한 이 조각들을 낱낱이 보고 가다가 마지막 판에 죽은 자의 해골 위에서 마치 부활하듯 그의 씨앗인 어린애가 생겨나 미래 영원으로의 인생 계승의 길을 열고 있는 것을 보니, 마치 우리나라의 자손 제일주의 정신과도 일맥상통해 보여 재미있었다. 여섯 모의 높은 돌기둥 위에 떠받들어져 있는, 서로 사랑하는 두 목숨의 조각은 좀 자세히 보면 물론 수컷은 바다의 용 같은 그런 것이고 여자만이 사람으로 되어 있다.

우리나라에서도 암소와 관계한 사내의 이야기도 전해져 오는 게 있고, 개와 관계한 이야기라면 세계 각국에 아직도 어느 만큼씩은 전해져 오고 있지만, 여기서와 같이 이렇게 바다의 물고기와의 관계를 표현한 것은 처음 보는 것이어서 꽤나 신기했다.

『삼국유사』에 보면, 수로 부인이라는 한 유부녀 미인을 바다의 용이란 놈이 탐내 물속에서 내다보고 있다가 마침내 약탈해서 들쳐업고 바닷속 깊이 잠겨 들어가서 여러 날 만에야 되돌려 보낸 이야기도 있기야 하지만, 그건 말하자면 사람의 정신력 때문에 용이란 놈이 꼼짝 못하고 되돌려 보냈다는 것이니, 여기 이렇게쯤 되어 있는 것과는 이야기의 성질이 꽤나 다르다.

이런 것은 어떻게 풀이해 보는 것이 옳을까?

해괴망측한 꼴이니, 음탕이 지나치느니 하여 천하게 보아 버리기라면 물론 그렇게 할 수도 있다. 그러나 이걸 바다를 떠나서는 살 수가 없는 노르웨이 같은 나라의 바다를 사랑하는 젊은 마음을 상징적으로 표현하고 있는 것으로 보면 여기서 외면할 것이 없을 뿐만 아니라, 이것은 우리에게도 상당히 간절한 것이 된다. 우리가 산의 맑은 공기를 호흡하고 사는 달가움을 가지듯이 바다에 사는 간절한 달가움을 이 작품은 아주 실감 있게 잘 표현하고 있는 것이니 말이다.

나는 노르웨이를 유럽에서 산수의 조화가 가장 아름다운 나라로 보거니와, 그 아름다움이 있어 이런 조각의 상징이, 과히 멀지 않은 과거에도 빚어져 나올 수 있었던 것으로 안다.

이곳 우리 대사관의 이경문 공보관과 함께 여기에 들른 6월 6일 낮은 유난히도 하늘의 햇빛이 맑은 날이어서 그 조각들은 대단한 실감을 내게 주었다.

바이킹 박물관, 프람 박물관, 민속촌

오슬로 시청 앞에서 차로 한 20분쯤 달려 비그되이 반도에 가면 세 척의 옛 바이킹의 배가 고스란히 보존되어 있는 바이킹의 배 박물관이 있고 바로 그 옆에 프람 박물관이 있는데, 이 박물관은 우리가 중학 때부터 최초의 북극 탐험가로서 그 이름을 잘 외어 오고 있는 아문센과 난센이 북극 탐험 때 타고 갔던 배—프람호에 그들이 사용하던 털옷, 총, 스키, 그 밖의 여러 가지 것들을 고스란히 그대로 전시하고 있는 곳이다.

그들이 사냥해서 잡은 듯한 아주 큰 흰곰의 털가죽도 그대로 있고, 끼니를 만들어 먹던 취사도구며 잠자던 침대도 그때 그대로 놓여 있어, 이 두 사람이 금시 어디서 "잘 오셨습니다" 하고 밭은기침을 하며 나올 것만 같은 느낌이었다.

여기서 잠시 이야기하거니와, 이런 사람들의 모험의 용기야말로 지금 우리 겨레가 무엇보다도 많이 간절히 배워야 할 걸로 안다. 이건 내가 이번 세계 방랑에서 더구나 철저히 느낀 점이다. 세계의 강국들이 강국 노릇을 하게 된 그 첫째 이유는 무엇인가? 그것은 영국을 비롯해서 그들이 세계 어디로든지 들어가려고 노력한 그 모험의 용기에 있는 것이다. 우리는 근년에 와서야 각종 활로 개척의 젊은 일꾼들을 세계 각국에 내보내고 있지만, 이 일은 나날이 무엇보다도 먼저 더 늘어나고 세어지고 또 거기에 따르는 교육도 철저해야 할 것이다. 이 북극 탐험가의 배 속에 들어오니 이런 생각만이 외곬으로 나를 차지하고 말았다.

여기에서 또 멀지 않은 곳에 예부터 내려오는 목조의 집 모양들을 여러 가지로 보여 주는 노르웨이 민속촌이 있다. 엄청나게 굵은 통나무집 앞에 나와 있던 젊은 노르웨이 색시는 이 집을 지키면서 여기 오는 관광객들에게 이 집의 내력을 설명해 주는 말하자면 안내양이었는데, 그네의 소개를 들으면 내가 찾아든 이 집은 몇백 년 전 이곳의 한 부유한 귀골이 살던 집이라 한다.

입구의 문간을 비롯해서 두루두루 굵직한 나무토막들로만 지어져 있는 이 집은 안에 들어가 보니 그래도 방도 네댓 개나 있고, 우리나라 참봉 정도가 가지고 지냈던 것과 방불한 농짝도 몇 개 놓여 있고, 그 방들 가운데는 손님을 위한 객실까지 따로 하나 마련되어 있기도 했다.

그런데 우리가 알던 지식과는 아주 다른 것은, 한 쌍 부부의 침대를 두 개 나란히 놓은 것이 아니라, 두 침대 위에 누운 부부가 서로 발치에서 맞닿게 한 일—자로 침대를 쭉 이어 놓은 점이다. 둘이 "일어나자" 하여 같이 일어나 앉으면 바로 얼굴을 마주 대할 수 있어서 좋겠고, 또 심심하면 바짝 가까운 두 사람의 발들로 발장난을 쳐 볼수도 있어 좋겠고, 하여간 우리들보다는 확실히 무엇 즐길 걸 좀 더생각해서 꾸며 놓은 것만 같아 재미가 있었다.

2층으로 된 것, 단층으로 된 것, 마구간이 있는 것, 없는 것, 여러가지 규격의 집들을 돌아보았는데, 어느 것이나 약간의 돌 축대 위에 굵직한 나무토막들을 세우고 쌓고 해 지은 점은 모두가 같았다.

이 민속촌에서 가장 자랑으로 삼는 대표적인 집은 1200년경에지은 것이라는—이것도 순 목조의 교회당인데, 여기는 소박한 대로목조의 조각들도 볼만한 게 있으나, 첫째 우리가 찬탄해야 할 것은나무 집을 어떻게 지었으면 근 8백 년 동안이나 이렇게 멀쩡하게 견디어 오게 했느냐는 점이다. 보기에는 앞으로 몇백 년이건 또 아무렇지도 않게 더 잘 견디어 갈 것만 같았다.

아! 선경—노르웨이 서부의 산하!

유럽 쪽을 여행하는 이들이 만일 자연의 아름다움을 찾고 있다면나는 서슴지 않고 노르웨이에 가시기를 권한다. 특히 그중에서도 우선 노르웨이의 수도 오슬로에서 이곳 서해안의 베르겐 항구까지를 일곱 시간쯤 달리는 낮의 기차 편을 이용하시기를 당부한다. 그리고 이 사이의 차창에서는 조을조을하는 낮잠이 필요 없는 밝게 뜬 눈으로 지낼 수 있는 준비를 해 가지고 나설 것을 당부한다.

그러면 당신은 오슬로에서 세 시간쯤 지날 무렵부터는 그 뜬 눈을 더 크게 뜨기 시작하지 않을 수 없을 것이고, 마음속의 입을 점점 더 크게 벌리지 않을 수도 없을 것이고, 드디어는 이 글의 제목에서처럼 아! 하는 감탄사를 마음속에서 부르짖지 않을 수도 없을 것이다.

곳곳에 흰 눈을 이고 있는 바위산의 아름다운 봉우리들, 그 골짜기들을 흘러내려 가는 빙하들, 전후좌우의 산골마다 걸려 쏟아져 내리는 넓은 폭포, 좁은 폭포, 긴 폭포, 짧은 폭포—폭포, 폭포, 폭포의 끝없는 행렬들, 그런 물줄기들을 받아 이룩되는 맑디맑은 많은 강물들과 호수, 호수, 그 호수들을 에워싸고 있는 울창한 수풀들, 그 수풀 속의 원색 찬란한 눈부신 꽃나무들과 거기 어우러져 나는 예쁜 새 떼들……

이런 모든 것이 너무나 풍부히 연달아서 차창에 나타나는 광경에 처음 겪는 이는 누구라도 마음속의 입을 크게 벌리지 않을 수는 없을 것이다.

아무 과장 없이 아마 백 개도 더 넘는 폭포, 몇십 개나 되는 호수가 이 오슬로~베르겐 사이의 철로 연변에 있고, 또 이 험준한 산악 지대를 오르락내리락 달리는 기차가 거치는 터널 수효만도 아마 백 개쯤은 될 것이다.

이 지대에 햇빛이 비치면 너무나 밝고 맑아 금시 어디서 무슨 신선 선녀가 날개 돋아 하늘로 날아가고 있을 것만 같고, 여기 동양화의 좋은 산수도에서와 같은 은은한 안개가 끼면 어디 숨은 도원경桃源境에 무척은 다정하고 은밀한 속삭임들이 숨어 깃들인 것만 같아, 그만 차창 밖으로 뛰어내려 버릴 생각만이 수시로 나게 되는 것이다.

거기다가 또 베르겐에 가까워질수록 옛날에 이 하늘 밑에서는 제일 무서운 해적으로 이름을 떨친 바이킹들의 배가 숨어들어 은신하던 피오르—그 절벽들 사이를 흘러 바다로 가는 강물들이 꽤나 폭넓게 뻗쳐 가고 있는 게 잘 보여, 따로 피오르 구경을 나서지 않아도 그 대강은 짐작할 수 있게 되어 있다.

내가 이 지대를 기차로 지나간 6월 7일 오후는 마침 날씨가 궂었다 갰다 하는 도깨비 날씨여서, 처음엔 좋지 않게 생각했지만, 뒤에 생각해 보니 이게 오히려 안성맞춤이었던 것 같기도 하다. 왜냐면 나는 이 도깨비 날씨 덕택으로 이 지대의 맑은 경치, 흐린 경치를 두루 볼 수 있었으니까 말이다. 독자 여러분도 혹 이런 안성맞춤이 소원이시라면 이런 것도 참고로 하셔도 될 것이다.

베르겐 산책

6월 8일. 지난밤 늦게야 비 내리는 속에 베르겐에 도착한 관계로 자연 늦잠을 자게 되어, 겨우 10시 반쯤에야 여기 온 가장 큰 목적인 피오르 탐방을 하기 위해 배를 잡아 탈 양으로 선창가로 나갔더니,

오전 10시마다 하루에 한 번씩 출발하는 배는 이미 조금 전에 떠난 뒤여서, 아직도 가끔 이슬비가 내리는 부둣가에서 한참 동안 서성거리다가 어물 행상인들한테서 새우 삶은 것 한 봉지를 사 가지고 묵고 있는 여인숙으로 돌아오며 해장할 양으로 맥주도 몇 병 샀다.

멕시코에서 객혈을 많이 하고 병원에서 치료받다가 재출발해 나설 때, 의사가 이래서는 안 된다고 신신당부했는데도 자발머리없는 옛 버릇이 또 문득 소생해 나온 것이다.

새우와 맥주로 해장을 하며 오늘 예정의 피오르 탐방을 내일로 미룰까도 했으나 첫째는 여비를 생각하니 작파할밖에 별도리가 없었다. 하기는 피오르 지대를 배를 타고 서너 시간 들어가 보는 것을 못하게 된 것뿐이고, 그 몇 곳의 모양만은 이미 어저께 타고 온 기차의 차창으로 잘 보아 두었던 걸로 체념을 세우고서 말이다.

그 대신 오후 2시에 떠나는, 이곳 베르겐 항구 안을 한 바퀴 돌아보는 한 시간짜리 배를 탔다. 성당이니 또 무엇이니 이 항구가 가진 명소를 안내인은 영어로도 소개하고 있었으나, 그건 잘 귀에 들어오지 않고, 표표히 부는 바닷바람에 날리는 이슬비만이 달가웠다. 우리가 두루 잘 아는 저 〈솔베이지의 노래〉의 작곡가 그리그의 이름을 그대로 붙인 화물선이 부두에 닻을 내리고 있는 것이 문득 눈에 뜨여서 배에서 내린 뒤엔 그의 대리석상이 있다는 곳을 찾기로 했다.

길가에서 만나는 사람들에게 여러 번을 물어서 겨우 그리그의 동상을 찾았을 때엔 비가 꽤나 억수로 쏟아져 내리고 있었는데, 조그만 공원의 큰 마로니에 나무 그늘로 비를 피해 들어가니 거기에는 먼저 입주해 있는 웬 젊은 새댁이 나만큼이나 따분한 쌍판으로, 그러나 아주 묘하게는 조용해져 있어서 "저게 그리그가 맞느냐?"고 재확인하기 위해 그리그의 동상 쪽을 손가락질해 가리키며 물으니 "맞다. 음악을 아느냐?"고 되물었으나, 뭐 내 대답을 듣고자 하는 눈치는 아니어서 나도 뭐라고 대답하지는 않고 말았다.

그리그는 키가 보통쯤은 될 줄 알았더니 여기 사람으론 너무나 나지막한 키로, 그래도 나처럼 지팡이를 하나 짚고 어디를 나들이 가는 모양이었는데, 내게는 그 지팡이를 짚고 있는 것이 나와 같아서 마음에 들었다.

여기를 물러나 다시 선창가의 여인숙으로 돌아오는 동안에 나는 어쩌다가 그만 갈 길을 짐작 못하는 미아가 되어서 묻고 또 묻고 하는 중에 어떤 큼직하고 씩씩하고 웃음 좋은 이곳 청년 하나를 상대하게 되었는데 그는 "자유를 찾아가는가? 아하하하! 잘 오셨소. 많이 많이 많이 즐기기 바라오!" 하며 나를 한바탕 끌어안아 주었다. 내가 선창가로 간다니 무슨 프리섹스라는 것이나 찾고 있는 동양 사람으로 착각하고 장난한 것인 듯하다.

사람 사이의 일이란 어디를 가거나 대개는 이토록 생겨 먹게 망정이지만, 자연의 풍부한 짜임새의 아름다움만은 역시 이 언저리가 내가 일곱 달 넘게 이 세계를 돌아보던 중에선 그중 나았다.

왕년의 서양 영화계의 유명한 여배우고 미인인 데보라 카의 결혼 뒤의 은신처가 이곳이라는 걸 들은 일이 있는데, 그녀도 역시 이런 자연이어서 깃들어 잠긴 것 아닐까?

영국

런던 탑

6월 9일 아침 8시 15분발의 비행기로 영국 런던으로 향한 것이 중간에 어디서 쉬고 어쩌고 하여 12시 가까이야 런던의 국제공항에 내렸다. 마침 나보다 좀 늦게 한국의 신문사 문화부장단이 여기 도착하기로 되었다고, 나를 마중 나온 우리 대사관의 신현웅 공보관이 말해서 좀 기다렸다가 그들과 합류해, 대사관에서 초대한 점심을 같이 마친 뒤에 이날 오후의 구경은 먼저 런던 탑과 시장 거리로 정했다.

런던에 오는 이들이 흔히 먼저 런던 탑을 찾는 것은 묘한 일만 같다. 런던 탑이라면 여왕 엘리자베스 1세 때부터 이 나라의 정치범들을 가두고 처형하는 감옥으로 꽤 오래 쓰여 와서, 왕을 비롯해 귀족이나 명사들이 여기서 적지 않게 목이 잘리어 원한의 피를 뿌리며 숨을 거둔 곳인데, 왜 하필이면 밝을 것이 없는 이런 곳을 골라 먼저 찾아드는 것인가? 아무래도 묘한 일이라 아니할 수 없다.

하여간에 런던의 여러 관광 명소 가운데서도 여기가 언제나 가장 많이 북적거린다 하며, 우리가 여기를 찾아든 오후도 예외일 수는 없어서 참으로 많은 각국의 관광객들로 붐비고 있었다.

이 탑은 1078년 정복왕 윌리엄이 세운 흰 탑을 비롯해서, 그 뒤에 잇달아 증축해 온 오각형의 요새 겸 궁전으로 썼던 곳으로, 열세 개의 탑이 서 있고, 넓은 도랑물이 지금도 곳곳에 사람들의 탈출을 막는 듯이 흐르고 있다. 이곳을 에워싼 성벽도 바윗돌로 두 겹이나 쌓아져 있다.

지금은 한쪽은 군인들이 쓰고 있고, 또 한쪽엔 박물관을 차려 놓았는데, 박물관 안에는 영국의 왕들이 처음 왕 자리에 오를 때 쓰던 왕관을 비롯해, 지난날의 여러 왕들이 대관식에 썼던 다이아몬드투성이의 왕관도 진열되어 있다.

내 생각 같아서는 이 박물관만은 딴 곳으로 옮겨 피비린내를 느끼게 하는 이곳의 분위기에 같이 안 있게 하는 것이 좋을 것 같은데, 무슨 생각으로 여기 이렇게 같이 두는지 그것도 역시 묘한 일이었다.

도끼로 목을 쳐 죽이던 형장터를 돌아, 그 도끼와 범인들에게 씌우고 채우던 온갖 형구들이 진열된 방에도 들어가 보았는데, 엘리자베스 1세 여왕에게 미움받아 그 도끼로 여기서 목 잘렸던 스코틀랜드의 여왕 메리의 일을 기억해 내고 있자니, 어디서 금시 그 귀곡성이 들리는 것만 같아 처량하고도 오싹기만 했다.

이런 느낌을 털어 내려고 마음속으로 나무대비관세음을 나직이 부르며 어느 모퉁이의 구석을 지나려는데, 꽤나 늙은 고목나무 위에 역시 꽤나 늙어 보이는 까마귀 떼가 웅크리고 앉아 있어서 "이게 웬일이냐?"고 이곳을 잘 아는 이에게 물어보니, 이 까마귀들은 또 이렇게 여기서 기르는 것이라고 한다. "멀리 못 날게 날개를 잘라서 기르고 있다"고 해서 자세히 살펴보니 아닌 게 아니라 날개들이 끝에서 반 토막쯤은 모조리 잘려 있었다. "이 까마귀들이 런던 탑을 떠나 버리면 영국은 망하고 만다"는 전설이 있어, 이렇게 날개를 잘라서 못 도망가게 하며 기르고 있는 것이라나.

인연, 참 묘하게 꾸무럭하게는 만들어 놓고 있다.

윈저 성과 이튼 고등학교

6월 10일 오전에 나는 한국 신문사 문화부장단 일행에 끼어 이곳 우리 대사관의 이재홍 공보관장의 안내를 받으며 런던의 서쪽 34킬로미터 지점 윈저 시에 자리 잡고 있는 윈저 성과 거기서 멀지 않은 곳에 있는 영국 제일의 명문 고등학교인 이튼 고등학교를 둘러보았다.

템스 강가의 절벽 위에 높이 솟아 있는 윈저 성은 1070년경에 정복왕 윌리엄이 맨 처음 쌓았던 것을 그 뒤 여러 차례의 개축을 거쳐서 현재 것은 1820년에서 30년 사이에 당시 왕이었던 조지 4세 때 이루어진 것이라고 하는데, 이 낡은 옛 성을 지금의 엘리자베스 2세 여왕은 무척 좋아해서 여기 와 시간을 보내는 날이 상당히 많다고 한다. 우리가 갔을 때도 마침 이분이 와 있는 날이어서 어떤 곳의 통로는 출입을 금지시키고 있었다.

성벽은 지형을 따라 높은 곳도 있고 낮은 곳도 있었으며, 커다란 원형의 탑은 220개의 계단을 통해 맨 꼭대기에 올라서 사방을 내려다볼 수 있도록 되어 있고, 또 이 성안에는 호화로운 길과 회랑이 있어 역대의 유명한 정치가들과 왕족들의 초상이 걸려 있으며, 루벤스와 반다이크의 그림, 레오나르도 다빈치의 데생들을 모아 둔 곳도 있다. 찰스 2세의 사치를 다했던 방과 국무처 같은 데는 이곳의 볼거리로 되어 있다.

윈저 성에서 템스 강을 건너 얼마 가지 않아서 이튼이라는 마을이 있고, 영국의 귀족과 명문의 집 아들들만을 모아 가르치고 있는 — 아직도 연미복 차림으로 학생들을 입혀서 공부시키고 있는 그 유명한 이튼 고등학교가 있다.

우리가 여기 들른 날은 마침 토요일이라 수업은 없었으나, 학생들을 다 기숙사에 수용하고 있기 때문에 학교를 드나드는 그들의 모양만은 볼 수가 있었는데, 아닌 게 아니라 그들의 차림새와 태도는 많이 귀엽게 보였다. 우리나라에서는 서양 음악회 때나 볼 수 있는 위아래가 다 검은 그 점잖은 연미복을 갖추어 차린, 열서너 살에서 열일곱쯤까지로 보이는 아이들이 몇몇씩 짝을 지어 담소하면서 여유 있는 걸음걸이로 가고 오고 하는 것은, 첫째 예뻐 보여 좋았다.

그중에서 나이 어려 보이는 아이 하나더러 "사진을 한 장 찍어 가지려는데 승낙하겠느냐?"고 물으니 "노!" 하고 아직도 젖 냄새 나는 듯한 음성으로 수줍지만 단호히 거부하곤 지나가 버려서, 이번엔 콧수염도 벌써 자리 잡기 시작하는 좀 큰 아이들의 일단에게 또 한 번 걸어 보았더니 그들은 쾌히 승낙하여 동행 중이던 우리 신문사 문화부장들과 같이 얼려 몇 장 찍었다.

내게 특히 호의의 미소를 보여 준 아이가 있어 "너는 총리대신이 될 것이다"라고 나도 마음이 유쾌히 말해 주었더니 고맙다고 대답을 했는데, 꼭 그렇게 되기를 바란다.

이 학교는 1440년에 국왕 헨리 6세가 세운 것이라는데, 정치가 대★피트나 웰링턴을 비롯해 영국 역사상의 많은 위인들을 길러 낸 것을 자랑으로 삼고 있다. 시인으로는 저 밤과 슬픔의 쪽의 시인 셸리가 여기를 다녔다.

대영박물관

오후에 대영박물관에 들렀다. 이 박물관의 간판에 붙은 정식 이름은 '역사, 고고학, 예술과 민족학의 국립도서관과 박물관'이고, 대영박물관이란 일반이 부르기 쉽게 붙인 별칭일 따름이다.

여기에는 그리스, 로마, 이집트를 비롯하여 아시리아, 인도, 중국, 일본, 한국 등의 미술품과 고고학적 발굴물, 민속자료 등이 모아져 있고, 도서부에는 희귀한 옛 진본들을 비롯해서 약 8백만 권의 책이 각 부문별로 분류되어 갖추어져 있다고 한다.

그러나 짧은 시간에 바삐 스쳐 가야 했기 때문인지는 몰라도 내 눈이 반짝 뜨이게 감동을 일으켜 주는 무슨 대견한 것을 발견 못 해 그것만이 여기 있는 동안 늘 섭섭하고 미안했던 것만은 숨길 수 없는 사실이었다. 매우 유식한 누가 나보고 무식한 자라고 비웃을지는 모르지만 하여간 내가 어려서부터 쌓은 교양과 눈과 정신과 심미감으로는 그게 그러니 거짓말로 "거, 위대하고 좋쇠다" 할 수도 없고, 어쩔 수 없는 일이다. 이 점 여기 아주 유식한 이들하고 자세히 한번 이야기해 봤으면 싶다.

내 나라 것이라서 좋다고 아전인수하려는 게 아니라 내 마음을 여기에서도 가장 깊이 또 멀리 이끌고 있는 것은 역시 이곳의 한 방에 진열되어 있는 우리나라 자기들의 색조와 선의 격조 높은 매력이었다. 우리의 이것들은 그래도 수수한 대로 천하지 않게 영원 속에 사는 자의 훤칠한 격을 가졌지만 딴 데서는 무언지 내 비위엔 잘 안 맞는 것이 있어, 진수성찬을 대접받고 젓갈을 놀리지 못하는 것 같은 미안스런 느낌만이 쌓였다.

같이 간 한국 친구들과 이런 이야기를 나누며, 우리 자기가 그림엽서로 된 걸 구했더니 꼭 한 장, 철사鐵砂로 풀 잎사귀를 그린 이조백자를 찍은 게 꼭 한 장 있어서 그걸 사 가지고 딴 방으로 가며 호젓이 마음속으로 자축을 했다. 그런데 하기는 우리 것도 아주 꽤나 위대한 것처럼 여기 대영박물관에 떠받들어져 걸려 있는 것이 한 가지 있기는 있다. 그것은 큼지막하게 그린 불교의 탱화로서 불교의 여러 하늘의 왕들 가운데 사천왕四天王 두 분을 두 폭에 그린 것인데,

사실은 이 두 분의 입은 옷이나 머리에 쓴 관은 두루 중국 것을 빌려 그린 것이지만, 그 선들은 꽤나 정교하고 섬세하긴 한 것이다.

우리나라 남도의 어느 절간에서 입수한 것이라던가? 이것은 1층에서 2층으로 올라가는 계단 옆 복도의 꽤나 넓은 한쪽 벽을 차지하고 있어, 첫째 그 넓게 차지한 면적으로도 한몫을 톡톡히 보고 있지만, 나더러 말하라면 이건 우리 고려청자와 이조 백자 진열실의 어느 조그만 병 하나의 매력의 격조에도 견줄 만한 것은 되지 못한다고 생각한다.

뮤지컬 〈지저스 크라이스트 슈퍼스타〉를 보고

6월 10일 밤, 우리 신문사 문화부장단 일행과 함께 피커딜리서커스에서 가까운 곳에 있는 극장에서 상연 중인 뮤지컬 〈지저스 크라이스트 슈퍼스타〉를 보러 갔다. 예수의 마지막 7일간의 중요한 몇 장면을 뮤지컬로 꾸민 것인데, 이곳에서의 인기는 대단하여 벌써 6개월쯤을 이어서 공연하고 있는데도, 여전한 만원 사태 속에 싸여 있다고 한다.

등장인물들은 주연인 예수 외에 막달라 마리아, 가롯 유다, 제자 베드로, 헤롯 왕, 그 밖에 약간 명으로 그리 많은 수는 아니었으나 어느 엑스트라 하나에 이르기까지도 군것 노릇은 전혀 보이지 않는, 전체의 조화에 역점을 둔 열연들이어서, 아마추어 냄새가 좀 나는 대로 보고 듣기에 좋았다.

가롯 유다가 예수와 막달라 마리아의 수상한 눈치를 채고 삿대질을 하고 막 대들며 소리를 고래고래 지르는 언저리 같은 것은 성경에도 없는 지나친 상상이어서 그 교도가 아닌 나 같은 사람이 보기에도 좀 거북살스럽기도 했고, 마지막엔 예수 그의 정신적 영생의 상징으로서 마땅히 부활의 한 장면도 있어야 할 텐데, 그게 없이 십자가에 못 박힌 예수가 땅속 깊이 꺼져 가듯 들어가 버리는 걸로 끝낸 것도 좀 섭섭기도 했고, 또 예수가 막달라 마리아와 가롯 유다 때문에 고민하는 모양이 너무나 실망스럽고 외로운 데로만 치우치고 말아 그것도 맞지 않는 것 같고, 최후의 만찬 때 예수가 가롯 유다를 바로 손가락질해 적발해 내서 면박을 주는 장면 같은 것도 성경엔 없는 지나친 일 같기는 했으나, 이런 웃긴다면 웃기는 몇몇 장면에도 불구하고 그것이 끝까지 관중을 붙들고 있는 까닭은 연출자와 배역들의 그 군데가 없으려는 구성의 노력에 달려 있는 것 같다.

그런데 내가 이 공연을 보고 〈지저스 크라이스트 슈퍼스타〉가 런던에서 그렇게도 오래 관중의 인기를 모으고 있다는 얘기를 들으며 깊이 생각하게 되는 것은 그 뮤지컬 자체에 관한 것이 아니라, 런던 시민 즉 영국 국민은 아직도 이렇게 예수 그분의 생애에 깊은 정신의 유대 관계를 갖고 있다는 바로 그 점 때문이다.

1970년 7월에 우리 한국에서 열렸던 국제펜대회에 왔다가 우리 집을 잠시 찾아왔던 영국의 어느 문학평론가는 "서양의 신은 어느 정도로 있느냐"고 내가 묻는 말에 "서양에 지금 쓰이는 신이란 말은 사어死語의 일종이다" 하던 걸 지금도 역력히 기억하고 있거니와, 여

기 와서 그의 그런 생각은 너무나 주관적인 억측이 아니었는가 생각
되어 다행이라고도 느꼈다.

뮤지컬 〈지저스 크라이스트 슈퍼스타〉의 그 연달아 들어오는 관
중들이 이어서 있는 한, 영국은 그래도 현대 서양의 제일 종가의 명
예를 떨어뜨리는 일이 없이 공산주의의 그 지독스런 전염병에도 아
주 휩쓸리어 들지는 않는 호명浩明함을 가지고 버티어 낼 것으로 믿
어져 마음 든든하였다.

런던 중심가의 산책

영국 런던은 늘 꾸무럭하게 안개가 끼거나 비가 내리는 곳으로 듣
고 왔으나, 막상 와서 겪어 보니 꼭 그렇지만도 않아 내가 여기 와서
지낸 나흘 동안은 우리나라에서와 같은 눈부시게 맑고 밝은 꽃 속
같은 날씨는 없었지만, 그래도 얼추 반투명의 햇빛도 자주 비치고
하여 내게 우리 신문사의 문화부장들과 "영국의 하늘이 한국인들이
온 걸 모른 체할 리가 없다"는 농담을 나누게도 했다.

6월 11일 오전, 우리는 영국을 운영하는 중추 지대를 찾아 템스
강 위에 걸린 웨스트민스터 다리 옆의 웨스트민스터 거리를 돌아다
녀 보았는데, 여기엔 국회를 비롯해 화이트홀 즉 영국 중앙정부의
청사들과 또 영국적 신앙의 총본산인 웨스트민스터 대성당이 하늘
높이 솟아 있는 곳이기도 해서, 영국의 기성세대의 최고 실력이 무
엇인가를 요량하려면 기웃거려 보지 않을 수 없는 곳이다.

템스 강 쪽으로 등을 두르고 즐비하게 늘어선 고딕식 건축으로 된 영국 국회의사당은 1840년에서 1860년까지의 20년간에 걸쳐 지어진 것으로서, 이 안에 있는 두 개의 탑—빅토리아 탑과 시계탑은 이곳 국회와 국민 사이의 신의와 유대 관계를 표시하는 것이다.

시계탑에는 1858년에 만들어 넣은 빅벤Big Ben이란 이름의 큰 표준시계가 늘 정확하게 돌고 있고 또 이 탑의 꼭대기에는 불을 켰다 껐다 하는 장치가 있어, 국회가 열려 있는 동안은 여기 언제나 불이 밝혀져 있어서 국민들에게 국회가 언제나 정확하고 밝게 운영되고 있다는 인상을 주고 있으며, 또 빅토리아 탑에는 국회 개회 동안 낮에는 늘 영국 국기가 걸려 있어, 국회에 대한 국민의 신망을 모으고 있다.

여기에서 과히 멀지 않은 다우닝 거리 10번지의 수상 관저를 비롯해서, 정부의 중요한 각 부처의 청사들도 거의 다 이 언저리에 모여 있는데, 그 유명한 수상 관저는 겉모양은 매우 수수하게 생긴 것이었으나 그 안의 방 수효만도 60개나 된다고 한다.

웨스트민스터 대성당은 독일 쾰른에 있는 대성당이나 마찬가지로 고딕식의 건물이지만, 그 웅대한 점은 쾰른 것보다 나으면서도 조각들의 정밀 섬세한 점은 쾰른 것만 못한 것 같아 보였다.

이 성당은 1065년에 참회왕 에드워드가 처음 지었던 것을 13세기에 헨리 3세가 다시 고쳐 지은 것으로, 11세기 이래 역대 왕들의 대관식과 장례식을 비롯해 큰 역사적인 행사는 거의 여기에서 해 내려오고 있다. 또 이 안에는 피트나 디즈레일리 같은 큰 정치가들을 비롯해 찰스 다윈, 뉴턴, 와트 같은 큰 학자나 초서, 테니슨, 밀턴, 디킨스, 스콧, 브라우닝 등 문인의 무덤들도 들어 있다.

웨스트민스터 거리에서 또 과히 멀지 않은 곳에 빅토리아 여왕의 기념상과 마주 보고 있는 4층짜리의 버킹엄 궁전이 있다. 제2차 세계대전 때 많은 폭격을 받았으나, 지금은 아무 일도 없었던 듯이 완전히 본모양을 돌이키고 높지도 낮지도 않게 솟아 있어서 영국적인 중용의 상징 같은 인상을 풍기고 있다.

그러나 우리는 이러한 낮의 영국의 중추신경들 뒤에 밤마다 불 밝히고 북적거리는 피커딜리서커스 언저리의 영국을 또 잊을 수는 없을 것이다. 피커딜리 광장의 한복판에는 그리스 신화의 오래된 사랑의 신 에로스의 장난꾸러기 같은 상이 높지막이 서 있는 아래 어느 사내나 여자들도 자유로이 걸터앉게시리 앉을깨가 여러 층으로 뼁 둘러 놓여 있어서, 이런 헬레니즘은 웨스트민스터와 아울러 역시 또 이 나라에 없을 수 없는 것이라는 것을 보여 주고 있었다.

시심 깃든 에든버러

6월 13일. 런던에서 오전 10시던가 기차를 탔더니 여섯 시간 만인 오후 4시쯤에 영국 스코틀랜드 지방의 중심지인 에든버러에 도착했다. 이곳은 스코틀랜드가 독립했을 때의 수도로서 오랜 역사를 간직한 곳으로, 내가 에든버러를 영국에서 런던 다음으로 골라서 찾아든 까닭은 여기가 스코틀랜드적인 무슨 독특한 매력을 지니고 있는가, 물론 그걸 겪기 위해서였다.

늘 평야 지대만 달려오던 기차가 어느 만큼 높은 바위 언덕들을 보이기 시작하면서 목장들에 우글거리는 양 떼들이 나타나고, 또 맑고 평온한 바다도 눈에 뜨이게 되자 스코틀랜드는 좀 다르긴 다르구나 했으나 내려서 차차 겪어 보노라니, 스코틀랜드는 확실히 자연도 자연이려니와 인심도 런던 언저리보다는 훨씬 더 좋은 곳이었다.

맨 처음 역에서 내리자 아무도 아는 이가 없는 곳이라 불가불 택시 운전기사더러 헐찍한 여관, 아니 참 그 호텔이라는 것을 하나 골라 달라고 했더니 "글쎄, 어디 한번 찾아보자" 하고 어디로 어디로 호텔마다 찾아다니며 "빈방이 있느냐?"고 묻고 다니다가 드디어 한 군데 방을 구해서 내 짐을 들어다 들여놓아 주었는데, 택시값이 1파운드 80펜스라고 해서 2파운드를 주었더니, 또 거스름돈을 바꾸어 가지고 다시 나를 찾아와서 20펜스를 전해 주었다. 이것은 런던의 택시 운전사들이 택시값 외에 한잔 마실 팁을 주어야 하지 않느냐고 손을 벌리는 것보다는 많이 숫하고 순진한 것이다.

짐을 여관방에 푼 뒤에, 저녁거리를 사러 거리로 나가서 어느 덴뿌라집엘 들러 닭고기 튀긴 것하고 조개 삶은 것하고 또 무엇하고 꽤나 사 들었는데, 그 값도 가난한 나그네인 내 얼굴에 오래간만에 희색이 만면할 만큼 싸서 그것도 고맙지 않을 수가 없었다.

이건 또 다음 날의 이야기지만, 스코틀랜드의 털옷값이 싸다고 해서 어느 할머니의 가게에 들어가 살펴보았더니, 순모의 넓은 담요 하나가 우리 돈으로 6천2백 원인가 하는 것도 있고, 순모 스웨터도 또 그 비슷한 값의 것도 있어, 나도 여기 용기를 다 내어서 그것들을 한 가지씩 샀는데, 이것도 런던의 유명한 상표가 붙은 것들에 비하면 비교도 안 될 만큼 순진하게는 싼 것으로 안다. 물건들도 소박한 대로 질기게 잘 만들어져 있다.

그리고 또 이것은 그다음 날 이야기지만, 6월 15일 날 에든버러에서 기차로 리버풀로 가는 길에 프레스턴이란 역에서 딴 차로 갈아타려고 내린 판인데, 누가 가벼이 톡톡 내 등을 쳐서 뒤돌아보니 기차에서 내 앞에 앉아 있던 농부 차림의 촌사람으로, 그는 내가 얼떨결에 깜빡 잊어버리고 말았던 딴것 아닌 그 스코틀랜드 토산품인 순모 담요를 꾸려 싼 것을 친절히도 들고 나와 아무 말도 없이 웃는 얼굴만으로 내게 건네주는 것이었다. 이것도 내가 그에게 한 인사말 "나는 그대를 잊지 않을 것이다"보다도 실제로 더 순진한 일 아닌가?

시 쓰는 사람으로서 한 가지만 더 스코틀랜드에 대한 내 고마움을 말하자면, 그것은 에든버러의 '동쪽 황녀 거리의 공원'에 서 있는 이곳이 낳은 시인 월터 스콧의 기념비를 두고서다.

이 기념비는 내가 지금까지 생애에서 알고 있는 이 땅 위의 어떤 시인의 기념비보다도 대규모이고 또 성실을 다한 것으로서, 이곳만이 유난히 더 우리 시를 이렇게까지도 아껴 주었다는 데 대한 내 마음속의 고마움인 것이다. 1844년에 세운 것이라는 이 기념비의 높이는 60미터로, 한 개의 비석이 서 있는 게 아니라, 기념비와 개를 데리고 있는 스콧의 생전의 모습을 새긴 큼직한 대리석상을 에워싸고 있는 웅장한 기념비각으로서 '참, 스콧은 복 많이 받은 시인이다' 라고 느껴졌다.

에든버러 성, 기타

에든버러에 처음 오는 이는 먼저 그 경사도와 굴곡이 심한 지형이 빚어내는 미묘한 아름다움과 거뭇거뭇한 때가 긴 오래된 성곽과 집 들이 우리들에게 망국의 숨은 시름을 아스라이 풍기고 있는 데 젖지 않을 수 없을 것이다.

더구나 옛날의 왕궁―홀리루드 궁전 옆의 바위산 위에 올라서서 에든버러 시내를 내려다보고 있으면 우리 옛 유행가인 〈황성 옛터〉 의 노랫소리 같은 것이 구석구석에서 들려오고 있는 듯한 느낌에 잠 기게 된다.

에든버러의 첫째 관광지로 되어 있는 에든버러 성은 그중에서도 황량한 분위기를 대표적으로 풍기고 있는 곳이다. 높은 절벽 위에 있 는 이 성은 긴 중세를 통해서 영국과의 사이에 많은 전란의 역사를 지니고 있는 곳으로, 옛 모습 그대로 보존되어 지금은 옛 스코틀랜드 의 모습을 다각적으로 전시하는 종합 박물관같이 쓰여지고 있다.

스코틀랜드 역대의 왕실이 쓰던 여러 가지 살림살이의 기명들, 기 도소, 잔치에 쓰이던 방, 왕관들을 놓아둔 방, 전쟁 기념비, 군사 박 물관, 죄수를 가두던 감옥 등이 모두 다 이 안에 전시되고 있어, 여기 를 돌아보고 나면 옛 스코틀랜드 역사의 꽤나 많은 증거품과 조건들을 어느 만큼은 알아볼 수 있도록 되어 있다.

에든버러 성안에서 관광객에게 특히 처량한 인상을 주는 것은 엘리자베스 1세 여왕에게 사형을 당해 도끼날 끝의 피로 사라져 간 그 불쌍한 스코틀랜드 여왕 메리가 거처하던 런던 탑의 조그막한 방이다.

한 나라의 여왕의 사실私室로는 너무나 작고 간소한 방 안에는 놓여 있는 것들도 매우 소박한 것뿐이었으나, 다만 바깥세상을 두루 내려다볼 수 있는 창 하나는 너무 호젓한 대로 적절히 뚫려 있어서 아마 이 창견에 메리 여왕의 몸은 많이 다붙어 있었을 걸 내게 연상케 했으며, 이게 또 그 뒤의 그녀에게 있었던 비극의 예견처 아니었던가 하는 가엾은 느낌도 일어나게 했다.

에든버러 성을 나와 하이스트리트의 내리막길을 조금 내려오면 에든버러 제일의 성당인 성 자일스 앞에 다다른다.

이 성당의 제일 큰 자랑은 뜰에 서 있는 탑을 떠받들고 있는 네 개의 팔각형 돌기둥이라고 하여, 이 탑을 몇 바퀴나 돌면서 천천히 굽어보았는데, 그 자랑은 이것이 무슨 정교한 예술품이라든지 그래서 그러는 게 아니라, 1120년경에 세워진 이래 지금까지에 이른 그 오랜 나이를 향한 스코틀랜드 사람들의 전통적인 향수 때문인 듯했다. 전통이란 그렇게 늘 질긴 것이니까······

로열 마일의 여러 거리들이 끝나는 구시가 한쪽 구석에 자리 잡고 있는 홀리루드 궁전은 물론 스코틀랜드의 역대 왕궁으로서, 1500년경에 처음으로 세워진 것이라고 한다. 홀리루드 공원의 한쪽에 있는 이 궁전은 비교적 잘살던 어느 개인의 저택 정도밖엔 안 되는 규모로서, 과거에 스코틀랜드 왕들이 백성들을 너무 괴롭히지는 않았었다는 증거 같아 좋았다.

약간 도깨비집 같은 느낌이었으나, 지금의 영국 엘리자베스 2세 여왕께서는 이곳도 좋아하여 가끔 들러 지낸다고 한다. 호젓하기야 무척 호젓한 곳이다.

아일랜드

시인 리처드 라이언의 집에서

6월 15일 오전, 스코틀랜드의 에든버러에서 리버풀까지 기차로
와서 리버풀 공항에서 오후 6시 비행기로 갈아타고 이슬비 내리는
저녁때 아일랜드의 서울 더블린에 닿았다.

런던에서 우연히 만난 재미교포 시인 피터 현이 적어 준 그의 조
카사위 리처드 라이언 군 주소로 호텔에서 전화를 걸었더니, 그는
곧 번개처럼 차를 몰고 와서 내 짐과 나를 꼼짝도 못 하게 차에 옮겨
싣고 그의 집으로 달려갔다.

그는 지금 멕시코 대사인 현시학 씨의 사위로 재작년 여름에 그가
일본 도쿄에서 아일랜드 대사관의 영사로 있을 때 한국에 왔던 길
에, 어느 날 밤 내 집을 꼭 한 번 찾아 잠시 초면 인사를 나누었을 뿐

인 사람인데, 이렇게도 친부모나 대하듯 본심으로 다정히 맞이해 주니 마음속으로 적지 아니 미안한 생각이 들었다.

그는 지금은 그의 나라 아일랜드로 돌아와서 외무부의 관리로 일을 보고 있지만, 관리 노릇보다는 한 시인 노릇을 하기에 더 보람을 느끼며 살고 있는 사람으로,『성 위의 좁은 길』,『까마귀의 수풀』이란 제목의 역량 있는 시집도 두 권이나 낸 이 나라의 가장 유망한 신진 시인의 하나인 것을 나는 이미 알 만큼은 알고 있긴 했으나, 서양 사람에게서 이런 식의 대접은 처음 받아 보는 터라 상당히 어리벙벙한 느낌을 한동안 금할 길이 없었다.

그는 우리나라 호남 지방의 군산이나 목포 항구 같은 데에서 금시 구해 온 듯한 큼직한 홍어를 어디서 구해 왔는지 부인에게 숭숭 여러 토막으로 잘라 한국식 양념까지 바르게 해서 내가 원하는 술과 함께 내게 잇달아 구워 먹였는데, 이렇게까지 되니 여기가 서양 땅이라는 것도 자연히 잊게 되고 또 미안한 느낌까지도 어느새인지 깨끗한 물로 잘 씻은 듯 사라져 버리고 말았다.

리처드는 나하고 밤새라도 무슨 이야기를 한정 없이 하자는 것을 내가 "고단해서 자야겠다"고 하니 한 침실로 나를 안내했는데, 장롱 옷걸이에 내 웃옷들을 벗어 걸다 보니 거기 이 댁 부인의 옷들이 두루 걸려 있는 걸로 보아, 아마 여기는 그들 부부의 침실임이 틀림없어 보였다. 이 부부는 그들의 침실이 편할 것 같아 여기를 내게 주고 그들은 옆방에서 새우잠을 자청해 잤을 것이다.

아일랜드 시인의 이런 정을 나는 물론 잊을 길이 없을 것이다.

아일랜드의 이들은 이래 가지고 늘 많이 불행한지 모르겠다. 불행은 하늘이 생각하기에는 행복이라는 것보다는 좀 더 급수가 높은 것이라 그러는가?

아일랜드 섬 일주

6월 16일 오전, 리처드 라이언 군이 아일랜드 섬의 중요한 곳을 도는 관광버스에까지 데려다 주어 거기 한몫 끼었다. 아일랜드라는 섬나라는 일본의 북해도 정도의 면적밖에 안 되는 작은 나라인 데다가 또 그 북쪽의 일부는 아직도 영국의 영토가 되어 있고 하여, 독립된 이 나라의 중요한 곳을 한 바퀴 도는 데는 그리 많은 시간이 필요치 않다. 총인구도 3백만쯤밖에는 되지 않는다.

그러나 이 작은 나라에서 서양 문학사의 큰 별들인 토머스 무어, W. B. 예이츠, 버나드 쇼, 제임스 조이스, 그 밖의 많은 시인과 작가들을 이어서 배출해 낸 것만 보더라도 그 정신 능력은 결코 작은 나라가 아닌 것이다.

내가 탄 관광버스는 수도 더블린을 제외한 시골의 명승지와 고적을 도는 것이었는데, 내가 돌아본 중에 가장 인상 깊었던 곳은 글렌달록이라는 곳이었다.

글렌달록은 수풀 속의 맑은 돌개울 물줄기들이라든지 잔잔한 호수들이라든지 그런 자연의 아름다움도 은근하고 조용하게 잘 짜여 있는 곳이지만, 섬나라의 특유한 신비를 담은 고적으로서도 아마 아일랜드의 대표적인 곳의 하나가 되는 듯 큰 바위로 쌓은 성문이며, 우리 경주의 첨성대 비슷하게 쌓아 올린 고대며, 역사적인 인물들의 묘지며, 그런 것들이 구석구석 담겨 있어, 말하자면 육안에는 안 보이지만 심안에는 너무나 간절하게 담겨 오는 이 나라의 예부터의 신비한 넋들이 그득히 어려 있는 곳이었다.

이 나라의 큰 시인이었던 W. B. 예이츠의 시 속의 그 신비의 모태 같은 느낌을 내게 주었다.

산짐승들이 꽤나 많이 산다는, 하늘도 잘 안 보이는 칙칙한 수풀을 지나, 양들이 여기저기서 꾸물거리는 언덕배기의 목장들 옆을 지나, 내려다보이는 맑은 호수들의 잔잔함—그것들은 굉장한 것은 아니지만, 굉장한 것보다도 오히려 훨씬 더한 오붓하고 아늑한 아름다움으로 나를 안아 주어서, 어느새인지 나는 한 나그네라는 것까지를 까마득히 잊고 있었다.

글렌달록에서 과히 멀지 않은 곳의 산 변두리 수풀가의 아보카라는 데에는 맑은 돌개울의 물소리에 에워싸여 솟아 있는 시인 토머스 무어의 기념비가 보였는데, 우리를 안내하던 중년의 사내는 이 언저리에 오자 아주 구슬프고도 신명 나는 소리로 한 가락의 노래를 멋들어지게 뽑아내서 뒤에 "그게 무슨 노래냐?"고 물었더니 "토머스 무어의 시다"라고 했다.

우리나라 호남의 무등산 언저리나 한려수도의 물가를 지나노라면 어디선지 들려오는 서럽고도 달가운 육자배기 소리—전문가가 부르는 것보다도 더 간절한 제 나름의 신명의 노랫소리가 가끔 누군가의 목에서 솟아나고 있거니와, 여기 이 아일랜드의 안내인이 부르는 노랫소리도 꼭 그런 격조를 갖고 있는 것이어서 "거, 좋다!"고 나는 본심에서 칭찬해 주었더니, 그는 또 우리나라의 그런 가수들이 흔히 그러듯이 슬쩍 못 들은 체 얼굴을 모로 돌려 버리고 말았다.

참 딱한 아일랜드 귀족의 후예

내 젊은 친구 리처드 라이언 군이 말하기를 "오늘 밤엔 당신을 우리 아일랜드의 친구 하나가 초대하겠다고 소원하고 있소. 그 사람의 할아버지 때는 작爵도 가졌던 귀족 집안이고 아주 잘사는 집이니, 그런 데 한번 가 보는 게 어떻겠소?" 해서 아닌 게 아니라 그런 데도 한번 가 보는 게 무던하겠다 싶어 초대에 응해 그 댁엘 (명함 준 걸 잃어서 성명은 지금 기억에 없지만) 들렀는데 뜰만 해도 지금 내가 살고 있는 사당동 예술인마을 전부를 합친 것 4만여 평보다 훨씬 더 넓어 보이는 곳이었다.

넓고 또 충분히 사치한 응접실에는 이미 이 나라 원로 소설가인 프랜시스 스튜어트 내외와 젊은 일본 여자, 바이올린을 든 이 집의 고용 음악가도 자리를 잡고 있어, 인사들을 나눈 뒤에 한참 있으니 이 집의 주인인 한 사십쯤의 사내가 우리 리처드와 함께 나타났는데 그들은 좋은 밤빛의 비단 두루마기에, 머리엔 망건 위에 큰 갓을 갖추어 쓰고, 긴 우리 장죽 담뱃대까지 입에 물었으며, 버선발에 옛 양반용의 갓신까지 신고 쓰윽 갈지자걸음으로 시치미를 뚝 떼고 걸어

들어와서는, 바이올린을 든 털보 음악가와 일본 여자에게 두루마기를 벗기게 했다.

그걸 벗어서 보니 좋은 자줏빛 양단의 마고자까지도 잘 갖추어 입고…… 물론 그것은 한국 사람인 나에 대한 극진한 환영의 뜻을 표현해 보이려는 예장으로서, 이들의 언동은 어느 왕궁에 갖다 놓아도 잘 어울릴 만큼 정중함을 다하고 있었다.

그러고 나서 나는 식당으로 안내되었는데, 식당에서도 이 집 주인은 내 옆에 와 허리를 굽히고 점잖게 음식 시중을 들고 하여, "양반을 웨이터로 두어서 나는 행복하다"고 했더니 "감사합니다"라고 하는 것이었다.

뒤에 리처드한테 들은 이야기지만, 이 주인 사내의 아버지와 어머니는 서로 애인을 따로 만들어 헤어져서 뿔뿔이 딴 곳에 나가 살고 있고, 또 하나뿐인 그의 형도 저세상 사람이 되어 버려, 프랑스에서 대학을 졸업하자 그는 이 큰 저택을 맡아서 산 지가 꽤나 오래되었는데, 무슨 생각에선지 결혼이라는 것은 절대로 않기로 하고, 맨숭맨숭한 총각으로 언제나 혼자 이 집을 지키며, 여자는 생각나면 백인종도 흑인종도 황인종도 하나씩 얻어 들이지만 오래 같이 지내는 일은 없다고 한다.

이날 저녁에 보인 그 젊은 일본 여자도 그런 여자 중의 하나로 이제는 곧 이별할 마당에 와 있다는 것이었다. 그러고는 울적하면 먼 여행을 떠나는데, 그 입은 한복들은 우리나라를 떠돌 때 맞추어 입은 것이라나.

왕관을 씌워 용상에 앉히면 황제라도 능히 할 만한 좋은 풍모도 타고난 사내였는데, 참 안되었다. 이 글을 쓰는 지금도 그의 두 눈이 거듭 보이는 듯하거니와, 맑기는 맑지만 웃는 때에도 어딘지 설움에 얼이 빠진 듯한 두 눈은 마음속의 그늘을 감추지는 못했다.

동양의 사상 특히 불교의 경전 속의 인연을 달관하는 정신에라도 좀 길들었으면 좋을 텐데, 이런 서양 사람들을 보는 건 정말 딱하다.

예이츠의 2대를 향한 사랑 이야기

더블린의 귀족 집의 만찬 자리에서 만난 아일랜드의 원로 소설가 프랜시스 스튜어트—그의 과거 이야기를 내 젊은 친구 리처드 라이언에게서 듣고 있다가, 나는 뜻밖에도 20세기 아일랜드의 가장 큰 시인인 W. B. 예이츠의 희한한 사랑 이야기를 아울러 듣고 적지 않은 감동에 젖어야 했다.

예이츠는 젊었을 때 어떤 처녀를 사랑했는데 그녀는 그의 사랑을 마지막까지 받아들이질 않고 딴 데로 시집가 버렸다. 하여, 오랜 세월이 지난 뒤 늘그막에 예이츠는 사랑했던 여인이 시집가서 낳아 기른 딸을 다시 사랑하기 시작해 마침내 그녀에게 청혼을 했는데 그 2세에게도 또 차이고 말았다는 것이다. 그리고 그 여인을 차지해 간 승리의 사내야말로 딴 사람 아닌 프랜시스 스튜어트—나하고도 수인사를 나눈 소설가, 바로 그 사내라는 것이다.

예이츠의 사랑 이야기는, 우리가 잘 아는 다음의 시와 아울러서 음미해 볼 때 내게는 매우 간절하게 느껴지지 않을 수 없었다.

　술은 입으로 들고
　사랑은 눈으로 오나니
　우리가 죽기 전에 알아 둘 진리는
　오직 이것뿐
　나는 술잔을 들어 입에 대고
　그대 바라보며 한숨짓노라

　　　　　　　　―「술의 노래」

　이 이야기를 듣고 우리나라 양반식의 생각으로 '상놈'이라고 욕하고 외면하고 말 것인가? 나는 아무래도 그렇게만 느끼고 말 수는 없었다. 그렇게까지 여자에 대한 사랑에도 늘 한결같이 꾸준하고 간절키만 했으니 그는 그만한 시인이 되지 않을 수 없었다는 생각 때문이었다.

　예이츠가 만년에 점점 종교적인 신비에 깊이깊이 잠겨 가다가 숨넘어간 것과, 2대에 걸친 구애의 이야기를 함께 생각하고 느껴 보자면, 그는 한결 더 간절하게만 그 어디 숨어 있는 것만 같은 것이다.

　리처드에게 그가 살던 집을 좀 안내해 달라고 했더니 더블린의 리피 강에서 과히 멀지 않은 사각형의 몰취미한 빌딩 앞에 차를 잠시 멈추고 "여기가 예이츠가 어려서 자란 곳이다"라고 했는데, 거기엔 이미 딴 사람들이 살고 있어 들어가 볼 수도 없었다.

그러니 예이츠의 넋이 이곳의 어린 철이 그리워 해 질 녘의 어두 컴컴한 때쯤 여기를 문득 찾아든다손 치더라도 그게 어느 방구석인 지조차 찾아 요량해 보기 어렵게 생겼다.

리처드는 이어서 나를 데리고 밀밭 옆에 철쭉꽃도 드문드문 피고, 찔레 덤불도 있는 언덕으로 올라가서, 어느 부지런한 젊은 신혼부부가 은행 월부로 금시 지어 놓은 듯한 쬐그만 집의 일각문을 손가락질해 가리키며 "이게 예이츠가 마지막까지 살던 집이오" 했는데, 거기도 역시 지금은 딴 세대가 사서 살림을 하고 있어, 들어가서 구경해 보자고 할 수도 없었다.

기독교회성당에서 아일랜드의 혼을 생각해 보다

6월 17일 아침에 리처드 내외의 침실에서 일어나니 리처드가 더블린 시내 지도에 일일이 1, 2, 3, 4……의 넘버를 붙여 넣은 걸 들고 와서 "이 넘버를 따라 혼자 찾아다니면서 구경해 보시는 게 제일 좋겠소" 하여, 물론 나는 흔쾌히 승낙하고 혼자서의 탐방길에 올랐다. 리처드의 이 권고에는 그 스스로가 안내에 나서는 것 이상으로 그의 아일랜드를 내게 뼈에 배게 경험시키려는 충정이 들어 있는 걸 나는 잘 알고 있었기 때문이다.

그가 준 지도의 넘버를 따라 맨 먼저 성 패트릭 성당St. Patrick's Cathedral을 찾아가 보았는데, 성당 구내에 들어서서 안팎을 살펴보며 돌아다니는 동안, 나는 왜 리처드가 이 성당에 '넘버 1'을 붙였는지를 잘 알 것 같았다.

그게 무엇이냐면, 나는 여기에 오자 어느 결엔지 내 고향 고창에 있는 신라 때부터의 옛 절―그 수수하고 조용하고 하나도 으스대는 것이 안 보이는 절간인 선운사에 안겨 들어온 것 같은 느낌이 저절로 일어남을 어쩔 길이 없었으니 말이다.

나는 그동안 서양의 여러 나라들을 돌아다니며 이 패트릭 성당보다 훨씬 더 규모도 크고 호화찬란하게, 번쩍번쩍하게 꾸민 성당들도 꽤나 많이 보아 왔지만, 정말로 고요하고 정갈하고 호젓한 기도를 하기에 이만큼 척 어울리는 모습과 분위기를 지닌 성당은 아직 보지 못했으니 말이다.

금박 은박으로 으리으리한 성당들, 우람하고 호화한 푼수로 위압하는 성당들, 많은 조각들과 다색다채한 벽화들로 눈부신 성당들은 적지 않게 있었지만, 이렇게 고향 뒤안의 호젓한 곳에 돌아온 것같이 마음 편히 해 주는 수수한 성당은 처음 겪고 있었기 때문이다.

아일랜드는 여러모로 우리 한국과 비슷한 정취를 많이 가지고 있지만 그 기도 자리까지가 그런 것은 여기 와서 비로소 알게 되었다.

다음 넘버를 따라 내가 찾은 곳은 기독교회성당Christ Church Cathedral이었는데 먼저 나는 그 이름부터가 아주 대인적이고 또 교육적이기도 하다고 생각했다.

같은 예수님의 가르침을 받들면서도 가톨릭에서는 그들의 모이는 곳을 '카테드랄'이라고 하고, 기독교에서는 '처치'라고 불러 나누어 가지고 또 약간의 대립까지도 빚고 있는 게 사실인 줄 아는데, 여기 이름만은 처치와 카테드랄을 합쳐서 붙이고 있어 이 두 갈래가 딴전을 보고 있어서는 안 되겠다는 것을 은연중에 암시하고 있으니 말씀이다.

여기도 역시 그저 수수하고 호젓하기만 한 성당이 두 곳에 세워져서 더블린의 대동맥인 리피 강을 지키며, 세수도 별로 잘 안 하는 것 같은, 때가 곱게 낀 모양으로 솟아 있었는데, 뒤에 리처드에게 들으니 이 성당은 약 1천6백 년 전에 처음 세워진 것으로 스칸디나비아의 바이킹 해적들이 서양을 휩쓸고 다니던 한동안 이곳은 또 그 바이킹들이 즐겨 깃들이던 은둔처이기도 했다는 것이다.

아마 그 바이킹들도 여기서 기도도 더러 안 할 수만은 없었겠지? 참, 하늘의 관대 그대로 무척은 관대하기만 한 성당이시다. 이것이 바로 아일랜드의 얼 아닐까?

파리 물랭루주의 프렌치 캉캉을 보고

6월 17일 밤, 유럽 여행에서 마지막으로 남겨 둔 서양 문화의 두 종가—이탈리아와 그리스로 떠나기 전에 그 길목인 프랑스의 파리에 또다시 들렀다. 파리에서 유럽 여러 나라로 나그넷길을 떠날 때, 좀 편한 떠돌이 노릇을 하려고 무거운 짐은 내가 묵고 있던 한국인 호텔 애진원에 맡겨 두고 떠났기 때문이기도 하고, 또 파리의 우리 동포의 집이 조용히 깃들어 원고를 쓰기에는 그중 알맞은 곳이어서 그동안 밀린 방랑기의 원고를 여기서 써서 부치려 함이었다.

전에도 잠시 말한 일이 있는 듯하지만, 이 애진원 주인 박진만 씨는 나와는 같은 전북 출신인 전주 사람으로 한국에서 신학을 공부하고 독일에서 오랫동안 광산의 광부 노릇을 하다가 천신만고 끝에 이 호텔을 하게 되었다던가. 두 내외가 다 고진으로 내게는 둘이 다 그들의 고향의 아버지나 대하는 것처럼 정을 다해 주었기에 혼자만의 떠돌잇길의 노독도 풀 겸 여기를 또 찾아든 것이다.

그 두 내외는 내게 인삼이 좋으리라고 그것도 공짜로 가끔 달여다가 마시게 해 주었으며, 또 글 쓰다가 쉬면서 보기에는 아무래도 새로 피는 꽃이 좋을 것이라고 그것도 자주 꽃병에 갈아 꽂아다가 내 책상 위에 놓아 주었으며, 앞길의 여비가 넉넉할 리가 없다고, 내가 묵은 숙박비까지도 면제해 주어 낯선 나라들 속의 오랜 내 방랑의 길목에까지 문득 나타나 오는 내 나라의 끈질긴 정을 새삼스레 간절히 느끼게 했다.

옛날 신라 때의 우리 화랑들이 중요한 계율의 하나로 삼고 살던 ― '멀리 안 가는 곳이 없으리라無遠不至'던 정신 속의 옛 정이 그 오랫동안을 쉬지 않고 흘러오다가 지금 여기까지도 뻗쳐 오는 것인가 하니 온갖 노독은 어느새인지 말끔히 다 풀리어 버리고 '이 나라 사람 되기 잘했다'는 긍지만이 앞서곤 했다.

그런데 6월 17일부터 7월 2일까지 여기에 다시 묵는 동안의 어느날, 비가 보슬보슬 내리는 저녁에 나는 우연히 사우디아라비아 쪽에서 휴가 온 우리나라 노무자 일행에 끼어 파리의 명물 프렌치 캉캉이라는 것을 난생처음 구경하게 되었다.

옛날의 물랭루주 자리 바로 옆집에서 진행된 이 프렌치 캉캉은 하도 여러 차례 거듭해 온 것이라 강가에서 차돌들이 반들반들 닳아져 놓이듯 아무런 풋기운도 지니지 않은 말짱하기만 한 것이긴 했으나 어떻게나 유창한지 그 유창한 푼수론 본래의 이곳 실물보다도 훨씬 더 발전되어 있을 것만 같았다.

먼저 현재의 프랑스 대통령인 지스카르 씨가 무대의 스크린을 통해서 이 '프렌치 캉캉'에 대한 몇 마디의 인사말을 한 뒤에, 몇 차례의 독창과 합창 순서를 거쳐서, 꼭 기다란 검정 메뚜기같이 생긴 바짝 마른 깜둥이 아가씨를 프리마돈나로 하는 가벼운 가극 같은 것이 진행되었는데, 여기까지가 옛 물랭루주 시절의 프렌치 캉캉을 위한 서부序部가 되는 셈이다.

그러고 나서야 프랑스의 그 전통적인 캉캉이 전개되었는데, 먼저 옛 물랭루주 시절의 이 사창가의 단골손님이었던 툴루즈 로트레크 공작이 난쟁이 귀족 모습으로 나타나 그의 화집을 낀 채 한 바퀴 휘돌아 나가는 장면은 옛 그대로를 방불케 해 보이려는 꾸밈인 듯했다. 높은 귀족이요, 또 특히 물랭루주의 풍속을 주로 그림으로 그렸던 난쟁이 화가 로트레크 공작은 사실은 아니었을는지 모르지만 언뜻 알려져 오기를 저 '물랭루주의 첫째 단골손님'으로 되어 있었으니까……

그러고 나서야 겨우 그 로트레크의 물랭루주 풍속도 그림들에서 우리에게 눈에 익은 옷과 머리 장식과 검정 스타킹의 옛 창녀 차림의 여자들이 무더기로 쏟아져 나와서 엉덩이들을 관객 쪽으로 일제히 내밀고, 그 속을 보일 듯 안 보일 듯하게 하며 관객들에게 감질을 먹이고 박수갈채를 받고 있었는데, 나도 거기 휘말려서 얼떨결에 박수를 가벼이 몇 번 쳤던 걸 이 글을 쓰는 지금은 물론 후회하고 있다.

사람은 가끔 어쩌다가 이렇게 엉터리 박수도 얼떨결에 치는 것인가?

이탈리아

수풀 속의 여창들, 길거리의 남창들

7월 3일 오후, 프랑스 파리의 드골 공항에서 출발하여 해 어스름에 로마의 레오나르도 다빈치 공항에 내렸다. 공항에서 로마 시내로 들어가는 길 양쪽에 연달아 흥건히 피어 있는 여러 빛의 유도꽃의 긴 행렬은 여태까지의 긴 세계 여행에서 보지 못하던 것이라 내 감각에는 적지 않은 자극이 되었다.

오스카 와일드의 소설 『도리언 그레이의 초상』에 인상적으로 표현되어 있는 유도꽃―본명은 협죽도라고 부르는 이 꽃은 프랑스의 시인 레미 드 구르몽이 무슨 시에서던가 말하고 있는 그 '성교의 냄새'라는 것을 내 코와 눈에 매양 느끼게 하는 꽃인 이걸 이렇게 몽땅 많이 길게 길게 마주치며 로마로 들어가고 있자니 좀 부끄럽고도 또 간지러운 듯한 느낌이었다.

한참 동안 택시를 몰고 시내로 들어가다가, 유난히도 무성한 수풀 사이에 키가 크고 높지막이 보기 좋은 가지와 잎사귀의 풍류들을 매단 낙락장송 소나무 일당이 늘어서 있는 게 보여, 뒤에 우리 교포더러 "로마의 멋진 소나무는 우리나라 것 같다"고 하니 "그건 잣나무요"라고 했다. 로마뿐이 아니라 이탈리아 곳곳에 많이 보이는 이 잣나무의 봉대기의 가지들을 여기 사람들은 꼭 펴 놓은 우산처럼 다듬어 놓고 '우산나무'라는 별명으로도 부르는데, 그야 하여간에 이것들은 우리나라 송백松栢의 멋을 연상케 해서 무척 반가웠다.

그런데 듣자면, 이런 나무들이 우거진 수풀가에는 밤이면 로마의 싼거리 매음녀들이 많이 모여들어 불쌍한 느낌을 여기 보태게 하고 있다는 것이다.

밤이 이슥하여 이런 수풀가로 차를 몰고 가노라면 나무 그늘에선 빨간 모닥불빛이 비쳐 오는데, 이것은 옛날 로마 시절부터의 창녀들의 신호라나. 그래 2천 년이 여전한 이 불쌍한 신호를, 미처 불쌍한 생각을 낼 줄 모르는 사내가 있어 차를 멈추고 그 모닥불 가에 다가서면 근처의 어느 나무 뒤에 숨어 있던 창녀 아가씨가 사뿐사뿐 놈팡이 곁으로 가까이 오기로 되어 있고, 값의 흥정이 간단히 오고 간 뒤엔 놈팡이의 차 속이나, 수풀 속 어디 사람 눈에 잘 안 띄는 풀섶 같은 데로 들어가기로 되어 있다는 것인데, 그 아가씨들의 나이는 열일곱 살쯤부터 스물두셋 정도까지가 놈팡이들의 소원을 따라 가장 많다는 것이다.

로마가 가진 별하늘 밑의 딱한 풍경들 가운데, 또 한 가지 색다른 것은 소위 남창男娼이란 것들의 웅성거림이다. 이들도 대개는 17, 8세에서 20여 세까지의 나이로 허우대는 두루 다 잘생긴 녀석들이 짙은 화장을 하고, 여자 옷차림에 여자 가발까지 갖추어 쓰고, 떼를 지어 5, 6명씩 7, 8명씩 번화한 밤거리에 몰려서서 웅성거리고 있는 것을 나도 그 옆을 지나며 본 일이 있지만, 사내자식들이 겨우 이 꼴이 된 걸 부모가 본다면 속 참 많이 쓰리게 생겼다.

이런 속없는 젊은 녀석들을 하룻밤씩 사 가는 사람들은 이들을 데려다가 어떻게 무엇을 재미라 하여 다루고 있는 것인가. 이쯤 되면 신도 불가불 외면하지 않을 수는 없을 것이다. 이렁성저렁성하며 이들은 이미 죽었다느니 어쩌니 하고 있는 것인가?

폭군 네로의 무덤과 카타콤베

7월 5일 오전, 나는 로마에 있는 우리 대사관이 소개해 준, 산타체칠리아 대학원 성악과에서 공부하고 있는 유학생 임정규 군의 안내를 받아 로마의 중요한 유적들을 돌아보러 나섰다.

차를 손수 운전해 가던 임 군이 로마의 한쪽 구석에 내던져진 듯 하잘 나위 없는 좁은 거리에 접어들자 "이 길가에 네로 황제의 무덤이 있는데 내려서 좀 들여다보시렵니까?" 해서, 잠시 내려서 그 무덤의 꼴을 굽어보았는데, "작자, 참 딱하게도 놓여 있구나" 소리가 내 목구멍에서 저절로 새어 나올 정도로 너무나 초라하고 지저분키만

한 그의 묘지의 꼬락서니였다.

되도록이면 오랫동안 사람들의 지탄을 받게 하기 위해 하늘이 골라서 내던져 놓은 듯한 인상을 주기에 알맞은 장소와 초라하고 너저분한 꾸밈새로 아무렇게나 놓인 무덤은 그래도 사람들의 주목도 끌게 하려는 듯 과히 작은 건 아니었으며, 또 어느 익살꾸러기가 언제 갖다 놓은 것인지 오랜 풍상에 썩어 문드러진 화환도 한 개 놓여 있긴 했으나, 여기를 보고 지나가는 행인들의 눈초리는 마치 죽은 독충이나 한 마리 흘겨보고 가는 것만 같아서 이런 게 바로 지옥고地獄苦의 벌이구나 하는 걸 절실히 느끼게 했다.

더욱이나 익살인 것은 무슨 속셈으론지 시멘트로 다져진 이 네로의 무덤에다가 이곳의 공산주의자들이 소련의 낫과 해머의 마크를 새까만 콜타르로 큼직하게 그려 놓은 것이었다. 네로도 이제는 공산주의자로 개종해야 되겠다는 것인지, 혹은 새삼스럽게도 공산주의가 네로를 다시 구속한다는 뜻인지, 똑똑한 속셈을 알 수 없는 대로 소련 마크와 네로 이 두 만남이 우스꽝스럽게만 보이는 것은 내 숨길 수 없는 느낌이었다.

우리는 여기에서 바로 이 네로나 그런 종류의 로마 황제들에게 갖은 잔인한 학대와 학살을 당하면서도 끝까지 견디며 그들의 영생의 진리의 길을 이어 전파하기에 힘을 다했던 기독교도들이 숨어 살다 묻힌 땅속의 동굴 카타콤베를 찾았다. 카타콤베란 한 층으로만 되어 있는 게 아니라 4층, 5층으로도 만들어져 있는 땅속의 기독교도 묘지를 말한다.

우리는 이 로마 교외의 땅속에 꽤나 많이 뚫려 있는 여러 카타콤베 중에서 가장 큰 것으로 알려져 있는 산칼리스토 카타콤베를 먼저 찾아갔으나 마침 여기는 잠겨 있어, 산세바스티아노 성당의 카타콤베를 하나 찾아 들어가 볼밖에 없었다.

이 로마의 카타콤베는 세계 인류가 역사를 가지고 살아온 이래 가장 끈질긴 의지를 보인 대표적인 상징일 것이다. 여러 층으로 땅속을 누비며 몇 킬로미터씩 길게 길게 파고들어 가 숨어 살다가 거기서 죽어 간 인간 두더지들의 의지―이보다도 더 끈질겼던 것을 나는 기억하지 못한다.

가끔은 허리를 얼마쯤 굽히고 걸어야 할 정도로 천장이 얕은 이 땅속의 길가에는 기독교도들이 숨어서 들어앉던 쬐그만 방 같은 것이 벌집처럼 많이 뚫려 놓여 있고, 그것들 속에는 해골들도 적지 않게 자리하고 있어 정신의 영생의 어떤 모습이란 이렇게 성큼하기까지도 해야 하는 것임을 내게 새삼스레 느끼게 했다.

대투기장 콜로세움과 카라칼라 황제의 대욕장

베네치아 광장에서 출발하여 포리 임페리알리 거리를 가다가 보면 옛 로마의 큼직한 투기장 콜로세움 자리에 닿는다. 이것의 규모가 크다고, 큰 것을 뜻하는 콜로세오Colosseo란 말을 8세기부터 이곳의 명칭으로 붙여 불러 왔다 하는데, 여기가 처음 낙성된 것은 티투스 황제가 다스리던 기원후 80년이었다고 전해져 오고 있다.

둘레가 527미터, 긴 곳의 지름이 186미터, 짧은 곳의 지름이 155미터, 높이가 57미터나 되는 꾸밈새로서 5만 명의 관객을 들여 놓을 수 있었다 하니, 옛날로서는 굉장한 것이었다. 옛 로마가 지은 가장 큰 집인 여기는 물론 우리가 잘 아는 것처럼, 로마의 옛 황제들을 비롯한 시민들이 사람들의 피를 보는 걸 즐기던 곳이다. 피 흘리며 싸우는 많은 옛 군인들의 칼싸움이 낭자한 구경거리였던 곳도 이곳이려니와, 또 저 많은 기독교도들이 처참하게 학살되던 곳도 바로 여기다.

여기 들어서서 돌로 쌓은 여러 층의 계단 사이를 오르락내리락하다가 한쪽에 십자가가 보여 동행에게 물으니, 그것은 네로 황제의 구경거리로 그의 눈앞에서 사자 떼에게 뜯어 먹히운 많은 기독교 순교자들의 죽음을 기념하기 위해 뒤에 세운 것이라고 했다. 사자 떼들을 몰아넣던 곳인 듯한 좁게 뚫린 통로며 황제나 귀족들의 수레가 드나들던 길, 순교자들과 사자들이 어우러지던 널따란 함정 자리가 모두 그대로 남아 있어서, 이런 인연으로 이런 로마적인 것들이 받아야 할 벌은 아직도 하늘에 첩첩함을 안 느낄래야 안 느낄 수가 없었다.

여기에서 남쪽으로 1킬로미터 남짓 걸어가면 서기 217년에 카라칼라 황제가 만든 것이라는 큰 목간 자리가 남아 있는데, 이 지역의 둘레는 자그마치 1천6백 미터, 5천 명이 한꺼번에 목욕할 수 있던 곳이라 한다. 붉은빛과 주황색의 아름다운 벽돌로 쌓아 올린 목욕통에, 앉아 씻는 바닥은 여러 가지 빛깔의 타일로 모자이크를 해 놓은 것이 아직도 그대로 눈에 삼삼하게 남아 있어, 옛날 것 같은 느낌이 들지 않았다. 더운물과 찬물의 목간통이 따로 있고 여기서 잘 씻고 는 개운한 기분으로 즐길 온갖 유흥 자리, 심지어는 책 볼 도서실까 지가 마련되어 있었다 하니, 가관이라 안 할 수는 없겠다.

또 여기는 예부터 노래나 연극 같은 것도 아울러 즐기던 곳인 듯 그 한 귀퉁이를 돌아서 나오노라니 지금도 오페라 상연을 위한 무대를 꾸미고 있는 곳도 있었다. 나는 아까 투기장에서 느끼던 옛 로마적인 것의 받을 벌을 이어 생각하고만 있는 판인데, 오페라의 노천무대를 꾸미던 허줄한 일꾼 중의 하나가 마치 자기가 오페라의 가수나 되는 양 목청을 뽑아 한 곡조 부르고 있었다. "꽤나 잘하는데" 하고 동행 중의 임정규 군에게 말했더니 "로마 사람들은 다 노래를 잘합니다. 보통 이상이에요. 묘하죠?" 했다.

그러나 내가 꽤나 잘한다고 한 까닭은 그 노래 그것만이 아니라, 그들이 이 언저리 하늘에 아른거리는 그 벌이라는 것을 전연 의식하지 않는 데에도 있었음은 물론이다. 의식하지 않으면 면제될 수 있을 것이니까……

쿠오바디스 성당과 트레비 분수

시엔키에비치의 『쿠오바디스』라는 장편소설 제목으로 우리에게도 널리 알려져 있는 이 라틴어의 뜻은 '어디로 가십니까?'라는 것인데, 이 이름을 붙인 유명한 성당이 로마의 아피아 거리에 있다.

'쿠오바디스'는 물론 "쿠오바디스 도미네Quo Vadis Domine — 어디로 가십니까? 주여"를 줄여서 쓴 말로, 로마에서 마음이 좀 약해졌을 때의 베드로가 그의 스승 예수의 환상을 보고 처음 사용했던 것으로 전해져 오고 있다.

예수가 십자가에 못 박혀 세상을 뜬 뒤에 베드로는 로마에 와서 기독교도들을 이끌며 살고 있었는데, 로마 정부의 잔인한 박해가 날로 심해지자 마음이 약해져서 뺑소니를 치려고 이 아피아 거리까지 나왔다가, 여기서 그의 고인이 된 스승 예수가 로마 쪽으로 오고 있는 환상을 보고 그렇게 물었다는 것이다.

그래 베드로의 물음에 "또 한 번 십자가에 못 박히러 로마로 가는 중이다" 하신 예수의 대답을 듣고, 크게 뉘우친 베드로는 로마로 되돌아와서 포교를 하다가 죽임을 당했다는 것인데, 베드로가 예수의 환상을 보고 서 있던 언저리에 뒷날 쿠오바디스 성당이 선 것이다.

성당은 쬐그마한 것이지만, 여기엔 예수의 가장 큰 제자였던 베드로가 순교의 죽임을 당할 때의 그림도 있고, 또 성당 바로 앞에는 베드로가 예수의 환상을 볼 때 디디고 섰던 것이라는 넓적한 발디딤돌도 놓여 있고 하여, 마음 있는 이들의 발걸음이 지금도 연달아 거쳐 가고 있다.

여기 베드로의 발디딤돌 옆에 나는 한동안 우두커니 멈춰 서서 '옛 그리스나 로마적인 것이 예수와 그 제자에게 항복한 것은 당연하다. 그리고 르네상스가 회복하여 지금까지 뻗치어 오고 있는 옛 그리스적이고 로마적인 것도 예수교를 포함한 동양 정신에 또 한 번

투구 벗을 날이 머지않다'고 생각하고 있었다. 우리는 여기에서 델레무라테 거리에 있는 트레비 분수 쪽으로 옮기어 갔다.

로마는 벌써 많이 더워서 시원한 분숫가에 잠시 앉아 있고 싶기도 하거니와, 옛 그리스 신화나 로마 신화 속의 해신 넵튠의 대리석 조상이 풍기는 분위기를 쿠오바디스 성당에서 음미한 것과 또 한 번 대조해 보고 싶어서였다.

그러나 아무래도 쿠오바디스 성당 쪽에서 젖던 그 말쑥하게 훤히 트이던 느낌은 여기서는 잘 일지가 않았다.

큰 조개껍질을 디디고 버티어 서 있는 바다의 주신 넵튠을 비롯해서, 그를 수레에 태워 이끌고 가는 여러 신들의 아름다운 육체가 수레를 끄는 말들과 함께 좋은 대리석으로 잘 조각되어 있기는 하지만, 그것만으론 내 마음을 이미 비끄러매지 못했다.

인간적인 신들이란 명칭으로 통하는—참을성 없는 사람들처럼 복수도 꽤나 잘하는 신들의 하나인 넵튠. 호메로스의 서사시 『오디세이아아』의 주인공 오디세우스를 그 불타는 복수로 무척은 헤매게도 했던 이 신의 그늘에서 나는 아무래도 훤칠하게 시원한 마음이 될 수는 없었다.

여기 분수가 풍겨서 괸 못들에 동전을 던져두어야만 다시 로마를 찾아올 수 있는 팔자가 된다는 전설이 있어, 그 못물 바닥에는 동전들이 꽤나 많이 깔려 있는 게 보였다. 그러나 나는 여기 동전 한 닢도 던지지는 않고 말았다. 나는 넵튠이 주는 팔자를 타고 올 생각은 없고, 내 스스로 마련해 이끄는 자가용의 팔자만을 타고 올 것이니까.

판테온 신전과 안젤로 성

로마의 판테온 광장에 있는 판테온, 즉 신전은 옛 로마의 초창기인 기원전 27년에 아우구스투스 황제가 처음 세운 것으로서, 뒤에 기원후 120년경에 다시 고쳐 세운 것이 지금도 고스란히 옛 모습 그대로를 간직하고 있다.

지붕이 둥그런 돔으로 되어 있는 이 신전 입구에는 열여섯 개의 화강암 돌기둥이 높이 솟아 있는데, 아무 이은 흔적도 없이 큰 통나무처럼 서 있는 이 돌기둥이 너무나 커 보여서 내가 두 팔을 벌려 몇 아름이나 되는가 그 하나를 재어 보니 세 발에 한 뼘이나 되었다.

어떻게 이렇게 큰 것들을 다듬어서 세웠는지, 그때엔 여기에도 힘깨나 쓰는 장사가 많았던 모양이다.

그러나 이 신전 안에 들어가 보면 기둥은 하나도 없을 뿐 아니라 벽에는 창 하나도 뚫어 놓지를 않고, 오직 천장 한복판에 휑하니 뚫린 구멍을 통해 들어오는 빛을 받아서만 널따란 방안의 건물들을 아주 함축미 있게 비추고 있었다.

사사로운 흥정을 좋아하던 그들이라, 하늘의 신들과의 교섭도 이렇게 천장의 유일한 통로만을 가진 밀실에서 오붓하게 독차지해 가지려고 이쯤 꾸며 놓았던 것이겠지. 로마 초기의 건축으로 이것은 가장 대표적인 것이다.

여기에서 우리는 산탄젤로Sant'Angelo라고 불리는 성聖 안젤로 성城으로 향했다. 로마를 꿰뚫고 흐르는 테베레 강의 서쪽 언덕에 자리한 안젤로 성은 서기 135년에 로마의 하드리아누스 황제가 자기의 묘지로 쓸 양으로 짓기 시작하여 그 아들 안토니우스 피우스가 140년에 완성한 것으로, 단단한 황톳빛 돌의 성벽에 둘러싸여 있는 역시 황톳빛 돌의 둥그렇게 굉장히 큰 이 집은 아무리 보아도 무덤을 위한 집 같지는 않고 무척은 으스대기 좋아하는 무슨 요새만 같았다.

생김새가 그런 때문인지, 아닌 게 아니라 이 집은 5세기부터는 외적의 침략을 막아 내기 위한 요새로 쓰였다가, 16세기부터는 또 죄수들을 가두는 교도소로 그 용도가 바뀌었다는 것이다. '귀에 걸면 귀걸이, 코에 걸면 코걸이'란 말씀이 있기는 있지만, 신으로까지 높여지던 로마 황제 폐하의 넋을 담기 위해 지어 놓은 집이 이렇게까지 그 직책을 바꾼 일은 하여간 꽤나 섭섭하기는 섭섭한 일이겠다. 이 속에는 아직도 하드리아누스 황제 이후 여러 황제들의 무덤이 그대로 담겨 있다고 하는데, 이것, 집을 지을 때는 삼엄하게만 꾸미려 하지 말고 첫째 거기 담으려는 것과 아주 잘 어울리게 지어야겠다.

로마의 한복판을 흐르는 테베레 강이 안젤로 성 바로 옆을 지나 지중해 쪽으로 흘러가고 있다. 그러나 강의 흐름과는 달리, 로마를 이끌어 갈 정신사의 주역의 길은 지중해 동쪽의 조그만 나라—이스라엘 쪽에서 역류하여 테베레 강을 거슬러 올라와야 할 것을 이 안젤로 성을 쌓은 하드리아누스 황제는 미리 내다볼 만한 눈을 가지지는 못했던 것이다.

바티칸 시국의 산피에트로 성당

총인구 1천5백 명에 넓이가 겨우 440제곱미터밖엔 되지 않는, 그러나 쓰는 돈도 따로 찍어 내고, 우표 같은 것도 따로 박아 내는, 세계에서 가장 조그만 나라인 바티칸 시국市國은 그렇지만 세계에 널려 있는 그 많은 가톨릭교도들의 본고장으로서, 그들의 우두머리인 법황法皇의 궁전이 놓여 있는 곳으로서, 그 권위가 작은 건 아니다. 그뿐만이 아니라 문예부흥기의 미술 작품들을 문예부흥 때에 만든 큰 규모 그대로 가지고 있는 점에서도 여기는 서양의 가장 큰 집이라 하겠으니, 좀 더 나아가 말하자면 옛 그리스·로마 문화 이후의 서양 문화 전통의 제일 큰 집이라고도 할 수 있는 곳이다.

바티칸에 들어서면 맨 먼저 눈에 뜨이는 것은 산피에트로 광장의 둘레에 밋밋하게 솟아 있는 큰 돌기둥들로 떠받들어진 크나큰 타원형의 회랑이다. 여기는 천재 조각가 베르니니가 설계하여 1656년부터 10년이 넘는 세월을 걸려 완성해 낸 것이라나. 여기 쓰인 돌기둥의 수효만 해도 370개나 되는 굉장한 규모로서, 이 회랑의 한복판에는 옛날 이곳의 칼리굴라 황제가 이집트의 헬리오폴리스에서 살짝 옮겨 온 26미터나 되는 높은 탑이 솟아 있다.

피에트로 광장의 바로 맞은편에 자리해 있는 것이 세계에서 제일 큰 성당인 산피에트로 성당인데, 피에트로라는 이름은 물론 예수의 서러운 큰 제자 베드로―새벽닭이 세 번 울기 전에 주 예수를 세 번 모른다 한 일도 있던 그 슬픈 베드로의 정신을 계속하고자 그의 이름을 따 붙인 것임은 물론이다.

피에트로 성당은 로마 법황의 권위가 유럽의 하늘을 덮던 1506년, 법황 율리우스 2세가 건축미술가였던 브라만테를 시켜 공사를 시작하게 하여, 뒤에 라파엘로, 미켈란젤로 같은 거인들이 여기 참여해 1626년에야 낙성된 것이라 한다. 46미터 높이의 본원과, 132미터 높이나 되는 큰 원형의 돔으로 이루어져 있는데, 이 돔은 미켈란젤로가 빚어낸 작품으로, 이것이 떠받들고 있는 네 개의 큰 돌기둥만은 베르니니가 만든 것이라 한다.

본당에 들어서면 13세기에 청동으로 만들어 세운 베드로의 동상이 보이는데, 오랜 세월을 두고 이곳을 찾는 이들의 간절한 입맞춤의 연속으로 발가락들이 상당히 많이 닳아져 있어서, 나 같은 한국 사람에겐 "살았을 때 그 만 분의 일이라도 좀 아껴 줄 일이지……" 하는 넋두리를 자아내게 했다.

이 본당의 한쪽에는 또 미켈란젤로의 유명한 대리석 조각 작품 〈피에타〉가 놓여 있다. 십자가에 못 박혀서 오랫동안 신음하다가 죽어 내리어진 예수의 시체를 그 어머니인 성모 마리아가 아기 때 안고 있었듯 무릎 위에 놓아 안고 계시는 자비가 넘치는 작품이다.

서른세 살 된 아들의 시체를 안고 있는 어머니로서는 너무나 젊게 보이는 성모님의 얼굴이기는 하지만, 처녀 때에 성령으로 잉태했던 영생의 생명인 아들을 아기 때처럼 안고 있는 또 하나의 영생자의 모습으로 성모님을 대하기라면 이 늙을 줄도 모르는 얼굴 그대로 표현한 미켈란젤로의 이해는 잘 맞은 것이다. 옛날 동양의 어떤 사람들처럼 그 영생이라는 걸 상당히 잘 이해하고 있었던 것 같다.

시스티나 예배당과 바티칸 박물관

14세기부터 로마 법황의 궁전으로 쓰여져 오고 있는 바티칸 궁전은 방 수효만 하더라도 홀, 예배당, 사실私室, 사무실 등을 합해 1천 4백 개나 되는 굉장히 큰 규모로서, 법황이 지내는 곳을 비롯하여 많은 데가 일반인에게는 출입금지가 되어 있을 뿐만 아니라 내 자신 두루 보고 다닐 겨를도 없어, 그중에서 예술적인 큰 값을 지니고 있는 시스티나 예배당과 박물관만을 중점적으로 살펴보기로 했다.

시스티나 예배당은 식스투스 4세가 1473년부터 1481년 사이에 세운 것으로, 여기에서는 미켈란젤로의 벽화 〈최후의 심판〉과 천장화 〈천지창조〉가 가장 유명한 것으로 되어 있다.

미켈란젤로는 〈최후의 심판〉을 그리는 데 4년이 걸렸고, 천장의 〈천지창조〉는 7년 동안을 꼬박 이어서 그리다가 그나마 미완성으로 남겨 둔 채 세상을 떴다고 하니, 여기는 미켈란젤로가 그 마지막 힘을 몽땅 쏟아 놓은 곳이다.

웅장하고 정교하고 다채하고 풍성한 역작인 것을 말하기라면 여기에 누구도 반대할 사람은 없겠지만, 이것들이 과연 동양의 영생 사상의 한 귀퉁이를 표현해 생긴 기독교 정신을 담은 인간 군상들이고 신의 상상도일 수 있느냐는 의문을 앞세우기라면, 내 눈에는 아무래도 많이 의아스럽기만 한 것이었다.

이 육중하고도 날렵하고 윤택하기만 한 인간 군상과 신들은 미켈란젤로뿐이 아니라 르네상스 때의 이곳의 많은 미술가들이 그리고 조각한 그리스나 로마 신화 속의 신들이나 인간 군상의 모습과 별다른 어떤 것도 잘 표현해 가지고 있지는 못하니까 말이다.

"입 가진 사람마다 찬양만 두루 해 온 작품들을 가지고 너 혼자 그게 무슨 새삼스러운 소리냐?"고 아직도 여럿은 말하며 내게 대들기도 할 것이겠지만, 하여간 내 느낌으론 '이런 몸뚱이들을 가지고 기독교의 천국에 들기란 실로 낙타가 바늘구멍을 통과하기보다 어렵겠다…… 어렵겠다……'이기만 했다. 여기 있는 것은 아니지만 〈예레미야〉 같은 것이 미켈란젤로의 것으로는 그래도 비교적 이스라엘의 정신적 분위기를 풍기고 있는 것이 아닐까 한다.

시스티나 예배당에서 바티칸 박물관으로 발걸음을 옮겼다. 여기는 박물관과 미술관을 겸하고 있는 곳으로, 옛 그리스와 로마가 남긴 것들을 비롯해서 르네상스 때의 좋은 미술 작품들을 가장 풍부하게 모아놓고 있는 점에서는 세계에서 가장 대표적인 곳으로 꼽히고 있다. 미켈란젤로, 레오나르도 다빈치, 라파엘로의 걸작들을 비롯해서 벨베데레의 저 유명한 아폴론상이나 라오콘 군상도 여기 두루 모아져 있다.

크고 긴 독사가 어느 날 문득 라오콘의 가족들에게 대들어 친친 감아 대고 있는 것을, 가장인 라오콘이 있는 힘을 다하여 움켜쥐고 막아 내고 있는 광경을 대리석으로 정교히 새겨 놓은 라오콘군群.

여기에는 물론 자연의 침략의 힘을 전력을 다해 정복해 냄으로써만 살아갈 수 있는 것이라는 사고방식이 들어 있는 것으로, 동양의 사상가 석가모니 같은 이가 수풀 속의 고행 시절에 뱀까지도 길들여 전연 해를 끼치지 않는 것으로 만들어서, 그의 몸뚱이 위를 때때로 적당히 기어 다니게 했던 인생 태도와는 아주 다른 것이라 하겠다.

하기는 또 그렇게 되자면 그 독의 입맛을 돋우는 고기 냄새 같은 것부터 입에서 전혀 나지 않게 무얼 먹고 살아야 하는 등의 많은 어려운 준비가 앞서야 하는 것이기는 했지만……

로마의 집시 시장

내가 로마에 아흐레를 머무는 동안, 바티칸 시국에 있는 우리 대사관의 신현준 대사께서 그의 단 하나뿐인 서기관을 한나절 내 안내로 내주어서 7월 9일 공일날은 그와 함께 로마의 교외 한 귀퉁이에 서는 집시 시장 구경을 나섰다. 꽤 더운 날씨가 벌써 계속되는 판이라, 이곳보다 더 더운 곳들에의 앞으로의 여행을 위해서 남방셔츠 몇 개와 밀짚모자 같은 걸 싼거리로 준비하려 함이었다.

그러나 내가 나그네의 초라한 여름 행장거리를 구하기 위해 여기를 골라서 찾은 속셈에는 '로마의 옛 신의 모습은 요즘은 오히려 집시의 장거리 구석 같은 데 쭈그리고 있을는지 모른다. 어디 한번 눈독을 올려 찾아보자'는 뜻도 있긴 있었는데 내 눈이 밝지 못한 탓인지 그것만은 허사에 그쳤다. 르네상스의 화가 보티첼리가 〈봄〉이라는 제목의 그림에서 보이고 있는 무슨 잡스러운 대로의 여신들의 모습이라도 궁금해 찾아 헤맸지만, 이 장거리의 사람들도 이탈리아의 정계 사람들이 그런 것처럼 사람값을 신의 항렬에다 놓고 볼 수 있을 만큼 정신을 가다듬고 있을 만한 마음의 여유를 가지고 있는 것 같지는 않았다. 이 점은 역시 여기서도 옛날이 훨씬 나았던 것이다.

로마의 집시 시장의 옷 가게들은 새것보다도 헌것을 더 많이 산더미처럼 쌓아 놓고 팔고 있었다. 물론 세탁은 했지만 어느 문둥이가 입고 지내던 것인지도 모를 헌 옷가지들 속엔 그래도 그 본바탕은 좋은 것이 섞여 있어서 그런지, 젊은 남녀들도 많이 모여들어서 열심히 뒤적거리며 골라잡고 있었다.

나도 그게 다정도 하고 좋을 성싶어 그들 속에 끼어들어 가서 남방셔츠 세 개를 골라 가지고, 값은 우리 돈으로 한 2천 원쯤 치렀는데, 내가 산 것들도 본래는 돈냥깨나 만지던 사람이 입었던 것 같다. 내 것을 사고 나니, 아내 것이 생각나서 여자 헌옷들을 만지작거리고 있다가 아무래도 아내 것까지 이런 걸 사서는 안 될 것 같아 동행한 우리 바티칸 대사관의 서기관에게 새 옷 가게를 찾아 달래서 원피스 두 벌을 더 샀는데, 그것들을 싼 봉지를 옆에 끼고 걷고 있자니 조금 센티멘털해졌다.

그러구러 나는 또 아직도 먼 내 나그넷길을 기대고 다닐 단단한 지팡이 하나를 구하러 나섰는데, 어느 구석에 오니 노점의 고물가게에 은으로 그 모가지께를 장식한 아주 실하게 생긴 것이 몇 개의 딴 지팡이들 사이에 끼어 있는 게 눈에 뜨여서 "보자"고 하여 받아 들고 만지작거리다 보니, 그건 서릿발같이 새파란 긴 칼이 그 속에 들어 있는 호신용의 지팡이였다.

은 정도로 겨우 그 모가지의 칼 빼는 곳을 감아 장식하고 있었던 걸로 미루어 보자면, 이걸 처음에 만들어 가졌던 사람은 무슨 작이라도 제대로 가지지도 못한 몰골이었을 것으로, 우리나라 옛 신분으로 치자면 무슨 참봉이나 선달쯤이 고작이었을 것 같기는 했으나, 하기는 또 그것도 내 푼수에는 맞는 것도 같아 "얼마냐?" 물으니 예상보다는 너무나 싸게 "45달러만 내소"다. 그래 앞으로의 내 여비를 한동안 하루 몇 달러씩 줄이고 다닐 예정으로다가 "35달러만 받으라"고 에누리하여 이걸 하나 또 떠억 사 짚고 나섰는데, 무얼 하려고 이런 걸 다 샀는지 이튿날 생각해 보니 영 모를 일이기만 했다. 어떤 사람은 이런 일도 가끔 하기는 하는 것이겠지. 안목 있는 사람들은 이 로마의 집시 시장에서 가끔 귀한 옛 미술 작품이나 골동품들을 엉뚱한 헐값으로 구한다고 한다.

나폴리와 소렌토, 그리고 나의 여고생 여신

7월 6일 아침 8시, 로마에서 나폴리와 소렌토를 거쳐 폼페이로 가는 일반 관광버스를 탔는데 빈자리를 찾다가 보니 머리에 하얀 스카프를 톨스토이의 소설 『부활』 속의 카추샤 마슬로바처럼 이쁘게 쓰고 있는 아주 점잖은 귀부인풍의 젊은 여인의 옆에 앉게 되었다.

사람에게서 신다운 모습을 찾아보려고 늘 눈여겨 온 내게는 '이거 내 소원이 하늘에 배게 너무 간절하다 보니 하나 나타나기는 드디어 나타났어!' 하는 느낌이 일지 않을 수 없을 만했다.

아주 정숙하고 의젓하게 앉아서 나를 잠시 거들떠보는 게 비너스는 아니고 그보다는 좀 얌전한 여신의 하나가 특별히 내가 좋아하는 짙은 밤빛 머리털을 길게 늘어뜨리고 잠시 내 눈을 요기시켜 줄 양으로 하늘의 특히 맑은 공기 속에서 금시 사뿐 내려와 앉은 것 같은 모양이었다.

"어디서 오시지요?" 내가 문득 홍도던가 그런 새빨간 꽃송잇빛 마음이 되어 가지고설랑 엉겁결에 물으니 "남아공화국에서요" 하고 그 맑은 푸른 눈과 푸르스름히 희고 단단한 이빨들을 웃는 낯에 살짝이 드러내 보이는데, 그 먼 아프리카 맨 남쪽의 남아공화국을 생각해 보자니 '야, 이거 여신이라 참 빠르기도 빠르게는 날아다니는군……' 하는 느낌도 새끼 쳐 생겼다.

그런데 "그 먼 델 여행 가셨었나요?" 하니까 "아뇨, 나는 거기서 고등학교에 다녀요" 하는 데는 나로선 어안이 벙벙해지지 않을 수가 없었다. "여름방학이라 부모님을 따라서 여기로 여행을 왔어요" 하는 것이다. 그러고는 바로 뒷좌석을 향해 몸을 잠시 트는데, 나도 따라 뒤돌아보니 거기엔 나보다도 10년쯤은 나이가 적어 보이는 두 장년의 부부가 앉아 자기 딸을 잘 보살펴 달라는 듯이 빙그레한 눈인사를 보내고 있다. 들으면 그들은 독일에서 한 20년쯤 전에 남아공화국으로 이민한 사람들이라 한다.

그래 할 수 없이 나는 뭐던가 거 알알하게 아리면서 물가에서 늙는 그 붉은 여뀌풀 비슷한 마음 꼴이 되어서 이 여고생짜리의 여신하나를 모시고 나폴리까지 나란히 앉아서 갔는데, 머리를 동였던 흰 스카프인 줄 알았던 것은 뒤에 벗어서 깃에 고쳐 매는 걸 보니 여고생의 제복 타이를 푼 것이었다.

나폴리는 우리나라의 항구에 비기자면 마산하고 목포쯤을 합쳐 놓은 것 같은 인상을 주는 별로 정갈할 것도 없는 항구다. 브라질의 리우데자네이루와 오스트레일리아의 시드니와 아울러 세계의 아름다운 세 항구 중의 하나로 손꼽히는 항구지만, 산수의 잘 조화된 항구가 드문 유럽에서니까 이만 정도로도 으뜸으로 치지, 별 큰 매력은 없는 항구로 보였다. 더구나 선창은 상당히 지저분하고, 집집의 걸대마다 세탁한 옷가지들을 매우 많이 많이 요란스럽게는 걸어 말리고 있어, 그것이 바닷바람에 진땀나는 서민들의 생활의 기폭의 수풀처럼 쨍하게 푸른 하늘 속에서 대규모로 팔랑거리고 있는 것이나 특히 두드러진다면 두드러져 보였다.

이 나폴리보다 훨씬 더 아름다운 항구는 소렌토다. 특히 관광버스들이 한동안씩 멎어서는 이곳 동쪽 전망대에서 바라보는 소렌토 항구의 모습은 아름답다. 주황빛 열매들로 불타는 듯한 오렌지 나무들의 가지 틈으로 엿비슥이 내려다보이는 소렌토의 맑은 바닷물빛의 짙푸른 아름다움, 여러 겹의 병풍처럼 늘어선 암벽들 밑의 그 잔잔하고 호젓한 아름다움을 나는 나와 동행한 여고생 여신과 함께 내려다보며 또다시 한동안 내 노년의 나이를 잊고 있었다.

그래 나는 여기서 내 여신과 함께 사진도 한 장 찍고 했었는데, 하늘이 여신으로서 잘 감추어 두신 것이겠지, 현상해 보니 영 제대로 나타나 있지 않고, 그네의 아버지하고 찍은 사진만 나타나 있었다.

폼페이 시의 폐허와 내 마술의 푸른 지팡이

소렌토에서 한 30분쯤 가면 서기 79년 8월에 화산 베수비오의 폭발로 전멸되었다가 1748년부터 발굴되어 어느 만큼 복구된 옛 로마의 유흥 도시 폼페이의 폐허가 엉성한 베이지색 뼈다귀들을 드러내고 있는 것이 보인다.

폼페이는 서력 기원전 6세기에 세워진 도시로서 경치가 좋다고 하여 옛 로마 시절에는 귀족 재벌들이 쉬며 놀던 유흥 도시였다고 하는데, 그들의 유흥 정도는 아주 대단했던 모양이다. 사치하고 질탕하게 살던 사람들의 저택 자리들을 비롯해서 극장, 목욕탕, 원형 경기장, 술집, 매음굴 자리 등이 널려 있는데, 옛날 창녀의 집이었던 듯한 한 곳에 와서 살피고 다니다가 어느 벽에 벽화가 하나 퇴색한 대로 그려져 있었는데, 이런 건 나로서도 난생처음 보는 것이었다.

우리나라의 옛 저울과 같은 그런 저울에 저울장이가 남자가 내밀고 있는 큼직한 생식기를 올려놓고 시치미 뚝 떼고 그 무게를 저울질하는 광경을 채색화로 그려 놓은 것인데, '그 무게가 많은 자를 환영한다'는 그런 뜻으로 그려 놓은 것 아닌가 싶었다. 혹은 여러 잡팽이 사내들이 모여 이따위 종류의 경기라도 벌이던 자리일까?

이런 짓이나 일거리로 삼고 놀던 옛 로마의 명문거족의 놈팽이들─그들 위에 서기 79년 8월 한창 더울 때 베수비오 화산의 폭발로 뒤덮이어, "주피터 신이여! 우리가 하기는 너무나 했수다" 뇌까리며 피투성이의 망가진 시체로 첩첩이 쌓여 갔을 걸 생각하니, 사람은 지나치게 강할 것도 아니라는 진리가 아무래도 옳은 것만 같았다.

옛 자취들을 더듬고 다니기가 느끼해져서, 산이 잘 내다보이는 널찍한 빈터로 나와 혼자서 서성거리고 다니던 끝에 어느 주춧돌 위에 걸터앉아 잠시 내 곁을 떠난 내 여고생 여신이나 생각기로 했다.

뒤에 로마로 돌아가는 관광버스를 타려고 가다가 문득 기억해 보니, 그사이에 나는 내 유일한 길동무인 내 귀중한 지팡이를 그 주춧돌 옆에 놓아두고 온 것이었다.

아프리카를 떠돌 때 케냐의 나이로비 집시 시장에서 산 이 풀빛의 푸른 지팡이에는 하늘의 별을 본뜬 은장식의 점들이 그득히 박혀 있어, 내 여행의 마술의 길을 인도하기에 아주 알맞아 보여 소중히 여겨 들고 다녔던 것이라 너무나 아까워서 놓아둔 자리로 달려서 되돌아가 찾아보았으나 허사였다. 이것을 프랑스 파리에서 시인 보들레르의 무덤 옆에서 잊었을 때는 바로 가서 되찾을 수 있었는데, 여기 폼페이에서만은 그게 안 찾아지는 걸로 보면, 귀신도 여기 귀신들은 슬쩍하는 도벽도 꽤나 칙칙하게는 지니고 있는 걸 알 수가 있다. 원래가 갖은 잡귀 다 모여 살던 데니까……

관광버스로 돌아와서 내 여신에게는 말하지 않으려다가 입이 그만 미끄러져 그 말을 했더니, 내 여고생 여신도 그 지팡이만은 아주 좋게 보고 있었던 듯 매우 섭섭해하는 표정으로 위로의 말을 예쁘게 빚어내서 내 허전한 속을 채워 주었다.

아르노 강 다리의 단테와 베아트리체가 만나던 곳

7월 7일. 아침 일찍 로마에서 피렌체로 가는 일반 관광버스를 탔는데, 하늘의 땀방울처럼 고단한 비가 가끔 듣다 말다 하는 속을 차는 그래도 꽤나 잘 달리더니 피렌체―영어로 플로렌스 전방 40킬로미터쯤의 지점에 오자 꾀배 앓는 머슴 놈 벌떡 나자빠져 눕듯 쓰윽 멎어서 버리면서 무엇이 고장 났다던가, 고장 났기 때문에 미안하지만 이 차로 더 갈 수는 없고, 대신 탈 차를 나가서 전화로 부를 테니까 그 차가 올 동안은 기다려야만 되겠다고 안내인은 별 미안해하는 기색도 없이 말하는 것이었다.

그러고는 이런 차 가까이서 책임지고 있기가 답답해서인지, 운전사하고 둘이서는 한 3미터쯤 앞으로 멀찌감치 가서 어릿어릿하면서 한 두 시간 반쯤 뒤에야 대신 차가 닿도록까지 승객들 근처엔 오려 하지 않았다.

그래 나는 할 수 없이 그 지루한 시간을 차 속에 멍청히 앉아서 '로마의 노후, 로마의 인정, 로마의 사업, 로마의 꾀' 그런 거나 생각하고 느껴 보며 '어지러운 최근의 이곳 정치와 혼란의 근본 원인은 바로 이런 것이다'라는 등의 결론 같은 거나 마음속으로 만들고 있을밖엔 없었는데, 미국인 관광객은 나와는 다르다.

'생큐 베리 머치'란 말은 이런 경우에 사용되면 뜻이 아무래도 다른 것으로만 내게는 들리는데, 어떤 미국 할머니 하나가 이 말을 하며 낄낄거리고 웃자 모두 거기 덩달아 너털거리고만 있는 것이다. 내 옆에 앉은 필리핀 외교관의 적지도 않은 말수의 불평불만의 표현과는 대조가 되는 것이어서, 듣고 보고 있자니 재미가 있긴 있었다.

서양의 문예부흥의 대표적인 본고장 피렌체에 도착한 것은 오후 2시쯤 되어서였다. 이곳의 한복판을 흘러내리는 아르노 강 다리를 건널 때, 이 다리가 마침 "옛날에 시인 단테가 그의 마음속의 애인 베아트리체를 만나던 곳이랍니다"라고 관광버스 안내인이 설명을 하며 "잠시 내려 보시지요" 하여 잠깐 동안 내려서 그 초록빛 대리석 다리의 한 모서리를 지그시 어루만져도 보며, 두 젊은 남녀가 눈으로만 상봉했을 때의 모습을 상상해 보고 있었다.

그리운 사람의 모습을 눈으로 빨아들여 차곡차곡 마음속에 쌓아 둔다는 것, 그것이 너무나 마음속에 간절히만 쌓여서 죽도록 그걸 잊지 못한다는 것 ─ 그런 사랑을 단테는 베아트리체를 본 뒤에 일생 가지고 살다 갔다는 이야기가 전해 내려오고 있거니와, 그것은 오늘 날에도 물론 후줄근하게 싼 이야기일 수는 없다.

그런데 지금의 영국 리버풀의 미술관에 전시되어 있는 단테와 베아트리체 상봉 장면의 그림을 보면, 베아트리체의 모습은 사내에 가까울 만큼 좀 뻗세게 그려져 있는 것만 같다.

그야 큰 정신적인 사랑의 대상에 해당할 수 있는 여자의 모습이라는 것도 사람들의 보는 눈의 감각 여하에 따라 얼마든지 달라질 수도 있겠지만, 여기의 베아트리체는 내 눈에는 너무 많이 뻗세기 때문에 영원을 항시 감당해 가기는 어렵겠고, 차라리 따라가는 두 시녀 중에 뒤편에서 쑥빛 다리도 만지며 따라오고 있는 그 새파란빛 드레스의 시녀의 눈이며 공손한 모양이 오히려 그 영원성의 무게를 감당하고 살기에 알맞지 않을까 하는 것이다. 어떻는지.

르네상스의 대표적 미술관—우피치

우피치 미술관은 르네상스 때의 가장 뛰어난 미술을 대규모로 소장하고 있는 점에서는 세계에서 가장 대표적인 미술관으로서, 피렌체의 우피치 궁 안에 자리하고 있다. 이 우피치 궁은 1560년에서 1580년까지 20년을 걸려 지은 것이라고 한다.

이곳 미술관에는 레오나르도 다빈치, 미켈란젤로, 라파엘로, 보티첼리, 틴토레토 같은 르네상스의 대표자들의 많은 작품들이 풍부히 늘 전시되고 있을 뿐만 아니라 독일, 프랑스의 플랑드르파의 작품들도 꽤나 많이 모아져 있다.

이 미술관에 전시되고 있는 보티첼리의 그림들 가운데는 내가 아주 젊었을 때부터 사진판 세계미술전집에서 늘 눈독을 올려 보아 오며 그 원화를 보기가 소원이었던 〈비너스의 탄생〉이나 〈봄〉도 원작자가 그린 그대로 고스란히 전시돼 있어 여간 반가운 게 아니었다.

특히 그의 〈비너스의 탄생〉을 보고 있는 것은 내게는 언제나 즐겁다. 바다의 파도가 큰 용의 비늘들처럼 싱싱히 살아 일렁이고 있는 옆에, 큰 연잎 모양으로 짜악 벌어진 조개껍질 위에 사타구니까지 흐트러져 내린 금빛 숱 짙은 머리털을 한 손으로 슬그머니 감싸며 풍염한 젊은 나체로 서 있는 이 타원형의 선천성 미녀의 얼굴을 보는 것은 까닭 없이 즐겁다. 오귀스트 로댕은 일찍이 '바다의 파도들이 그렇게 오랫동안 출렁이며 소원한 그 힘으로 아름다운 여신—비너스는 탄생해 일어선 것이다'라는 뜻의 말을 한 일이 있거니와, 로댕의 느낌 아니라도 그건 그런 것 같다. 14세기 때의 영국 시인 초서는 그의 시에서, 이렇게 바다에서 탄생해 서 있는 비너스의 한쪽 손 위에다가 저 서러운 영원의 목소리의 시계처럼 이어서 울고 있는 뻐꾹새를 한 마리 얹어 놓고 있기도 하지만, 그것 없어도 마음의 귀가 밝은 사람은 이 보티첼리의 그림에서 눈에 안 보이는 그런 뻐꾹새의 울음쯤은 엿들을 수도 있을 것 같다.

그의 대폭의 작품 〈봄〉은 늘 젊어 있고 싶어 하는 사람이 벽화로 붙이고 지내면 아주 좋을 것이다. 여기 그려져 있는 젊은 여인들의 군상의 효력은 넉넉히 그럴 만하다. 그래 나는 이것의 원색 사진을 가장 넓게 만들어 파는 걸 구하기는 했지만, 원화의 넓이의 몇 분의 일밖에 안 되는 좁은 것이라 봐서 제대로 효력이 날는지 모르겠다.

천사가 하늘에서 내려와서 성모 마리아님에게 아이를 배신 것을 소곤거려 알리고 있는 것을 그린 〈수태고지〉나 동양의 박사들이 새로 탄생한 아기 예수를 찾아뵙고 있는 〈박사 경배〉 같은 레오나르도 다빈치의 유명한 그림도 이곳에서만 원화로 실감해 볼 수가 있다.

우리는 산타크로체 성당 쪽으로 발걸음을 옮겼다.

이 성당은 여기가 한 독립된 도시국가로 큰 정신의 힘을 지니고 있었던 1294년에 세운 것으로, 판테온 즉 이곳이 낳은 위인들의 묘지로 쓰이고 있는 곳이다. 미켈란젤로를 비롯해서 단테, 마키아벨리, 로시니 등의 석관들을 모시고 있었다.

여기는 저 유명한 가톨릭의 성인 프란체스코를 기념해 지은 성당 가운데서도 가장 대표적인 성당으로, 그 안벽의 한쪽에는 그의 생애를 그린 〈성 프란체스코의 생애〉라는 그림도 보였다.

멋들어진 물의 도시 베네치아

7월 8일. 로마에서 베네치아까지 기차나 버스로 당일 갔다 오기는 어렵겠다 하여, 불가불 비행기로 아침에 떠나 저녁때 돌아오기로 했다. 마르코 폴로라는 이곳 출신의 여행가의 이름을 붙여 부르는, 섬 속의 공항에 내리니 바로 옆 부두에서 베네치아의 번화가로 가는 모터보트가 기다리고 있어서, 13킬로미터 즉 우리의 30리쯤의 뱃길 여행을 이어서 즐길 수 있었다.

이곳을 거쳐 간 여행가들의 입과 붓이 꽤나 많이는 소개해 온 것처럼 여기는 땅이 중심이 아니라 바닷물이 중심이 되어 있는 물의 항구로서, 들으면 118개의 작은 섬들을 합쳐서 된 항구도시인 만큼 자연히 가장 많은 교통은 뱃길로 하게 되어, 그 곤돌라 같은 작은 배들이 몽땅몽땅 사용되어 온 것이라 하는데, 집과 집 사이를 뱃길을 따라 누비고 다니는 재미는 코흘쩍 어린애가 아니라도 무던하기는 하다.

우리가 탄 모터보트에는 머리에 쓴 것이나 옷으로 보아 요즘의 그 석유 졸부의 고장—사우디아라비아의 사람들임에는 틀림없는 50여 세쯤의 사나이와 하나는 쉰 살쯤, 또 하나는 서른 살쯤의 두 여인과 세 남녀의 동행이 마침 함께 타고 있었는데, 늘 사막의 모래만 보고 살다 온 사람들이라서 그런지, 좋아 감동하는 모양이란 여느 바닷가의 코홀쩍이 아이들보다도 훨씬 더한 것이었다.

서른 살쯤의 젊은 여자는 첩을 셋까지는 법으로 가지고 살 수 있는 그 아라비아 사내의 첩 중의 하나겠지. 무언지 주저주저하기는 하면서도 진짜진짜 좋아서 어쩔 바를 모르는 눈초리로, 두 늙수그레한 내외인 듯한 남녀의 뒤를 부지런히 따라 거닐며 염치불구하고 딴 관광객들의 눈길을 막고 다녔다.

배에서 처음 내리자 이내 만나게 되는 산마르코 광장 일대의 베네치아 중심가는 여러 가지 빛깔의 대리석들을 깎아서 짠 크낙한 조각품 같은 느낌을 주는 곳으로, 비둘기들이 아마 이 세계에서 가장 대규모로 오르락내리락 꾸꾸거리며 살고 있었다. 산마르코 광장을 에워싸고 산마르코 성당, 종루, 모세의 유명한 조각상이 달린 시계탑, 두칼레 궁전과 술집, 기념품 상점, 음악밴드 등이 2백 퍼센트쯤의 자유로만 아무래도 느끼어지는 대리석의 미술 속에 좋은 조화로 배치되어 있는 것이다.

공항에서 오는 배에서 내리는 부둣길부터 좋은 옛날의 돌로 매우 넓고 또 길게 길게 쭉 깔려 있고, 이 부둣길에는 각종의 행상들이 포장 친 작은 가게들을 벌이고 있어, 나도 참 오랜만에 휘파람도 한번 살살 입으로 불어 젖히며, 어느 금빛 머리 미인의 가게에서 아프리카산의 비취옥 반지를 과히 비싸지도 않은 값으로 두 개를 사서 쌍가락지로 오른손 가운뎃손가락에 쓱 끼우고, 우리 대폿집하고 많이

닭은 그 어디 대폿집에서 낮술도 몇 잔 거나하게 들이켜고, 또 그 어디 넥타이 가게에서 이곳 여인들이 구식 손재주로 짠 것이라는 꽃답디꽃다운 넥타이 하나 사 갈아매고, 한바탕을 하느작하느작거리고도 다닐 수 있어 다행이었다.

베네치아의 이모저모

산마르코 광장의 동쪽에 자리한 산마르코 성당은 성 마르코라는 이의 유골을 모시고 있는 데에서 그 이름이 생긴 것이라 한다. 이분의 넋은 또 이곳 베네치아의 수호신으로도 되어 있다고 하는데, 이 호화찬란한 비잔틴 양식의 대리석 집은 서기 829년에서 832년 사이의 3년간에 걸쳐 처음 지었던 것을 뒤에 1063년에서 1094년 사이의 31년 동안의 노력으로 다시 고쳐 지어 낸 것이라 한다.

엷은 녹둣빛의 둥그런 지붕—돔들이 상투들을 달고 다섯 개나 하늘에 솟아 있어, 비잔틴 건축의 본고장 터키의 이스탄불에나 간 것 같은 착각을 잠시 일으키게도 한다.

특히 이 성당은 벽과 천장과 바닥에 세계 제일의 모자이크의 그림들을 가지고 있는 걸로 유명하다. 으리으리한 대리석 집 속에서 여러 빛깔의 모자이크의 찬란한 그림들을 계속 보고 밟으며 돌아다니고 있자니, 어린아이 때 꽃밭 속에서 한참 맴돌기 놀이를 한 뒤처럼 내게는 약간의 현기증까지도 이는 것이었다.

옛날엔 이랬는데, 지금의 이탈리아는 뭔가? 그런 생각이 내 마음

속에서 일어나자 바로 뒤이어 그 결론 하나가 또 일어났는데 그건 아래와 같은 것이다.

'예술을 좋아하는 자는 반드시 가난하게 되는 것이야.'

산마르코 성당에서 오른쪽으로 또 조금 걸어가면 두칼레 궁전으로, 하얀 대리석 돌기둥들로 된 대회랑을 통해서 들어가게 되어 있다.

이 사각형의 집은 2층까지는 아래층처럼 흰 대리석의 주랑이 세워져 있고, 그 위층은 사각 무늬를 가진 엷은 밤빛으로 꾸며져 있는데, 사각형의 지붕엔 네 쪽 모두 흰빛으로 V자를 거꾸로 엎어놓은 것 같은 것들과 바늘같이 생긴 것들을 섞어서 뺑 둘러 세워 장식하고 있어, 이 뾰족뾰족한 것들이 고딕 양식 같은 인상을 주고 있다.

여기는 옛날 베네치아 공화국이 으스대던 시절, 총독이 사무를 보던 곳이라 하는데, 이 안의 벽화들이나 천장화들도 대단스럽게는 다채하고 찬란한 것들이다.

나는 이 울긋불긋 황홀찬란한 것들엔 상당히 질려 있던 판이라, 잣나무 밑에서 엄마 젖을 빨아 먹고 있는 아기를 그린 어느 그림 앞에 와 멎어서야 겨우 타고난 한가하고 평온한 숨결을 잠시 바로 하고 있기도 했다. 이탈리아에는 예부터 잣나무가 많이 있어, 나 같은 나그네에게는 이런 안식도 주기는 주는 것이다.

두칼레 궁의 뒤쪽을 돌다가 보니 너무나 튼튼한 목조로 된 대문이 달려 바깥을 엄히 차단하고 있었는데, 그 대문 아래 틈으로는 만조 때여서 그런지 바닷물이 얄따랗게 스며들어 오고 있어 이것 참 신통해 보였다. 혹시 망둥어나 새우 같은 거라도 한두 마리 밀려들어 오면 잡아 들고 나가 회해서 술안주나 해 볼까 하고 한동안 눈여겨 지 켜보고 있었으나 허사여서 좀 섭섭했다.

들으면, 이 두칼레 궁에서 아주 좁은 운하 위의 작은 다리 하나를 건너면 거기엔 죄수들을 가두던 감옥이 있다 한다. "저놈을 냉큼 바 다에 내던져라!" 하는 호통 소리도 이 언저리에서 가끔 일어났을 것 이다.

산마르코 광장은 보통 때는 사람들과 비둘기들로 법석인 베네치 아에서 제일 번화한 곳이지만 비가 많이 오는 11월과 12월엔 바다 가 넘쳐 와서 여기를 두루 덮어 곤돌라 배들이 신나게 이 광장을 떠 다니기도 한다고 하며, 또 10년에 2센티미터씩 이곳 땅은 바닷속으 로 가라앉고 있다는 이야기도 있다.

그리스

아크로폴리스의 베짱이들 소리

지금 서울대학교의 전신인 일정 때의 경성제국대학의 서양철학 교수였던 아베 노세이가 그리스의 아테네를 돌아보고 와서 써 놓은 인상기를 보면, 아테네는 자연환경이 우리 서울과 많이 같다고 했고, 그 닮은 점으로는 특히 우리 서울 주변의 산둘레의 돌빛의 아름다움을 아테네에 비기고 있거니와, 내가 본 아테네의 그것은 우리 서울에 비길 만큼 한 수준을 가진 것 같지는 않았다. 아테네 가까운 곳의 제일 명산이라는 히메투스 산의 봉우리들이 바윗돌의 살결을 드러내고 있기는 하지만, 그것쯤으로 어떻게 우리 서울 주변의 북한산맥을 비롯한 관악산맥, 남한산맥 등의 바위들의 그 풍부한 조화와 신비에 견줄 수 있다고 한 건지 나로서는 이해가 되지 않았다.

먼 나라를 보고 다닌 여행가들 속에는 자기가 보고 온 것을 자랑 삼아 과장하는 사람도 더러 있는 것이라, 아베 씨의 아테네 표현도 아마 그런 종류의 하나가 아니었던가 한다.

아테네는 물론 서양 문화의 발상지인 그리스가 가장 오래 수도로 발전시켜 온 그리스의 중심지임에는 틀림없지만 그렇다고 그 산수와 자연환경의 평가까지를 억지로 우리 서울이 가진 격에까지 에누리해 올려 주려고까지 할 필요는 없는 걸로 안다.

이 정도의 자연에서 어떻게 저 다채풍부한 그리스 신화의 이야기들이 빚어져 생겨났을까? 나는 그리스 문화의 중심지인 아테네 아크로폴리스 언덕 위에 올라서서 사방을 둘러보며 이런 의문도 안 가질 수 없었거니와, 곰곰 생각해 보니 그건 산수 때문이 아니라 여기 늘 많이 내려쬐는 햇볕의 연연함 때문 아니었을까 한다. 이곳의 햇볕만큼은 아닌 게 아니라 매우 아름답다.

우리 전라도 순창 언저리의 불고추의 빛과 맛을 잘 물들이고 있는 쨍한 햇볕만큼 참 좋은 햇볕이 여기선 1년에 스무하루 동안만 빼놓고는 안 쬐는 날이 없다니, 이것이 극성으로 사람들 마음을 물들여 그렇게 되었던 것은 아닐까? 해의 신 아폴로가 강물의 여신 다프네가 그리워 그리도 극진히 뒤따라 다니던 신화의 이야기를 이곳 햇볕에 버물러서 느끼고 있자면 더구나 그렇게만 생각이 드는 것이다.

7월 14일 오전, 아크로폴리스 언덕으로 올라가던 길가의 덤불들 속의 어디에서나 울어 대던 이곳의 특유한 벌레들의 울음소리에서도 나는 그 인상적인 햇볕의 영향을 느꼈다.

우리나라의 산골에서 여름에 많이 우는 베짱이 소리 같은 것이 한 정 없이 많은 합창으로 울어 대고 있었는데, 내 마음 탓인지 그건 큰 바윗돌들까지 햇볕에 동화시켜 가루로 바스라뜨리고 있는 절대한 소리같이만 내 뼈다귀들을 긁으며 울려오는 것이었다. 이것은 언뜻 듣기엔 폐허의 밭은소리 같기도 했지만, 조금만 더 마음 써 들어 보 자면 폐허이면서 동시에 또 햇볕의 한복판이기도 한 곳으로 모든 목 숨을 몰아넣고만 있는 소리인 듯한 것이었다.

옛 그리스는 망한 것이 아니라 그것을 탄생시킨 햇볕의 한복판에 단순히 환고향還故鄕해서만 있는 것인가?

파르테논 신전과 그 입구

아테네 한복판의 언덕 위에 자리 잡고 있는 아크로폴리스는 물론 서양 문화의 근본인 옛 그리스 문화의 가장 큰 유적으로서 지금은 많이 허물어져 내린 뒤고, 또 허물어져 내린 조각들도 딴 나라로 많 이 옮겨지고 하여, 옛 그리스의 석조 문화의 본모양을 그대로 다 살 펴보기는 어렵게 되어 있지만, 아직도 남아 서 있는 큰 대리석 기둥 들, 지붕의 한쪽이나 난간 등을 보고 여기가 얼마나한 규모와 솜씨 로 꾸며졌던가 하는 것은 얼추 상상해 볼 수 있다.

아크로폴리스라는 말은 원래 '성벽으로 방비된 고지'라는 뜻을 갖 는 것으로서, 옛 그리스 사람들은 이런 아크로폴리스를 중심으로 해 서 도시들을 세우기를 좋아했던 것인데, 이 아테네의 아크로폴리스가 그중 대표적인 것이다. 아테네의 아크로폴리스가 언제 처음 세워졌는가 하는 정확한 연대는 알려져 있지 않지만, 기원전 6세기 이곳의 지배자였던 피시스트라투스가 성벽을 다시 고쳐 쌓고, 여러 신전들을 지었다 한다.

기원전 900년대의 그리스 시인 호메로스가 '단단히 세워진 마을 아테네……' 어쩌고 그의 시에서 표현하고 있는 것 등을 들어, 이곳이 미케네 시대부터 이미 세워져 있었을 것이라 하고 있기는 하다.

아크로폴리스의 언덕을 올라가노라면, 우리는 맨 먼저 그 관문인 프로필레아 앞에 맞닥뜨린다. 하얀 대리석으로 만든 여섯 개의 큰 기둥이 서 있는 오른쪽엔 그리스 신화에 나오는 승리의 여신 니케의 사당이 있는데, 그 지붕가와 난간의 부조浮彫는 잘된 것이라고 한다.

그리스 신화의 주신인 제우스와 지혜와 전쟁의 여신 아테나를 따라다니며 시중드는 이 여신의 사당을 여기 아크로폴리스의 신전으로 들어가는 관문에 놓아둔 까닭은 물론 이 아테네가 여신 아테나를 수호신으로 모셔 온 때문이다. 여기는 기원전 447년에서 432년까지의 열다섯 해 동안에 지은 것으로 알려져 오고 있다.

여신 아테나의 신전인 파르테논은 기원전 448년에 페리클레스가 건축가 익티노스와 조각가 피디아스를 시켜 지은 것으로, 남북으로 뻗친 길이가 30미터, 동서의 길이는 69미터나 되는 꽤나 큰 규모이다. 추녀에 새긴 조각 등 볼만한 것들은 지금은 영국 런던의 대영박물관에 옮겨져 있다.

아테나의 신전을 돌아보면서 나는 저절로 호메로스의 서사시 『일리아스』에도 나타나 그리스 연합군의 편을 들어 트로이군을 골탕 먹이던 이곳의 혼주魂主인 여신 아테나의 일을 안 생각할 수는 없었다. 그리스 열국 시대의 한 나라 왕비였던 미인 헬레네를 지중해 건너 트로이의 미남 왕자 파리스에게 짝지어 준 미의 여신 아프로디테가 그리스와 트로이와의 전쟁에서 민족 반역까지 하며 트로이 편을 들었던 데 비기면, 여신 아테나는 당연하기야 하겠지만, 그래도 그네 역시 싸움과 피 보기를 즐기던 여신이었던 걸 다시 느껴 생각해 보고 있자니, 그네가 지혜의 여신이었다는 것도 어쩐지 휜칠했던 것으로는 아무래도 느껴지지가 않아 안쓰러울 뿐이었다.

그래 여기 그네의 신전 앞에서 찍은 내 사진은 그네보다는 아무래도 차원이 좀 더한 얼굴을 하고 있는 것이다. 그네도 지금은 여기 반감은 없을 터이지?

아크로폴리스의 이곳저곳

파르테논 북쪽에 있는 에레크테이온은 이 아크로폴리스 지역에서 상하지 않은 조각들을 옛날 새겨 놓은 그 자리에 가장 잘 지니고 있는 이오니아식 대리석의 집으로, 특히 그 남서쪽의 벽 밖에 나붙은 쬐그만 골방을 에워싸고, 천장을 머리로 받들고 서 있는 여섯 명의 젊은 여자들의 의젓한 모습은 에누리 안 당하고 살던 옛 그리스 여인들에 대한 그리움을 자아내게 한다.

우리나라의 토함산 석굴암 안벽의 부조들에 보이는 사람들의 모습에 비기자면 영원한 풍류성은 모자라지만 그래도 이만하면 함부로 건드릴 수 없는 의젓함은 지니고 있어, 제법이라 느끼어졌다.

이 집의 안에는 여신 아테나의 상도 모셔져 있다고 하나, 마침 수리 중이라고 들여 주지 않아 유감이었다. 이 신전은 기원전 420년에서 393년 사이에 지어진 것으로 이것보다 먼저 있던 신전은 기원전 480년 페르시아 군대의 침략 때 무너져 버렸다고 한다.

이 집의 남쪽 마당에 와 서면 그 아래 저 유명한 디오니소스 극장과 오데온 음악당 자리가 내려다보인다.

그리스의 옛 사람들이 디오니소스라는 술의 신을 특히 좋아하여 그를 위한 연극 잔치를 해마다 하던 나머지 이 이름의 이 큰 극장을 갖게 된 것은 재미가 있다. 춤 잘 추고, 술 잘 마시고, 또 연애도 썩 잘하는─말하자면 상당히 잡스럽기도 하신 바람둥이인 이 신의 마음을 19세기 말엽의 독일 사상가 니체 같은 사람은 그가 생각하는 영원성 속에 끌어들여 데리고 가려다가 그만 미쳐 버리고 말기도 했지만, 옛 그리스 사람들은 이 신을 데리고 그만큼 오랜 세월을 견디어 온 걸 생각해 보면 무슨 힘이건 그래도 힘도 꽤나 있긴 있었던 거라.

옛날에는 이 디오니소스 극장에는 5천 명이 앉아 구경을 했고, 또 오데온 음악당에는 1만 5천 개의 좌석이 있었다지만, 지금은 많이 무너져서 층층이 돌로 쌓아 올렸던 원형의 좌석터만이 얼마큼씩 남아 있을 뿐이다.

여기서 동쪽으로 한참 동안 올리브 나무 사이의 팍팍한 돌모랫길을 걸어 내려가면 아크로폴리스 박물관에 닿게 되는데, 이것도 석조전이긴 하지만 웬만큼 한 우리 이조 대감 댁의 줄행랑 정도밖에 안 되는 기다란 이 집 속에 담겨 있는 것들도 별로 많은 건 아니었다.

여기 있는 것들은 조각뿐이었는데 그 재료는 대리석뿐 아니라 옥도 섞여 있었다. 한국의 여류 시인 김양식 여사와 비슷한 코를 가진 여자의 머리 땋아 늘인 나체상이 보이는가 하면, 약간 곁눈질하고 있는 부엉이 한 마리가 어린 사람 비슷한 발로 서 있기도 하고, 좋은 이발사라도 아마 두어 시간은 걸려 가위로 끊어 다듬었음 직한 갈기털을 등에 예쁘게 단―유달리 아래 목과 가슴이 큰 옥빛의 말이 입을 반만큼만 벌리고 있는 것도 있고, 이미 머리는 없는 고운 옷주름 속의 풍만한 유방을 보이고 있는 여인, 염소를 한 마리 싹 목도리 걸치듯 목에 걸치고 있는 소년, 대개 이런 것들이었는데 그중에서 내 관심을 특별히 끈 건 아래와 같은 것이었다.

그리스 신화에 나오는 세 명의 신―바다의 신 포세이돈과 해의 신 아폴론과 달의 여신 아르테미스(디아나) 셋이 한자리에 앉아 있는 대리석의 조각이다. 이 세 중요한 옛 그리스의 신들이 한자리에 있는 것이어서 나는 좀 자세히 보았으나, 내 눈에는 이건 우리나라 어느 선비의 근처에서 볼 수 있는 모양은 아니고, 먼 구석의 그 쌍것들이라는 사람들의 모양만을 띠고 있는 것만 같았다. 물론 쌍것들이라고 해서 매력이 없다는 말은 아니다.

이 세 분의 조각상은 파르테논 신전에서 무너져 내린 것을 여기 옮겨 놓은 것이라 한다.

로마 시절의 시장터, 테세이온, 그 뒤의 술집

아크로폴리스 박물관 앞의 넓은 빈터 일대는 옛날 로마가 이곳을 차지한 뒤에 시장으로 썼던 곳으로 '로만 아고라'라는 이름이 붙여져 있다.

올리브 나무들과 향나무 같은 것들이 드문드문 서 있는 외엔 풀섶만이 자욱하여 베짱이 소리만이 울창한 이 로마 시절의 시장터에 들어서니, 뜻밖에도 나는 오줌이 마려워 어디 호젓한 곳을 찾아가서 엉거주춤하고 앉아 소위 그 앉은 오줌이라는 걸 숨어서 점잖게 누었는데, 여기가 그런 오줌터로서는 땅 위에서도 몇째 안 갈 곳만 같았다.

오줌 누는 소리와는 사촌뻘은 넉넉히 되는 그 매미 소리 비슷한 베짱이들 합창 속에 또 충분히 꽃다운 햇볕에, 또 무던히는 흥허물 없는 이 자리에 나 같은 외국 사람이 양껏 오줌을 한바탕 누어 보는 것은 건강에 해롭지 않을 것 같았다.

이 로만 아고라에서 남으론가, 과히 멀지 않은 곳에 테세이온이 있다. 이것은 헤파이스토스 즉 우리가 잘 아는 아름다움의 여신 아프로디테의 바로 남편이 되시는 불과 대장간의 신의 신전이시다.

그러나 미녀 아프로디테의 본남편인 이 헤파이스토스는 행복하지는 못했을 거야. 왜냐면 아프로디테는 여신이나 되는 체통을 가졌으면서도 실제 행실은 아주 난잡해서, 가령 군신 아레스한테도 서방질이나 하고 도는 화냥녀이기도 했던 거니까⋯⋯

헤파이스토스는 족보는 좋지. 바로 그리스 신들의 우두머리인 제우스 신과 그의 아내 헤라 사이의 아들로서, 비록 절름발이 불구의 몸이긴 했지만서도 위아래 턱수염은 신들 중에서도 제일 좋았었다 하니까……

그야 하여간에 그의 신전인 이 테세이온만큼은 지금, 이 그리스 안의 옛집 중에서 가장 완전한 모양으로 남아 있는 대표적인 것이라 하니, 팔자 치레라는 것도 세월따라 다르기도 한 것인가 한다.

아크로폴리스의 높은 언덕에 있는 파르테논보다는 좀 뒤늦게 지어진 이 과히 클 것도 없는 집을 특별히 하늘은 어여쁘게 보신 것일까. 그 집 추녀와 군데군데의 조각들도 거의 고스란히 지금도 남아 있어, 이 불행했던 신이 영원 속에서는 다복함을 귀엣말로 들릴 만 안 들릴 만 말하고 있는 듯하다.

여기서 뒷문을 지나 빠져나가면 아테네에서는 제일로 자유스러운 목로술집 거리와 선물 가게 거리에 나선다.

황혼에 이 거리에 나섰더니, 여기도 프랑스의 파리 모양으로 길거리에 술상을 벌여 놓고 있는 사람들이 꽤 많이 보여 나도 그 속에 가 한 자리를 잡고 끼어 앉았다. 그랬더니 그 술주정뱅이들 가운데 한 오십대쯤 되어 보이는 어부 모양의 한 사내가 내 옆으로 비틀거리며 걸어와서는, 내가 무슨 저의 매음녀나 되는 것처럼 제 술잔을 억지로 권하며 "마셔라! 마셔라!" 했다. '네까짓 놈이 그래도 옛 그리스 씨알머리냐? 쌍놈의 새끼 비켜라!' 하며 귀쌈이나 한번 후려갈겨 줄까 하다가 지그시 참고 여기를 비켰다.

코린토스의 유적을 돌아보고

7월 15일. 아테네 시내의 나머지 관광을 다음으로 미루고, 코린토스를 먼저 둘러보아야 할 마련이 되었다. 아테네에 있는 우리 대사관의 전규삼 공보관의 부인과 두 아이가 코린토스의 해수욕장으로 해수욕을 같이하러 가자고 내게 권해 나선 데다가, 이곳의 우리 태권도 사범 최정예 군도 여기 동의해 앞장을 섰기 때문이다.

옛 그리스 시절에는 한동안 그리스의 여러 나라들 가운데서 가장 번성하기도 했던 코린토스는 옛날의 펠로폰네소스 전쟁으로 유명한 펠로폰네소스 반도로 들어가는 입구에 자리하고 있는, 지금은 그리스의 한 개의 도시로서, 옛 코린토스 시가 있던 고적 자리를 찾아가자면 새로운 코린토스 시에서 동쪽으로 7킬로미터쯤을 가야 한다.

우리 일행은 코린토스 시에 들어가기 전에 먼저 코린토스 지협의 운하의 다리 위에서 잠시 차를 세워 두고 내려 운하 바람을 쐬며 구경했는데, 동쪽의 에게 바다와 서쪽의 이오니아 바다를 연결하는 이 잘룩한 지협의 운하는 아주 좁아 겨우 큰 배 한 척이 통과할 수 있는 넓이로, 그나마 양쪽 언덕은 붉은 황토 흙을 그대로 두고 있어 무너지면 어쩔까 위태롭기만 했다. 그런데 동행한 최정예 군 말을 들으면, 흙이 단단해서 무너져 내린 일은 없었다고 하니 희한한 흙은 흙인 모양이다.

다음에 우리가 들른 옛 코린토스 시의 유적은 흡사 아테네의 아크로폴리스 언덕 밑에 있는 로마 시장터 비슷했으나, 거기보다는 남아 있는 것들이 무에 좀 더 야무지고 풍부한 듯했다. 여기는 기원전

146년에 로마에 파괴당한 이래 오랫동안 그 지배 아래 놓였던 곳이라고 하며, 1858년에는 또 지진을 만나 다 무너져 버리고 난 나머지라고 한다.

그러나 여기에는 지금도 이 하늘 밑에서는 제일로 견고한 것이라는 575미터 높이의 크나큰 성 하나가 고스란히 남아서 옛 코린토스가 어떠했음을 말해 주고 있는데, 좀 자세히 보면 이것은 사람들이 쌓은 것은 아니고, 자연이 그렇게 육중한 큰 바위로 벌여 놓고 있는 걸 알 수가 있다.

이 돌무더기의 폐허와 그 자연의 견고한 성 둘레를 대조해 본 느낌을 우리 옛 식으로 표현하자면, 하늘이 이 코린토스에 천벌을 주어 망가뜨린 뒤에 그 큰 바위산을 증인으로 삼아 세워 두고 있는 것을 보는 것 같은 느낌이다. 안내하던 최 군에게 물으니, 그 지진도 안 탄 자연의 성벽의 이름은 아크로코린토스라고 한다.

박물관에 들어가 보니 모자이크의 그림들이 소박한 대로 볼만하다. 목동이 나무 밑에서 발가벗은 몸으로 서서 피리를 불고 있는 옆에 소들이 세 마리 놓여 있는 그림 하나가 마음에 들어 그 사진 한 장을 구해 가졌다. 옛 그리스 신화에 나오는 목신 판이 불고 다녔다는 그 피리 소리가 그리워서 사진을 사서 들고 나오다가 또 어느 선물 가게에서 피리도 한 개 샀다. 이곳의 큰 갈대에 우리나라 통소에 내는 것과 같은 몇 개의 구멍을 뚫어 만든 것인데, 불어 보니 우리 통소 소리보다는 단순한 소리였다.

심장을 짜 물들인 듯한 새빨간 핏빛의 이곳 특유한 우단 모자도 하나 사서 써 보았는데, 어쩐지 여릿여릿하기만 했다.

이리하여, 이 그리스에서 흘러 나간 문화가 훤칠하기보다 많이 여릿여릿한 것이 아닐까?

이오니아 바다에 뛰어들어

오정 때쯤 되었을까. 전규삼 공보관의 세 식구와 태권도 사범 최정예 군과 나 다섯 사람은 무에 어째서 꼭 그렇다는 이유 설명은 없었지만, 하여간 두루 다 이제 이렇게쯤 왔으면 지중해의 바다에나 한번 뛰어들어 빠져 보는 것이 그중 좋은 일이라는 데에 무조건 의견이 일치되어, 코린토스 시에서 가장 가까운 해수욕장을 찾다 보니 그간 또 저절로 이오니아 바다 쪽이 되어 그중의 제일 호젓한 곳을 찾아 차를 몰았다.

우리가 차를 세운 해수욕장은 해수욕객이래야 겨우 몇십 명밖에는 없는 한적한 곳으로, 삼면의 산 사이로 바다가 큰 호수처럼 들어와 있는 곳의 한 귀퉁이였으나, 그래도 이곳의 식당에서 주는 술과 먹을 것들은 그리스 고유의 맛을 구비하고 있어, 나 같은 동양의 나그네에겐 이것 참 진짜 안성맞춤이었다.

옛날 신화 시절에 디오니소스가 즐겨 마시던 그런 술인지 아닌지는 잘 모르겠으나, 아랑주 냄새가 좋게 나면서도 달고 또 레몬 냄새도 상긋이 곁들인 술. 보통 맥주잔의 4분의 1만 한 잔으로 한 잔만 꿀꺽 마셔도 그만 금시 거나해지는 그리스 소주. 거기다가 안주는 가령 싱싱한 중치의 새우들을 꼬챙이에다 주렁주렁 꿰어 구워서 뜨끈뜨끈한 채로 잡수시옵소사 후닥닥딱 내어놓는 것—이런 것에 마음이 홀려 한참 동안을 마시며 먹으며 하다가 보니, 우리 공보관 부인이 준비해 오신 김초밥은 몽땅 많이 남아 있게 되었는데, 거기 점잖은 그리스 아주머니 해수욕객 하나가 옆으로 오더니 "그거 묘하게 생겼는데 하나 맛볼 수 없을까요?" 한다.

눈여겨 자세히 보아 하니 점잖은 것뿐 아니라 예쁘기도 한, 10년 전만 해도 아프로디테 즉 비너스 다음다음쯤은 갔었을 것같이 생겼다. 우리 한국에서라면 요렇게 나오는 여자는 지독한 얌체로 여겨서 "거 무슨 여자가 그래" 했을 것이지만, 비너스가 생겨난 바닷가 바로 거기서니 눌러 보아 주기로 하고 우리는 기꺼이 그네를 맞이해 나눠 먹으며 아주 좋은 일이라고 번갈아 가며 낄낄거리고 놀았는데, 그것도 싱거막한 대로 재미라면 또한 재미기는 했다.

'이게 비너스의 아리따운 살결을 길러 낸 바로 그 바닷물이렷다' 생각하니, 몸뚱이뿐만이 아니라 머리까지도 몽땅 다 빠져들어 보고만 싶어 여기 바다에 빠져들어 가서는 개구리헤엄이라는 걸 부지런히 한 여남은 번 되풀이하고 나니, 나도 어언간 어린애 때 모양 무조건 괜히 낄낄거려 대는 버릇도 꽤나 잘 회복되었고 하여, 모래밭에 요만큼 된 목숨을 한 송이 꽃같이 잠시 심어 놓아 보고자 했으나, 여기는 모래밭은 없고 자잘한 녹두알만큼씩 한 오색찬란한 차돌밭이어서 뒹굴뒹굴 넉살 좋게 한바탕 실컷 뒹굴기나 할밖에 없었다.

그러다가 우연한 서슬에 내 옆에 점잖게 앉아 있는 밤빛 머리 푸른 눈의 한 사십쯤의 여자 얼굴 속의 두 눈을 보아 하니 '야, 너 거 참, 하기는 제일 잘하는 노릇이다'는 찬사를 내게 침묵으로 보내 주고 있어 '어무니! 어무니도 한번 뒹굴어 보아. 점잔 빼지 말고 어서 빨랑' 하고 소리쳐 보려다가 겨우 "야!" 소리만 한 번 지르고 또 바닷물에 뛰어들어 개구리헤엄만 여남은 번 치고 말았다.

그런데 지금 이 글을 쓰면서 생각이지만, 이곳 이오니아 바닷가의 햇볕은 여느 바닷가의 햇볕보다 원체 눈부실 뿐만이 아니라 살을 물들이는 물감도 훨씬 더 찐하게 지니고 있는 성싶다. 왜냐면 여기서 한나절 살을 태우고 온 것이, 넉 달 반이나 되는 지금도 영 잘 바래지 않은 채로 있으니 말이다.

바다의 신 포세이돈의 신전과 그 주변

아테네에서 자동차로 한 시간 반쯤 동쪽 바닷가 길을 달리면 층암절벽의 낭떠러지 위에 바다의 신 포세이돈의 신전이 바닥과 기둥, 지붕, 모두 육중한 석조전으로 지어져 하늘 높이 솟아 있는 것이 보인다. 절벽 아래 바다가 매우 깊은 곳이라 하니, 이 언저리 바다에서 바다의 우두머리 신인 포세이돈이 사는 것이라고 옛 그리스 사람들은 생각했던 것 같다.

옛 그리스의 시인 호메로스의 서사시 『오디세이아아』를 보면, 주인공 오디세우스가 트로이 전쟁에서 그리스로 배로 돌아가는 길에 바다의 신 포세이돈의 아들 외눈박이를 잘못 건드렸다가 아버지의 노여움까지 사서 그 보복 때문에 갖은 풍파 속의 고난을 다 겪어야만 했던 이야기가 전개되고 있거니와, 이 포세이돈도 옛 그리스 신화 속의 딴 신과 마찬가지로 사람들에게 개인적인 복수도 곧잘 하는, 말하자면 원만한 신값이랄 것도 제대로 다 지니지도 못한 그런 신이긴 하지만, 하여간 그를 무척은 무서워해서였겠지, 여기 수니온 곳의 바닷가 절벽 위에 죽을힘을 다해 이 무거운 돌의 신전을 지어 놓고, 바다 물결만 거칠어지면 늘 싹싹 빌며 옛 그리스 사람들은 제사를 지냈던 것이다. 물론 우리나라의 어느 바닷가 언덕에나 아직도 보이는 용왕님을 위한 용신각 그런 따위 것이지.

그러나 우리나라 귀신집들은 그것이 두루 자그마한 목조인 데 비해, 여기 그것들은 두루 우람한 석조이기 때문에, 우리 눈으로 언뜻 보기엔 여기 모셔져 있는 귀신도 우람하고 굉장한 것으로 느껴지기 쉽다. 그렇지만 조금만 자세히 알아보면 물론 그건 그렇지 않다.

우선 우리 용왕과 여기 포세이돈의 행동 경력을 대조해 보더라도 쉽게 알 수 있지 않겠는가. 포세이돈이 우리 용왕 앞에 온다면 한 부장副將이라도 비교적 자발머리없는 부장의 차원밖엔 가지지 못할 것이니까. 자그맣고 아담한 목조의 집에 담은 넋의 차원은 아주 높아야만 했던 것이 우리 귀신집들의 의지였던 것이니까.

포세이돈 신전에서 돌아오는 길에 어느 마을의 성당 앞길에 오니, 사람들이 길을 막고 어떻게나 붐비며 법석을 떠는지 한동안 차들이 빠져나갈 수가 없어 우리 일행은 뭔가 알아보고 구경할 양으로 차에서 내렸는데, 귀동냥해 알아보니 그 이유는 단순히 길 옆 성당에서 무슨 제사를 드리고 있는 것에 지나지 않았다.

무슨 제사인지까지는 자세히 알아보지 못했지만 하여간 이곳 그리스 사람들이 성당의 한 제사에 이렇게까지 극성을 떨고 붐비는 걸로 보면 그들은 아직도 수선스러운 대로나마 무슨 신, 그것에 열심히 신들릴 수 있는 소질은 다분히 가지고 있는 성싶다.

이런 것도 그리스가 가지는 자연의 영향, 일테면 유럽 중에서는 유난히 많고 간절한 그 햇볕의 쨍한 간절도 같은 것에서 오는 것 아닐까?

에게 해의 바르키자 해수욕장에서

우리는 수니온의 포세이돈 신전에서 아테네로 돌아오는 길에 바르키자라는 우리말 비슷한 이름을 가진 해수욕장에 닿아 또 한 번 나체를 담가 보기로 했다. 이 나체라는 것의 주인은 물론 마음이기는 하지만, 이 몸뚱이라는 놈에게 주인인 마음이 어쩌다가 한번 호강을 시켜 놓으면 그다음에는 자꾸 그것만 하자고 주인을 살살 꼬수아 대는 통에 딱 질색이다.

그러나 이번만은 이왕에 그리스까지 왔던 길이니 지중해의 양쪽—이오니아와 에게 바다에 두루 다 한참 동안씩 몸을 적셔 보고 가야만 마음의 직성도 풀릴 것 같아 그 실없는 심부름꾼 녀석인 내 몸뚱이 소원을 고즈넉이 한번 들어주기로 한 것이다.

어저께 코린토스 쪽 이오니아 바다에 들어갔던 일행 외에 이날은 한 진객이 끼어들게 되었으니, 그로 말하면 내 몸이 처음 생겨났던 전라도 고창 질마재의 바로 이웃 마을인 인촌 태생으로, 지금은 광주의 전남대학교에서 법과대학장 노릇을 하고 있다는 김종수 교수이다.

내가 여태껏 늘 존경해 온 인촌 김성수 선생의 아우뻘 되는 사람으로, 나이는 나보다 대여섯 살쯤 손아래이면서도 이쯤의 나이 차이는 친구 간일 수 있다고 존댓말을 빼고 내게 말을 걸어오는 그를 잠시 나는 나무랄까도 해 보았으나 이날 낮의 이 다 젊기 작정인 바다의 햇빛과 물결과 협의하여 "좋다. 그러자"고 맞이해 손을 마주 잡고 풍덩풍덩 바다에 뛰어들었다.

네덜란드에서 열린 무슨 국제법학자회의에 참석하고 오는 중이라 하기에, 네덜란드 여자들이 생기가 좋지 않더냐고 내가 보고 온 경험으로 물으니 "내가 어디 여자들한테 곁눈질이나 해 보는 사람인간디? 참말이지 해수욕이란 것도 오늘 시방이 처음이랑개. 미당이 오신다고 해서 처음 이런 데 나와 보았어" 하고 순 우리 시골 어린애 말투 그대로다. 질마재 아이와 인촌 아이 둘이 여기까지 와서 이렇게 같이 에게 바다에도 잠겨 봐서 다행이라고 생각했다. 김종수 교수는 처음 겪는 해수욕이라니 더구나 그렇겠다.

이 바르키자 해수욕장은 코린토스의 해수욕장과는 달라서, 우리나라 해수욕장들 같은 세모래밭을 간직하고 있긴 했으나, 모래밭도 우뻑지뻑한 데다가 바닷물도 상당히 찬 편이었다. 거기다가 우리나라 경상도 남해 상주 해수욕장처럼 산골에서 흘러내리는 맑은 물줄기라도 하나 있었으면 그런 데로 가서 바닷물의 소금기를 훤칠하게 헹구어 보았으면 좋으련마는, 오직 샤워기만 한쪽에 있을 뿐이어서 우리나라의 산천만이 또 새삼스레 그리워졌다.

최정예 군이 선배인 우리에게 먹이려고 잘하는 헤엄으로 잠수를 하여 해삼을 몇 개 잡아 왔으나 그것도 여기 것은 너무나 딴딴하여 익혀서나 먹을는지 날로 그냥 먹지는 못하게 생겼다.

프랑스의 시인 폴 발레리한테 「지중해의 영감」이라는 제목의 글이 있지만, 프랑스 같은 꾸무럭히 많이 흐리고 평퍼짐한 나라에 살던 사람의 눈이니 이 지중해를 그렇게 좋게 말했지, 우리나라 동해 변의 솔숲 사이의 맑은 산골물들이 바다로 흘러 쏠리는 그 호젓하고 밝은 모래밭의 바닷가에 와 있게 했더라면 뭐라고 말할 말문도 막혔을 것이다.

국립공원, 올림픽 스타디움, 시인 바이런상, 기타

7월 17일. 아침 일찍 최정예 군의 안내로 왕의 공원─킹스가든이라 별명이 붙은 국립공원의 수풀 속으로 산보를 나갔더니, 우리 경상남도의 합천 해인사 입구 언저리에서나 많이 볼 수 있는 커다란 낙락장송의 소나무 밑의 벤치 위에서 한참 밀회에 골몰해 있던 육십 대의 늙은 애인 한 쌍이 어름어름 일어서는 것을 "같이 앉읍시다" 하고 그 곁에 가 앉아서 최 군과 함께 신랑 신부 다루듯 골려 주어 보았다. 물론 심심하여서이다.

사내로 말하면 케네디 미망인 재클린을 후살이로 데리고 살던 만년 오나시스 비슷한 늙은 미남자이고, 여자는 회색 머리 밑에 안경을 쓴 토실토실 아직도 살이 좋은 할마씨였는데, 일인즉 최 군이 그할마씨더러 "우리 아버지하고 사진 한 장 안 찍으실래요?" 영어로말하며 나를 손가락질한 데서 비롯되었다.

오나시스 할아버지는 서양식 인사법으로 "그러라" 하고 냉큼 일어서서 비켜 주었으나 토실토실한 할마씨는 오나시스의 뜻을 따르지않고 그를 따라 같이 일어서려 하는 것을 나는 그 옆에 가 바짝 다가앉고 최 군은 후딱 그 할마씨와 나를 같이 찍어 버린 것이다.

그래 그들과 나와 최 군은 함께 한바탕을 깔깔거리고 웃어 젖힐수가 있었다. 아테네의 콘스티튜션 광장 옆에 있는 이 공원은 자피온이라는 사람이 돈을 내어 만든 것이라고 하는데, 여러 가지 나무들이 필요 이상으로 빽빽하여 젊은이, 늙은이들이 두루 밀회를 즐기는 곳이 되고 말았다 한다.

여기에서 과히 멀지 않은 곳에 스타디움—경기장이 있는데, 여기엔 기원전 330년부터 사용되었던 분홍빛 대리석으로 된 옛 스타디움 건물도 보인다. 지금도 계속되고 있는 국제올림픽대회의 맨 처음대회가 1896년 이곳에서 열렸던 것이다.

이 스타디움 가까운 한구석에 19세기 영국의 낭만파 시인 바이런경의 하얀 대리석상이 하늘 높이 솟아 있다. 1823년 그리스 독립전쟁에 참가하여 터키에 대항해 싸우다가 다음 해에 열병으로 여기서목숨을 거둔 그인지라, 그에 대한 그리스 사람들의 존경과 그리움은 지금도 변함이 없다고 한다.

여기의 바이런상은 프록코트까지를 길게 받쳐 입은 아주 점잖은 것으로, 우리가 짐작하는 바이런의 모습과는 너무나 먼 것인 듯했다. 그리스 사람들은 그를 존경하기 위해서 요런 모양으로 모셔 세운 것임에야 틀림없겠지만, 그들의 애인의 모습으로서는 아무래도 좀 덜 어울려 보였다.

이런 바이런과 짝한 내 사진을 최 군이 막 찍고 나서는 판인데, 마치 바이런이 내게 보낸 듯 두 예쁘장한 소녀가 문득 내 앞에 나타나더니 "제우스의 신전으로 가려면 어느 쪽으로 가나요?" 하고 둘 중의 긴 금빛 머리털짜리가 묻는다.

나와 최 군의 키에 알맞은 가냘프고 자그마한 키에 야무지게 예쁘장한 늘 웃는 얼굴인데, 먼 노르웨이에서 구경을 하러 온 것이라 했고, 나머지 또 한 소녀는 에티오피아에서 오신 깜장 아가씨인데, 고등학교 졸업반에 다니던 중 방학 나그네가 되어 여기를 왔다가 노르웨이 소녀와 우연히 만난 것이라 했다.

"제우스 신전뿐이 아니라 무엇이든 우리가 너희들보다는 잘 아니 우리 뒤를 따르라."

태권도 사범 최정예 군이 단호히 말하여서, 그래 이때부터는 우리 일행은 넷이 되었다.

제우스 신전, 에피큐리언의 언덕, 소크라테스의 감옥

스타디움에서 멀지 않은 곳에 그리스 신화 속의 주신主神 제우스의 신전이 자리 잡고 있다.

이 신전의 한쪽에 오니 거기 마음대로 들어가서는 안 된다는 금줄이 뺑 둘러쳐 있는 것을 멀리 돌아서 정식 입구까지 터덕터덕 걸어가는 것은 어리석은 일이라고, 아까 바이런의 대리석상 앞에서부터 우리를 따라 나선 노르웨이 계집아이와 에티오피아 계집아이가 나와 우리 태권도 사범 최정예 군에게 펄쩍 넘어뛰는 실천으로 지혜를 일깨워 주어서, 우리도 그게 무던하겠다고 그렇게 하여 이 신전 안에 들어섰다. 이 제우스 신의 율법 가운데엔 "먼 곳에서 온 나그네에게 푸대접을 하는 자는 천둥과 벼락으로써 쳐 죽일지니라" 하는 것도 있던 것을 나는 아직도 기억하고 있던 터라, 먼 데서 온 나그네가 요렇게쯤은 해도 되려니 하는 생각도 물론 있어서였다.

지금 여기 남아 있는 것은 17미터 높이의 열다섯 개의 둥그렇고 큰 돌기둥과 육중한 돌바닥뿐이지만, 옛날 로마의 하드리아누스 황제가 이 신전을 고쳐 세우던 때엔 돌기둥의 수효만도 104개나 되는 엄청난 규모의 것이었다고 한다. 물론 하드리아누스가 고쳐 세우기 전에도, 여기엔 그리스 사람들의 힘으로 제우스의 신전이 오래 세워져 있던 곳이다.

두 흑백의 계집아이와 우리 두 노랑 사내는 제우스 신전의 한쪽 귀퉁이의 잘 깎아 깐 돌바닥 위에 한참 동안을 아무 말도 없이 나란히 앉아, 바짝 다가 놓인 여덟 개의 서로 색다른 다리들만 번갈아 가며 굽어다 보고 있다가, 벌떡 일어서서 도망치듯 여기를 빠져나왔다. 나올 때에야 정문으로 나오며 비로소 네 사람의 입장료를 물었다. 물론 나잇값으로 그건 우리 두 황인종이 물었다.

제우스 신전에서 차로 한 10분쯤을 달려가다가 최 군은 내게 "에피큐리언의 언덕이 바로 저기 보입니다" 하여 그곳을 눈여겨보았으나 그건 그저 평퍼짐하고 평범한 언덕일 따름이었다. 지금은 그저 나지막한 올리브 나무들이 드문드문 서 있는 보잘것없는 곳이었으나, 옛 그리스 시절의 한창 당년엔 저 유명한 향락주의 철인 에피쿠로스파의 철학자들이 질펀히 버티며 넘나들던 곳으로, 예수 그분의 가장 큰 학자 제자였던 바울이 여기 아테네에 와서 에피큐리언들에게 새 영향을 주었던 곳도 바로 그곳이라고 한다.

우리는 조끔 뒤에 어느 수풀가에다 차를 멈춰 세워 두고, 최정예 군이 안내하는 대로 수풀 속 소로를 올라가다가, 마치 동물원의 늑대 굴같이 바위의 동굴 입구를 세로 쇠창살들로 틀어막은 짐승 우리 같은 것 앞에 섰다. 최 군이 서럽고 또 나직한 우리말로 내게 "이것이 소크라테스 그분이 갇히었다 돌아가신 감옥입니다" 하고, 또 영어로 두 흑백의 계집아이들에게도 일러 주었다.

노르웨이에서 온 계집아이가 그 말을 듣더니 고등학교 교과서에서 배우고 존경하던 기억이 되살아났는지 "오!" 소리를 치며 에티오피아 계집아이의 손을 이끌고 그 쇠창살 앞에 가 어느 놈이든지 오면 죽인다는 듯한 자세로 가로막고 앉아서, 우리보고도 같이 앉자는 것이었다.

저 알량한 옛 그리스의 신이라는 것들을 모욕했던 이의 마음을, 더러워지던 도덕을 한탄하던 이의 마음을 이 소녀들도 짐작하는 것인가 생각하니, 그들의 부름에 안 따를 수 없어 나와 최 군도 그들과 함께 그 쇠창살 앞을 같이 방어하고 앉아 보았다.

할 수 없는 독약이 소크라테스에게처럼 우리 넷에게 오면 나도 안 마실 수는 없을 것이라고 생각도 되었다.

아테네의 선물들

아테네에서 제일 큰 호텔인 힐튼 호텔 뒤편에 나가면 여러 가지 토산물들과 골동품들을 진열해 놓고 파는 가게 거리가 쭉 뻗쳐 있다.

나는 그중의 한 골동품 가게에서 호박으로 만든 자그마한 담배 파이프 한 개와 순은으로 만든 나비 모양의 여자 브로치 한 개가 눈에 들어 골라잡았는데, 물건 됨됨이가 두 가지 다 20세기 것은 아닌 듯하다. 파이프도 여자용으로 만든 것인 듯 자마놋빛 빨부리에 노란빛 골통으로 된 조그맣고 예쁜 것인데, 한 군데 알태기가 조금 떨어져 나간 것을 때워 놓기는 했으나, 이것을 만들어 피우던 임자라면 꽤나 참하게 생긴 백작 부인이나 뭐 그런 종류의 여인이었음엔 틀림없었을 성싶다. 그 값도 70달러를 다 안 주었으니 너무나 싸게 팔아 준 것이다. 나비 브로치도 손으로 매만져 만들어 낸 흔적이 역력한 정교한 예술품이라 할 수 있는 것인데, 단돈 20달러였다.

이 골동품 가게에서 희희낙락한 얼굴이 되어서 나와, 그 옆 가게를 들여다보니 아주 눈웃음이 삼삼하게 좋은 둥그스름한 얼굴의 젊은 여자가 혼자 서 있다가 나를 보고 들어오라고 눈짓을 해 보여서 못 이긴 체하고 또 그리로도 들어가 보았다.

손가락에 낄 반지를 보여 달라고 했더니 "남자 거냐, 여자 거냐?" 해서 두 가지 다 좋다고 하니 이것저것 몽땅 내어놓고 내 손가락에 번갈아 가며 그것들을 끼워 주며, 제 손가락에도 끼워 보여 주면서, 내 옆에 바짝 다가서서 그 꽃다운 심장 소리가 아울러 들릴 정도로 화끈한 숨결을 내 뺨에 닿게 뿜어 대는데, 그 냄새도 아주 깨끗하여서 기분이 좋았다.

공중으로 뛰어오르는 고기 모양을 은으로 잘 새겨서 만든 것 하나를 그네가 내 손가락에 끼워 주는 판이 되어 나는 '수리가 하늘에 돌아가고 있으니, 물고기도 못물에서 솟아 뛰도다鳶飛戾天, 魚躍于淵'라는 『시경』에 나오는 글 구절을 생각해 내며 이 색시를 한번 끌어안아 줄까 하는 생각도 잠시 겸해 냈으나, 그건 마음속 생각에만 멈춰 두도록 하고, 다만 "그대는 순 그리스 종자인가?" 하는 질문 하나만을 던졌다. 지금의 그리스 사람 누구나가 거의 그러는 것처럼 그네도 머리를 까딱거리며 "그렇노라"고 했다.

내가 아테네에서 기꺼이 사 가졌던 것에 그리스의 갈대를 불에 약간 구워서 만든 지팡이가 또 하나 있다. 우리나라의 대나무보다도 오히려 더 단단한 이곳의 큰 갈대로는 물론 옛날부터 피리를 많이 만들어 불어 왔지만, 좀 구워서 불 냄새도 나는 지팡이로 해 놓은 걸 보니 그것도 재미있어 보여 한 개 구했던 것인데, 아깝게도 이건 뒤에 이스라엘의 텔아비브 공항에서 내려 두리번거릴 때 거기 어느 구석에서 그만 잃어버렸다. 지금 그것은 또 누가 주워 짚고 다니는지.

아 참, 이곳 아테네에서 이스라엘의 텔아비브로 떠날 때 공항 매점에서 호주머니에 남은 그리스 돈으로 '보헤미안 넥타이' 두 개를 샀다. 세계 어디에서도 이미 자취를 감춘 이 옛날의 떠돌이 넥타이를 여기서만은 공항 매점에서까지 복고주의로 만들어 팔고 있으니 희한한 일이었다.

미당 서정주 전집 14

1판 1쇄 인쇄 2017년 7월 10일
1판 1쇄 발행 2017년 7월 17일

지은이 · 서정주
간행위원 · 이남호 이경철 윤재웅 전옥란 최현식
펴낸이 · 주연선

책임 편집 · 심하은
자료 조사 · 노홍주
표지 디자인 · 민진기 본문 디자인 · 권예진

㈜은행나무
04035 서울특별시 마포구 양화로11길 54
전화 · 02)3143-0651~3 ㅣ 팩스 · 02)3143-0654
신고번호 · 제 1997-000168호(1997. 12. 12)
www.ehbook.co.kr
ehbook@ehbook.co.kr

잘못된 책은 바꿔드립니다.

ISBN 978-89-5660-330-8 04810
      978-89-5660-885-3 (전집 세트)
      978-89-5660-532-6 (방랑기 세트)